JN173179

傷痕

フィクションのエル・ドラード

傷痕

ファン・ホセ・サエール

大西亮訳

本書は、寺尾隆吉の編集による
〈フィクションのエル・ドラード〉の
一冊として刊行された。

傷痕★目次

傷痕

心に巣くう恐れを映し出す空想のイメージ

エドウィン・ミュア

ビビーへ

二月、三月、四月、五月、六月

　六月のちんけな、ろくでもない光が窓ガラスから差しこんでいる。おれはビリヤード台の上にかがみ、球を突こうとキューをしごく。赤球と白球——おれの手球は黒点のついた白球だ——はビリヤード台の反対側、コーナーの近くにある。おれはキューをそっと突かなければいけない。弾かれた球がゆっくり走って最初に赤球、つづいて白球にぶつかり、最後に赤球と白球のあいだのクッションにぶつかるだろう。そうなるために、赤球は、おれの手球が突き当たりのクッションに当たる前にサイドのクッションにぶつかるだろう。そうなるためには、白球にぶつかったあと、斜線を描くようにクッションめがけて進まなければいけない。そうだ。キューでそっと突く。おれの手球は、赤球にぶつかると——赤球はサイドのクッションにぶつかるはずだ——そのまま白球にむかって跳ね返されるだろう。その一方で、赤球は、サイドのクッションに弾き返されて直線を描きながら白球のほうへやってくる。おれの手球は架空の三角形を描くことになるだろう。赤球は三角形の底辺を一方から他方へ走り抜ける。計算が狂えば、赤球は白球に向かって一定の距離を転がることができないだろう。サイドのクッションに弾き返された赤球は、おれの手球が向こう側のクッションにぶつかってゆっくりと斜線を描きながらこっちへ戻ってくる前に、台の上の一点を通過していなければならないのだ。

何も暖めはしないちんけな光が窓ガラスから差しこんでくる。とにかくえらい寒さだ。人間のようにぬくもりを帯びた日差しが必要だ。こんな水っぽい光なんか、せいぜいのところ、目の前の彼が板石の床に投げ捨てた葉巻の火がいまだ消えていない――というのは、立ち上る青い煙の筋が少しずつほどけながら宙に消えているからだが――ことを示すくらいが関の山だ。それはつねに同じ一筋の煙のようだし、いつもと同じ場所で煙がほどけていくように見えるばかりで――それほどすべての動きは緩慢なのだ――、想像上の光の塊のなかを絶え間なく流れてはほどけていく煙とは思えない。塊、いや、塊ではないだろう、このちんけな光は、いったいどこの腐った太陽からやってくるのか。ここでは用なしだし、何の役にも立たない。どこかほかの星、ろくでもないやつらが住む星の、どこかのバルの窓ガラスから差しこんでいればいいんだ。ここに来ることなんかない。もっと別の光が必要だ。目がくらむような熱い光、じりじりと焼けつくような、白熱した光が必要だ。というのも、やけに冷えるからだ。とんでもない寒さ、半端じゃない寒さだ。これに比べれば、南極の氷なんてかわいいもんだ。あそこでは素っ裸で歩いたって平気だろう。まったく狂っている。ここでは唾を吐いただけで、氷の破片となって歩道へ落ちてしまう。誰もが霜を吐き出しながら歩いている始末だ。たとえばつい一昨日のこと、サン・マルティン通りを歩いていたひとりの男が反対側の歩道を歩いていた友人に挨拶しようと口を開いた途端、口のなかが霜だらけになって閉じることができなくなってしまった。はんだごてを使ってようやく男の口は元通りになったが、そうなったのも、口から入りこんだ冷気のせいで体中の血が凍りはじめていたからだ。こんな調子でいったら、つぎは九十枚の毛布をかぶってベッドにもぐりこみ、一月が来るまで顔を外に出さないようにしなければなるまい。

彼は葉巻を床に投げ捨てると、何もしないで突っ立っている。キューをもったまま動かない。狙いを定めてゆっくりとキューを動かすおれの動きを眺めている。ちゃんと見ているようには思えない。きっと何かほかのことを考えているんだろう。はたして何を考えているのやら。どうせ女の乳房のことでも考えているんだろう。というのも、彼はまちがいなく脳みその中身がうなじのあたりにあるという手合い、しかもそれが、脳みその八十パーセントあるいはそれ以上を占める巨大な乳房に押しつぶされているという手合いの男だからだ。頭のなかには乳房しかないといったやからもいる。まさに、乳房のほかには何も存在しない。両目からふたつの乳首が飛び出している人間さえいる。紫色の瞳をした連中がそうだ。瞳の色を見ればすぐにわかる。紫色をしているからだ。ひょっとするとこの男は、そんなことを考えているのではなく、もっと別のことを考えているのかもしれない。来週の夜、スタンドの光のもと、世界を変革するようなものを一気に書き上げようと考えているのかもしれない。短期間のうちに、ものの見事に世界をひっくり返してやろうと考えている人間は、彼のほかにもたくさんいるものだ。連中に言わせると、手を挙げさえすれば、この世はたちまち祝福で満たされるというわけだ。それとも彼は、葉巻でじりじり焼かれた口を冷やすために舌で唾液をかき集めてそれを吐き出したほうがいいだろうと、あるいは右手をキューから離してズボンの右ポケットに突っこもうと考えているのかもしれない。しかし不意に、なにも考えなくなってしまう。女の乳房までが消え去り、いまや頭のなかは空っぽ、あるのはただ、古ぼけた記憶や思いつきの数々が残していった錆に蝕まれた組織、黒く干からびた壁くらいのものだ。それは、緑色がかって、湿った黒に覆われ、光に照らされた場所もなく、青白い光の残影も、ビリヤード台の上の電球の明かりが作り出す光の円錐体を水平線のように取り囲むざわめき、霧のようにぼんやりしたざわめきも届かない。光の円錐体のなかには、われわれふたり——彼は光の円錐体の輪郭に接するように立っている——と三つの球、キューとビリヤード台だけがある。おれが狙いを定めてゆっくりとキューを動かすあいだ、彼はじっと立ったまま、上体を傾けるようにして眺めている。眺めてはいるものの、本当に見ているのかどうかわからない。本当に見ているなどといったい誰に断言できるだろう？　おれにはとても断言できない。断言したいというやつがいたら、一歩前に出て誓うがいい。そんなことはおれにはできない。おれにわかっていることは、葉巻を投げ捨てた彼が、ビリヤード台にかがみこんでキューを滑らせているおれのほうへ顔を向けたことくらいだ。そして、カフェの窓ガラスを通して六月の生気のない光、ろくでもない光が差しこみ、外の世界からビリヤード台のほうへ、ビリヤード台を覆いつくさんばかりにあふれ出てくるいっさいのもの、それをおれの目論見が押しとどめていることくらいだ。おれの目論見とは、言ってみれば、おれの手球が赤球のほうにむかってゆっくりと進み、それにぶつかる、すると今度は白球にむかって転がり、それにぶつかる、さらに転がって向こう側のクッションにぶつかり、ふたたび斜線を描きながら反対方向に転がっていく、その間、赤球——側面のクッションに弾き返された赤球——は、直線を描きながら白球のほうへ戻り、両者がふたたび相まみえる、その一方で、赤球の背後を横切ったおれの手球は、つぎのショットに備えて有利な位置を確保する、というものだ。

「六つ」、おれは言った。しかしまだ六つ目ではなかった。球は、トマティスの白球に軽くぶつかると、クッションすれすれのところを走り、赤球にむかってまっすぐ進んだ。それが赤球に当たったとき、おれはちょうどビリヤード台の反対側にむかって歩いていた。トマティスは、モザイク模様の床にキューを立てかけ、それにもたれるようにして立っていた。その姿は、バルの窓に切り取られた黄色い長方形のなかできしむ二月の光を背景に、くっきりと浮かび上がっていた。光を背にしたトマティスの太った体は影に塗りつぶされていたが、その輪郭は光輪のようなものに縁どられていた。赤球にぶつかった白球が静止すると、おれはふたたび白玉のほうにかがみこみ、キューで狙いを定めた。全神経をキューに集中させたが、トマティスがこちらにまったく注意を払っていないことがわかっていた。床に立てたキューを両手で握りしめたまま突っ立っている彼は、足元のモザイク模様を、あるいは二月の光に縁どられた靴の先端を眺めていた。

「成熟を伴った経験なんてないと思うな」、彼が言った。「あるいは、経験を伴った成熟なんてないと言うべきかな」

おれは、赤球とクッションをめがけて手球を突く。赤球とクッションにぶつかった手球は、緑のクロスを斜めに横切り、白球めがけて転がっていく。

「七つ」、おれは言う。

「お見事」、トマティスは、テーブルに目をやることもなく称賛の言葉を口にする。

おれの手球が白球にぶつかると、ざわめきや叫び声、ささやき声に満ちた大きなホールにあの独特の音が響く。緑のビリヤード台に降り注ぐ人工的な光の円錐体は、まるでテントのなかに閉じこめるようにわれわれを包みこんでいる。ホールを見渡すと、光の円錐体がいくつか散らばっている。その一つひとつが他から隔絶され、完全に独立した生を営んでおり、太陽系のなかで定位置を占める惑星、軌道を描きながらも他の惑星の存在など知るよしもないといった風情の惑星を思わせた。トマティスは光のテントのちょうど外縁に立ち、その背後には、われわれの台が窓にいちばん近い位置を占めていることもあって、二月のまぶしい光が広がっている。

おれは八つ目のショットに備える。ビリヤード台にかがみこむと、右の手の平の一部と三本の指を緑のクロスに押しつけ、親指と人差し指で作ったブリッジのなかにキューを差しこみ、グリップに添えた左手でキューを前後に動かす。おれの視線は、キューの先端を命中させる手球の一点から、それがぶつかるはずの赤球の一点へ、さらに白球、つまり相手側の白球、この場合はトマティスの手球ということだが、それが置かれている一点へ交互に注がれる。

「見事な狙いだ」、トマティスはそう口走るが、ろくに見てもいない。ゲームにまったく注意を払わず、こっちはすでに三十六ショットを終えたというのに、彼はたったの二ショットだ。しかもそれさえ、たまたま突いてみたというだけで、なるべく早くミスしてビリヤード台の脇に退き、無駄話にうつつを抜かしたいといわんばかり、まるで、対戦相手のショットが長引けば長引くほど好都合、そうすれば少しでも長くおしゃべりに興じることができるといった感じだ。彼はけっしてへぼプレーヤーというわけではなく、ただ単にゲームに集中していないだけだ。食後にビリヤードを楽しむほかの人間に比べても、キューさばきはかなり達者なほうではないだろうか。キューを握る手つきを見ればだいたいわかるものだ。とはいえ、彼がかなりの経験を積んでいることがゲームからうかがわれること、勝負を申し出るのはいつも彼であること、対戦相手のことごとく――たとえばオラシオ・バルコだが――が彼よりも長くキューを握っていることなどを考えると、トマティスが結局のところ、ゲームを口実にして好き勝手なことを延々としゃべりたいだけなのだと考えざるをえない。

ややあって彼は言う。

「そいつが並はずれた人間でないかぎり、ということだが、そんな連中はこの世の人間の数には入らないな」

おれはキューを突く前に顔を上げ、彼にむかって言う。

「民主主義者のおでましというわけですか」

「ぼくはね、ぼくをなめてかかるずる賢い連中の前でわざとばかなふりをするので有名なんだよ」、トマティスは笑いながら言う。

こんな調子だ。おれはトマティスのおかげで二月七日から新聞社で働くことになった。そして、訴訟欄と気象欄を任されることになった。彼はニュース全般と日曜日の文芸欄の校閲を担当していた。トマティスと知り合ったのはその一年前のこと。ちょうど彼の本を読んだばかりのころで、あるとき通りで彼の姿を見かけたおれは、あとを追いかけて一緒に並んで歩いた。葉巻をふかしていた彼はおれが横を歩いていることに気づかない様子だったが、宝くじ売り場の前でふと立ち止まると、当選番号表を眺めた。

「カルロス・トマティスさんですね？」おれは話しかけた。

「そう呼ばれています」、彼が答えた。

「ちょっとお話がしたいのですが。あなたの本がとても気に入ったものですから」、おれは言った。

「どの本ですか？」トマティスが訊ねる。「なにしろ三千冊以上も本をもっていますからね」

「いいえ」、おれは言う。「あなたがお書きになった本ということです。最後にお書きになった本ですよ」

「ああ」、トマティスは言う。「しかし、最後の本じゃありません。まだ二冊目ですからね。これからも書くつもりです」

そう言うと、葉巻を噛みながら当選番号表に目をやった。

「二の四十五、二の四十五、二の四十五」番号表を見ながら、鼻歌でも歌うみたいに繰り返した。「ないな、二の四十五」

彼は会釈をして立ち去った。ところがその後、何度か顔を合わせることになった。彼が書いた二冊目の本について語り合うことはできなかったが、父が死んで母と二人きりになったとき、おれは彼に会いに行ってなにか仕事を紹介してくれないか訊いてみた。その気になれば彼よりもずっと頼りになる有力なつてがあったが、どうしても彼に頼みたかった。彼の世話になることを望んでいたのだ。そして、彼はそれをかなえてくれた。いったいどのようにしてそうなったのかわからないが、二月七日の午前十時、おれは退職を控えた前任者の老カンポと一緒に、裁判所の薄暗い廊下を歩きまわり、ぴかぴかに磨かれた大理石の階段を上り下りし、書類がうずたかく積まれ、天井が驚くほど高い殺風景な事務室を出たり入ったりしていた。

「ここが」、老カンポは、猿のような鼻に皺を寄せながら言う。「第二管区民事法廷、あっちが秘書室、そっちに見えるのが弁護士会だよ。なにかわからないことがあれば三階の報道課へ行くといい。いまはちょうど司法休暇期間で閉まっているけど、担当のアグスティン・ラミレスという人に頼めばいろいろと助けてくれるよ」

老カンポは、「管区」、「司法休暇期間」、「報道」、「ラミレス」などの言葉を、しっかりと頭に刻みつけることができるように、ゆっくりと噛んで含めるように発音した。おれはまったく聞いていなかった。老カンポがその猿（俗世とは無縁の、温厚で愛情に満ちた猿）のような顔に刻まれた皺を忙しく動かしながらしゃべっているあいだ、おれは、訴訟の当事者や役人たちのぼんやりした影が出たり入ったりしている薄暗い廊下や、おれのなかにカフカの鮮明なイメージをただちに呼び起こした背の高い書類棚、時代錯誤な幅の広いカーブを描きながら二階へ通じる大理石の階段、正面の大きな入口からホールへ差しこむ二月の日差しなどにうつろな視線をはわせていた。

気象欄の仕事について言うと、おれの役割は神のそれにも等しかった。毎日午後三時ごろ新聞社の屋上に上がって、気象観測装置のデータを記録する。ところが、そいつを理解できたためしがなかった。同じく気象欄の執筆からこの仕事を始めたトマティスに訊いてみると、彼もやはり一度も理解できたことがないそうで、彼の考えによると、いちばん無難なのは気象情報をでっちあげることであり、敷き写しをすることだという。おれはこの両方の手を使った。二月の二十日間というもの、入社する前の日に掲載された気象情報をそのまま敷き写し、それを印刷に回すことを繰り返した。二十日ものあいだ、『ラ・レヒオン』紙の気象観測装置によると、町の気象状況は以下のとおりであった。午前八時の気圧は七五六・八〇、気温二十四・二度、相対湿度六十四パーセント。午後三時の気圧は七五四・四〇、気温三十六・一度、相対湿度八十二パーセント。トマティスの助けを得て、うまい見出しを考えついた。〈当地の気象状況に変化なし〉。ところが二月二十七日、ろくでもない雨のおかげでおれのたくらみも台無しになってしまった。不幸なことに、決められた時間よりも前に気象欄の原稿を書き上げたおれは、それを早々と印刷所に回してしまった。おかげで、社長室へ顔を出したときには、前日の正午から雨が百五十ミリも降りつづいているという始末、おまけにまだ午前十一時になったばかりだった。社長のデスクには二月の新聞が束になって積まれ、日々の気象欄には怒りをこめた赤鉛筆の丸印が付されていた。

「君をやめさせるつもりはない」、社長は言う。「五日間の停職処分とする。情けをかけているわけではない。組合ともめたくないんでね。しかし今後、この私がいつもより涼しいと感じ、そよ風が吹いているように感じることがあれば――それがたまたま爽快な気分で目覚めたからにすぎないとしても、あるいは、太陽が地球から遠ざかるという現象に起因するものだとしても――、そして、そんな私の印象が細大漏らさず気象欄に書きこまれていないようなことがあれば、そのときこそ万事休すと思いたまえ」

そんなわけで、おれはデータをでっちあげることにした。はじめは編集部の面々の意見を参考にしながら、彼らが用いる表現にしたがって数値を書きこんだ。はじめの週は、それをいちいち社長のところに持参して目を通してもらったが、失われた信頼を回復するや、彼が厳しくチェックするというよりも、ざっと一瞥をくれただけで、いまや完全に平静を取り戻した赤鉛筆の印で承認の意思を伝えるだけなのを見てとったからか、やがてその手間を省くようになった。そして、編集部の面々が口にする見解を数値に置きかえることに飽き足らなくなったおれは、いっそのこと最初からでっちあげたほうがいいのではないかと思うようになった。こうして、気象欄に日々記載される数値にしたがって、町は大気に圧迫されたり、発汗したり、春の陽気に若返ったり、目の奥に血の雨が降るような天候にたたられたり、捏造される気圧のせいで、鼓膜に響きわたるすさまじくも鈍い雨音に包まれたりした。それは完全に常軌を逸していた。一度は立ち止まって手控えることもしてみたが、おれがやっていることを隅から隅まで心得ているトマティスがますます法外なやり方をそそのかしてくるようになると、ふたたび周到にでっちあげるようになった。あれは三月六日の夜、退職したばかりの老カンポのための夕食会が開かれたときのことだった（夕食会のあと、老カンポは家に帰るなり毒をあおって死んだ）。社長が挨拶の言葉を述べるあいだ、トマティスはおれに、本当は雨など降らなかったのに雨が降ったことにしたらどうだ、たとえば明け方に雨が降ったことにすれば、それが本当のことがどうか確かめられる人間なんてほとんどいないんだから、とそそのかした。おれはそのとき、トマティスがおれを破滅させようとしていることに気づいた。そして、彼が新聞社の仕事を世話してくれたのは、同情やそれに類する人道的な理由からではなく、仕事場で話し相手になってくれる人間、ときには金を無心することのできる人間が欲しかっただけだからだ、ということを理解した。おれはそれを口に出してみた。すると彼は笑いながら口ずさんだ。

この男をなかば狂人　なかば無法者だと思い
本人にもそう言ったけど　友情はたやしたことはない〔W・B・イェイツの詩の一節〕

彼の言うことは正しかった。しかしおれは一歩も後へ引かないつもりでつぶやいた。

「気象欄はぼくが担当しているんです。雨が降るのか晴れるのか、それを決めるのはこのぼくです」

「しかしだね」、トマティスが言う、「そのアイデアを考えついたのはぼくなんだから、当然ぼくにも口をはさむ権利はあると思うがね」

葉巻をくわえていた彼は、半分目を閉じておれの顔に煙を吐きかけた。

「あんたがどんな人間かわかってきましたよ」、おれは言う。「ありもしないにわか雨をでっちあげろというのはほんの序の口、しまいには火の雨が降ったとでも書かせるつもりなんでしょう」

「そのどこがいけないというんだい？」トマティスは、葉巻をくわえた歯のあいだから言葉を押し出すように言った。「悪くないじゃないか。それを読んだ連中は、そんなことが実際にあったみたいに全身が焼け焦げるのを感じるだろう。それに、このろくでもない町に比べれば、ソドムなんてディズニーランドみたいなもんさ」

トマティスは、社長の挨拶がまだ終わっていないのに立ち上がり、レストランから出ていった。おれの見るところ、彼はいつもそういうことを不注意にもやってしまう男だった。彼がそんなふるまいをするのは、不注意からではなく、単にろくでなしだからだというのを耳にしたことがある。そこでおれは次の日、老カンポの通夜の席でトマティスに訊いてみた。

「トマティス」、おれは言う。「あんたが不意に立ち上がってレストランから出ていったとき、社長の挨拶がまだ終わっていないことに気づかなかったんですか？」

「気づいていたよ」、彼が答える。

「じゃあなぜ立ち上がったりしたんです?」おれは訊ねる。

「社長がぼくに給料を払うのは、自分の新聞に記事を書かせるためであって、演説に耳を傾けてもらうためではないだろう」、トマティスが答える。

つまり彼は、べつに不注意であんなことをしたわけではなかったのだ。カンポの通夜の帰り道、われわれはカフェに入った。

「何か書いてるんですか?」おれは訊ねる。

「いや」、トマティスが答える。

「なにか翻訳でも?」

「いや」、トマティスが言う。

彼はおれの背後、頭の上のあたりを見つめている。おれは思わずふり返った。なんの飾りもない灰色の壁があるだけだ。

「何を考えているんです?」おれは訊ねる。

「老カンポのことさ」、彼が答える。「あの男がわれわれのことをあざ笑っているようには感じなかったかい?ぼくはなにも文学的な意味でそんなことを言っているわけじゃない。死体のことじゃないんだ。昨夜の夕食会のことさ。彼は来るべきじゃなかったんだ。その前に死んでおくべきだった。あの男はわれわれ全員を笑いものにしたんだ。ろくでもない老いぼれだった」

おれは、老カンポがむしろいい人間にみえたと口にした。

ところが彼は、もうこちらの言うことを聞いていなかった。おれの頭上の灰色の壁を見ていたのである。

「あの男はわれわれ全員を敵に回して死んだんだと思う」、彼は言った。

五日間の停職中、おれは家から一歩も外へ出なかった。三月五日になってようやく髭を剃り、外へ出た。それまでの五日間というもの、おれはベッドに寝そべって本を読んだり、回廊の籐椅子に腰かけて夕暮れを過ごしたり、朝、中庭の木のまわりを早足で百周したりした。夜になると、暗闇に包まれた中庭の真ん中に座り、らせん形の蚊よけに火をつけて星を眺めた。夜中の二時、三時になると、ときどき母がやってきた。おれは、玄関の扉を開けた母が、黒いシルエットを浮かび上がらせ、暗闇のなかに姿を消したかと思うと、寝室に向かって静かに歩いていく様子を目にした。扉のきしむ音が尾を引き、そのあとは何も聞こえない。彼女はおれが眠りこんでいると思っている。母が完全に寝入ったことを確信するまで、おれは落ち着きを取り戻すことができなかった。やがておれは煙草に火をつけ、台所に行って氷を入れたグラスにジンをなみなみと注ぎ、それを手に中庭へ戻ると、服を脱いで裸になり、肘掛椅子に座って煙草をふかしながらジンをちびちび飲みはじめる。夜が明けそめるまでおれはずっとそうしていた。マスターベーションをすることもあった。三月四日の夜、母は外出しなかったが、おれは片手にジンのグラス、片手に煙草をはさんでくつろいでいた。すると突然、回廊の明かりがつき、寝室の扉から母がこっちを見ていることに気づいた。彼女は驚いた顔をしていた。ボトルの半分以上を空けていたおれは、いきなり立ち上がった。

「乾杯」、グラスを彼女のほうに持ち上げながら、ジンを一口飲んだ。

　不動の姿勢を保ったまま、母は目をパチクリさせながら、おれを頭のてっぺんから足の爪先までまじまじと見た。そして、明かりも消さずに扉をバタンと閉めて寝室に閉じこもってしまった。そのときになってようやくおれは、自分が素っ裸で、一物が突っ立っていることに気づいた。

　その日を境に、母との関係はうまくいかなくなってしまった。はじめは何でもなかったが、一緒にいるとふたりとも不機嫌になってしまうのである。母はそのころ三十六歳くらいで、まだ若々しかった。背が高く見事なプロポーションを保っていて、流行の服を着こなしていた。ただ、それほど趣味がいいとはいえなかった。体の線を強調するような服を好んだからである。当時の彼女がどのような外見をしていたか、おおよそのイメージを得る手がかりとなるエピソードがある。ある日おれは、中学時代の同級生だった男と立ち話をしていた。するとそのとき、反対側の歩道を通りかかった母がおれの名前を呼んで投げキッスを送った。するとその男は、あの女なら知っている、たしか去年、コルドバのキャバレーでストリップに出ていたのを見たことがある、と言ったのだ。おれは彼にむかって、あれはおれの母親で、きっと誰かほかの女とまちがえているのだろう、母は少なくともここ七年はコルドバへ行っていないし、それについてははっきりと断言することができる、と言った。ところが、最後まで言い終わらないうちに男の姿はどこかへ消えていた。母は、おれの父が死んだ翌月に髪をブロンドに染めたが、黒髪のままでいたほうがずっと魅力的だっただろうと思う。プラチナブロンドは彼女に似合わなかった。癌で臥せっていた父は、外出が多いと言って母とよく喧嘩していた。髪を染めたいと母が言い出したときは明らかに腹を立てたようだった。そして、おれが生きているうちはそんなことは絶対に許さんと口にした。母は、自分の好きなようにすることができる日もそう遠くはないはずだと言い返した。

おれは家を留守にすることが多くなった。喧嘩をしたときはとくにそうだった。母が外出するのは夜と決まっていたので、おれは昼に出かけるようにした。新聞社の仕事を終えると、町をぶらぶらしたり、川を眺めたりした。軽く食事をする余裕があれば十時半頃に帰宅し——その時間に母がいないことはわかっていた——、冷蔵庫にあるものを適当に口にした。そしてシャワーを浴び、椅子に座って本を読む。停職処分のために家に閉じこもっていた五日間、おれは『魔の山』を読み、大いに気に入った。『八月の光』は驚くべき作品だったし、『ロリータ』と称する猥本は糞みたいにつまらなかった。『ロング・グッドバイ』はじつにすばらしい作品だった。間抜けたイアン・フレミングの小説も二冊読んだ。おれは本を読むのがとても速いし、内容もかなり理解していると思う。一物を屹立させた全裸姿を母に見られてからというもの、家のなかを平然と歩きまわることがますます難しくなってしまった。したがって、のびのびとした気分に浸れるのは母が外出する夜にかぎられていた。ときにはトマティスと一緒に町に出て、十時ごろまで酒を飲むこともあったが、帰宅したときに家の明かりがついていると、母が外出するまで近所のバルで時間をつぶした。

　三月と四月は地獄だった。母はどうにも手がつけられなかった。はじめは雲行きが怪しくなると、空とぼけてまともに取り合わないようにしていたが、いつもそれがうまくいくとはかぎらなかった。そしてついに、母のせいで堪忍袋の緒が切れるときがやってきた。たとえば、浴室のハンガーにかけられた彼女のガウン――多少なりとも衛生観念のある人間ならば、たとえ棒を渡されたとしても触れようとは思わないガウン――の上に脱いだシャツを重ねておくと、彼女はおれの寝室にやってきて扉の前に仁王立ちになり、怒気を帯びた押し殺した声で言う。

「あんたの垢だらけのシャツをあたしのガウンの上にかけないでって、何度も言ったでしょう」

　おれは起き上がって浴室へ行き、ハンガーにかかったシャツを手に取ると、汚れ物を入れたかごに投げ入れる。そのあいだ母はずっとおれの後をついてまわる。洗濯かごにシャツを入れて寝室に戻ろうとすると、浴室のドアに立ちはだかって行く手を阻もうとする。

「服のことで面倒を起こすのはやめてちょうだい。あたしはあんたの召使いじゃないんだし、あんたの服の心配をする必要もないはずだわ。もう大人なんだから、自分の着る物くらい自分で始末しなさい」

　おれは黙ったまま寝室に引き下がる。彼女は相変わらずおれの後を執拗につけまわし、ベッドに腰を下ろして本を読みはじめるまで、こちらの一挙手一投足に目を光らせている。ようやく自分の部屋へ戻ったかと思うと、三十分もしないうちにふたたび姿を現す。

「朝から晩までそうやって部屋に閉じこもっているつもり？」彼女が言う。「どうせろくでもないことを考えているんでしょ」

「ろくでもないこと？」本のページから顔を上げたおれは、わけがわからずに驚きの目を向ける。

　母は煙草をくわえながら、怒りを含んだ目をおれに向けている。

「何をやってもかまわないけど、ばかなまねだけはやめてちょうだい」

そしてふたたび姿を消す。ある日の昼下がり、母はおれをひっぱたいた。できるだけ穏やかな調子で、ビキニを着たまま牛乳配達の男と話すのはやめてほしいと意見したからである。母はつかつかと歩み寄ると、おれに平手打ちを食わせた。追撃を防ごうと彼女の腕を思いきり強くつかんだときに爪を立ててしまい、そこから血が流れた。それからひと月ほど、彼女の腕には黒ずんだあざが残った。丸みを帯びたその白い腕に小さな血の染みが浮かび上がるのを目にしたおれは、腕を放し、疲れるまでおれの顔をひっぱたくに任せた。気がすむまでおれに平手打ちを食わせた彼女は、わっと泣き出し、寝室に閉じこもったまま夜になるまで出てこなかった。それから翌日の明け方まで、おれは平穏な時を過ごしたが、十時ごろに母は皿に盛ったパンとチーズ、グラスに入ったワインをおれの部屋に運び入れ、そのまま立ち去った。外出の準備をしていた母は、気が狂っているとしか思えない黄色い服を着ていた。おれが自分の白いシャツをタオル代わりにして体の汗を拭きとっているのを見ても、平然とした顔をしていた。

三月も終わりになってようやく秋がやってきた。もっともおれは、二十一日の気象欄で、気温の変化やナフタリンの匂いの染みこんだ衣類、カサカサと音を立てるクッションのように地表を覆う黄金色の落ち葉などにすでに言及していた。それを読んだトマティスは、大声で笑いながら、またぞろモデルニスモの作品でも読みはじめたのかいと訊ねた。秋の到来とともに、ジンのグラスを片手に、星空の夜、中庭の真ん中で時を過ごすこともなくなった。そして、自分の部屋に閉じこもり、明かりをつけたまま朝が来るまで肘掛椅子に腰を下ろす生活を送るようになった。母は明け方に帰宅すると、回廊の赤みを帯びたモザイク模様の床にヒールの高い靴を鳴り響かせながら歩いた。帰宅したのがおれに気づかれようと、もはやどうでもいいようだった。わざと気づかれるようにふるまっているのではないかとさえ思えるほどだった。ときにはおれの部屋をのぞきこみ、ぶっきらぼうな調子で、「あら、まだ本を読んでいたの」とか、「電気代を払うのはこの部屋の住人じゃないらしいわね」、などと言い残して立ち去るのだった。家の前に停車して遠ざかっていく車のエンジン音のおかげで、母が帰宅したことがわかった。しばらくすると、玄関の扉が閉まる音につづいて、靴音が高く鳴り響く。母は一度だけ、トイレのあと寝室に入り、わざわざ電気を消しておれの部屋に入ってきた。おれはそのとき、母はもう寝たにちがいないと考えて、ここひと月余りで三回目となる『ロング・グッドバイ』に没頭していた。突然ドアが開くと、寝巻姿の母が裸足のまま立っていた。その顔は、物事を見抜く洞察力と落胆が入り混じった表情を浮かべている。こちらをしばらく見つめたあと、とりあえず何かを口にするといった調子でつぶやいた。「そんなに本ばかり読んでいると頭が変になってしまうわよ」、そう言うとドアを閉め、立ち去った。突然のことにびっくりしたおれは飛び上がるようにして腰を上げたが、幸いにして今度は服を着ていた。

四月二十三日に騒動が持ち上がった。その日は一日中雨で、母もおれも夜間は外出しなかった。普段から手のつけられなかった母は、とりわけその夜は人肉をむさぼり食った野獣もかくやとばかりのありさまだった。おれは母が何をしようと大目に見ていたが、ひとつだけ我慢できないことがあった。それは母が家のなかを半裸姿で歩きまわることで、とくに来客があるときにそうされると嫌で仕方なかった。また、ふたりのあいだに横たわる名誉の問題として、ジンのボトルと煙草の件があった。ことに父が死んでからというもの、母とおれのあいだでは、ジンと煙草はそれぞれ自分の分を用意するというのが暗黙の約束事となっていた。自分の分がなくなったら自分で買いに行かなければならない。どしゃ降りの雨が降る夜の十一時ごろ、おれは前の日に買ったばかりでほんの少し口をつけただけのジンを取り出そうと冷蔵庫を開けた。ところがジンのボトルはどこにも見当たらない。おれは煩わしさを感じることなく、むしろその反対に、ゆっくりと回廊を歩いて（ちょうど激しい雨が降っていた）、母の寝室へ行き、ドアをたたいた。

「誰？」母はまるで、家のなかに五十人もの人間が住んでいるといわんばかりに訊ねた。

「ぼくだ、アンヘルだ」、おれは言う。

母はしばらくためらったあと、「どうぞ」と言う。ベッドに寝そべった彼女は、煙草をくわえたままコミック雑誌を読んでいる。ナイトテーブルには、ジンのボトルと氷を入れた容器、グラスが並んでいる。おれはこれまでたくさんのゴミ捨て場を見てきたが、母の寝室に比べればどれもきれいなものだった。下着姿でいるよりも、いっそのこと裸でいたほうがよっぽど上品にみえたことだろう。ボトルにはほんのわずかなジンしか残っていない。

「母さん」、おれは言う。「ジンを少しもらってもかまわないかな？　そのボトルしかないんだ」

「ジンが欲しけりゃ自分で自分の分を買いに行くって決めたはずでしょ」、母が言う。

「そのとおりだ」、おれは答える。「でも、雨のなかこんな時間にジンを売ってる店を探すなんて、ちょっと大変だと思わないかい？」

「そんなことはもっと前に考えておくべきだったのよ」、母が言う。「あたしには関係ないわ」

「そうか」、おれは言う。「ジンを少しくれるだけでいい。そして、ぼくに話しかけるときは横を向いてほしいんだ。そうでなきゃ、気を失って倒れないともかぎらないからね」

「まさかあたしが酔っぱらってるって言うんじゃないでしょうね」、母が言う。

「なにも言っちゃいないさ」、おれは答える。

「それに」、母はつづける、「あんたがお酒を飲むなんて感心できないわ」

「母さんが裸同然の姿で息子を部屋に入れるのも感心できないけどね」、おれは言う。

「一晩中裸で中庭にいたのはどこの誰かしら」、母が言う。

「暗闇のなかひとりでいるときにどんな格好をしようとぼくの勝手だ。監視されていることがわかっていれば話は全然ちがうけどね」、おれは言う。

彼女はおれの言葉がまるで聞こえていないかのようにコミック雑誌を読みつづける。やがて目を上げ、おれがまだそこに立っていることを確かめる。

「まだ雨が降ってるの?」彼女は訊ねる。

「ああ」、おれは返事をする。

母はまばたきしながらおれを見ている。ナイトテーブルへ手を伸ばし、煙草を灰皿に押しつけて揉み消すと、おれを見つめたまま上体をほんの少し起こす。

「それに」、おれは母の目を見ながらつづける。「それはぼくのジンだ。母さんが勝手に持ち出したんだ」

母のなめらかな白い顔はたちまち赤く染まったが、なお不動の姿勢を保っている。やがて雑誌をベッドの上に置くと、相変わらずこちらを睨みつけたままゆっくりと立ち上がる。急ぐこともなく、怒りを顔に表すこともなく、おれの目を見据えながら近づいてくる。そして、おれの目の前、五十センチほど離れたところに立ち止まる。彼女の顔を染めていた真っ赤な色が徐々に消えてゆく。母は片腕を振り上げ、おれの両頬に一回ずつ平手打ちを食わせる。そしておれをじっと見つめる。いまや彼女の頬ではなく、おれの頬に浮かんだふたつの赤い染み、ついさっき彼女の頬を染めていたのとまったく同じ赤い染みを見つめているのだろう。数秒のあいだ彼女の顔をまばたきもせず見つめていたおれは、片腕を振り上げてその両頬に一回ずつ平手打ちをお返しする。おれの両頬から消えかかっているにちがいないふたつの赤い染みが、今度は彼女の頬を染める。彼女の目から涙があふれ出す。泣いているのではない。ある種の説明しがたい生理学的メカニズムに促されて涙があふれ出たのだ。泣いている人間がこれほどこわばった表情を浮かべられるはずがない。固く結ばれたその口を青白い輪が取り囲んでいる。

「こんな目に遭うくらいなら、あの人の代わりにあたしが死ねばよかったのよ」、母が言う。

「今度のことばかりじゃない」、おれは言う。「あらゆる点から考えてもそのほうがよかったんだ」

さらに一発、平手打ちを食らったおれは逆上し、母を殴りつけ、突き飛ばし、ベッドの上に押し倒した。そしてズボンのベルトをはずすと、大声で泣き叫ぶまで何度も鞭打った。母は自分の身を守ろうとさえしなかった。

ただ泣き叫ぶばかりになると、おれは悠然とベルトを締め、彼女の分を少しだけ残してグラスにジンを注いだ。グラスに氷の塊を二つ入れたおれは自分の部屋に引きあげた。

もう読書に集中することができなかった。おれは彼女に向かって、少なくともひとつ不当なことを言ってしまった。父の代わりに母が死ねばよかったと口にしてしまったのである。これはどう考えても不当な発言である。というのも、おれの父親というのは取るに足らない男で、この世に存在するどんなに小さな蟻といえども、父のかわりに死んだならきっと父の死よりも大きな不在をこの世に残していったにちがいないからである。父は役所で課長補佐に昇進するのが精いっぱいだったが、それは部下の面倒を見るにはあまりにも役立たずな男だったからであり、人に命令を下すにはあまりにも気が弱かったせいである。煙草も吸わず酒もやらなかった父は、自分が不幸であるとも思っていなかったし、愉快な気分で思い起こすことのできる喜びを人生のなかで経験したこともなかった。目が悪かったため兵役をまぬかれたが（父はその話を、微に入り細にわたり日に五十遍も繰り返したが、その話しぶりは、サン・ロレンソの戦いを回想するサン・マルティン将軍にでもなったかのような熱の入れようだった）、そうかといって眼鏡が必要なほどでもなかった。痩せていたが、痩せすぎというわけではない。口数は少ないが、少なすぎるというほどでもない。きれいな字を書いたが、手先が震えることがあった。好きな料理があるわけでもなく、ある問題について意見を求められると、いつもきまって「その問題を理解している人はほかにいるでしょうけれど、私はちがいます」と答えた。その答えには微塵の謙遜もなく、それこそ正真正銘の真実だといわんばかりの確信がこめられていた。したがって、父が死んだとき、家のなかに生じた変化といえば、父が寝ていたベッド（最後の半年ばかりは起き上がることもできなかった）が空になったことぐらいだった。父が生涯を通じて引き起こすことのできたいちばん大きな変化がそれだったと思う。つまり、場所を空けるということである。身長一メートル七十六センチの体（やはり平均的な身長だ）を収容するだけの厚みのある空間を明け渡すことによって、彼がそれまで占めていた場所は、人類の生存に寄与する空気で満たされることになったのである。

翌日、おれは新聞社へ行き、ブエノスアイレスへ出張したトマティスが二十九日まで戻らないことを知ってひどくがっかりした。昨日の出来事を洗いざらい打ち明けようと思っていたからである。人の話をまともに聞かないトマティスになぜすべてを打ち明けようと考えたのか、自分でもよくわからないが、とにかく彼はおれがもっとも信頼している男だったし、母に手を上げた事情もきっと理解してくれるだろうと思ったのである。母はあの日を境に、おれに話しかけることをやめ、どうしてもその必要があるときは「あなた」と呼びかけた。顔を合わせることもほとんどなくなり、涼しい季節となったいまでは（四月はほとんど毎日雨が降ったが、おかげでおれは、誰にも気づかれずに同じ気象情報を何度か使い回すことができた）、夏にそうしていたように半裸で歩きまわることもなくなった。厳密に言うと母は、けばけばしい色の、苦行僧の体にも小さすぎるようなセーターを着ていた。それが彼女の服の好みなのだから、たとえこちらの気に入らなくても、おれとしては受け入れるしかなかった。相変わらず夜になると外出し、帰宅するとおれの寝室の前を素通りしてさっさと寝てしまった。おれは遅い時間に目を覚まし、午前十時に新聞社へ行き、夜になるまで帰らなかったし、ときにはそのまま帰宅しないこともあった。ジンの件で母と喧嘩したのが四月二十三日だったことはよく覚えている。つぎの日に十八歳の誕生日を迎えたからだ。給料の前払いを申し出たおれは、アサード［網焼きの肉］を食べに行った。食事には少し手をつけただけだったが、ワインを一リットルばかり飲んだ。べつにやけ酒を飲むつもりはなく、ただワインが飲みたかったのだ。それに、いつでも好きなときにグラスをワインで満たして一気に飲み干すことができるという安心感、ボトルが空になったらウエイターを呼んで、壁一面に並んだワインのなかから新しいものを注文することができるという安心感が、極上の気分を味わわせてくれたのである。店を出ると、映画と売春婦とどちらにすべきか迷ったすえ、売春婦を選んだ。待たされることはなかった。二人掛けの木製の肘掛椅子と洋服掛けがあるだけの広間に案内されたおれは、回廊を歩かされ、ふたりの女がいる台所へ通された。両方とも金髪だった。マテ茶を飲んでいたが、立ち上がるそぶりさえ見せなかった。ひとりはコミック雑誌を手にしている。おれはもうひとりの女を選んだ。彼女たちはあまりにも似通っていて（ふたりとも黒いズボンと白いセーターを身につけていた）、いま思い返してみても、自分の相手は雑誌を手にした女だったのか、それとももうひとりの女だったのか、本当のところはよくわからない。というのも、おれの気づかないうちに一方が他方に雑誌を手渡したのかもしれないし、おれが台所に足を踏み入れた瞬間、雑誌を手にしていた女がそれをテーブルの上に置き、やはりおれの気づかないうちにもうひとりの女が無意識のうちにそれを手に取ったのかもしれないからだ。それに、女を指名するおれのやり方も正確さを欠いていた。おれはただ、雑誌を手にしていないように見えた女のほうへ軽く頭を傾けただけで、ふたりのうちどちらが最初に前へ進み出たのか、いまとなってはよくわからない。おれについてきた女——それが雑誌を手にした女だったのか、もうひとりの女だったのか、どうも確信がもてない——は、裏庭を通ってクレオリンの匂いが漂う部屋に入った。清潔で片づけの行き届いたその部屋は、ただちにこれとは正反対の母の部屋を思い起こさせた。女が服を脱ぐと、腹部に手術の痕があるのが目に入った。半月形の傷痕で、細かい縫い目の痕が何本も走っている。おれは彼女とベッドを共にしたあと、家に帰って自分のベッドに入った。

トマティスは三十日の朝、アメリカ煙草をふかし、幸福感に満ちた表情で帰ってきた。力強い足取りで編集室に入ると、自分専用のタイプライターの前に腰を下ろした。シャワーを浴びて髭を剃ったばかりのようだった。おれは彼に、母親とうまくいっていないこと、それについて話を聞いてもらいたいことなどを伝えた。

「今日の夜、ぼくの家へ食事に来るといい。ワイン持参でね」、彼はそう言うと仕事に戻った。

おれは新聞社を出て裁判所に向かった。霧雨が降っていたので、その日は前日の気象情報を印刷に回した。裁判所の灰色の建物は、霧雨のなかでいっそう灰色に染まって見えたが、それはまばゆいばかりの灰色だった。正面の入口に通じる幅の広い大理石の階段は泥水で汚れていた。おが屑が撒かれたホールはたくさんの人で混み合っていた。おれは弁護士会の事務所に立ち寄ったあと、報道課のチノ・ラミレスに会った。ラミレスは、敷居にこびりついた泥水から抽出したのではないかと思われるようなコーヒーをふるまってくれた。彼の口のなかには、本来は歯があるべきところに、先のとがった茶色いのこぎり状の突起が二本生えている。いったいどんな悪疫のせいでこんなに歯が抜けてしまったのだろう。彼はそれを隠すために口を半開きにして笑った。

「判事があなたに会いたいと言っています」、ラミレスが言う。「あなたのことを探していましたよ」

「ぼくは誰も殺しちゃいませんよ」、おれは言う。

「そんなことは誰にもわかりませんよ」、ラミレスが応じる。

「正真正銘の真実です」、おれはそう言うと、コーヒーカップを頭で指し示し、腰を上げる。

「ラミレスさん、職員をしっかり監督したほうがいいですよ。まちがえて四人用のコーヒーを出すんですからね」

歯がそろっていれば彼はもっと大きな口を開けて笑っただろう。あらかじめ用意していた書類を受け取ったおれは、部屋をあとにした。エルネストはワイルドを翻訳しながら幸福な時間を過ごしているところだった。どこへ行くにもそれを持ち歩いていた。おれが執務室へ入ると、彼は辞書を閉じ、『ドリアン・グレイの肖像』に赤鉛筆を挟みこんだ。

「道に迷ったんだろう」、彼が言う。

どことなくスタン・ローレルを彷彿とさせる顔をしているが、ローレルよりは少し太っている。

「電話しようと思ったんですが、家でいろいろとやっかいな問題が持ち上がりまして」、おれはそう言うと、ワイルドの本を指さす。

「翻訳は進んでいますか？」

「順調だよ」、彼はそう言ってほほ笑む。「もう何度も翻訳された作品をあらためて訳そうなんて思いつくのは、この私くらいのものだ」

仕事机の上には書類が置かれている。〈殺人〉という言葉が見える。

「もう大勢の人間を監獄に送ったんですか?」おれは訊ねる。

彼は目をなかば閉じ、肘掛椅子にふんぞりかえった。

「大勢の人間を送ったよ」、彼は言う。

「あなた自身は監獄に入ったことがあるんですか?」おれは訊ねる。

「訪問したことはある。何度かね」

彼はおれの考えを読みとったようだった。

「同じことさ。自由の身であろうと監獄にいようと。すべては同じだ。生きていようが死んでいようが、なにもかも同じさ」

「賛成できません」、おれは言う。

「われわれは自由の国にいるんだよ」、彼は笑いながら言う。

「ラミレスから聞いたんですが、ぼくのことを探していたそうですね」、おれは言う。

「元気でやっているかどうか知りたくてね。それに明日の夜は暇かどうか訊いておこうと思って」、彼は言う。

「明日の夜ですか?」おれは言う。「明日は何の日でしたっけ?」

「私は若者のふるまいに関しては何でも大目に見ることができるが、とりすましたような態度だけはいただけんな」、彼が言う。「明日は五月一日じゃないか」

おれは顔を赤らめたにちがいない。

「そうでしたね」、おれは答える。「暇ですよ」

「私の家で食事でもどうかね?」彼は立ち上がりながらそう言う。

おれは次の日の夜に彼の家を訪ねた。厳寒の一日が終わり、九時ごろに霧雨が降りはじめた。町の反対側の北部に位置するトマティスの家から歩いて行ったため、中心街を横切って南へ足を踏み入れることになった。中心街は閑散としていて、プロビンシアル銀行の前を通りかかったときはちょうど九時だった。銀行のファサードにはめこまれた円形の時計が九時を示していた。アーケードの店でコニャックを引っかけ、ふたたび歩きはじめる。もう霧雨が降っている。サン・マルティン通りへ出て、口笛を吹きながら暗い通りを歩いていくと、弱々しい街灯の光が四つ辻に反射しているのが見える。裁判所の前を通り抜け、市庁舎の建物が面している五月広場を斜めに横切り、ふたたびサン・マルティン通りに入る。そこまで来ると、暗闇に包まれた道がカーブを描きながらつづいているばかりで、向かい側には歩道もなく、道の反対側には南（スール）公園の木々が闇のなかで緑色を帯びている。おれは玄関の呼び鈴を鳴らして後ろを振り返り、木々のあいだで一瞬の輝きを放つ池に目をやる。ドアが開いたのでおれは急いで向き直る。

「待っていたよ」、エルネストが言う。

　おれは頭を振った。

「雨ですよ」、おれは言う。

　われわれは階段を上り、まっすぐ彼の書斎にむかった。エルネストは大きな窓を覆っているカーテンを開け放つと、ウイスキーをふたつのグラスに注いだ。仕事机の上にはオスカー・ワイルドの小説と辞書、なんともいまいましい手書きの訳文がつづられたラプリダ〔アルゼンチンの文具メーカー〕のノートが置かれている。おれは机の上にかがみこみ、ノートを埋めつくす文字を眺めた。あまりにも小さな文字でびっしりと書きこまれているため、一つひとつの母音を見分けるのは不可能だった。エルネストはおれにグラスを差し出す。

「判読不能だ」、彼が言う。

「そのようですね」、おれはそう言うと、文字を目で追いつづけた。「いまはどこを訳しているんですか？」

　エルネストは読み上げる。

Yes, Harry, I know what you are going to say. Something dreadful about marriage. Don't say it. Don't ever say things of that kind to me again. Two days ago I asked Sibyl to marry me. I am not going to break my word to her. She is to be my wife.「ちょうど〈wife〉まで終わったところだ」

　おれはウイスキーを一気に飲み干す。エルネストの視線がこちらに注がれているのを感じる。大窓に近づくと、公園の樹木の向こうに池が見える。暗がりのなかで葉むらが緑色を帯びている。まったく信じられない光景だ。

「いい家ですね。快適です」、おれは言う。

「まあ、そうだ」、彼は言う。「快適だ」

　おれの顔をじっと見ている。

「これからはもっと遊びに来たらいい」、彼が言う。

「できるだけそうします」、おれはそう言うと、部屋を横切り、ウイスキーをグラスに注ぐ。

　おれは自分がまるで、道ばたで売られている操り人形、観客の目に見えない黒い糸が結びつけられた操り人形にでもなってしまったような気分だった。「お座り、ペドリート」と言われてボール紙のお尻をぺたんと地面につけるあの人形だ。ちょうどエルネストの視線が、操り人形を動かす糸というわけだ。おれは、彼の視界、ぬくもりのある書斎の光に照らされた直径数メートルの円のなかにとらわれてしまったような気分だ。飲み物が置かれたテーブルや窓に向かって歩いていると、彼の視線にみなぎる緊張感がいまにも頂点に達し、壁に行く手を阻まれるように、彼に背を向けたまま突然歩みを止めることを余儀なくされるのではないかという気がした。エルネストは、心のなかの考えを隠すまいという実直な努力を怠らなかったにもかかわらず、穏やかな口調で話した。おそらくこれはおれだけの印象で、彼はべつに実直な人間というわけではないのだろう。というのもわれわれは、善と悪を見極めるための、あらかじめ定められた型というものをもっており、おれが〈悪〉とみなしていることを自分がやりかねないとエルネストがいさぎよく認めたからといって、それがただちに、彼が誠実にふるまっていることの確証を与えてくれるものでもないからだ。なぜなら、普通なら〈悪〉とみなされることをうまく利用することによって、それよりもなお悪辣なものを隠しているかもしれないからである。しかしこれは今だからこそ言えることであって、五月一日の夜はそんなふうには考えなかった。あのときのおれが考えたのは、自分のなかの悪を認めることができるエルネストは実直な男だということだった。

われわれは食堂に向かった。テーブルにつこうとしたまさにそのとき（十一時だったと思う）、電話のベルが鳴った。女中はエルネストに、裁判所の警備係からお電話ですと告げた。エルネストはウイスキーのグラスをテーブルに置くと（われわれは立ったまま話をしていた）、書斎へ入ってドアを閉めた。何も聞こえなかった。数分のあいだ家はしんと静まりかえり、そのせいで、エルネストが書斎の扉を開ける音が、食堂へ通じる長くて薄暗い廊下を彼が歩いてくるあいだずっと鳴り響いているような気がした。その音は、エルネストの姿がアーチ形の食堂にふたたび現れると消え去った。彼は、青ざめた顔をこわばらせていた。われわれは食卓につき、一皿目の料理を無言のまま食べた。エルネストはどちらかというと太っていたが、食は細く、ほんのちょっとずつしか食べなかった。一方おれは、女中が皿に盛る料理を片っぱしから平らげた。二皿目を食べているとき――とびきりの鶏料理だった――、エルネストはついに、スズメですら空腹を満たすことができないにちがいないごく少量の食べ物を口に運ぶ目的以外のために口を開いた。

食事のあいだおれの顔をほとんど見なかった彼は、ようやく視線を上げると、ため息まじりにつぶやいた。

「ローマ地区でひとりの男が妻を猟銃で撃ち殺した」、彼は言う。「それで今晩、容疑者の供述をとってほしいと言うんだ。警察本部には容疑者を収容する場所がないらしいんでね。明日の午後まで待ってくれと答えたんだが」

「なぜ妻を殺したんです？」おれは訊ねる。

「私は何も知らんよ」、エルネストが言う。「わかっているのは、犯人が妻を猟銃で撃ち殺したということだけだ。

食料雑貨店の中庭でね」

「それで明日、供述をとるんですか?」おれは訊ねる。

「おそらく明日の午後にね。午前中はべつの裁判が控えているから」、エルネストが答える。

「ぼくも行っていいですか?」おれは訊ねる。

「考えておこう」、エルネストが言う。

食事が終わり、書斎へ戻った。エルネストはレコードをかけると、グラスにウイスキーを注ぐ。われわれは、エルネストお気に入りのレコード、アルノルト・シェーンベルクの《バイオリン協奏曲》(作品三十六)を聴くために腰を下ろす。曲が流れているあいだ、ふたりとも黙りこむ。おれはいろいろなことを考える。たとえば二年前、丸一年つづいた恋の顚末のことを。彼女の名前はペルラ・パンピグリオーニ。はじめて彼女を見かけたのは、吊り橋の近くのバス停、より正確に言えば、駅前の歩道だった。おれはその瞬間に恋に落ちた。われわれは二メートルほど離れて歩道の縁に立ち、横目で互いに相手の様子をうかがっていた。黄色い服を着ていた彼女は、腕や首、日焼けした脚を露出していた。髪の毛はなめらかな銅板のようだった。われわれは同じバスに乗り、幸いなことに、二人掛けの席がひとつだけ空いていた。おれは窓際の席を彼女に譲り、その隣に座った。彼女は窓の外を眺めているふりをしていたが、時折こちらを横目でうかがっていた。おれも同じだった。前方のバックミラーに彼女の膝が映っている。そうやって二十ブロック以上も隣り合って座っていたが、あるとき彼女の腕がおれの腕に軽く触れた。そして、バスが中心街に差しかかると、彼女は席を立って下車した。おれも一緒に下りて彼女に声をかけようと思ったが、バスに乗っているあいだずっと彼女に監視されていたような気がしたので、一ブロック先で下りることにした。彼女がバスを下りた町角まで戻ってみると、もうどこかに消えていた。それから二日間というもの、もう一度彼女に会えるかもしれないという期待を胸に、おれは駅の周辺を歩きまわってみたが、まったく行方がわからなかった。ところが次の週に彼女の姿を目にした。おれはアーケードのバルで、かつての同級生で半年前からコルドバで医学を学んでいた男と一緒にコーヒーを飲んでいた。するとそのとき、明かりのついたアーケードからバルのほうへ歩いてくる彼女の姿が目に入った。やはり黄色い服を着て、なめらかな銅板を思わせる髪を肩になびかせている。つんと上を向いた乳房が好きだったおれは、彼女がたしかにおれに気づいたにちがいないと確信した。素知らぬふりを装ったからである。そして、おもちゃ屋のショーウィンドーを眺めはじめた。こちらのテーブルから五メートルも離れていない。するとアルノルド・パンピグリオーニが不意に立ち上がって彼女に近づくと、頬にキスし、立ち話をはじめた。五メートルしか離れていないというのに、あのうすのろは、こっちへ来て一緒にコーヒーを飲もうと相手を誘うこともせず、十五分ほどおれを待たせた。彼女は踵を返すと——その前に横目でちらりとこちらをうかがった——、表通りに向かって遠ざかって行った。それまで目にしたなかでいちばん引き締まって丸みを帯びた——まさに完璧な、というほかない——臀部を左右に揺らしながら。アルノルドはふたたび腰を下ろすと言った。「ペルリータはいろいろと助かっているんだ。なんといってもぼくの従妹だからね」。おれはあらためて息を吸った。そして、彼女がいったいどういう娘なのか、何という名前なのか訊ねた。「ペルリータ・パンピグリオーニ」、アルノルドが言う。「今年、教員免状を取ったんだ」。アルノルドは、彼女がどこに住んでいるのかなど、すべてを話してくれた。そしてコルドバへ帰って行った。おれはさっそく次の日から作戦を開始した。アルノルドから聞き出した住所を手がかりに電話帳のページをめくり、目当ての番号を探し出した。父親の名前はホセ・パンピグリオーニで、グアダルーペに住んでいた。ページの真ん中の〈家庭用品店〉の欄にもパンピグリオーニという名前が出ていたので、ある日の午後、おれはサン・マルティン通りに突っ立って、父親の経営する店を日が暮れるまで見張った。やがて従業員たちが店を出ると、閉店三十分後に五十がらみの男が姿を現し、店内の明かりをつけたまま、通りに面した入口の扉に鍵を差しこんだ。

翌日、おれは十一時ごろ店に入り、電気掃除機の値段を訊ね、できれば母親をびっくりさせたいので、未成年者である自分の名義で、つけで商品を購入できないか訊いてみた。働いているのかと訊かれたおれは、そうだと答え、カリフォルニアのロサンゼルスに住む母親の兄でフィリップ・マーロウという名前の人物から毎月きっちり二百ドルの仕送りを受け取っているとつけ加えた。店員は、おそらく問題はないだろうが、とにかく不動産を所有する成人の保証がなければ難しいだろうと言った。そのときおれは不意に人の気配を感じて振り向くと、ちょうど彼女が入ってくるのが見えた。ぴったりした白いズボンをはき、白のブラウスを身につけている。店の奥の事務室に向かう彼女のあとにほのかな香水の薫りが漂った。残念なことに、掃除機の購入をめぐる交渉はすでに終わりを迎えつつあり、保証となるものがなければ売るわけにはいかないと言って店員がおれを体よく追い払おうとしていることが見てとれた。おれは、つけの申し込み用紙はもらえるのか、店長に直接事情を説明したほうがいいのではないかと食い下がったが、店員は奥のカウンターにおれを引っぱっていくと、用紙を手渡し、わざわざ店長と話すにはおよばない、不動産を所有している成人の保証人が見つかれば問題は解決するのだから、と言った。おれは、掃除機を動かしてみてほしい、もう一度よく見たいから、と言った。すると店員は、これ以上見せるべきものは何もない、掃除機の性能や付属品については漏れなく説明したはずだ、必要事項を記入した用紙を持参して頭金を払いさえすれば、その日のうちに掃除機を持ち帰って気がすむまで動かしてみることができる、と言った。

おれは店を出て、角に立って待つことにした。三十分をゆうに越えるあいだ太陽の光を浴びて待ちつづけた。十二時十五分頃、従業員がすべて出払うと、彼女は父親と一緒に出てきた。ふたりは連れ立って反対側の角へ向かって歩きはじめたが、父親が立ち止まって店の扉を施錠するあいだ、彼女はこちらをちらっとうかがい、おれがそこに立っていることに気づいていることをほのめかした。おれは三十メートルほど離れてふたりを尾行した。父親は娘の肩に腕を回している。サン・マルティン通りに出る最初の角を右折した彼らは、五月二十五日通りに向かって歩き、丸い時計が十二時十六分を示しているプロビンシアル銀行の前を通り過ぎると、港湾通りの始点となっているパロマール公園に向かった。父親は公園の駐車場に車を止めていた。大きなブルーの自家用車は、部屋が少なくとも二つか三つ、それにトイレまでついていそうな代物だった。ふたりは車のそばでしばらく言葉を交わし（おれは街角に立ってバスを待っているふりをしていた）、父親からキーを受け取った彼女が運転席に乗りこんだ。その前に彼女は横目でちらっとおれに一瞥をくれた。

おれは気が変になりそうだった。そして、いまや彼女が肉体以上のものを所有していること、自家用車という新しく登場した要素に比べれば、彼女の肉体など不完全ともいうべきものにすぎないことに思い至った。それ以来、車を運転する彼女と出くわすのを待ちわびるというすばらしき日々がはじまったのである。あまりにも強い確信をもって待ちわびたために、実際に二度出くわすことになった。最初は雨の降る午後、海岸通りでのことだ。おれは、木の下に佇んでほんのかたちばかり雨を避けながら、手すりに肘をつき、川面に降り注ぐ雨の様子を眺めつつ考えていた。「いまこの瞬間に彼女が車でやってきておれを乗せてくれるにちがいない」。そしてだしぬけに後ろをふり向くと、大きな青い車がゆっくりとグアダルーペ通りから人気のない広々とした海岸通りを走ってくるのが見えた。車はたっぷりと時間をかけて、灰色の地平線から徐々に姿を現したが、こちらに近づくにつれ、フロントガラスの前方を見据えるドライバーの顔をぼかす雨滴を払いのけるワイパーの規則的な往復運動がはっきりと見えてきた。車はそのまま通り過ぎたが、ハンドルを握っているのは彼女ではなかった。二度目は、一月のある昼下がり、やはり人気のない通りを横切っていたおれは、「いまこの瞬間に彼女の運転する車が角を曲がってこちらへやってくるにちがいない」と考えていた。ちょうどそのとき、甲高いブレーキの音が聞こえたかと思うと、角を曲がった青い車が日に焼かれたアスファルトの道を唸りをあげて猛スピードで走ってくるのが見えた。このときも車は素通りしたが、やはり彼女ではなかった。しかしおれは、青い車がどこにいようと、いつでも自分の好きなときに自分のいる場所へ呼び寄せることのできる不思議な力を手に入れつつあることに気づいた。

その年、おれはさらに五回彼女を見かけたが、いずれも歩いているときだった。彼女の家の周囲を長い時間見張ったこともたびたびあったが、実際に彼女の姿を見かけたのは一度きりだった。自宅を出た彼女は、走りながら通りを横切り、向かいの歩道に面した家のなかに入った。白いズボンと白いブラウスを身につけていた。おれは三時間ほど待ってみたが、いつまでたっても彼女は現れなかった。ついに日が暮れてしまった。あまりにもたくさんの白い影が、暗闇に包まれた黒い木々のあいだを横切っていくのを目にしたため、何百回目かに彼女を見かけたと思った瞬間、自分がじつに間の抜けた男に思われ、とうとう家に帰って寝てしまった。二度目に見かけたのは映画館だった。薄暗い館内の座席に腰を下ろしたおれは、明かりがついた瞬間、彼女が横に座っていることに気づいた。革のショートコートを着た彼女の肌は、真冬ということもあっていつもよりも白かった。隣にいる男が誰なのかわかった瞬間、彼女は顔を赤らめたようだった。ふたたび照明が消えて映画がはじまると、肘掛けに置かれたふたりの腕はずっと触れたままだった。映画館を出たところで誰かがおれをつかまえて、映画のタイトルやストーリーを訊ねたとしたら、おれはただ石のように黙りこむしかなかっただろう。映画が終わる十分前に彼女は立ち上がり、そのまま出て行ってしまった。三回目に彼女に出くわしたのはアーケードのバルだ。われわれはほとんど同時に、彼女は広場のほうから、おれは通りのほうからレジに向かい、おれのほうが少し早かったにもかかわらず、引換券を購入するための順番を彼女に譲った。彼女はオレンジジュースとホットドッグを注文し、それを手にテーブルへ移動した。おれはカウンターでコーヒーを飲みながら、時おり彼女の様子を横目でうかがった。彼女はこちらに背を向けていた。最後にふり向いたときにはすでに彼女の姿は消えていた。四度目に彼女を見かけたのはバスに乗っているときで、彼女はちょうど町角に立っていた。おれは後方の窓から、彼女の姿が視界から消え去るまで眺めていた。それからひと月後にふたたび彼女を見かけたが、そのときはおれが町角に立ち、彼女がバスに乗っていた。それから何カ月ものあいだ彼女の姿を目にすることはなく、そのまま彼女のことは忘れてしまった。

バイオリン協奏曲が終わると、おれはペルラ・パンピグリオーニについて考えることをやめ、窓辺に近づく。

エルネストがレコードプレーヤーのスイッチを切る。

「まったく静かだな」、エルネストが言う。

われわれは立方体の明かりのなかにいる。窓の外は霧雨、黒々とした樹木や公園の池が見える。おれは一瞬のあいだ、光に満たされた部屋が宙を漂っているような、その凍てつく光線をいささかも暗闇に漏らすことなく、またたくことのない光に満たされたままゆっくりと宙をさまよっているような、そんな感覚に襲われる。エルネストは椅子に腰を下ろす。

「ここ最近は何をしていたんだい？」エルネストが訊ねる。

窓辺から離れたおれは、彼の正面に腰を下ろす。

「何もやっていません」、おれは言う。

「読書は？」エルネストが訊ねる。

「しています」、おれは答える。

「女とは寝たか？」エルネストが訊ねる。

「ええ」、おれは答える。

「ちなみに私は、もっぱらこのいまいましい小説の翻訳に取り組んでいる」、エルネストが言う。

「そして監獄へ人を送りこんだのでしょう」、おれは言う。

「いや、いまはひとりも送っていない」、エルネストが答える。

それから十分ほどわれわれは黙りこむ。エルネストは片時もおれから目を離さない。肘掛椅子に深々と腰を下ろしているせいで、もう二度と立ち上がることができないのではないか、椅子の上で体が二つに折れ曲がったまま事切れてしまうのではないかと思われるほどだ。おれは奇妙な感覚に襲われながら彼の姿を観察する。目をなかば閉じ、ウイスキーのグラスを手にしている。かすかに上体を動かすと、氷がグラスに当たる音がする。それを耳にすると、おれは恐怖に襲われる。なぜだかよくわからないが、恐怖の発作に突然襲われ、なにかしゃべりたくなる。氷とグラスの触れる音が言葉の響きにかき消されることを願って、なにかしゃべりたくなる。エルネストはおれの言葉に耳を傾けていたが、まるでそこにいないかのようだ。

「この夏はいやなことが多くて」、おれは言う。「まったくさんざんでした。ぼくは夜になると中庭に座って一晩中星を眺めていたんですが、奇妙なものが空に浮かんでいるのが見えるんです。何かのしるしのようなものなんですが、それを見てぼくは恐怖にとりつかれました。まだ誰にも話したことはありません。この話をするのは今日が初めてです。夜空の星が動くのが見えるんですが、あるとき、虎や豹でいっぱいの月を目にしました。虎や豹は粉々に砕け散って、月を取り囲む夜空を真っ赤な血で染めるんです。そして、天国から地獄へ下ってくる馬車が見え、そこにはまだ存命中の知人たちが乗っています」

おれはそんなものを見たことはなかったが、この目で見てみたいものだと思っていた。実際に目にしたのは、青みがかった輝きを発して闇のなかを浮遊する、無数の裸の女たちだった。

「そんなものよりも不吉なものが見えることだってあるさ。しかも夜空とはかぎらない」、エルネストはわずかに上体を起こし、ウイスキーを口に含みながら言う。

おれはさらに一時間ほどエルネストと一緒に過ごし、家路についた。霧雨が降りつづいていた。暗闇に包まれた死んだような町を歩き、五月広場を斜めに横切りながら、輝きを封じこめた黒い塊のような裁判所の建物を目にした。靴は赤みがかった泥にまみれ、氷のように冷え切ったシーツにくるまって寝る前に、顔と頭、湿った足をタオルで拭かなければならなかった。なかなか眠ることができず半時間ほど震えていたおれは、体を温めるためにマスターベーションをした。しかし、シーツが汚れただけで、おれの体は相変わらず氷のように冷えきっていた。月をいっぱいにする虎も豹もいなければ、暗闇のなかを浮遊しながら青い燐光を発する全裸の女たちの姿も見えなかった。凍りついた漆黒の闇が広がるばかり、その中心に位置するものといえば(中心というものが本当にあるならば、ということだが）、闇のなかをさまよう光り輝く部屋、肘掛椅子に腰を下ろしたエルネストの手のなかで、グラスの氷がかすかな音を立てている部屋ばかりだった。おれは部屋の明かりをつけた。それがまちがいなく自分の部屋であることを確かめると、明かりを消して暗闇のなかに身を横たえた。

しかし、前日の真昼ごろに裁判所を出たときにはまだわかっていなかった。部屋のなかで髪を乾かし、氷のように冷たいシーツにくるまり、頭のなかの漆黒の洞（うろ）を浮遊する光り輝く部屋のイメージを思い浮かべるためには、その日の午後と夜、次の日の昼と夜の一部を過ごす必要があったのだ。身をすくめてのろのろ歩くぼんやりした人影が、霧雨のなか、灰色の光輝に満たされた広場を横切っていた。新聞社に戻ると、トマティスが編集長とコーヒーを飲んでいた。編集長は背が高く、眼鏡をかけた男で、どうも虫が好かなかった。トマティスは誰とでもうまくやっていける人間だ。なぜなら、彼にとっては他人のことなどまったくどうでもよかったからである。葉巻を吸う連中と一緒にいるときは自分も葉巻を吸う。コーヒーに生クリームを入れる連中と一緒にいるときは、自分もコーヒーに生クリームを入れる。食事に塩を入れない連中と一緒にいるときは、自分も塩を入れない。もっとも、たとえそうはみえないとしても、彼はけっして迎合的な人間ではない。むしろ、たとえわずかであれ、彼の興味を引くものがこの世にはひとつも存在しないといった感じなのだ。何事であれ興味を引かれるということがまったくない。万事この調子だから、どんなことでもやってのける。まったく信じられない。

編集長のオフィスから出てきたトマティスは、こちらへ近づいてくるとおれに話しかける。

「食事が終わったらストレート・レールの勝負をはじめようじゃないか」

「いいですよ」、おれは言う。

トマティスは、好き勝手なおしゃべりに興じるために、手球の白球を手に取るとおれに黒丸のついた白球を渡す。そして、ミスショットのあとはおれにすべてのショットをゆだねる。サイドテーブルの横に立ったまま、コーヒーカップの中身をいつまでもかき回している。広々としたホールのあちこちに光の円錐体が散らばり、ビリヤード台の緑のクロスを輝かせ、クロスの上を転がっては独特の音を立ててぶつかり合う球に反射している。おれはテントを思わせる光の円錐体を数えてみる。全部で六つ。そして身をかがめ、最初のキャロムを狙う。

「ちょっと！」トマティスが叫ぶ。おれは驚いて後ろを振り返る。宝くじ売りの男が立ち止まった。片足のない白髪頭の男が、モザイク模様の床に松葉杖を響かせながらやってくる。

「当選番号表はあるかい？」トマティスが訊ねる。

「上から十番目までの当選番号だけですが」、男は答える。

「二の四十五は？」トマティスが訊ねる。

男はポケットから番号表を取り出すと、それをトマティスに差し出す。トマティスは番号表に目を走らせる。

「ないな」、そう言うと番号表を男に返す。

男は立ち去る。おれは第一ショットを終えて第二ショットに備える。トマティスは窓の外の通りを眺めている。

「一年中雨が降りつづくんだろうな」、彼は言う。

おれは五回のイニングで勝負を決める。それぞれ十二キャロム、十四キャロム、九キャロム、七キャロム、八キャロムだ。十四キャロムを成功させたのはコーナーに球が並んでいるときだ。トマティスのショットのあと、ふたつの的球が至近距離に並んだからである（おそらく彼はわざとそうしたのだろう）。おれは、十四回目のキャロムを成功させるまで、ふたつの的球が離れないようにゲームを運んだ。ところが十五回目のキャロムを狙ったショットで、キューの先端のタップにチョークを十分にこすりつけなかったために、打ち損じてしまった。直後にトマティスもミスショットすると、おれはさらにキャロムを九度重ねた。勝負が決まるまでに十五分もかからなかったにちがいない。トマティスはおれが成功させたキャロムに一度も目を向けなかったと思う。そのなかのいくつかは、国際大会で披露してもそれほど悪い出来のものではなかったはずである。トマティスの視線は、長方形の窓を離れ、ざわめきと反響に満たされた大きなサロンをあてもなくさまよう。

「ブエノスアイレスでは」、トマティスが言う、「ホテルから一歩も外へ出なかったよ。アメリカ煙草を部屋まで運んでもらって、プロデューサーが訪ねてくるたびに、ひとりになるとかならず陥っていたある種の無気力状態から抜け出すんだ。プロデューサーは監督と一緒にやってきたよ。ふたりしてぼくの体を押さえつけて服を脱がせ、シャワーを浴びさせ、パジャマを着せ、鉛筆を握らせ、机の前に座らせるんだ。監督はときどきぼくに平手打ちを食わせる。そして、〈想像力を使わなければだめですよ〉と言う。するとプロデューサーが、〈撮影チームのみんなが待っているんです。アメリカから三人のスタッフを連れてきているんですよ〉と言う。〈わかりました。どのようなものがお望みなんですか?〉と訊ねると、監督は、誰それの対話の場面を書いてほしい、ぜひともそれを完成させてもらわねばなりません、と答える。〈どこまで終わったんでしたっけ?〉とぼくは訊ねる。〈ちょうど〝金（かね）〟というところです〉、監督が答える。〈金〉、ぼくは言う。〈そうですよ。まさしく〝金〟というところです〉、プロデューサーが口をはさむ。そのとき、ひとりの金髪女がガウンを着たまま寝室から出てきた。空のボトルを一本ずつ両手にぶら下げてね。そして、〈空になったボトルをあたしの旅行鞄に入れないでって何度言ったらわかるの?〉と言うんだ。素っ裸で歩き回ることもあった。ところがぼくもプロデューサーも監督も、そんな彼女に見向きもしない。まったく眼中にないと言ってもいい。〈金〉、ぼくが言うと、〈そのとおり、金です〉という答え。ぼくは頭を掻きながら、いったいどうして自分は昨日、〝金〟などという言葉を書いたんだろう、そもそもどんな内容の映画なんだろう、と考えはじめる。〈すでに書き上げたものを見せてください〉とぼくは言う。〈そんなものは忘れなさい〉、プロデューサーは答える。〈制作部長が保管しています〉と言ってね。最後のセリフはたしか〈おれには金が要るんだ〉だったと思う。〈金という言葉を実際に口にすることはけっしてありません〉、ぼくは確信をもって言う。〈普通は婉曲表現が用いられるものです。〝現ナマ〟とか〝持ち合わせ〟とか〝先立つもの〟とか。〝金〟とはけっして言いませんよ。だから、私がそれを書いたなんてことは絶対にありません〉。するとプロデューサーは、ぼくに平手打ちを二発お見舞いする。〈トマティスさん、理屈をこねるもんじゃありませんよ。私はそんなことのために報酬を支払うわけじゃない。映画のシナリオを書いてもらうためですよ〉。そんなことがあって、われわれはようやく意見の一致を見る。つまり、ある男が別の男に金の無心をする、するとその男は、ある令嬢を自分に譲り渡すという条件をつけて金を貸してやる、という筋書きだ。われわれは対話の場面を書き進めていく。プロデューサーが部屋を出ようとすると、その日一本目となるボトルをもってきたメイドとぶつかる。彼はぼくに向かってなにか話しかけるが、ぼくは、バスルームから聞こえてくる金髪女の歌声と、バスタブを満たすお湯の上に降り注ぐ熱いシャワーの音を通して、その言葉をかろうじて聞き分ける。彼はだいたいこんなことを言っていた。〈あんたはいい人だよ、トマティスさん。抜けめのない人物だ。そんな人間をこれまでずいぶん見てきたが、あんたほど抜けめのない人物にお目にかかったことはないね。二億ペソの金が動く映画産業、あんたのような抜けめのない人物がそれで飯を食っている映画産業なんかにかかわらずに、ふたつの工場と牛の群れだけを相手に生活していける身分だったら、あんたとののんびり世間話でもして暮らすんだがね。最高に楽しい時間を過ごすことができるだろう。あんたに終身手当を支払うことを真剣に考えたこともあるんだ。あんたはただ小説を書いてそれを郵便で私に送るだけでいいというわけだ。しかし、天国の母に誓って言わせてもらうが、私が手がける映画にあんたのシナリオを採用することは金輪際ないだろう〉。そう言うと彼は出て行ってしまった。ぼくは笑いがこみあげてきて、頭を揺すりながら浴槽に飛びこんだよ。金髪女と一緒にお湯をあふれさせてね、メイドの尻に水を吹きかけて遊んだもんさ」

おれは新聞社へ戻った。トマティスはこれから出かけなくてはいけないと言う。うっかり提出するのを忘れていた気象欄の見出しについて印刷所から問い合わせがあったので、あれこれ迷ったすえにつぎのようなタイトルに決めた。〈当地の気象状況に変化なし〉。それを印刷所に回すと、誰にも煩わされることなく穏やかな気分で煙草を吸った。そして、新聞が刷り上がる時間に印刷所へ下りていき、一部を抜き取ってアーケードのバルに入った。店内は人であふれていた。新聞の最後のページ——コマ漫画と生活情報欄のページ——まで読み進んだときは七時半を過ぎていた。すでに日は暮れ、相変わらず霧雨が降っている。町のネオンが雨に濡れた舗道に反射していた。トマティスの家へ行くにはまだ早かったので、家に帰って母と顔を合わせたくなかったおれは、暇つぶしをしようと、通りで最初に見かけた不審な人物を尾行することにした。おれが狙いを定めたのは、流行の服を着て、白のレインコートを着た男、上品このうえない黒い傘を杖がわりにして歩いていた三十がらみの男だった。

おれは、歩道に降りかかる霧雨を避けるように、アーケードの入口に立ったまま、サン・マルティン通りを南から北へ歩いてくる男の姿に目をとめた。男は靴屋のショーウィンドーの前にしばらく立ち止まると、アーケードの歩道の角にせり出すように立っている煙草屋へ入った。そして、パイプ用の煙草を買い、店を出た。おれはさっそくあとをつけはじめた。男は四ブロックほどサン・マルティン通りを北にむかって歩くと、右折して五月二十五日通りのほうへ進み、ブロックを一周してふたたびサン・マルティン通りへ入り、今度は反対側の歩道を北から南にむかって歩いた。おれは男の姿を見失わないように、四十メートルほどの距離をおいて跡をつけた。照明のついた店の入口に立った男は、雨を避けながらパイプに火をつけ、火が回るまで三度か四度、深々と煙を吸いこんだ。二メートルも離れていないところに立ち止まったおれは、男が立っている店のショーウィンドーを見ているふりをした。そこが女性の下着を売る店であることに気づいたおれは、急いで店を離れ、数メートル先へ進んだ。しかし、男の歩みがのろのろしていたせいで十メートルほど間隔が開いてしまったことに気づき、ふたたび足をとめた。おれは角に立ってしばらく待ったが、男はすぐ横を通り過ぎると、黒い傘を開くためにしばし立ち止まった。雨脚が次第に強くなってきた。男はサン・マルティン通りを北から南にむかって六ブロックほど歩くと、今度は南から北にむかって反対側の歩道を歩きはじめた。おれは男からけっして目を離さなかった。その歩みは正気とは思えないくらい遅かった。男はふたたび照明のついたアーケードの歩道の前を通り過ぎると、最初の角を曲がってバスターミナルへ向かった。そして、バス乗り場の入口で立ち止まり、それまでずっとくわえていたパイプを手にとると、反対側の歩道に面した郵便局の建物を、口をぽかんと開けて眺めた。窓という窓が煌々と輝いている。男は建物を上から下までじっと眺めていたが、口をぽかんと開けたままそり返るようにして見上げていたために、そのままひっくり返ってしまうのではないかと思われた。そして、ロサリオ行きのバスのチケット売り場へ行って乗車券を買った。おれはできるだけ窓口のそばへ近寄って耳を澄ませ、男が翌日の午前八時十分発のバスの乗車券を買ったことを確かめた。男はバス乗り場へ出て傘を開き、正面の歩道へ渡ると、来た道とは反対の方向へ歩きはじめた。五月二十五日通りの角へ出た男は、モンテカルロという名前のバルで立ち止まり、ガラス戸越しに中を覗きこんだ。とくに興味を引かれるものはなかったようで、回れ右をしてそのまま五月二十五日通りを北にむかって歩きはじめた。曲がり角へ出ると傘をたたみ、ホテル・パレスへ入った。おれはそのまま跡をつけた。ホテルのロビーはまばゆいばかりの光に満ちあふれ、清潔感が漂っていた。ドアマットがないのに、床は濡れてもいなければ泥の跡もなかった。男はコンシェルジュが控えるカウンターの前に進み出た。

「二一二号室だ」、男が言う。

コンシェルジュは男に部屋の鍵を差し出す。男は、おれには一瞥もくれずにエレベーターに乗りこむ。おれは、格子のついた金属の箱が上昇して視界から消え去るまで、格子の向こう側に立っている男の姿を眺めていた。コンシェルジュが、なにか御用ですかと訊ねる。

「このホテルにフィリップ・マーロウさんが宿泊しているか知りたいのですが。午前中に会う約束になっていたんです」、おれは言う。

「何という方です?」コンシェルジュが聞き返す。

「フィリップ・マーロウさんです」、おれは答える。

コンシェルジュは宿泊客名簿を調べはじめる。

「どちらから来られた方です?」

「ロサンゼルスです、カリフォルニアの」、おれは言う。

コンシェルジュは宿泊客名簿を入念に調べる。

「まだお見えになっていないようです」

「ありがとう」、おれはそう言うと外へ出た。

カサ・エスカサニーの時計の鐘が九時を告げた。おれは食品店に入って赤ワインを二本買うと、トマティスの家にむかった。雨はやんでいたが、ひどい湿気だった。中央市場の角でタクシーを拾い、運転手に行き先を告げる。トマティスが誰かを家に招待するときは、彼が仕事場として借りていたごく小さなアパート、ふたつの通りに挟まれ、中心街から外れた地区にある小さなアパートのほうへ来てほしいということである。一方、〈母の家〉へ招待するときは、母と妹と一緒に暮らす中心街の家へ来てほしいということである。正直に言って、おれはトマティスの母親の家の屋上にある部屋のほうがずっと気に入っている。そこには、ソファーベッドや机、小さな書棚、ベッドの横の黄色い壁に掛けられた『カラスのいる麦畑』の複製があるからである。郊外のアパートはより快適ではあるが、彼がそこにいるところをつかまえるのは容易ではない。おそらく仕事に没頭していたり、すでにベッドに入って寝る準備をしているなどの理由で、電話に出ないのだろう。わざわざおれをそこまで呼びつけておきながら、行ってみると彼に会えなかったということも何度かあった。タクシーの窓ガラスを通して、雨に濡れ、暗闇に包まれた町が流れ去っていく。トマティスが住むアパートの前の歩道は、海の底よりも暗かったが、扉の下のわずかな隙間から細い光が漏れていた。おれは呼び鈴を二度鳴らし、扉が開くまでずいぶん待たされた。顔を出したのはオラシオ・バルコだ。大きな図体で戸口をふさいだ彼は、ワインレッドのタートルネックのセーターを身につけ、フランネルのズボンをはいていた。いずれも、物乞いをしなければならないときがやってきた暁にはぜひ貸してもらおうと思わせるような代物だった。

「やあ」、バルコが挨拶する。

おれはその横を通って中へ入った。彼はドアを閉め、明かりのついた最初の部屋までついてきた。二脚の肘掛椅子のほかに、部屋のあちこちに椅子が置かれ、本棚と机もある。ベッドが長椅子の役目を果たしていて、ついさっきまでバルコがそこに寝そべっていたことは明らかだった。バルコほどの巨体の持ち主でなければあんなに大きな窪みができるはずがない。床には夕刊がバラバラに散らばっている。おれはワインのボトルをテーブルに置き、トマティスの居場所を知っているかバルコに訊ねた。

「どこかにいることだけはまちがいないね」

「夕食に招かれたんだよ」、おれは言う。

バルコは腕を伸ばす。

「台所に何かあるはずだ」

「もう少し待ってみるよ」、おれは言う。

バルコは、何の意味もない身ぶりをしたかと思うと、そのままベッドに寝そべった。あおむけに横たわってから二分後にはもう鼾をかいていた。おれはトマティスの机に歩み寄り、開いたまま置かれているノートを覗きこんだ。余白にはびっしりと書きこみがあり、つぎのような文章が記されている。

野ウサギを追いこむためには、さらにもうひとつ
　　野ウサギがそこを越えて
先へ進むことのできない地点がなければならない
野ウサギを疲れさせるためには、走り抜けるための
　　野原がなければならない

野ウサギを死に追いやるためには、野原や
　木々の枝がつくる洞（うろ）のなかに、死に出くわすことのできる
　　場所がなければならない
ただひとつ、彼がみずからのなかに携えてきた小さな光だけは
　　幻だった

そのあとには空白のページがつづいている。おれは親指でページをぱらぱらとめくっていく。そのなかに一枚、手書きの文章が記された紙片が挟みこまれている。

ぼんやりとかすむ集落が、後方へ流れ去り、消え去っていく
暖かい光に照らされた小さな部屋では
青ざめた顔の男たちがテーブルを離れ
　　窓辺へ近づく
獣のにおいに満たされたベッド
くぐもった音楽が鳴り響く
　　汚れた敷石の憂鬱なバル
庁舎　警察署
　　裁判所
雨に打たれ　打ち捨てられた公園
アラベスクの苔の絨毯にうつぶせになった

女たち
舗道や、みすぼらしい煙突から吐き出される煙
　それは霧雨に溶けこむ
明かりの消えた窓が見える市庁舎の白い建物
人気のない通りをゆっくり走る
　バス
ゴロゴロと鳴りつづける、百万もの精神
緩慢な解体をとげつつ……

玄関の扉の音にびっくりしたおれは、読んでいた紙片をノートのページに挟んだ。ノートは、元通りに開いたままにしておいた。トマティスが部屋に現れ、男女の話し声が背後から聞こえた。女物の靴音が廊下に響く。トマティスはおれを見ると驚いて立ち止まった。きっとおれを家に招待したことを忘れていたにちがいない。しかしすぐにそれを思い出したようだった。そして、テーブルとベッドをちらりと見やり、開かれたままのノートを見ると、不信に満ちた目をおれに向け、机に歩み寄ってそれを閉じた。トマティスにつづいて、三人の若い娘たち、青のジャケットにフランネルのズボンといった装いの眼鏡の男が入ってきた。女たちの顔には見覚えがあったが、男の顔は、このろくでもない人生のなかでついぞ見かけたことがない。男は片手にレインコートをぶら下げている。女たちは傘をたたんでいる。ちょっと信じられないような緑の服を着た女が、スカーフを頭から取り、髪をほどいて後ろへかきあげた。トマティスはベッドに近づいてバルコの体を揺さぶる。バルコは上体を起こしてベッドの上に座り、周囲を見渡した。そして、顔を手で撫で回すと立ち上がった。腰のくびれた白いコートを着た女は麦わらの手さげ袋を持っている。トマティスは彼女からそれを奪い取ると、テーブルに置いて中身を取

り出す。ウイスキーのボトルが二本と、缶詰がたくさん出てきた。トマティスはさらに袋の底からパンを取り出した。ふたりの女たちは部屋の奥に消え、トマティスも彼女たちにつづいて出ていく。部屋にはおれとオラシオ・バルコ、緑色の服を着た女、二つ折りにしたレインコートを腕からぶら下げた男が残された。男はドアの近く、バルコはポケットに両手を突っこんだままベッドの傍らに立ち、おれはテーブルの上の缶詰とウイスキーのボトルのそばに手をついて立っていた。緑色の服の女は部屋の真ん中に佇み、緑色の傘を一方の手に、スカーフとハンドバッグをもう一方の手に持っている。全員が押し黙ったまま、なんとなく気まずい雰囲気になってきたので、おれはなにかしゃべろうとしたが、ちょうどそのときトマティスがふたりの女を連れて戻ってきて、缶詰とウイスキーのボトルを抱えて台所へ運んでいった。バルコもそのあとから出ていった。部屋には、折りたたんだレインコートを腕からぶら下げた青いジャケットの男と、緑色の服の女、おれの三人が残された。

「また雨ですか？」おれは言う。

「少し降っているわ」、緑色の服の女が答える。

眼鏡の男は目を上げるが何も言わない。おれはベッドと椅子を指さして言う。

「座りましょうか？」

緑色の服の女は肩をすくめ、肘掛椅子に腰を下ろしたが、傘もハンドバッグもスカーフも手に持ったままだ。眼鏡の男は、まるで石にでもなってしまったように微動だにしない。おれはテーブルの縁に腰を下ろす。煙草の箱を取り出して勧めてみるが、誰ひとり手を伸ばさない。おれは煙草に火をつけ、箱をしまう。唇に挟んだフィルターを噛み、煙が目にしみないように少しだけ頭をそらす。もしもフィルターというものが存在せず、それを噛むことができないとしたら、おれは煙草になんか興味をもたないだろう。おれが本当に気に入っているのはフィルターを噛むことであり、煙を吸いこむことではない。緑色の服の女が目を見開いてこちらを見ている。両脚を伸ばしてテーブルの縁に腰を下ろしたおれは、レインコートのポケットに両手を突っこみ、煙草のフィルターを噛んでいる。そして、目をなかば閉じ、頭をもたげている。眼鏡の男は相変わらず不動の姿勢を保っている。まだ死んでいないかどうか確かめるためにその体を揺さぶってみたい誘惑にかられる。そのとき、片手にグラスをもったトマティスがやってくる。

「みんなくつろいでくれ」、そう言うとおれを見る。「テーブルに尻(けつ)を下ろさないでほしいな」

女が笑い出す。

「カルリートス」、彼女は言う。「この椅子、どこで手に入れたの？」

「おばあちゃんにもらったんだ」、トマティスが答える。そして、レインコートを腕にかけたまま石像のようにじっとしている男へ近づくと、肩をぽんと叩いて言う。「まあとにかく座れよ」

男はおとなしく椅子に腰を下ろす。

「みんな、台所で好きなものをつまんでくれ」、トマティスが言う。「グロリアとネグラが食事の準備をしている。バルコがさっそくつまみ食いをはじめたぞ。あいつはいつも腹をすかせているんだ。牛をまるまる一頭平らげたこともある」

「信じられないわ」、緑色の服の女が言う。

「まあ、さすがに角と尻尾だけは残したがね」、トマティスが言う。そして、おれを頭で指し示す。「アンヘリートは新聞社の同僚なんだ。気象欄を担当している。いっこうに降りやまない雨の責任はもっぱらこの男にあるというわけだ」

このとき白いレインコートの女が現れ、ボタンをはずして脱ぎはじめる。濃紺のスカートをはき、同じく濃紺のセーターを着ている。レインコートを脱いでそれをベッドの上に放り投げる。こめかみと手首に産毛が生えているのが見える。おれは、服を脱いだら毛むくじゃらの裸体が現れるのだろうかと自問する。

「あと十分で食事だ」、トマティスは部屋を出る前にそう言う。

「ネグラ」、緑色の服の女が呼びかける。「なんだったら手伝うけど」

「バルコが手伝ってくれてるわ」、ネグラはそう言うと台所に消える。

ようやく椅子に腰を下ろしたというのに、眼鏡の男は相変わらず二つに折りたたんだレインコートを腕にかけている。椅子の端に腰を下ろした彼は、上体を前傾させ、レインコートを巻きつけた腕を太ももの上に載せている。顔の筋肉が硬直したままピクリとも動かない。そっと後ろにまわって椅子を引いても、そのままの姿勢で空中にとどまっているのだろうと思われた。トマティスはグラスを手にして立っている。朝に剃ったはずの髭がいくぶん濃くなり、両の頬が青みがかった金属的な光沢を放っている。鉤鼻がアーチを描くように輝いている。

「何の話をしていたんだっけ?」、トマティスが言う。

「角と尻尾を食べ残したって話よ」、緑色の服の女が言う。

「それならば悪魔の話をしていたわけだ」、トマティスが言う。

緑色の服の女が笑いはじめる。トマティスはテーブルにグラスを置くと、夕刊を拾い集めてきれいに揃え、折りたたむ。

「明日になればもう古新聞だ」、そう言うとトマティスは、苦労してかがみこんだために赤くなった顔を持ち上げた。

このときオラシオ・バルコが現れ、部屋の入口を大きな体でふさぐ。なにやら咀嚼しながらワイングラスを手にしている。

「カルロス」、オラシオ・バルコが言う。「塩がないぞ」

「そんなはずはない」、トマティスが答える。

しかしバルコはすでに台所に姿を消し、トマティスもあとにつづく。

「あなたも作家なの?」緑色の服の女が訊ねる。

「いや」、おれは答える。

「新聞のほかに何の仕事をしているの?」彼女はつづける。

「べつに何も。ときどき警察のために働くこともあるけれど、ごくたまにですよ」、おれは答える。

「どんな仕事?」緑色の服の女が訊ねる。

「誰かを尾行したり、家宅捜索のようなことをやったり。大したことじゃありません」、おれは答える。

「すごいわね」、緑色の服の女が言う。

「べつにそんなことはありませんよ」、おれは言う。「退屈することもしょっちゅうです」

「そうね。そのとおりよね」、緑色の服の女が思案顔で言う。「なんであれ長い目で見れば退屈きわまりないものね」

トマティスのウイスキーグラスを口へ運んでいると彼が部屋に入ってきた。おれが飲むのを待ってからグラスを受け取り、こう言う。

「台所にボトルが二本ある」

そして、レインコートを腕にかけた男に近づく。もう死んでしまったのではないかと思われたほどだ。

「ニコラス、台所で何かつまんだらどうだ」、トマティスが言う。

男は何も言わずに立ち上がると、やはりレインコートを腕からぶら下げたまま部屋を出ていく。おれはトマティスに話しかける。

「腕に縫いつけているんですか?」おれは訊ねる。

「何を?」トマティスが言う。

「レインコートですよ」、おれは答える。

トマティスは仕方なく笑うと、何か飲みたいなら台所に行けばいい、ついでに夕食の準備ができたら知らせてくれと言う。

「いや」、おれは言う。「いまは何も飲みたくありません。食事のときにいただきますよ」

「アンヘル君は本当に変わり者だね」、トマティスが言う。

「そのようね」、物珍しそうにおれの顔を見ながら、緑色の服の女が言う。

おれは煙草を床に投げ捨てると、テーブルから飛び降りて靴でもみ消す。床は一面泥だらけで、部屋の真ん中から台所へ通じるドアのところまで、泥の跡が複雑な模様を描いている。緑色の服の女は足を開き、まくれ上がったスカートから正気とも思えないようなむっちりした太ももの下半分をのぞかせている。おれはなんとかしてそちらを見ないように努めるが、抗しがたい力に引きずられて一再ならず顔を向けてしまう。彼女はまったくそれに気づかない。それどころか、おれがそこにいることさえほとんど意識していないのではないか、おれに向けて発した質問は、なじみのない人間を前にしたときの習慣にすぎず、機械的に口にしただけなのではないか、そんな印象すら受けた。彼女が最後に投げかけてきた視線は、それまででいちばん生き生きとしていたが、こちらの顔を撫でるような軽さにはいくぶん苛立ちをおぼえた。

「あなたの顔をどこかで見たような気がします」、おれは言う。

「そうかもしれないわね」、彼女が応じる。「この町では誰もが知り合いだから」

「いいえ」、おれは言う。「以前どこかであなたと言葉を交わしたような気がするんです」

「そうかもしれないわね」、彼女が言う。「あたしはおしゃべりだから、誰とでも話すのよ」

「しかしあなたとはずいぶん親密に話したことがあるような気がするんです」、おれは言う。

まったく効果なしだ。彼女は意外だといわんばかりの身ぶりをすると肩をすくめ、そうかもしれないことをほのめかした。トマティスがおれをじっと見ている。そのとき、レインコートを腕からぶら下げた男がもう一方の手にウイスキーのグラスをもって現れた。ドアのそばに立ったまま動かない。茶色の大きな靴を履いていて、ゴム底があまりにも分厚いせいで、まるで義肢用の靴のようだ。

「どうやら燃料補給が終わったようだな、ニコラス」、トマティスが陽気な口調で言う。

「食事の準備ができたよ」、ニコラスが告げる。

つまりこの男は口がきけるのだ。完全に人間のような風貌をしていることを考えると、それはまさに驚くべきことだ。彼がじつは合成樹脂から作られた人形で、バルコが台所で急造した特殊な装置を取りつけたおかげで「食事の準備ができたよ」と話すことができたのかもしれない、おれはそんなふうに考えた。あるいはほかならぬトマティスが腹話術師のように声を発したのかもしれない。緑色の服の女が立ち上がり、部屋を出ていった。

「ご執心は禁物だぞ、アンヘル」、トマティスがおれにむかって言う。「プペには性というものがないんだ。生まれつきそうなんだよ。でも愉快な女だし、話し相手としても役に立つ女だ。どんな話でも相手になってくれる。どのみち彼女にとってはちんぷんかんぷんなのさ」

夕食はひどいものだった。エンドウ豆の缶詰を五十個ほど開けて、玉ねぎと一緒に煮こんだものだから、緑色がかった水っぽいポタージュのような、まったく味のしない代物ができあがった。いったい誰がニコラスに、レインコートを椅子の背もたれに掛けるように説得したのか、それはわからなかったが、食事のあいだニコラスは、レインコートを腕からぶら下げていたときとまったく同じ位置に腕を固定していたせいで、その物腰は以前とあまり変わらなかった。椅子が足りなかったので、グロリアはバルコの膝の上に座り、彼と同じ皿を使って食事をした。ふたりは食事の準備をしているときに親しくなったようだが、あるいは以前からの知り合いだったのかもしれない。グロリアは、脚にぴったりの黒のジーンズをはき、髪をポニーテールにまとめていた。その首は棒のように細くて長く、ずり落ちないようにバルコが背後から彼女を支えていた。おれはトマティスとネグラのあいだに座り――プペはトマティスの隣に座っている――、ネグラの産毛が耳の後ろにも生えていることを見てとった。おれは自分の首を賭けてもいいが、彼女が猿のように毛むくじゃらな女であることはまちがいないだろう。トマティスは最初の一口を食べ終わると、腐った玉ねぎを使えばもう少しおいしいポタージュができただろう、ゴミ箱のなかから調味料を探し出してポタージュに加えるならまだ間に合うはずだ、そんなことを口にした。そして、映画のプロデューサーというのは太い葉巻ですぐにそれとわかるものだが、映画監督となるとそうはいかない、というのも、彼らの前頭骨の奥には空気が入っているばかりで、それで映画監督だと見分けがつくのだ、と言った。そして、バルコを相手にした議論がはじまった。バルコは、オセロは嫉妬深い男ではない、イアーゴはデスデモーナの裏切りの証拠を示しただけだ、彼はせいぜいのところ、周囲の人間に感化されやすい人物にすぎないのだ、と主張した。バルコによると、誰の目にも明らかなのは、むしろそのマゾヒズムであり、また、トルコ人はおしなべて嫉妬深くて直情的だという一般的な考えにしたがって悲劇をつくりあげることに固執したシェークスピアの乱暴なやり方だ、ということだった。そこから一気に飛躍して、イギリス人の粘液的性質は極度の湿気に由来するものだ、と述べ立てた。トマティスは、オセロが嫉妬深い人間でないことを認めつつも、バルコの持ち出した論を軽く一蹴した。いわく、オセロが嫉妬深い男でないのは明白である、というのも、彼の行動は、嫉妬深い男のそれとはおのずから別物であり、これまた明白なことに、嫉妬深い男というものは、自分を裏切った女を刃物で刺し殺すようなことはせず、むしろ、バナナプランテーションの広さを冷静に計算したり、みずから所有するバンガローの南西側の支柱の影が徐々に移動していく様子をじっと観察したりすることに専念するものだからだ。「これはわかりきったことだが」、トマティスは大声を張り上げながらテーブルを拳で叩く。「嫉妬深い男というのはけっして自分の妻を刃物で刺し殺したりはしない。そんなのは安っぽい心理学さ。嫉妬深い男というのは、細部への異常なこだわりを見せる人間のことだ。ぼくがかつて正真正銘の嫉妬に襲われたときは、大工道具の折り尺を手に入れて、不貞が繰り広げられているにちがいないダブルベッドの寸法を正確に測ってみたいという抑えがたい欲求にかられたものだ」

おれの見るところ、トマティスの論には誇張が含まれていたが、主張そのものは独創的だった。バルコは、大工道具の折り尺を使うなら、トマティスをお払い箱にしてまでその女が新しく選び取った一物のサイズを測るのに使ったほうがよかったのではないかと切り返した。「折り尺を全部広げる必要があれば、不貞の原因はまさにそこにあったというわけさ」。ふたりが大声で議論するのをやめると、沈黙が五分以上つづいた。おれは皿の縁を小さなスプーンで叩いていた。沈黙が耐えがたいものになるとおれは小便に立った。そして、モザイク模様の板石が敷き詰められた小さな中庭を横切った。そこは葉の落ちた木々が立ち並ぶ地所に面していて、木々の黒々とした枝を透かして、月光と星空を時おりかいま見せながらすばやく通り過ぎていくたくさんの雲が見えた。ところが中庭には風がなく、黒々とした裸の枝々はぴくりとも動かなかった。おれは便所には入らずに、赤いモザイク模様の板石と土の地面を隔てる細長いコンクリートの上に立って、中庭で用を足した。台所に戻ると、みんなしておれの話をしていたのではないかという気がした。席をはずしたときとは明らかに違う意味深長な沈黙が一座を支配していたからだ。

「オリーブ汁を絞り出してきましたよ」。一同の沈黙に直面したおれはそう言った。トマティスは、前方の部屋へ行って机の引き出しから煙草の箱を取ってきてくれないかと言った。部屋に行って引き出しを開けてみると、アメリカ煙草が二箱入っていた。おれはそのうちのひとつをポケットにしまうと、もうひとつをトマティスのために持っていった。彼はそれを受け取ると、箱を開け、おれを含む全員に煙草を勧めた。おれはフィルターを噛んで火をつけ、テーブルの真ん中にむけて煙を吐いた。頭をもたげて目をなかば閉じ、フィルターを歯でくわえこむ。

われわれは前方の部屋へ移った。グロリアとバルコは、それぞれ反対方向を向いて長椅子に横たわり、バルコはことあるごとにグロリアにむかって、ぼくの顔の前から足をどけてくれと言う。ニコラスとかいう名の男は、椅子の端にちょこんと腰を下ろし、口も開かず、おそらく呼吸もせず、死んだように動かなくなる。おれはまたテーブルの縁に腰かけようとするが、トマティスがそれを制する。「仕事机の上に尻(けつ)を下ろされるのは嫌なんだ」。

ている。ネグラとプペはそれぞれ肘掛椅子に座っている。プペは脚を露出することになんら抵抗を感じていないようだが、ネグラはスカートの端をしょっちゅうひっぱって膝まで隠そうとする。だから、彼女はきっとチンパンジーよりも毛深いにちがいないというおれの確信はますます揺るぎないものとなる。グロリアは、バルコが場所を空けてくれないので床に落ちそうだと言ってしきりに不平をこぼしている。トマティスは、ブエノスアイレスで宿泊したホテルに背が高すぎてエレベーターに入りきらない女中がいて、あるときフロントに下りようと(「ぼくがただ一度だけ部屋を出たのは、内線電話が壊れていたので修理するようにフロントに頼みに行ったからだ」と彼は言った)エレベーターの扉を開けると、その女中が隅のほうに小さくなってしゃがみこんでいたといった話をする。「ぼくはホテルの客室係に、あんなに背が高い女を雇っていたんではなにかと大変だろうと訊いてみたんだが」、トマティスが話しつづける、「客室係いわく、その女中は誰よりもきれいに天井を掃除するし、じつはホテルの支配人の愛人で、その支配人というのが、背の高い女には目がないそうなんだ」。プペはトマティスに、いま何か書いているのかと訊ねる。トマティスは何度かうなずき、目を閉じながら言う。「うん、まあ書いているよ」。プペは、いったい何を書いているのかと訊ねる。「まだよくわからないんだ」、トマティスが答える。「まだ三百ページしか書いていないからね」。「でも、それは小説なの?」プペが訊ねる。「文学ジャンルというのはただひとつしか存在しないんだよ」、トマティスが言う。「つまり小説さ。この事実を発見するのに何年もかかったよ。文学において リアリティーを有するのはつぎの三つ、すなわち意識、言語、形式さ。文学は言語を通じて、意識の特定の瞬間に形式を与える。それがすべてだ。唯一可能な形式とは叙述だ。意識の本質は時間だからね」。おれは拍手をする。プペは何度かうなずき、ニコラスとかいう男は、この夜二度目に口を開く。「ヴァレリーによれば」、ニコラスは言う、「ある種の内的状態の前では、論述と弁証法は物語と描写に取って代わられなければならない、ということです」。「そのとおり」、トマティスが応じる。「ヴァレリーの発言は、スウェーデンボルグと神秘的状態に関するものだ。われわれはそれによって叙述のためのより広い領域を与えられるわけだ。つまりね、神秘的状態、とりわけ忘我の状態が物語と描写の影響を受けやすいなら、意識の束の間の印象と感覚の認識はどうなるのか？　そしてまた、論述と弁証法が科学的もしくは哲学的真実であることをやめるやいなや、それらは誤謬の叙述、そして、それらを想像力によって生み出した意識の全体像の叙述へと変化してしまう」

おれはふたたび拍手をする。ニコラスとかいう男について言うと、彼が合成樹脂でできたロボット、トマティスによって「夕食の準備ができたよ」と話すように設計され、同じくトマティスによって、彼の説を補強するものとして会話のなかにヴァレリーの言葉をはさみこむように仕組まれた原寸大のロボットにちがいないという確信を、おれはいよいよ深めた。

バルコはついにグロリアをベッドから追い出すことに成功し、グロリアは立ち上がるとふたたびベッドの端、バルコのそばに腰かけ、開いた手で彼の顔を軽くたたきはじめた。彼女の長い首はバルコのほうに傾き、頭を動かすたびにポニーテールが狂ったように揺れ、彼女の肩をたたいた。おれは、今日ここに集まった女たちのなかで彼女がいちばん非の打ちどころのない女だということに気づいた。プペに関するトマティスの警告をおれは忘れることができなかったが、ネグラについて言うと、暗闇のなかで毛むくじゃらのメス猿と寝ることを考えただけで、恐怖に全身が震えた。グロリアの体にぴったりと張りついたズボンは、並外れた臀部を浮かび上がらせ、腰といい背中といい、彼女の体を好きなように撫でまわすことのできるバルコを見ていると、いまにも一物が突っ立つのではないかと思われた。ズボン姿の女をみるとおれは理性を失ってしまうのだ。百万人もの裸の女たちが青い燐光を放ちながら目の前を通り過ぎるとしよう。おれは最初にベッドを共にする女を選び出すのに難儀するだろう。ところが百万人の女たちのなかにズボン姿の女がひとりでも紛れこんでいたら、おれは閃光のごとく彼女にむかって飛びかかっていくだろう。グロリアはバルコの顔を上向かせると、ウイスキーを口にあてがってちびちび飲ませ、そのあとで自分も飲みはじめた。一時間が過ぎるころには、ボトルは二本とも空になっていた。

バルコはだしぬけに立ち上がり、もう帰ると言い出す。トマティスは別れの挨拶も口にしない。彼らは一晩中、互いにひと言も口をきかなかったようだが、そのくせ、おれの知るかぎり、彼らは生まれたときから一日たりとも顔を合わせない日はなかった。ネグラはバルコに、市街地のほうへ行くのかと訊ね、バルコが行くと答えると、少し待ってくれと言う。彼女は、おそらく放尿するためにアパートの奥へ消えたが、戻ってくると白いレインコートをはおった。それは彼女にとてもよく似合っていて、全身を覆っているにちがいない猿のような黒い体毛を隠すのに役立っているのだろう。「ニコラス」、トマティスが呼びかける。「市街地のほうへ行くそうだから、バスターミナルまで送ってもらったらいい。もう十二時半だからな。明日は五月一日だから、これ以上遅くなると帰る足を見つけるのに苦労するぞ」。ニコラスは立ち上がり、レインコートを二つに折って腕にかけると、バルコとネグラのあとにつづく。

部屋にわれわれ四人が残されると、おれは、グロリアがウイスキーを手ずから飲ませてくれるのではないかという期待を胸にベッドに横たわる。ところが彼女は、それまでネグラが座っていた肘掛椅子に腰を下ろし、ブエノスアイレスのホテルを舞台にした映画監督、プロデューサー、金髪女をめぐるトマティスの話に耳を傾ける。おれの耳が確かなら、今度の話では金髪女が二人いて、しかも瓜ふたつの双子の姉妹という設定になっていた。双子の姉妹は、トマティスたちが映画の対話の場面を書こうとしているあいだ、裸のまま部屋のなかを歩きまわっていたという。グロリアは不意に眠りはじめた。トマティスとプペは十分近く、ささやくような声で語り合っていたが、やがて立ち上がるとふたりしてアパートの奥に消えた。おれは十分ほど眠りこんだが、目を開けると、グロリアがベッドの脇にうずくまり、こっちをじっと見ていた。トマティスとプペはまだ戻らない。

「あんたのことずっと見てたのよ」、グロリアが言う。

おれは起き上がる。

「死人みたいだったわよ」、グロリアが言う。

彼女の顔はほっそりしていて、そばかすが散らばっている。細く引き締まった体をしていたが、あの悩ましい尻だけは別だった。ぴったり張りついた、束ねた髪は、丸い頭の形を際立たせている。左の頬にほくろが一つあるのを見つけた。

「復活したよ」、おれは言う。

そしてベッドの端に腰を下ろす。

「オリーブ汁でも絞り出してこようかな」

おれはそう言って部屋を出たが、寝室の前を通るときにプペのささやくような声を耳にした。ドアが半開きになっていて、終夜灯の光にぼんやり照らされた室内が見える。

「あたしたち、裸になってベッドに入ってんのよ」、プペの声が聞こえる。「で、結局なんの意味があるっていうの？」

おれは中庭へ出る。空がふたたび曇り、気温は低いものの雨は降っていない。足音を忍ばせてそっと戻り、ドアのそばに立って聞き耳を立てる。

「とにかく何でも試してみることさ」、トマティスが言う。「嫌いなわけがないだろ？」

「嫌なのよ、ただそれだけ」、プペの声が聞こえる。

おれは壁にぴったり張りついて聞き耳を立てていたが、ふと顔を上げると、グロリアが廊下の向こう側から、両手を腰にあて、頭を振りながらこちらを見ている。おれは彼女のほうに歩み寄り、一緒に部屋に入る。

「彼女を説得することができないみたいだね」、おれは言う。

「でしょうね」、グロリアが答える。

やがてプペとトマティスが姿を現す。おれが帰ろうとしていると、トマティスはよかったらそこで寝ていけばいい、と言う。グロリアとプペが帰るので、トマティスはふたりを送って行く。そして、自分は寝室で寝るから、長椅子に横になったらいい、と言う。おれは服を脱いで長椅子に横たわる。グロリアは、帰る前におれの頬にキスをする。彼女の耳元で、泊まっていけばいいのにとささやくが、彼女は笑い出し、何も言わない。でも結局グロリアは行ってしまった。おれはトマティスに、寝る前にちょっと話がしたいことを伝えたが、彼が戻ってくる気配を耳にすることはなかった。午前十時に目を覚ますと、トマティスは机に向かって書き物をしていた。通りに面した窓ガラスから灰色の光が差しこんでいる。張りつめた鈍い光だ。

　おれはしばらくトマティスの様子を観察する。おれがすでに目覚めていることに彼はまだ気づいていない。部屋は整理整頓が行き届き、トマティスはシャツの白い襟がのぞいているグレーのセーターを着て、フランネルのズボンをはいている。どこまでも清潔で穏やかといった風情だ。目を大きく見開いて、灰色の窓枠を見るともなく見ていたかと思うと、上体を傾けて執筆にとりかかる。彼が急にこちらを振り向いても、ひそかに様子をうかがっているのが見つからないように、おれは薄目を開けている。おれがじっと観察しているあいだ、彼は二十語ほど書き進んだことだろう。話しかけると、彼はびっくりしたようだった。

　トマティスは突然こちらを振り向いた。前の晩から少し伸びた髭がその顔立ちを引き締めている。

「もう起きていたのか」、彼は言う。

「目覚めたばかりですよ」、おれは答える。

「台所にコーヒーができているよ」

　おれは起き上がり、服を着る。トマティスはふたたび灰色の窓枠に目を向ける。そして前かがみになり、二語か三語、言葉を書き記す。部屋を出たおれは、背後でトマティスがドアを閉める音を耳にする。おれはそのままトイレに行き、ビデの上に置かれた古い新聞を読みながらしばらく座っている。気象欄を探し、〈当地の気象状況に変化なし〉と書かれた見出しを見つける。日付を見ると、三月十五日とある。顔を洗い、髪をとかし、台所へ向かう。

コーヒーが冷めていたので、火にかけて温める。カップにコーヒーを注いで飲む。一杯目が終わり、二杯目を飲む。食器棚の黒い缶から甘い砂糖菓子を取り出し、コーヒーに浸して口に入れる。舌の上に載せるとすぐに溶け出す。全部平らげたが、最後のひとつをカップに沈めて引き上げると、カップが空だったために砂糖菓子はなかば乾いている。前方の部屋へ戻り、閉ざされたドアの前で立ち止まると、しばらく入るのをためらう。やがてドアを開けてなかに入る。トマティスは振り向きもしない。半開きの目で灰色の窓枠を眺め、口をぽかんと開けている。何をそんなに見つめているのだろう。おれは煙草を手に取ろうとテーブルに近づく。

「さわるんじゃない!」彼が叫ぶ。

おれはびっくりして飛びのいた。彼が笑い出す。

「すまん。ぼんやりしていたものだから」

彼は何も言わずにこちらを見ている。おれは煙草に火をつけ、フィルターを噛み、煙を吐き出す。

「あと少しで終わる」、トマティスが言う。「三十分後には完成する」

おれは部屋を出てドアを閉める。中庭へ行って煙草を最後まで吸う。灰色に曇った日で、なめらかな冷たいそよ風に吹かれて顔が赤くなる。空は灰色の濃密なベールにまんべんなく覆われている。煙草を吸い終わると台所へ戻り、コーヒーのおかわりを飲む。コーヒーポットの底には黒い堆積物がこびりついているばかり、最後のひと口を飲み終えると、大量の澱を吐き出さねばならない。おれは立ち上がり、トマティスの寝室のドアを開ける。ベッドには、枕に顔を押しつけたグロリアが横たわっている。ポニーテールをほどいた黒髪が毛布の上に広がっている。前の晩に身につけていた黒いズボンとグレーのセーターが椅子にぶら下がっている。ベッドの足もとの床には、黒い小さな靴が脱ぎ捨てられている。おれは爪先立ちで枕元に近づく。枕に押しつけられた口は開かれ、枕カバーに小さな染みができている。なにか柔らかいものを踏んだことに気づいてかがみこむと、小さく縮んだ黒いパンティーが落ちている。プペが昨夜忘れたものでなければ、グロリアのものにちがいない。

おれは肩をすくめ、寝室のドアを閉めて台所に戻る。テーブルを囲む椅子のひとつに腰を下ろすのと同時にトマティスが現れる。彼は上機嫌だった。昨日の朝、新聞社で見かけたときと同じ種類の幸福感に満たされている。彼はコーヒーポットを洗い、コーヒーのおかわりを飲むための湯を沸かした。そして、よく眠れたかと訊ねる。

「ぐっすり眠りましたよ」、おれは答える。

「昨日の集まりについてどう思った？」彼が訊ねる。

「とても楽しかったですよ。あとは死体があれば申し分なしといったところです」

「女たちはどうだった？」トマティスが訊ねる。

「ネグラに目を引かれましたが、毛むくじゃらじゃないかと思うんです」、おれは答える。「ほかの女にはあまり注意を引かれませんでした」

トマティスは指を一本立てて唇に押し当てると、寝室のほうに頭を傾ける。

「グロリアがいるんだぞ」

「それは知りませんでした」、おれは言う。

トマティスはコーヒーを淹れると、おれにカップを差し出す。

「もうお腹いっぱい飲みましたよ」

おれはポケットに両手を突っこみ、前の晩に机の引き出しから失敬した煙草の箱を握りしめた。ぺちゃんこに押しつぶされて小さくなっている。おれはそれを力いっぱい握りしめる。トマティスはコーヒーカップを手にしたまま椅子に腰を下ろし、ちびちび飲みはじめる。

「ここ一週間ほどあんたに話を聞いてもらいたいと思っていたんですが、なかなか聞いてもらえなくて」、おれは言う。

「他人に多くを望むもんじゃないよ」、トマティスが言う。「それに、君がグロリアに泊まっていけと言ったのに彼女が応じなかったのは、なにもぼくのせいじゃない。泊まろうと泊まるまいと、誰と一緒に夜を過ごそうと、それは彼女の勝手だ。ちがうかい？」

　つまり彼女はあのことをトマティスにしゃべったのだ。おれはしばらくのあいだ頭が真っ白になり、トマティスの声が耳に届くばかりで、彼が何を言っていたのか覚えていない。腹に震えが走るのを感じたおれは、とにかく何か口にしなければならないと考え、煙草が欲しいと言った。というのも、彼がふたたび黙りこんでしまったからで、誰かと一緒にいるときの沈黙ほど耐えがたいものはないからだ。トマティスは部屋に引き返し、アメリカ煙草をふたつ手にして戻ってきた。そして、そのうちのひとつをテーブルに投げ出す。

「君にあげるよ」

　そう言うと自分の箱から一本取り出し、おれに差し出す。

　おれは煙草に火をつけ、母との顛末を洗いざらい打ち明けた。「ぼくに言わせると」、おれは言う、「母はぼくに対して不当にふるまっています。原因はぼくの側にあります。彼女がどんな服を着ようと、ぼくはかまいません。でも、裸同然の姿で客人を迎えることだけは許せないんです。彼女がぼくの母親だということは問題ではありません。でもやっぱりよくないと思うんです。たとえば牛乳配達の男ですが、牛乳瓶を受け取ろうと母がビキニ姿でドアを開けたんでは、けっしていい気持ちはしないでしょう。それにジンのこともあります。それがぼくのものだということは先刻承知のはずです。それなのに、あくまでも自分のものだといわんばかりに白をきって、ぼくのほうこそルール違反を犯しているような物言いをするんですから、まったくひどい話です。百歩譲って、それがたとえ彼女のジンであったとしても、彼女はぼくの行為を大目に見るべきなんです。本人がいちばんよくわかっているはずですが、ぼくの煙草を好きなだけ失敬して、しかもお金まで盗んでいるのに、こっちは見て見ぬふりをしているんですからね。まだあります。彼女はいったい何の権利があって、ぼくの顔さえ見れば、本ばかり読んでいると頭がおかしくなるなんて言うんでしょう。自分はいつも『エル・トニー』〔アルゼンチンの漫画雑誌〕とか、下卑た雑誌を山ほど読んでいるくせに。結局のところ、明かりをつけたらそこに一物を勃起させたぼくがいたからといって、ぼくにはなんの罪もありませんよ。わざわざ母を呼び出したわけじゃないんですからね。勃起するたびに母を呼び出して一物を見せつけるなんて趣味はぼくにはありませんよ。父が病気になって以来、母がこっそり夜の外出をするたびに、ぼくは知らないふりをしてきたんです。だから、ぼくが彼女の権利を尊重しているように、彼女もぼくの権利を尊重すべきだと主張したからといって、なにも行き過ぎとはいえないでしょう。ぼくが誰と何をしているのかを確かめるために断りもなくいきなり明かりをつけるなんて、そんなことをする権利は彼女にはないはずです。なにか奇妙な物音を聞きつけたから、だしぬけに明かりをつけて泥棒を脅かしてやろうと考えたわけでもないでしょうからね。彼女はただ、ぼくの行動に目を光らせて、夜ごとぼくが犯しているにちがいない罪深い行為を押さえることしか考えていないんです。まだあります。母の部屋に置かれたジンのボトル、すでに三分の二ほど飲んでしまったジンのボトルがじつはぼくのものだと図星を指されたからといって、どうしてぼくを叩くことができるんでしょう？　あれがぼくのものだということは彼女もよく知っていたはずです。ベッドから立ち上がるなりぼくを二回ひっぱたくなんて、そんなことはするべきじゃなかったんです。ぼくはかっとなってお返しをしてやりました。それでも二発やり返してきたものだから、我慢できなくなったぼくは、ズボンのベルトをはずして彼女を鞭打ち、さんざんひっぱたいてやったんです。母はついに音をあげてベッドに身を投げ出し、泣き叫び、一口分のジンを注いだグラスを手にぼくが部屋を出ていったときも、何も言わないしこっちを見ようとさえしませんでした」

「つまり君はお母さんに手を上げたというわけだね」、トマティスが言う。

「そのとおりです」、おれは答える。

トマティスが何も言わないので、おれはつづける。

「母のせいでぼくは耐えがたい生活を強いられてきたんです。平穏な毎日を取り戻すにはそうするのがいちばんいいと思ったんですよ」

「君が言うほど冷静にそうした結論に達したとは思えないがね」、トマティスが言う。

「母に手を上げたとき、ぼくはおそらく将来のことはなにも考えていなかったんだと思います」、おれは言う。

「そうだな」、トマティスが言う。「それがぼくの印象でもある」

「でも、母はどうなんでしょう?」 おれは言う。「中庭の真ん中で勃起しているぼくを見つけたからといって、親子の関係がすっかり変わってしまうほど逆上するなんて、それがまともなことだと思いますか?」

「君のお母さんはいくつだい?」 トマティスが訊ねる。

「三十六だと思います」、おれは答える。

「家ではもう少し自分の行動に気をつけないと」、トマティスが言う。

やがてグロリアが現れると、トマティスは彼女に食事を作ってくれと言う。グロリアはおれの顔を見てかすかにほほ笑んだが、まだ完全に目を覚ましていないようだった。不機嫌そうな顔をしているうえに、起きたばかりの人間のように瞼がむくみ、視線が定まっていなかったからである。トマティスは頭を振り、前方の部屋についてくるようにおれを促したが、母との一件をすでに忘れていたおれは、そのまま台所に残って、コンロの上で食事の支度をするグロリアの尻を眺めていたかった。こちらが打ち明け話をするまで二十四時間以上も待たせたあげく、いまようやくトマティスがおれの問題に興味を示そうとしてくれていることは明らかだったが、前方の部屋へ入ったときにはすでに、これ以上話そうという気持ちは失せていた。おれは窓から通りの様子を眺めた。人っ子ひとりいない歩道を縁取るイボタノキが凍えている。向かいの歩道に面した建設中の家屋の骨組みの上空では、張りつめた灰色の空がよりいっそう灰色に張りつめて見える。トマティスはおれが話しはじめるのを待っていたが、いつまでも両手をズボンのポケットに突っこんだまま窓の外を眺めているつもりなのを見てとると、自分から口を開いた。

「アンヘル、君に助言を与えるつもりはない。そんなことには慣れていないんでね。とはいえ、事態に関するなんらかの説明は欲しいところだろう。事実を分析してみたら、なんらかの説明を見つけ出すことができるかもしれない」

「彼女はどうしようもないくそババアですよ」、おれは言う。

「第一に、君のお母さんはババアじゃない」、トマティスが言う。

「まさかあたしのことじゃないでしょうね」、不意に姿を現したグロリアが言う。

「ババアというのは君のことじゃないよ」、おれは言う。

「カルロス、煙草ちょうだい」、グロリアが言う。

トマティスは彼女に煙草を一本差し出すと、それに火をつける。おれはズボンの両ポケットのなかの煙草の箱を握りしめた。

「食事の準備ができたわよ」、そう言うとグロリアは部屋を出る。

われわれはしばらく黙りこんでいた。おれは、廊下を台所のほうへ歩いていくグロリアの足音を感じる。幸いなことに、もう完全に目覚めたようだ。唇が軽く上方にカーブを描き、片頬にほくろのある彼女のほっそりしたそばかすだらけの顔は、前の晩と同じように柔和な表情を取り戻している。台所にむかって歩いているときに玉ねぎのフライの匂いが漂ってきたときは、またぞろあの缶詰のえんどう豆と玉ねぎを加えたぞっとするようなポタージュを食べさせられるのかと思って恐れおののいたが、グロリアは、えんどう豆のかわりに、牛がまだ存命中のときから早くも腐りかけていたにちがいないレバー片を投げこんでいた。食用油ではなく飛行機の燃料用のガソリンで揚げていたら、あれほど腹にもたれることもなかっただろう。ところがグロリアもトマティスも、いとも平然と、いかにもうまそうに、薔薇のピューレでも食するみたいにきれいに平らげてしまった。一晩中男の手で体をまさぐられ、別の男と一緒に裸でベッドに横たわることを除けば、彼女は何ひとつできない女なのだ。

おれは、数時間前に目にした彼女の寝姿、口を開け、枕に顔を押しつけ、白い枕カバーに小さなよだれの跡をつけた彼女の寝姿を頭から追い払うことができなかった。とはいえ、そんなだらしのない女でも、一晩中大股を広げることのほかにできることがあった。つまり、おれやカルロスより千倍もポーカーが強いのである。食事のあと前方の部屋へ移って勝負したときは、一時間もしないうちにわれわれから千ペソずつ巻き上げた。そして、今日が五月一日ではなく、店が全部閉まっていることさえなければ、シュークリームを一キロ買いこんできて紅茶と一緒に平らげるのにと言い、トマティスがブエノスアイレスで買ってきた英詩アンソロジーのなかからいくつかの詩を英語で、大きな声で朗読した。詩の本には独特の匂いがあって、いま思い出しても身震いするようだ。その匂いに気づかせてくれたのは彼女だった。はじめて本を手に取ったとき、彼女はそれを鼻先へ近づけて目を閉じながら匂いを嗅いだが、おれは、ただ単におれをからかっているのだろうと思った。ところがおれにも本をまわしてくれたので、それがなんとも堪えられない匂いであることを確かめることができた。彼女は、ロバート・ブラウニングの「ポンピリア」、オリバー・ウェンデル・ホームズの「オウムガイ」、ディラン・トマスの「私がちぎるこのパンは」、ウィリアム・カーロス・ウィリアムズの「老婦人を目覚めさせるために」、イェイツの「迷い」、エリオットの「賢者の旅」、エズラ・パウンドの「美の研究」をはじめ、その他いろいろな詩の一節を朗読した。頭のいかれた彼女はすべてを心得ているようで、どうやら趣味もよさそうだった。それがおれの怒りに火を注ぎ、英語で読むのはやめてほしい、おれにはちんぷんかんぷんだから（もっとも、おれは四年間、英国文化センターに通ったし、英語をすらすら読むこともできた）と言った。するとトマティスは笑い出した。

「彼はね、昨夜一緒に泊まっていくように君を誘ったことを、ほかならぬ君がぼくにしゃべったんで怒っているんだ」

　ふたりとも命拾いしたといっていいだろう。というのも、おれはそのとき、幸いにして四十五口径の拳銃と半ダースのダムダム弾を携行していなかったからだ。グロリアはそれを聞くと吹き出し、本を置いてこちらへ近づくと、おれの頬にキスして、あんたっていい子ね、と言った。そして、両手をズボンの尻ポケットに入れ、窓の向こうの灰色の空を眺めた。トマティスはベッドに身を投げ出し、壁に背中を押しつけて足をぶらぶらさせている。おれは馬鹿みたいにテーブルのそばに突っ立って、ポケットのなかの煙草の箱を握りしめている。おれはトマティスに一矢報いようと、小説こそ文学の代表的ジャンルであるという彼の説（トマティスがそれを口にしたとき、おれはまったくそのとおりだと思った）は笑止千万であり、戯曲こそすべてである、戯曲こそ唯一の文学ジャンルというべきで、あの『方法序説』はいわば長々とした独白劇、哲学者の役を演じる人間が日常生活で用いる言い回しとは無縁の言葉を繰り出す独白劇、そうしながらも自分は哲学者だと思いこみ、ほかの人間にもそう思いこませようとしている男の手になる独白劇にほかならない、などと弁じたてた。ところがトマティスはむきになるどころか、おれの説をおもしろいと思ったようで、こちらへ歩み寄るとおれの肩を軽くたたき、君は頭のいい人間だ、将来が楽しみだ、と口にした。じつは『方法序説』を読んだことがないことを白状すると、彼は、そんなことは問題じゃない、かつて自分は『方法序説』を読んだことがあるが、問題の本質はだいたい君が言ったとおりだ、と答えた。おれはついになだめられ、グロリアが湯気の立つ紅茶を前方の部屋へもってきたときには、怒りはすっかり収まっていた。

暗くなったのでわれわれは明かりをつけた。空は鋼板のようだった。部屋には煙草の煙が充満していたが、汚いとか不潔といった感じはなかった。灰皿やカップが汚れるたびにグロリアが洗ってくれたからである。われわれは半時間ほど座ったまま互いの顔を見ていたが、おれが立ち去るのをふたりが待っているような気がした。しかし確信がもてなかったので、八時近くまでそうやって座っていた。おれがいつまでも帰らないことを彼らがまったく意に介していないことがわかった。というのもトマティスが、よければもうひと晩泊まっていけばいいと言ったからである。しかしおれは家に帰ると告げた。トマティスは、少し横になるよと言い、グロリアがそのあとにつづいた。十五分ほど彼らの話し声や押し殺したような笑い声が聞こえていたが、しばらくすると沈黙が訪れた。おれは前の晩に失敬した煙草の箱を取り出すと、それを机の引き出しに戻し、廊下から寝室に向かって、もう帰りますと叫んだ。また近いうちに集まりましょうと言うグロリアの声を耳にして、おれは家を出た。

おれは三十ブロックほど歩いた。十ブロック進むと大通りへ出て、五月二十五日通りに入り、時計の針がちょうど九時を指しているプロビンシアル銀行の角に出てサン・マルティン通りに入る。アーケードの店でコニャックをひっかけ、ふたたびサン・マルティン通りを出て、五月広場を斜めに横切ってアーケードへ戻る。五月広場に面した裁判所の建物は陰鬱な影に覆われ、暗黒の空に押しつぶされた濃密な闇の塊と化している。おれは真夜中をかなり過ぎるまでエルネストの家に腰を落ち着け、それからようやく帰宅する。

五月二日は明け方から雨が降っていた。遅くまでベッドに寝そべっていたおれは、夢見心地のまま分身について考えた。ジンのことで母と言い争いをした夜から、分身について考えたことはなかった。ここ十日間というもの、その問題を完全に忘れていたのだ。おれが最初にそいつを目撃したのは三月五日、家に五日間閉じこもっていたあとのことだ。朝の九時ごろバスに乗ったおれは、バスがサン・マルティン通りを横切って直角に曲がったとき、馴染みの顔の男が眼鏡店から出てくるのを目にした。それは見慣れた顔だった。おれは、バスがつぎの角まで進んだときに勢いよく席を立って下車した。その男がほかならぬ自分であることに気づいたからである。

角に引き返したときにはすでに男の姿は消えていた。おれは眼鏡店に入り、店員の誰かがおれの顔に気づくかもしれないと考えてカウンターのそばに立ってみた。店員のひとりが近づいてきて、何かお望みでしょうかと訊ねたが、おれの顔に気づいた様子はなかった。おれは、片方のレンズを交換するためにフィリップ・マーロウの名前で取り寄せた眼鏡を受け取りに来たのだと答えた。店員はさっそく眼鏡の入った封筒の山、持ち主の名前が鉛筆で裏面に記された封筒の山を調べはじめたが、そんな名前は見つからなかった。おれは、きっと別の眼鏡店とまちがえたのだろうと言って外へ出た。そして、ブロックを隈なく歩きながら二周してみたが、男の姿はどこにも見当たらなかった。仕方なくおれは新聞社に向かった。

二度目に男の姿を目撃したのは、その二日後、裁判所を出たときだった。おれはちょうど正面の大理石の階段を下りているところで、ワイシャツ姿の男がタクシーの脇に立ち、前の乗客が運転手に運賃を支払って下車するのを待っていた。男はこちらに背を向けていたが、どこかしら自分に近しいものが感じられた。おれは、二日前に眼鏡店から出てくるところを目撃した男と目の前の男を結びつけて考えることはしなかった。前の客が降りてワイシャツ姿の男がタクシーに乗りこんだとき、おれはちょうど気象欄の記事をまだ書き上げていなかったため空を見上げていた。気が変になりそうな暑さだった。視線を戻すとタクシーはいままさに発進するところで、後部座席に座った男の横顔が運転手に何か告げているのが見えた。それはまぎれもなくおれだった。階段を駆け下りながら叫び声をあげたが、口をついて出たのは「タクシー」という言葉だけだった。運転手はブレーキを踏むどころか、窓から顔を出して大声で怒鳴った。「人が乗ってんのが見えねえのか、このまぬけ野郎」後部座席の男はこちらに一瞥をくれただけで（そこには邪悪なものが感じられた）、その顔を確かめることはできなかった。加速したタクシーが角を曲がり、視界から消え去ったからである。おれは建物の角のところまで走ったが、車は影も形もなかった。そのまま三十分ほど、柱のように直立不動の姿勢で立ちつくし、車が走り去った方向をいつまでも眺めていた。日射病にならなかったのが不思議である。おれはその日の気象欄に、日陰の気温が四十六度に達したと書いたが、それはけっしてまちがいではなかった。というのも、ラジオの気象情報によると、気温は四十四・八度を記録したからである。新聞社に戻ると、トマティスが電話で話をしていた。「すみませんが」、電話の相手にむかってしゃべっている。「当選番号表に二の四十五が出ていないか見てくれませんか」。電話を切ると、おれのほうを見る。きっと変な顔をしていたのだろう、「どうしたんだい」と訊ねた。

「通りで二度、自分の姿を見かけたんです」、おれは言う。

「ナルシストを気取るなよ、アンヘル君」、トマティスはこともなげに言う。そしてタイプライターに向かう。

三度目に目撃したときは、相手に顔を見られなかったので二ブロックほど尾行することができた。ちょうどカーニバルの時期だった。音楽隊を眺める大勢の人々や仮面行列のなか、男は歩道の縁に立って通りを渡ろうとしていた。おれは人ごみに紛れて、ちょっとした臨時収入を得ようと、パレードの様子を活写した記事を書くためのネタを探していたが、反対側の歩道に立っていた男がちょうどこちらにむかって道を渡りはじめたことに気づいた。煙草のフィルターを噛み、頭をもたげて煙を避けるように目を軽く閉じている姿を見て、おれは驚いた。わき目もふらずまっすぐ歩いてくる。おれは胸の鼓動が高まるのを感じた。ところが男は立ち止まらず、こちらに目をくれる様子もなかった。ただ、すれ違いざまに肩が触れ合った。おれは不動の姿勢を保ち、肩が触れるや体をこわばらせた。腹に奇妙な違和感を覚えた。あまりにも瓜二つで――おれのとまったく同じ色あせた青いシャツを着て白いズボンをはいている――、半袖シャツから露出した右腕には、やはりおれのとまったく同じ傷痕、夏の強烈な日射しですら焼き焦がすことのできなかった、白っぽくて細長い痣のような傷痕があった。おれは男の跡をつけた。前を行く男が壁にぴったり身を寄せて歩き、仮面行列を見ようと群衆がいっせいに歩道の縁に殺到していたおかげで、歩道の中心線と壁のあいだには格好の通り道が開かれ、難なく追跡することができた。われわれを隔てる距離は十メートルもなかった。男は不意に歩みをとめた。男の頭をかすめた水風船が店のショーウィンドーに当たって砕け、頭上に水が降りかかったからである。おれは無意識のうちにしずくを払い落とそうと顔に手をやった。男はポケットからハンカチを取り出し、顔と頭を拭いてズボンの後ろポケットにしまった。おれはその様子を観察し、男がふたたび歩きはじめると追跡を再開した。男のズボンの尻、右ポケットのあたりに黒い染みが二つある。おれには、それが数カ月前、ズボンの後ろの右ポケットにペンを差しこんだときにできた二つのインク染みであることがわかった。男が通りを横切ったので、おれもあとにつづいた。隣のブロックに差しかかったとき、男に話しかけようと足を速めたが――彼に何と言えばいいのかよくわからなかったが、とにかく話しかけてみたかったのだ――、男との距離が縮まりかけていたそのとき、おれは一瞬目が見えなくなってしまった。大量の水――百万リットルくらいはあっただろう――を顔に浴びたのである。自分がいまサン・マルティン通りにいるのか太平洋の海の底にいるのかわからなくなったほどの水で、目を開けると、ズボン姿の小生意気そうな少女が空のバケツを手に戸口に立ち、おれを見ていた。おれの顔を見ると——あのハイド氏といえども、そのときのおれに比べれば無邪気な子どもに見えただろう——慌てて家のなかへ駆けこんだ。ずぶ濡れのシャツを絞って顔を拭き、目を上げたときにはすでに男の姿は消えていた。

おれは、デュッセルドルフの吸血鬼がひょっとすると興味を示すかもしれないと考えてその家の住所を記憶に焼きつけ、帰路についた。四月の中旬にふたたび分身を見かけたが、追いつこうとして道を渡った瞬間にトラックが正面から突っこんでこないともかぎらないと考えて追跡はやめた。それに、追いつくことはけっしてできないだろうという確信があった。

五月二日、おれは起きる前にこうしたことを考えた。そして、自分の分身を何度か通りで見かけたという事実、おれの着ているのと同じ色あせた青いシャツと、後ろの右ポケットに二つのインク染みのある白いズボンを身につけた分身を目撃したという事実が、二月の強烈な日射しをまともに浴びたことによる幻ではないのかと自問した。事実、猛烈な暑さがつづく夏だった。家の屋根はひび割れ、汗が水のようにしたたり落ちる壁にモップをかけなければならないほどだった。スポーツを楽しむために川べりに出かけていく人々を、何百万という蚊の大群が生きたままむさぼり食い——おれとしては、スポーツ愛好家を壁際に一列に並ばせ、機関銃で皆殺しにしてやりたいところだが——、舗装された道路の曲がり角では、街灯に衝突して翅をむしられ、そのまま地面に落下した甲虫類がうずたかく積み重なり、それが黒い層をなしていた。木々の周りでは、一月の真っ最中だというのに、カリカリに焼かれた葉が堆積し、一時間も日射しを浴びていると、体が自然に燃え上がるほどだった。しかし、それでもおれには確信があった。というのも、パレードの夜、すれちがいざまに肩が触れ合ったからである。彼はまちがいなく実在する。おれは自分の分身が、ちょうどおれ自身がそのなかを動きまわっている円と同じように、一定の広がりをもつ円のなかを動きまわっているところを想像してみた。われわれの円は、すでに三度繰り返された不測の事態を例外として、けっして触れ合うことがない。彼の円とおれの円は、いずれも範囲が明確に区切られているために、一方が近づけば他方は遠ざかり、彼が身を置いている領域は、おれにとっては未知の領域ではあるが、同時に馴染みのある領域でもある。おれには、あちらの円のなかで彼の身に起こりうる出来事が、こちらの円のなかでおれの身に起こりうる出来事とはおのずから別物であるにもかかわらず、互いに似通っていることがわかっていた。両者がまったく同じものに見えたとしても——たとえば彼が、四月七日午前十時三十五分に手の甲を見ようと腕を持ち上げたちょうどそのとき、おれもまったく同じ動作をするといった場合——やはりそれらは別々の出来事なのである。ひょっとすると、こちらの円のなかで彼を追跡したあのカーニバルの晩、あちらの円のなかでは彼のほうが、複製され、反転させられたパレードのなかに紛れこんだおれを追跡していたのかもしれない。あるいは、われわれはそれぞれ別々の生活を送っているのかもしれない。いずれにせよ、ひとつだけ確かなことがあった。それは、われわれの空間——われわれの円——がそれぞれ閉ざされたものであり、偶発的な出来事を通じてのみ触れ合うことができるということだ。また、あらゆるものに分身が備わっているという事態も考えられるだろう。トマティス、グロリア、おれの母、おれのノート、おれの気象欄、『ラ・レヒオン』紙、アルノルト・シェーンベルクのバイオリン協奏曲が鳴り響くエルネストの明かりのついた部屋。もしそうだとすれば、もうひとつの世界に属する円のなかでは、なにかしら別のことが起こっているはずだ。というのも、正確無比な複製などというものは、無限の増殖という恐ろしい事態を意味するがゆえに、およそばかげた考えに思われるからである。無限に繰り返されるベッドの上で、同じく無限に繰り返されるおれのような人間が、自分とベッドが無限に繰り返される可能性について考えをめぐらせるなどということはありえない。そんなことはまったくばかげたことである。しかし、ベッドから起き上がったおれは、たったひとつのベッドとたったひとりの人間しか存在しないというのもやはりそれに劣らずばかげたことではないだろうかと考えた。そして、おれ自身の分身に関して唯一恐ろしいのは、おれには生きることのできない人生を彼が生きているのかもしれないということだ、そんな思いにとらわれた。おれは熱いシャワーを浴び、裁判所に向かった。

ラミレスは、こんなに霧雨がつづくのは太陽の黒点の影響によるもので、太陽の黒点が発生したのは核爆発が起きたからだと口にした。おれは、太陽の黒点と核爆発は報道課で出されるコーヒーの味を台無しにしているそもそもの原因にちがいないと答える。ラミレスはできるだけうまく笑おうとするが、その朽ち果てた口蓋のなかに唯一残っているあの二本の鋸歯、ぼろぼろになった茶色い二本の鋸歯を隠すことができない。おれはエルネストの執務室へ行き、エルネストはどこにいるのか訊ねる。秘書は、「判事はいま法廷です」と答える。おれは秘書に、『ラ・レヒオン』紙の記者が来ていることを判事に伝えてほしい、そして、例の取り調べがいつになるのか聞いてほしいと頼んだ。秘書はすぐに戻ってきた。

「取り調べは明日の午後四時になるそうです。取り調べの前に証人から話を聞かなければならないから、ということです」。

おれは新聞社へ行った。そして、ラミレスが透明な用紙に複写してくれた法廷関連のニュースを編集し、気象欄の見出し――〈当地の気象状況に変化なし〉――を提出したあと、食事に出かけた。新聞社のどこにもトマティスの姿は見当たらなかった。しかし、給料を受け取りに総務部に立ち寄ると、トマティスはその日の朝に給料を受け取りにやってきて、そのままどこかへ出かけたという話だった。食事から戻ると、トマティスが〈文芸欄編集長〉宛の手紙を開封している。

「不幸なことに、誰もが感情をもっているらしいね」、彼は言う。「だからこそみんな文学に手を染めるというわけだ」

「感情がないのに文学に手を染めている人間をぼくは知っていますよ」、おれは言う。

「その人はきっとすぐれた作家にちがいないね」、トマティスが言う。

「その人は陰茎を使って書くんですよ」、おれは言う。「インク瓶に陰茎を浸して書くんですよ」

「さぞかし太い筆跡だろうな、その人の書く字は」、トマティスが言う。

「それはわかりません。彼の筆跡を見たことはありませんから」、おれは答える。

「グロリアが君によろしく言っていたよ」、トマティスがつづける。「近いうちに君に電話してポーカーに誘うつもりらしいよ。君から巻き上げたお金で夕食に招待してくれるそうだ。それから、あのとき君は床に落ちたパンティーを踏むべきじゃなかった、君が思いきって毛布をひっぺがしてくれれば平手打ちを食わせることもできたのに、そんなことも言ってたよ」

「いずれあんたたちの頭に一発ずつ弾丸をお見舞いしてやりますよ」、おれは言う。

トマティスは笑い出す。

「アンヘル君もなかなか隅に置けないね」、トマティスが言う。

面と向かってつばを吐きかけるのは好きではないので、おれは事件記者のデスクへ行き、前の晩にローマ地区で妻を殺した男について何か知っているか訊ねてみた。

「ああ」、相手はさっそく報道原稿を読み上げてくれた。男が猟銃で妻の顔面を撃ち砕いたという。

「明日の午後四時に取り調べがあるんですよ」、おれは言う。「刑事担当の判事が教えてくれました」

「どうやら夫婦は狩りに出かけて、その帰りに立ち寄った酒屋で喧嘩になったらしいね」、事件記者が言う。

「女はそういうふうに扱うべきだとぼくは思いますがね」、おれは言う。

「賛成できないね」、事件記者が言う。「女には緩慢な死を与えるべし、だ。君もいずれ結婚したらわかる」

「ぼくは結婚なんかしません」、おれは言う。

「わかるもんか」、事件記者が答える。

トマティスのデスクに戻ると、彼は頭をふりながら、一篇の詩がタイプ打ちされた紙片を前に座っている。

「男が妻の顔めがけて銃弾を二発お見舞いしたそうです」、おれは言う。

「その先覚者というのはいったいどこの誰なんだい？」相変わらず紙片に目を落としたままトマティスが訊ねる。

「知りません。現場はローマ地区の酒屋です。ルイス・フィオーレという男だそうです」、おれは答える。

「フィオーレという男ならひとり知っているが」、トマティスが言う。

おれはそれから気象欄の記事を書いた。五時に新聞社を出ると、日が暮れかけていた。本屋へ行って『女性の性行動』、『現代性愛術』、『現代世界における同性愛者』の三冊を購入した。八時ごろジンのボトルを二本抱えて帰宅し、そのまま自分の部屋に入った。腰を下ろして二分も経たないうちにふたたび立ち上がり、母の寝室にむかった。

「母さん、入ってもいい？」

すぐに返事が返ってくる。

「ちょっと待って」。おれはドアの外で待ちながら、紙が触れ合う音や裸足で木の床の上を歩きまわる音を耳にする。ベッドがきしむ音につづいて、母の声が聞こえる。

「どうぞ」

母はベッドにもぐりこんだまま、毛布を首まで引き上げている。

「いま裸だから、このままあなたと話すわよ。不愉快な思いをさせなければいいけど。外出しようと思って着替えていたのよ」、母が言う。

「引きとめるつもりはないよ」、おれは言う。「ちょっと話があって来ただけだから」

しばしの沈黙が流れた。母の部屋は、ごみの量がいささか増えたことを除けば、喧嘩の夜のときと同じようにごみ溜めのようだった。あれ以来、母の部屋に足を踏み入れたことはなかった。

おれは話を切り出せずにいた。

「何の話なの？」母が訊ねる。

「プレゼントをもってきたんだ」、おれは言う。「冷蔵庫にジンがなかったから、店に立ち寄って母さんのために一本買ってきたんだよ」

「あたしのことを酔っぱらい呼ばわりする間接的な方法はもっとほかにもあったでしょうに」、母が言う。

「ぼくは母さんがお酒を飲むのを悪いことだと思ってるわけじゃないし、裸で歩きまわることだって、そうするのが好きならべつにかまわないと思ってる」、おれは言う。

「あなたに悪く思われる筋合いはないわ」、母が言う。「そんなふうに思う権利があなたにあるとも思わないし。それに、あたしが何を着て何を飲もうが、そんなことをいちいちあなたにむかって釈明する必要なんてないでしょ」

「そのことを伝えたかっただけだよ」、おれは言う。「ボトルの一本は母さんのものだよ。冷蔵庫に入っているから、好きなときに飲んだらいい」

おれは自室に引き下がり、読書をつづけた。母がずいぶん長いあいだ寝室を歩きまわる音が聞こえた。床に響く靴音や衣擦れの音、ベッドや衣装戸棚の扉がきしむ音にじっと耳をすませる。もはや読書に集中することはできなかった。母が靴音を響かせながら浴室へ行き、電気をつけ、沈黙が流れると、鏡に顔を近づけて入念に化粧をし、付け睫毛をつける彼女の姿を想像してみる。やがて浴室の電気を消す音が聞こえ、中庭の回廊を歩く靴音が鮮明に響きわたりながらおれの部屋の前を通り過ぎ、寝室のほうへ遠ざかっていく。母が寝室に入ると、木の床に響く靴音が変化する。いまや深みを増した靴音は、中庭のモザイク模様の床を歩いてきたときのように乾いた音を立てなくなっている。電気を消してドアを閉め、通りへ出ていく音が聞こえる。おれは、ベッドの足もとにジンを注いだグラスを置くと、電気をつけたままベッドに身を投げ出し、目を閉じる。時おり上体を起こしてはグラスに口をつける。一時間ほどそうしていただろうか。かつてないほどの沈黙が広がっている。木のきしむ音ひとつ聞こえず、静かに降り注ぐ霧雨は、闇に包まれた町の上空をゆっくり旋回する靄のようだ。おれは回廊に出て明かりをつける。回廊の照明を浴びた霧雨は、宙を舞う微粒子が集まった白っぽい濃密な塊と化している。おれは数分のあいだそれを見つめている。そして、回廊を出て母の寝室に入る。

　ドアに鍵がかかっていないのが不思議だった。外出するときはかならず部屋のドアに鍵をかけるものと思いこんでいたからである。ノブを回してすばやく部屋に忍びこむ。母がいなくても、いつもの匂いが漂っているが、生々しさが希薄になったように思われる。部屋の明かりをつけて周囲を見回す。ベッドは乱れ、毛布とシーツがよじれたまま床の上に落ちかかっている。彼女が寝ていた場所にへこみができていて、枕の上にも同じようなくぼみがある。ダブルベッドの両脇にナイトテーブルが置いてあり、薬瓶や化粧品の小瓶、乾いた澱が底にこびりつき、スプーンが入ったままのコップなどが所狭しと並んでいる。それぞれのテーブルには、吸殻と灰で満杯になった灰皿が置かれている。ベッドのくぼみに手を差し入れてみると、まだほんのりと温かい。衣装戸棚を開けると、さまざまな色合いの服がハンガーにかかっている。横の扉を開けると、四つの引き出しがついた仕切りや、折りたたんだズボンが三、四本ぶら下がったハンガーが見える。扉の内側には、ふたつの画鋲で留められた紐からさまざまな色のリボンがぶら下がっている。紐の上部には、雑誌から切り抜いたケーリー・グラントのポートレートが四つのピンで留められている。引き出しを開けてみると、手紙の束や、しわくちゃになったサン・ガエターノの挿絵、奥のほうに散らばっている古い首飾りの模造真珠、頭髪用とは思えない、かといってブレスレットにしては細すぎる、鼈甲か真珠でできたなんとも名状しがたいオブジェが入っている。手紙の束の下から一冊の本が出てくる。かなり古い本で、冒頭の数ページが欠落し、黄ばんでよれよれになっている。最初の段落に目を通すと、それが猥本であることがわかった。おそらく父が買ったのだろう。ページをめくると挿絵がある。次の引き出しを開けてみると、写真がたくさん入っている。そのなかの一枚には、初聖体拝領の日を迎えた半ズボン姿のおれが写っている。べつの写真には、父の膝に座ったおれをほほ笑みながら見ている母が写っている。三枚目の写真には、ちょっと見ただけではわからないが、若い頃の母が写っている。水着姿の彼女は、プールから出ようと曲線を描く手すりにつかまっている。おれは引き出しを閉め、ベッドの端に腰を下ろし、父が毎晩、夜の営みの前に猥本の一節を母に読み聞かせているところを想像する。そのイメージにとりつかれたおれはベッドに横たわり、片隅に湿気の痕が見える天井を眺める。やがて起き上がり、三番目の引き出しを開ける。ブラジャーとパンティーが詰めこまれている。おれは手を触れずに引き出しを閉める。そして部屋の電気を消し、外へ出てドアを閉める。

おれはグラスにジンを注ぎ、氷を入れ、女性の性行動についての本を読みはじめる。十ページ目に差しかかったところで、女性の性行動についてほとんど何も学んでいなかったにもかかわらず異様な興奮を覚えたおれは、浴室に入って冷たい水を頭からかぶり、興奮が去るまでしばらくじっとしていた。ところが浴室を出ようとしたとき、興奮がさらに高まっていることに気づき、ベッドのシーツを汚すのが嫌だったので、その場でマスターベーションをした。ベッドに入ったとたんシーツを汚してしまうことがよくわかっていたからだ。そしてボトルに口をつけてジンを飲みはじめ、そのまま寝てしまった。翌日に目を覚ますと、部屋の電気をつけたまま服を着てベッドに横たわっていることに気づいた。原子爆弾が長崎ではなくおれの部屋で炸裂していたとしても、これほど頭がガンガン痛むことはなかっただろう。這うように浴室へ行って熱いシャワーを浴びた。コーヒーを一杯飲むと気分がよくなった。ネクタイを結ぶために鏡を見ると、三日分の髭が生えていることに気づき、すぐに髭を剃った。新聞社へ行くと、トマティスがタイプライターに向かっている。彼もまた髭を剃ったばかりのようだった。おれは机の前に座って受話器を取り上げ、裁判所へつなぐようにオペレーターに伝える。おれは電話の相手に、刑事担当の判事と話がしたいのですが、と言う。秘書が電話口に出て、エルネストにつないでくれた。

「アンヘル君、昨日は忙しくて君と話す時間がなかったんだ」、エルネストが言う。「公判があったんでね」

「べつにかまいませんよ」、おれは言う。「今日の午後、取り調べがあるんですか?」

「ああ、四時だ。いまちょうど証人から話を聞いているところだ」、エルネストが答える。「わざわざ来てもらっても無駄だと思うよ。禁止されているからね」

おれはしばらく黙りこむ。電話の向こうのエルネストも口を閉ざすが、ややあって彼の声が聞こえてくる。

「無言の脅迫ってやつだな」、エルネストが言う。「心理的脅迫だな。では四時に来るといい。なんとかしてみるから」

われわれは電話を切る。トマティスは相変わらずタイプライターに向かっている。おれのほうを見向きもしない。

「母と話し合ってみましたよ」、おれは切り出す。「いい方向に向かうような気がします」

「そいつはよかった」、相変わらずキーに目を落としながらトマティスが言う。

「ジンを一本プレゼントしたんです」、おれはつづける。

「それはいいことをした」、トマティスはうつろな声で、キーに目を落とし、印字された文字を目で追いながら答える。

「昨日の晩、ゆっくり話し合ってみたんです」、おれは言う。

「だから言っただろ？　何事であれ解決の方法は見つかるものだ」、おれを見ることもなく、しかつめらしい表情でキーをたたきながらトマティスは言う。

おれの話をまともに聞いていない。おれはゆっくりと時間をかけて気象欄の原稿を印刷にまわし、食事に出かける。角に差しかかったところでトマティスが追いつく。

「食事のあとビリヤードでもどうだい？」彼が言う。

「今日はだめです」、おれは答える。

「そうか」、トマティスが言う。「では食事に行こうか」

トマティスと食事を共にする。食べ終わったときは満ち足りた気分だった。トマティスは葉巻を吸い、これからはもっと頻繁に家に遊びに来たらいい、と言った。そして、夜外出することになったら君の家に立ち寄って知らせるよ、と言う。

「たぶん出かけていると思いますが、とにかく立ち寄ってみてください」、おれは答える。

それから新聞社へ戻り、社長に会って、犯罪事件に関する重要な取り調べが裁判所であるから自分も立ち会うつもりだと言った。社長は、前日の夕刊に目を通しながら、なんらかの理由で興味を引かれた記事に赤鉛筆で印をつけていた。いつものように五時ではなく三時半に退社しなければならない理由を告げても、新聞から目を上げることとさえしなかった。そして、もう行きなさい、どんな状況であれ自分の義務を果たすのを忘れないように、それが君という人間を鍛え、君を一人前の男にしてくれるのだから、と言った。そう言いながらも、社長は相変わらず目を伏せたまま、わき目もふらず紙面に目を走らせ、時おり狂ったように赤い線で記事を囲んでいた。まるで、おれという人間がいったい誰なのか、自分が何を言っているのかすらまったくわかっていないといった感じだった。おれは三時四十五分にエルネストの執務室に顔を出していた。そこには三十五歳くらいの、ユダヤ人のような顔をした、ブロンドの髪にブロンドの口髭を蓄えた男がいた。

「こちらはローゼンベルクさんだ」、エルネストが言う。「こちらは新聞記者です」

ブロンドの男はおれに手を差し出す。

「ローゼンベルクさんはフィオーレの弁護を担当されている」、エルネストが言う。そして彼のほうに向き直ってさらにつづける。「被疑者が供述を開始した時点で接見禁止が解かれます。ですから、ここでお待ちいただいてもかまいません」

「判事さん、フィオーレは四時にここへ来るんでしたね?」ブロンドの男が訊ねる。

「そうです。四時です」、エルネストが答える。

「取り調べは何時に終わりますか?」ブロンドの男が訊ねる。

「一時間もあれば十分でしょう」、エルネストが答える。

ブロンドの男が立ち上がる。背が低く痩せていた。

「では一時間後にここへ戻ります」

そう言うとおれに手を差し出し、部屋を出る。

「取り調べに部外者が立ち会うのは異例のことだ」、エルネストが言う。「しかし私がうまく話をつけておいた。それに被疑者にしてみれば、君が裁判所の人間じゃないことをわざわざ知る必要もないわけだ。メモを取るのはいかんよ」

「そんなことはしません」、おれは言う。「ただこの目で見たいだけです。殺人犯を間近で見たことがないものですから。ただそれだけです」

「健全とはいえない好奇心のようだね」、エルネストが言う。

「おそらくそういうことになるでしょう」、おれは答える。

われわれは一分ほど沈黙する。おれは窓に近寄る。そんなことはこれが初めてだ。黒い十字型の木枠で仕切られた、どちらかというと大きめの、四枚の細長いガラスがはめこまれている。窓の下には五月広場が見え、静かにたたずむ棕櫚の木々がゆっくりと降り注ぐ霧雨に洗われ、鋭い大きな葉がいつもよりなめらかな光沢を放っている。ひとりの女が鮮やかな青の傘をさして、砕いたレンガを敷き詰めた赤い小道を歩きながら、広場を斜めに横切っている。おれは四階の窓から、青い円形の傘と、赤い小道に押しつぶされたような女の両脚を眺めている。エルネストの視線がこちらに注がれているのを感じる。おれは後ろを振り返る。

「事情聴取はどこでやるんですか？」おれは訊ねる。

「ここだよ」、エルネストが答える。

そのときドアをノックする音が聞こえた。エルネストは、最初におれを、つぎにドアを頭で指し示し、開けるように促す。しかしドアは外から開けられた。グレーの縞の髪をのぞかせながら秘書が現れる。

「被疑者を連れてきました」

「ビゴ君、ここに残っていてくれたまえ」、エルネストが言う。

秘書は部屋に入ると、廊下に面したドアを開けっぱなしにする。そしてタイプライターの前に腰を下ろし、長くて白い紙をローラーにセットすると、腕を組んで椅子の背もたれに寄りかかる。エルネストはタイプされた文書に目を通している。おれはふたたび窓の外を眺める。青い傘の女はすでに姿を消し、藤色の傘をさした別の女が反対方向からゆっくりと、赤茶けた泥に足を滑らせながら、広場を斜めに横切っている。廊下を歩く足音が聞こえたので振り返ると、開かれたドアの向こうに人気のない廊下が見え、楕円形の採光窓を通して、正面の廊下と閉ざされたドアが見える。秘書は相変わらず胸の上で腕を組んでいる。おれは彼に何か言おうとしたが、ちょうどそのとき制服を着た警官が現れ、軽く敬礼する。

「失礼します、判事殿」。書類を手にした警官は、エルネストに頭で合図されて部屋に入り、書類を机の上に置いた。エルネストが書類に目を通しているあいだ、警官は彼のほうに恭しく上体を傾け、その様子を眺めている。

「被疑者を呼んでください」とエルネストが言うと、警官が出ていく。エルネストは机の反対側の、自分と秘書の向こう側におれを座らせる。そこからはすべてが見渡せる。とりわけ秘書の横顔とエルネストの横顔がよく見える。おれが腰を下ろすのと同時に、警官に連行された男が現れる。

最初に手錠をはめられた被疑者が、つぎに警官が現れる。少なくとも一週間は髭を剃っていないらしく、その目には力がない。三日間は顔を洗っていないことが明らかに見てとれる。セーターの浅いV字型の首からウール地のシャツがのぞき、なんとも判別の難しい色合いの、しわだらけの汚れたズボンをはいている。靴には乾いた泥がこびりついている。

「手錠をはずしてください」、エルネストが言う。

警官が手錠をはずす。男はそれに目もくれず、手錠をはずされた両手をだらんと垂らす。何かを見ていたとすれば、窓の外の灰色の空を見ていたにちがいない。しかし本当に見ていたのかおれにはわからない。むしろ何も見ていなかったというべきだろう。

「椅子をもっと近くに」、エルネストが言う。「そこ、机の正面に」

警官が、腰掛けにマットが敷かれたごくありふれた椅子をもってきて、机の側面、エルネストに向き合う位置に据える。呆然と立ちつくしていた男は、警官に指先で軽く肩をたたかれると、椅子に歩み寄り、腰を下ろした。さっきよりもおれと秘書の近くに、エルネストの正面に座っている。おれは誰よりも遠く離れた場所に身を置いていたが、男の姿をはっきりと目にすることができた。男の顔には、赤みがかった光沢のある黒い顎ひげがびっしり生えている。男はおれをちらっと見やった。あるいは少なくともおれのいるほうへ顔を向けた。

「取り調べが終わったらお呼びします」、エルネストが声をかける。

警官は一礼し、部屋を出て扉を閉める。エルネストは机の上の書類にしばらく目を通し、顔を上げて男を見る。

「あなたの名前はルイス・フィオーレですね?」エルネストが訊ねる。

男は黙っている。その目はくすんだワニスのような透明な物質に覆われ、そのために視界が曇り、物がよく見えないといった感じだ。エルネストはまばたきもせずに男の目をまっすぐ見据え、答えを待っている。秘書はタイプライターの上にかがみこみ、両手を宙に浮かせ、広げた指先をキーにむけたままじっとしている。男の視線は――それを視線と呼ぶことができれば――エルネストの目にじっと注がれているが、顔の筋肉はピクリとも動かない。

「質問を繰り返します。あなたの名前はルイス・フィオーレですか、それともちがいますか?」エルネストが訊ねる。

男は頭を動かしたが、あまりにもわずかな動きであり、表情もうつろだったので――その視線、あるいはなんと呼んでもかまわないが、その視線らしきものは、ついさっきまでエルネストの目があったところにむけられている——、問いかけに対する反応とみなすのは難しかった。

「被疑者は肯定した」、秘書はそう言いながら白髪まじりの頭をさらに前方へ傾け、キーをたたきはじめる。部屋にはキーをたたく音とタイプライターの騒々しい音のほかには何も聞こえず、秘書が手を止めるとふたたび沈黙が流れる。秘書はしばらく両手をこすり合わせ、不動の姿勢に戻る。おれは椅子の縁まで尻を滑らせ、男のほうに身をかがめる。

エルネストは書類に短い言葉を書きつける。何か考えているようで、ややあって口を開く。

「フィオーレさん、自分がなぜ告発されているのかわかりますか?」

被疑者の顔には邪悪な笑みがかすかに浮かび、目の周りに無数の小皺が浮かぶのが見える。しかし、その瞳が輝くことはない。それはひょっとするとほほ笑みではなく、何かを理解しようと努める表情なのかもしれない。おれは男の年齢を推測する。そして、事件記者が読み上げてくれた記事のなかに三十九歳とあったのを思い出す。男の顔を仔細に眺めてみるが、三十九歳にも見えるし、百万歳にも見える。口を開くと、赤い唇と黒い髭の下に白い歯がのぞく。男は口を開けたまま何も言わない。エルネストは目をなかば閉じ、男のほうへ身を乗り出す。

「フィオーレさん、自分がなぜ告発されているのかわかりますか?」

エルネストと秘書とおれは耳を傾ける。男もまたエルネストのほうへ身を乗り出し、目をなかば閉じる。そして、必死に何かをしようとするかのように歯を食いしばる。おれは、少し前に目にした表情がほほ笑みではなかったこと、たとえほほ笑みであったとしても、いまやそれがまったく別のもの、より曖昧で言い表しがたいものに変わっていることを理解する。男はついに言葉を発したが、その声は消え入るようで、裏声のように細く響いた。

「判事さん」

エルネストは答えない。男はさらに身を乗り出す。両目を固く閉じているのがわかる。

「判事さん」、男は裏声で繰り返す。

そして、頭をゆっくりとゆすりはじめる。

「ばらばらになった断片は」、男が言う、「元へ戻らない」

そして男は身を躍らせる。エルネストも秘書もおれも、ガラスの割れる音が鳴り響き、男の体が窓の外へ消えるまで、身動きひとつできなかった。三人は同時に立ちあがる。もはや男の姿はどこにもない。ガラスの破片と粉々に砕けた窓枠があるばかり、そのあとに訪れた沈黙――男の体が窓ガラスを突き破って虚空へ消えていくときの大音響の余韻を漂わせた沈黙――のなか、窓ガラスの破片が床に落ちて砕け散る音におれはびっくりして振り向いた。窓から飛び降りた男が身をひるがえして虚空からふたたび姿を現したとしても、これほどびっくりすることはなかっただろう。秘書は、「なんてことだ」と繰り返しながら部屋のなかを走りまわっている。エルネストは廊下に面したドアにむかってゆっくり歩き、行く手をさえぎる秘書を押し戻す。肘掛椅子に倒れこんだ秘書は泡を吹きはじめた。エルネストがドアを開けて出ていく。秘書はおれが近づくと、目を開けて「なんてこった」と小さな声で二度つぶやいた。廊下に飛び出したおれは、四階から一階まで階段を一気に駆け下りる。通りに出ると、裁判所の前の窓の下の歩道に人だかりができている。広場から駆け寄ってくる者もいる。弁護士のローゼンベルクがエルネストと言葉を交わしている。おれは野次馬たちをかき分けて前へ進み出る。人だかりの真ん中に、小人のように見える縮んだ男の体がうつぶせに倒れている。黄色い敷石が血に染まっている。男の体はぴくりとも動かない。おれは、人間がこんなふうに窓ガラスを突き破って四階から宙に身を躍らせ、地面に激突しても、窓ガラスを突き破って落下し、歩道に激突する瞬間には何ひとつ損なわれないのだということを思い知らされる。中身が空っぽの殻でないかぎり、何ひとつ損なわれることはないのだ。というのも、窓から飛び降りた男は、彼のなかに残っているもの、つまり中身が空っぽの殻を投げ捨てる前から、すでに粉々に砕けているからだ。男は骨まで自分の肉体をはぎ取り、窓から殻を投げ捨てた。打ち捨てられた殻と、それを無言のまま見下ろすたくさんの青ざめた顔の上に霧雨が降っている。おれは野次馬たちをかき分けて裁判所のなかへ入る。人だかりから離れたところに立つエルネストとローゼンベルクが小声で何やら話しこんでいる。二人の警官が野次馬たちを押し戻している。おれは裁判所のホールからまっすぐ電話室に向かう。交換手に「何があったんですか」と訊ねられ、たったいま目にしたことを話して聞かせる。交換手が立ち上がって出て行こうとするので、おれはそれを制し、新聞社へつないでほしいと言う。新聞社へ電話をつなぐと、交換手は急いで飛び出していく。電話に出た事件記者は、もう締め切りが過ぎてしまったので、明日まで待たなければいけないと言う。そして、自分もこれから裁判所に行くつもりだと言う。おれは電話室を出て、出口に向かってホールを横切り、一段飛ばしに石の階段を駆け上がってくるエルネストとローゼンベルクに出くわす。おれはエルネストの腕に触る。

「明日だ、明日にしてくれ」、立ち止まらずにエルネストが言う。ローゼンベルクはこちらに目もくれない。

通りへ出ると、野次馬の一団が倍に膨れ上がっている。警官の姿はどこにも見当たらない。人垣をかき分けて進むと、死体の周りで押し合いへし合いしている野次馬たちに囲まれて二人の警官が立っている。警官たちは人込みを押し戻そうとしている。窓から飛び降りた男は相変わらずうつぶせになったまま、さっきよりも体が縮んでいる。それはもはや殻ですらなく、何ものでもないように見える。次第に押し寄せてくる群集を抜け出したおれは、壁際にたたずんでいる秘書の姿を認める。レインコート姿の秘書がおれを見る。

「死んでいるのかい?」秘書が訊ねる。

「そうだと思います」、おれは答える。

白髪まじりの口髭の上に泡の染みが点々とこびりついている。まるで石灰にまみれた手で顔を撫でまわされたかのようだ。

「判事さんは階段を上がっていったかい?」

「ええ」、おれは答える。

「僕は男が飛び降りるのを見もしなかった」、秘書が言う。「ガラスが割れる音がしたと思ったら、もうそこにはいなかったんだ」

「すべてがあっという間の出来事でした」、おれは言う。

「僕にはガラスの割れる音しか聞こえなかった」、秘書が言う。

「どうしてあんなに素早く飛び降りることができたのか、ぼくにはわかりません」、おれは言う。

「僕には男の姿がまったく見えなかった」、秘書がつづける。「音はたしかに耳にしたが、男の姿はまったく見えなかった。ガラスが砕け散る音は聞こえた。でも、それを耳にしたとき、男の姿は部屋から消えていた。きっといまごろは窓から雨が降りこんでいるだろうね」

秘書は壁にもたれかかる。

「そこら中ガラスの破片だらけだろう」、彼は言う。

すでに暗くなりかけていた。日差しのない、青みがかった夕暮れだった。おれは秘書に別れを告げてアーケードのバルへ行く。店に着いたころにはすっかり日が暮れ、アーケードには照明が灯されていた。おれはコニャックを二杯飲んだが、誰にも会わなかった。中心街にはほとんど人がいなかった。七時ごろ家に帰った。母の寝室に明かりがついている。ドアの小窓から長方形の光が漏れている。おれは自分の部屋へ入って明かりをつける。すぐに母がやってきた。

「トマティスとかいう人が会いに来たわよ」、母が言う。

「何の用事か聞いた？」おれは訊ねる。

「いいえ。あなたがいないからすぐに帰ったわ」、母が答える。

彼女は寝室へ引き下がる。おれはベッドに入り、明かりを消す。シーツは一晩中、どうがんばっても温かくならなかった。氷の塊に体を挟まれているみたいだった。十時半ごろ母が外へ出ていく物音が聞こえ、家のなかにたったひとり取り残されてしまったことに気づくと、憂鬱な気分になった。おれは母の寝室へ行き、暗闇に包まれた彼女のベッドに入る。自分のベッドより多少暖かかったが、眠りこまないように必死の努力をしなければならなかった。帰宅した母に見つかったらそれこそ大変だと思ったのである。二時間ほどそうやって布団にくるまってから自分のベッドへ引き返した。冷凍庫のなかに滑りこむみたいだった。誰かにのこぎりで足を切断されたとしても、きっと何も感じなかったにちがいない。両足を切断され、ゴミ箱に捨てられたとしても、次の日の朝、靴を履くときまでそのことに気づかなかっただろう。しばらくすると、男の縮んだ体が何百回となく落下するのを目にし、エルネストの執務室の窓ガラスが何百回となく砕け散るのを耳にするくらいの睡眠が訪れた。朝の五時に目を覚ますと――おれは明かりをつけて時計を見た――、ベッドに入ったときよりも体が冷えきっていた。おれは台所へ行ってコーヒーを沸かし、カップを手にベッドへ戻った。その二分後には、飲んだばかりのコーヒーを吐いてしまった。病気のせいで今日は仕事に行けないだろうと思った。体温計を脇の下にはさんで五分待った。体温計は三十八・二度を示していた。おれはドアの小窓に視線を据えたまま、夜が明けるまでその色が刻々と変化していく様子――窓の色は黒から青、青みがかった緑へと変わり、最後にグレーに染まったところで落ち着いた――を眺めていた。そしてうとうとした。ふたたび目を覚ますと、部屋は薄明りに包まれ、ドアの小窓の灰色の長方形が輝いていた。母が台所を歩きまわる音が聞こえ、自分はこのまま死ぬかもしれないと考えた。午前十時だった。おれは母を呼んだ。

「熱があるんだ」、母が部屋に顔を出すとそう言った。

彼女は赤いズボンと黒のセーターを身につけている。頭にはスカーフを巻いている。口に煙草をくわえ、楕円形の顔がきれいに洗われている。

「雨に濡れたからよ」、母が言う。そして黙りこむ。「昨日の晩、あたしの部屋に入った?」

「風邪薬がないかと思って探してみたんだ」、おれは言う。

「垢だらけのハンカチをベッドに置きっぱなしにしていくのはやめてもらえないかしら」、母が言う。

「熱を下げる薬はないの？」おれは訊ねる。

母は何も言わずに部屋を出る。やがてピンクの錠剤とコップ一杯の水をもって戻ってくる。おれは上体を起こし、錠剤を口に入れて水をふた口ほど飲む。何度か吐き気に襲われたが、水も錠剤も吐き出すことはなかった。母は床の上の吐瀉物を見ると、部屋を出て、ぞうきんと水を張ったバケツを手にして戻ってくる。そして、床にしゃがみこんでそれを拭きとり、ベッドを整え、部屋を出ていく。

母は、一時きっかりにスープをもって現れた。おれはほんのちょっと口をつけただけだった。そして、新聞社に電話をかけて病気で寝ていると伝えてほしいと頼んだ。電話をかけるために角の店に出かけていく母の足音が聞こえた。母が戻ってきて寝室のドアを開けるのがはっきり聞こえたが、寝ているふりをした。もう汗をかきはじめ、ベッドが熱くなっていた。一時間後には、汗に濡れた下着が肌にべったり貼りつき、母を呼んでタオルをもってきてもらった。そして、着ているものを全部脱ぎ、新しい服に着替えた。脇の下に体温計をはさんで五分後に引き抜いてみると、完全に熱が下がっていた。玄関の呼び鈴が六時に鳴り、母の声が回廊を通っておれの部屋に近づいてくるのが聞こえた。針金製のドアマットに靴底をこすりつけている誰かと話しているようだ。寝室のドアが開くと、母を従えたトマティスが顔をのぞかせる。トマティスは椅子を近づけ、ベッドのそばに腰を下ろす。

「君の最期の言葉を聞きに来たよ。遺言状のなかにぼくの名前も入れてもらおうと思ってね」、トマティスが言う。

「みんなとっととくたばっちまえ、これがぼくの遺言ですよ」、おれは言う。

「そんな馬鹿なことを言うもんじゃないわ、アンヘリート」、母が言う。

「ぼくに言わせれば、それこそ後世を顧みない態度というものだね」、トマティスが言う。

「トマティスさん、何をお飲みになりますか?」母が訊ねる。

「どうぞおかまいなく。何も飲みませんから」、トマティスが答える。

「ではコーヒーをどうぞ、トマティスさん。すぐに用意できますから」、母はそう言うと部屋を出ていく。

「母さんがまた親しい口を利くようになりましたよ」、おれは小声で言う。「ついさっきまでよそよそしい話し方だったのに」

「それにしても君、いったいどうしたっていうんだい?」トマティスが訊ねる。「昨日はいたって元気そうだったのに」

「一晩中眠れなくて、今朝起きてみたら熱があったんです」、おれは答える。

トマティスはおれの額に手を当てる。

「熱はもうないな」、手を引っこめながらトマティスが言う。

「ええ。もう下がったみたいです」、おれは言う。

「もうすぐグロリアが来るよ」、トマティスが言う。「町で会う約束があって、そのとき君が病気でちょうど見舞いに行くところだと言ったら、彼女も顔を出したいって言うんだ」

「まさかふたりしてこのぼくをベッドから追い出して、いつもみたいによからぬことをしでかすつもりじゃないでしょうね」

トマティスが笑い出す。

「そんなことは絶対にないよ、アンヘリート」、トマティスが言う。

「男が窓から飛び降りたんです」、おれは言う。「宙に身を躍らせて、この地上から姿を消してしまったんです」

「話は聞いたよ」、トマティスが言う。「いったい君はそのとき何をしていたんだい?」

「取り調べに立ち会っていたんです。男の顔を間近に見たくて」、おれは答える。

「ロマンチックな夢想家だな」、トマティスが言う。「で、どうやって取り調べにもぐりこんだんだい？　禁止されているはずじゃないか」

「判事さんに、新聞社としては今回の事件に大きな関心を寄せている、ぼくは法律を勉強していて、いずれ刑法を専門にしたいと考えているので、取り調べに立ち会うことには二重の意味がある、そんなふうに言ったんです」、おれは言う。

「それで納得してくれたのかい？」トマティスが訊ねる。

「見たところそのようですね」、おれは答える。

「判事さんというのはいったい誰なんだい？」トマティスが訊ねる。

「ロペス・ガライという人です」、おれは答える。

「ああ」、トマティスが言う。「その人なら知ってるよ」

「ところで、グロリアはここに来るんですね？」おれは訊ねる。「ここが堅気の家だということをちゃんと説明しなかったんですか？」

「言ったさ」、トマティスが答える。「それにしても、ロペス・ガライが取り調べに立ち会うのを許してくれたなんて、とにかく奇妙な話だな」

「ぼくの話をすっかり信じてくれたんでしょう」、おれは言う。

「彼は馬鹿な男じゃない」、トマティスが言う。

「ええ。馬鹿な男ではないようです」、おれは言う。

そのとき母が部屋に入ってきた。

「トマティスさん、コーヒーと一緒にジンも少しいかがです？」

母は化粧をして着替えをすませていた。体にぴったりのスカートをはき、けばけばしい色合いのブラウスを着ている。

「そんなこといちいち聞くもんじゃないよ」、おれは言う。

「あんたじゃなくてトマティスさんに聞いているのよ」、母が言う。

「もしご迷惑じゃなければいただきましょう」、トマティスが言う。

「迷惑だなんて、そんなことありませんわ」、母はそう言い残して立ち去った。

そのとき呼び鈴が鳴り、この世でもっともすばらしいグロリアのヒップが現れた。夕刊を手にした彼女は、トマティスの家にいたときとまったく同じ服装をしている。しかしいまは、あのときと違って、折りたたんだ青い傘を手にしている。おれは前日の昼過ぎに目にした、五月広場を斜めに横切る青い傘の女を思い出した。グロリアはおれにキスすると、ハンドバッグから包みを取り出して差し出した。

「プレゼントよ」

包みを開けると、トーマス・マンの『トニオ・クレーゲル』の廉価版が出てきた。

「都会暮らしのエチケットの指南本かこの本かで迷ったんだけど」、グロリアが言う。「いまさらあんたを教育しても無駄だと思ってこれに決めたのよ」

「猥本を選ばなかったなんて奇妙だね」、おれは言う。

「あんたの頭をこれ以上駄目にしたくないからよ」、グロリアが答える。

「母さんと同じことを言うんだね」、トマティスを見ながらおれは言う。

「女にはみんな母親みたいなところと娼婦みたいなところがあるものだ」、トマティスが言う。

「一日中雨ね」、グロリアが言う。

「もう日が暮れたな」、トマティスが言う。

母は、グロリアとトマティスのためにコーヒーとジンを、おれのためにカップ一杯の温かいミルクを、そして自分で飲むためのジンをもってきた。そして、三十分以上も話しこんでから寝室に引きあげた。グロリアがポーカーをしましょうと言ったので、おれはベッドの上に座って壁にもたれ、グロリアとトマティスは椅子を近づけ、ベッドをテーブル代わりにして勝負をはじめた。またしてもグロリアが勝った。九時ごろ、トマティスは何か食べるものを買ってくると言って出て行ったが、回廊で母に出くわし、何か食べるものを用意しているところだと言われてそのまま彼女と一緒に台所へ行き、チーズを満載した皿とイワシを山盛りにした皿を手にして戻ってきた。トマティスにつづいて、パンとワインのボトルを手にした母がやってきた。そして、これからちょっと出かけるけど、何か要るものがあれば冷蔵庫に入っているわ、と告げた。母が回廊から別れの挨拶を口にするのがわれわれの耳に届き、おれは玄関の扉が閉まる音を耳にした。

「お行儀よくしてるじゃないか」、トマティスが言う。

「だんだんよくなってきているみたいです」、おれは言う。

「ときどき平手打ちを食わせてやることだな」、トマティスが言う。

トマティスは立ち上がり、もう帰ると言う。グロリアは驚いた様子だった。

「もう行くよ」、トマティスが言う。

「もう少しここにいるのかと思ってたのに」、グロリアが言う。

「君はべつに帰らなくてもいいよ」、トマティスがいささか厳しい口調で言う。

「ぼくは帰ると言ってるだけだ」

おれはグロリアに、もう少し一緒にいてくれないかと言う。グロリアは肩をすくめ、ジンをあと少し飲ませてくれるなら残ってあげてもいいわと言う。おれは彼女に、冷蔵庫にボトルが二本あるから、足りなくなる心配はないと言う。トマティスは彼女にキスし、部屋を出る前に、明日はベッドから起き上がるつもりなのかと訊ねる。

「そうなると思います」、おれは答える。

「では新聞社で会おう」、そう言うと部屋を出ていく。

グロリアが玄関まで彼を送るあいだ、おれはひとりになる。ふたりは廊下で何やら話していたが、何をしゃべっているのかわからない。やがてグロリアが戻ってきて、ベッドの端に腰を下ろす。

「ジンをもってこようか」、おれは言う。

「いまはいいわ」、グロリアが言う。

「この本をプレゼントしてくれるなんて、まったくうれしいよ」、おれは彼女からもらった本を頭で示しながら言う。

「ほんの偶然よ」、彼女は言う。

「グロリア」、おれは言う。「君がトマティスのところに泊まったからといって、ぼくはべつに怒ってるわけじゃない。君たちの関係についてぼくは何も知らなかったんだ」

「あの晩までは何もなかったのよ」、グロリアは言う。「そしていまもやっぱり何もないと言っていいわね」

「トマティスとのあいだにいろいろあるなんて、そんなこと絶対ないよね」、おれは言う。「彼から多くを期待することはできない、ちがうかい?」

「それこそあの人が言っていることなのよ」、グロリアが言う。

「誰でもそんなふうにふるまうというのはけっこうなことじゃないかな」、おれは言う。

グロリアの手をつかむと、彼女はおれの手を振りほどく。

「アンヘル、やめて」、彼女が言う。

グロリアは、本を少し読んであげましょうかと言う。おれはそうしてくれと言う。

「適当にページを開いて読むわよ」、彼女が言う。

彼女は一時間ほど本を読んでくれた。そして、もう疲れたから帰ると言って本を置いた。

「ひとりぼっちになったらまた熱が上がっちゃうよ」、おれは言う。

「思いきって寝てしまえば大丈夫よ」、グロリアはそう言うと部屋を出ていく。

おれはしばらく物思いに耽り、やがて明かりを消した。そして、自分が特定の場所に身を置いていないような感覚に陥り、おれを取り囲んでいるすべての人間、おれがしばらく前から自分の人生と呼んでいるものをこのおれと一緒に生きているすべての人間がくっきりとした列をなしてゆっくり進んで行くのを目にした。行列のしんがりを務めるのはこのおれで、脳裏の暗い領域から明るい場所へ進み出たおれは、さらにその向こう側の闇の領域に入りこんで姿を消してしまう。やがておれは眠りこみ、明け方近くに目を覚ます。ドアの四角い小窓が青ざめた緑色に染まっている。おれは幸福感に満ち溢れている。台所に行ってコーヒーを淹れる。まだ霧雨が降っている。寝室へ戻り、ベッドに入って『トニオ・クレーゲル』を読みはじめる。読み終えたのは九時半で、母はしばらく前から起きていた。彼女が家のなかを歩きまわる音が聞こえたが、おれの寝室には立ち寄らない。おれは髭を剃り、シャワーを浴びて新聞社へ出かける。トマティスの姿が見当たらない。事件記者はおれの姿を見ると、裁判所の窓から飛び降りた男のニュースはもう読んだか、あれは本当なのかと訊ねた。おれは、まだ新聞を読んでいないと答える。

「君、恐怖症を患ったそうじゃないか」、事件記者が言う。

「風邪をひいたんです」、おれは言う。

「パンツはちゃんと取り替えたかい？」事件記者が訊ねる。

相手は眼鏡をかけていたのでパンチをお見舞いするのはやめておいたが、フィリップ・マーロウにでもなったつもりなのかと訊いてみた。

「誰だって？」彼が訊ねる。

「あらゆる殺人事件にかかわっているぼくの叔父さんですよ」

彼は肩をすくめ、おれは裁判所に向かった。前日の午後の出来事を申告していたエルネストとは言葉を交わすことができなかったが、廊下で秘書に出くわした。

「判事さんはとても忙しいようだ」、秘書が言う。

「窓の修理は終わったんですか？」おれは訊ねる。

「いや、まだだ」、秘書が答える。「あのいかれた男がいきなり飛び出してガラスを全部割っちまったのを見たかい？」

「ええ、見ました」、おれは答える。

ラミレスが、自分で飲もうと砂糖を入れていたコーヒーを出してくれた。そして、窓から飛び降りた男の一件で判事の機嫌がすこぶる悪いことを教えてくれた。裁判所はその話でもちきりだという。おれは、ラミレスがコーヒーと称するなんとも不快な飲み物に口をつけ、部屋を出た。町のど真ん中で、宝くじの当選番号表を眺めているトマティスと出会った。おれが近づくと、この世で自分よりも不幸な人間がいたら教えてほしいものだと口にした。

「二の五十五が頭のなかに去来するんだが」、彼が言う。「二の四十五はさっぱりだ」

われわれは食事のあとビリヤードをした。トマティスは、昨日の晩グロリアと寝たかと訊ね、寝ていないと答えると笑い出した。

「押しが足りなかったんだな」、彼が言う。

ビリヤード台の反対側にいたおかげで、彼はおれにキューで突かれて死ぬのをまぬかれたわけだ。彼はさらに、君の母親はいい人だ、彼女にはもっとちゃんとしなければいけない、と言った。

「恐るべき子どもを気取るのはやめたほうがいいな」、彼は言う。「もうそんな年じゃない」

「グロリアはそのうちきっとあんたを背中から切りつけますよ。そうしたらぼくは、彼女のために証言台に立って、あれは自己防衛だったと言ってやるつもりです」、おれは言う。

「グロリアはぼくに惚れているから、何をやっても許してくれるさ」、トマティスが言う。「それに、彼女はぼくよりもいい人間だというわけじゃないし、誰と比べたってそうさ」

「最近は何か書いているんですか?」おれは訊ねる。

「多少はね」、トマティスが答える。

「どうせろくでもないものでしょう」、おれは言う。

「まあそんなところだ」、トマティスが答える。

おれは負けるためにできるだけの努力をしてみたが、どうしても駄目だった。それからふたりで新聞社に戻ったが、その日の午後は、退社するときの挨拶を除けば、彼と言葉を交わすことはなかった。おれは中心街をぶらつき、アーケードのバルでコニャックを飲み、八時ごろ家路についた。母が台所にいて、グラスにジンを注いでいる。

「出かけるの?」おれは訊く。

「ええ」、彼女が答える。

あと少しでボトルが空になりそうだ。

「お腹がすいたな」、おれは言う。

「冷蔵庫にチーズがあるわ」、母が答える。

「ちゃんとした食事がしたいな。できれば温かい食事がね」、おれは言う。

「シャワーを浴びたらすぐに行かなくちゃいけないのよ」、母が答える。

彼女はグラスを手にしたまま立ち去り、おれはそのまま台所に残る。冷蔵庫を開け、チーズの切れ端とジンのボトルを取り出す。母が浴室に入ると、ささやくようなシャワーの音が聞こえてくる。やがて、タオルにくるまった母が急ぎ足に通り過ぎる。回廊を歩く母の姿が台所のドアの前を通り過ぎ、すぐに消える。えもいわれぬ姿だ。おれはチーズを食べ終わると、グラスにジンを注ぎ足し、母の寝室へ行く。ドアの前に立って、入ってもいいかと訊ねる。美しい黄色の服を身にまとった母は、鏡の前で目の周りに化粧をしている。

「近いうちにふたりで夕食に行くべきだと思うな」、おれは言う。

「そのうちね」、いくぶんぶっきらぼうな調子で母が答える。

「そろそろ仲よくしてもいいころだと思うんだ」、おれは言う。

「そうなればいいわね」、母が答える。

おれは寝室に引き下がり、母が外出する物音を耳にする。テーブルの前に座り、ノートを取り出したおれは、『トニオ・クレーゲル』の最後のページを開き、次のような文章を書き写す。「私は、未生の幻のような世界の内部に目を凝らします。それは秩序と形成を待ち焦がれています。入り乱れた人間の姿が見えます。そして、解放され救い出されることを私に要求しています。あるものは滑稽な、あるものは悲劇的な姿をしています。悲劇的でもあり滑稽でもある姿も少なくありません。私はこの最後の姿にもっとも深い愛情を寄せているのです」。そして、おれは本とノートを閉じる。家にひとり取り残されるのはいやだった。外に出て誰かと一緒に、できれば世界中の人たちと一緒にいたかった。回廊に出ると、昨夜の行進が眼前に鮮明に浮かび上がるのが見え、おれは明かりをつけた。霧雨が、光に照らされた中庭を、緩慢な白い塊となって浮遊している。霧雨は地上に降り注いでいるのではなく、もう何日も前から同じ場所にとどまっているかのようだ。にもかかわらず、それまでほとんど注意を払わなかったことに気づき、罪の意識を感じた。この地上では明らかに何か――霧雨――が、それ自体ひとつの神秘で、美しく悲しみに満ちたものとして霧雨という現象が起きていたのに、おれはそれをまともに見ることさえしなかったのだ。おれは、裁判所の前の歩道の黄色い敷石の上で縮んでいた死体を思い出し、いったいどんな深刻な事情が原因で、ひとりの男が自分の肉体を空っぽの殻と化し、四階の窓からそれを放り投げて地面に落下させ、粉微塵にしてしまうものなのか自問した。男の体の上では日が暮れていた。日差しのない青みがかった夕暮れ。おれはレインコートを着て外に出る。人っ子ひとりいない。中心街まで歩いてアーケードに入る。誰もいない。緑の上っ張りを着た女の店員が、レジの操作レバーに手を置いたまま虚空を見つめている。おれはカウンターに立ってジンを飲み、店を出る。サン・マルティン通りを北にむかって二ブロック歩き、角を曲がる。プロビンシアル銀行の前を通り過ぎると、円い時計盤の針が十一時を指している。鳩舎がある公園に入り、雨に濡れた木々の下をしばらく歩く。自分はいま、誰もいなくなってしまった町を歩いているのだと考えてみた。みんなおれを残してどこかへ行ってしまった。なんていい心持ちなんだ！　おれは気の赴くまま暗闇のなかを歩き、霧雨のなかで弱々しい光をぼんやりと放つ町角の明かりの下を通り過ぎ、暗い通りにふたたび足を踏み入れる。気がつくとトマティスの家の角が目の前にある。歩道に面した前方の部屋の窓から明るい光が漏れている。おれはゆっくりと近づいていく。窓のブラインドはすっかり上げられ、ガラス窓の向こうに、肘掛椅子や書棚、テーブルが置かれた部屋が見渡せる。グロリアが寝椅子に座って本を読んでいる。いつもの服を着て、壁に背中を預け、前方に足を投げ出している。片手に英詩アンソロジーの本をもち、もう一方の手で煙の立ち上る煙草を挟んでいる。その唇が動いているところを見れば、小さな声で音読しているのは明らかだ。おれはしばらくのあいだ、彼女に気づかれることなく、その姿をこっそり観察する。そして玄関のドアに近づき、音を立てないようにそっとノブを回す。ドアが開いた。暗闇に包まれた廊下を爪先立ちで歩き、前方の部屋に入る。グロリアの正面、彼女から三メートルほど離れたドアの敷居に立ってみるが、彼女はまったく気づかない。するとそのとき、彼女は不意に視線を上げ、叫び声をあげる。おれは笑い出す。

「びっくりしなくてもいいよ」、おれは言う。「ぼくだよ。窓から君の姿が見えたんで入ってきたんだ」

グロリアの顔は青ざめている。

「カルロスはいないわよ」、彼女が言う。

「そいつはすばらしい」、おれは言う。「ちょっとオリーブ汁でも絞り出してこようかな」

おれは部屋を出て廊下を歩きはじめる。トマティスの寝室の半開きのドアの前を通り過ぎると、中から光が漏れているのが見え、まぎれもないトマティスの声が聞こえる。しかし、あまりにも小さな声なので、何を言っているのかわからない。おれは急に立ち止まってドアを開ける。ベッドのなかには裸のトマティスと母がいた。母の黄色い服が丸められ、床に投げ捨てられている。慌ててドアをバタンと閉めたため爆発音のような音が鳴り響いた。おれはいきなり廊下へ飛び出し、前方の部屋から廊下へ出て様子をうかがっていたグロリアを突き飛ばす。グロリアに呼び止められたような気もするが、おれは立ち止まらずに外へ出る。明かりがついた窓の前を通り過ぎるときも目を伏せたままだった。

最初の三ブロックは全速力で駆け抜け、それから徐々に歩を緩めた。五ブロックか六ブロック目に差しかかるころには、気分もすっかり落ち着いていた。町はまるで墓場のよう、町角のぼんやりした光を除けば、すべてが暗闇に沈んでいた。交差点を斜めに横切ろうとしたとき、空中を浮遊する霧雨の白い塊を照らす光の下を、こちらに向かって歩いてくる人影が見えた。暗闇から徐々に浮かび上がってくる人影は、霧雨にけぶってかすんでいたが、次第にくっきりとした輪郭を見せはじめる。それはひとりの若者で、どこかで目にしたことのあるレインコートを着ている。おれのレインコートとそっくり同じものだ。若者はおれのほうにまっすぐ歩み寄ると、町角の街灯の真下、半メートルも離れていないところに面と向かって立ち止まる。おれは相手の顔を見ないようにする。それが誰なのかすでにわかっているような気がしたからだ。しかしついに顔を上げ、その顔を正面から見据える。ほかならぬおれの顔がそこにある。あまりにも瓜二つで、自分がそこにいることが、彼の正面に立ち、その顔に注いでいる視線の弱々しい輝きをおのれの肉と骨で取り囲んでいることが信じられないくらいだった。われわれの円がこれほどぴったり重なったことはいまだかつてなかったことだ。そして、このおれには禁じられている生、より豊かで高められた生を彼が享受していることを恐れる必要などないのだと理解した。彼がそのなかで動きまわる円がどのようなものであれ、彼に割り当てられた空間、明滅しながらさまよう光のように彼の意識が通り過ぎる空間は、このおれに割り当てられた空間とそれほど大きく異なるわけではないのだ。少なくとも、理解と奇異の念が引き起こす最初の痛手が早々に残すそれらの傷痕に覆われた、恐れおののいた顔だけを、五月の霧雨に向かって上げることしかできない地点、そんな地点に彼が到達するのを妨げるほどの違いはないのだ。

三月、四月、五月

いいか、ポーカーに勝つ方法は三つある、晩年の祖父は私によくそう言ったものだ。賭金がたっぷりあって、うまく勝負して、カードに目印をつけることだ。とはいえ賭金は、どんなにたくさんあっても、かならず最後には底をついてしまう。そして、どんなにうまく勝負しても、この広い世界にはそれを上回る名プレーヤーがかならずいるものだ。したがって、いちばん確実なのはカードに目印をつけることだ。とても長くつづいた晩年、祖父はいつもそんなふうに話していた。

祖父にはよくわかっていたのだ。彼は八十二歳で他界した。モコビ族の連中は祖父をおやじと呼んでいた。選挙の二カ月前になると、祖父はサン・ハビエルにある雑貨店の机の前に座り、客が訪ねてくるのを待った。政治組織のリーダーたちが一人また一人とやってきた。祖父は無言のまま、葉巻を噛み、褐色の痰を歩道に吐き散らしながら、訪問者の話に耳を傾ける。リーダーたちは、なんらかの申し出をすませると、祖父の返答を待たずに立ち去る。一週間後、祖父は彼らの中のひとりを呼び出す。呼び出される者は、二回か三回の選挙を通じて同じ政党のリーダーである場合もあれば、選挙のたびに違う政党のリーダーである場合もある。祖父は十分ほど彼と言葉を交わし――褐色の痰を歩道に吐き散らしながら――、愛用の馬車を用意させると、モコビ族の農場を回るために出かけていく。その年、祖父に呼び出されたリーダーはかならず選挙に勝つと決まっていた。

　そのようにして祖父はそれなりの財産を築いた。一九四五年二月の選挙の際、祖父は片目を失った。祖父は急進党のリーダーを呼び出し、自分をおやじと呼ぶモコビ族の農場を回った。モコビ族の連中は祖父に下痢止めの薬を所望し、集落の境界まで祖父を見送り、濛々と巻き上がる砂塵が消えるまで馬車が遠ざかっていくのを見守った。ところが選挙を制したのはペロン派の連中だった。祖父は、雑貨店の歩道に面した大きな納屋、仕事机の置かれている大きな納屋にひとりで暮らしていた。ある日の明け方、扉をたたく音を耳にした。「誰だ」と訊ねると、「重病人が出ました」という答えが返ってきた。扉を開けた瞬間、暗闇から放たれたリボルバーの銃弾が祖父の片目を吹っ飛ばしたが、奇跡的に死をまぬかれた。

　祖父は政治から身を引き、店を売り払うと、町に出て私の母の家で暮らしはじめた。サン・ハビエル時代の祖父は、まだ小さかった私を膝に乗せてくれたものだが、四五年に町へ出てきたときは、すでに私は髭を剃るほどに成長していた。祖父は、自分はもうじき死ぬからと言って全財産を母の名義に変えた。ところが一九五〇年、私がけっして知ることのなかった男、つまり私の父と思われる男に先立たれていた母は、それまで病気知らずだったというのに、食卓にスープを出していたとき、スプーンを取りに行くと言って出て行ったきり、二度と戻ってこなかった。心配になった私が席を立って台所へ行ってみると、母はすでに冷たくなっていた。台所の引き出しを開けることはできたものの、スプーンを取り出す前に事切れてしまったようだった。母の手にはスプーンが握られていなかったし、台所のどこを探しても、食器具を収納した引き出しを除いて、スプーンは見当たらなかったからだ。

　二十三歳の私は祖父とふたりきりになってしまった。私は五二年に弁護士の資格を得て、五五年に結婚した。

そして六〇年に妻を失った。ギャンブルに手を染めるようになったのは、監獄を出た五六年ごろのことだ。結婚したのは一九五五年九月十六日である。戸籍課長に結婚の意志を伝え、立会人や妻と一緒に建物の前で記念写真をとろうと妻を伴って門の外へ出ると、ネグロ・レンシーナがやってきて、労働総同盟の占拠をめざすデモ行進があると言う。記念写真をとる時間はあるかと訊ねると、レンシーナは「ない」と答える。そこで私は急いでその場を後にして労働総同盟の建物に駆けつけた。

　われわれ仲間たちは屋根から忍びこみ、黄色い敷石の中庭へ下りた。午前十時だった。三発か四発の銃声が聞こえただけで、最初の銃声を耳にして慌てて飛び出したために歩道の縁石に足を引っ掛けて転倒したあげく頭を強打した男を除けば、負傷者はひとりもいなかった。やがて軍隊が到着し、われわれは監獄に送られた。

　私は九カ月目に釈放された。妻は、結婚した日の朝に戸籍課で着ていた服を身につけて私の帰りを待っていた。立会人も全員が顔をそろえ、親類縁者や祖父も同席していた。私は、製粉業で働く従業員のなかから、九カ月ものあいだ私と一緒に南部へ送られていたネグロ・レンシーナとフィオーレを招待した。ふたりはいつも私に、九カ月後には釈放されるから、私の初めての子どもが生まれる日に帰れることになるだろうと言っていた。私は彼らに、子どもをつくる時間はなかったんだと言った。

　釈放されてからひと月後にはギャンブルに手を染めるようになった。収監されていた五人の鉄道員の出所祝いのバーベキューパーティーが友愛同胞会で開かれたときだった。食事が終わると、シエテ・イ・メディオ〔ブラックジャックによく似たカードゲームで、〈七・五〉の意〕の勝負がはじまった。スペイン式トランプを使うよく知られた単純なゲームだ。絵札は〇・五五点、一から七の数字が記されたカードは、それぞれの数字に相当するスコアをもたらす。最高スコアは七・五点である。ひとりが親となり、各プレーヤーに一枚ずつカードを伏せたまま配る。プレーヤーはカードの配布を要求し、合計点が七・五になるように勝負を進めるが、七・五を越えてしまう場合がある。〇・五点に相当する絵札を受け取ったら、全員に見えるようにカードを表にして、もう一枚要求する。そのとき五あるいはそれ以上の数字のカードが来たら、そこでやめるのが定石とされている。五よりも小さい数字のカードが来たら、さらにもう一枚要求する。六・五の持ち点があるときにもカードを要求する場合がある。カードを配布する役回りの親は、つねに〇・五点だけリードしているからだ。したがって、七のカードをもっている親は、七・五点を獲得したプレーヤーに賭金を支払わねばならない。反対に、七・五に届かなかったプレーヤーは、親に賭金を支払う義務を負う。最高スコアの七・五を越えてしまったプレーヤーは失格となり、その場合も親に賭金を支払わねばならない。たとえば二と六のカードがあるとすると、その合計は八となる。二のカードを手にしているプレーヤーがもう一枚を要求し、六のカードが来たら、親に賭金を支払わなければならない。

　私はこのゲームで七十ペソを稼いだ。大したことのない額だ。しかし、自分が受け取るカードを次々と予見する能力に恵まれていることに気づいた。心の底から強く念じさえすれば、望みのカードが手もとにやってくる。絵札のあとで二を受け取ったら、意識を集中させて、つぎは五だと念じる。すると本当に五がやってくる。私はついに、六・五の持ち点があるにもかかわらず――それ以上のカードを要求してはならないとされているぎりぎりの線だ――、つぎはエースが来るにちがいないという確信に支えられて、さらに新しいカードを要求するまでになった。そして実際にエースが来た。

　私は、自分がギャンブル好きの人間であることを知った。二日待って、さらに高額の賭金が張られる勝負がどこで行われるのかを調べ上げ、中心街にモンテ〔スペイン起源のトランプ賭博〕とバカラ、ダイスができる店がそれぞれ一軒ずつあるという情報を耳にした。私はダイスの店を選んだ。千ペソ紙幣を五枚用意すると、焼き肉店(パリージャ)で食事をし、クラブへ出かけた。クラップス台の周りには大勢の客がひしめいている。クラップスは単純極まりないゲームだ。二個のダイスとカップを使い、プレーヤーはまず二個のダイスを振る。そして、出た目の数字を狙う。第一投目が六なら、二投目以降に六が出るのを狙う。六の前に七が出たら負けとなる。しかし、第一投目で七か十一が出たら、その場で勝ちが決まる。第一投目で三か二か十二が出たら負けとなり、終了となる。台のそばでゲームを見ていた男がルールを説明してくれた。手もとにカップが回ってくると、私は二千ペソを胴元に預けた。ダイスを振ると七が出た。二千ペソが四千ペソに増えた。ふたたびダイスを振ると、また七が出た。第三投目で十一が出た。第四投目も十一が出た。第五投目も十一、第六投目で七が出た。私はカップを置いた。胴元から十二万八千ペソを受け取り、そこから利子が差し引かれた。家へ帰る道すがら、クラップスは自分には向かないゲームだと思った。このゲームを支配するのは無秩序であり、カップのなかでまぜあわされて緑のクロスの上を転がる二個のダイスは、完全な偶然に左右されることになる。私が望むのは、その仕組みがどうなっているのかわからないにせよ、最低限の秩序が存在するゲーム、あらかじめ偶然が凍結されているようなゲームだった。つまり私は、すでにできあがった過去を必要としていたのだ。

私は、すでにできあがった過去をバカラのなかに見出すことになった。ダイスで稼いだ十万ペソ余りのうち、二万ペソを翌日の晩に懐に入れてバカラの勝負に出かけた。ゲームが繰り広げられるのは一台の細長いテーブルで、テーブルを取り囲む椅子に客が腰を下ろしている。よくまぜあわされた五組のトランプを収めたシュー〔カードを収納する専用ケースのこと〕から順番にカードが抜き出され、プレーヤーとバンカーに二枚ずつ配られる。ゲームに使われるのはフランス式トランプである。十のカードと絵札はゼロ点となり、九点に近いスコアを手にした方が勝ちとなる。

私の儲けは八万ペソに達したが、ダイスほど簡単ではなかった。勝つのは骨が折れた。負けがつづいたことは一度もなかったが、一時間以上ものあいだ、四千あるいは五千ペソを超えることがどうしてもできなかった。やがて手もとにシューが回ってきて、バンカー役を務めることになった。九回勝負したが、すべて九だった。九が出ることを念じるだけで、本当に九が出た。簡単なことだった。心の底から念じること、念じたことを信じること、それだけで十分だった。バカラでの運試しをはじめて二日目の夜には、ちょっとした稼ぎを手にしていた。

私はそのことを妻には話さなかったが、祖父には話した。いいか、祖父は言った、簡単に手に入るものは、簡単に失われるものだ。それがちょうひてきみとおしというものだ（祖父はこの言葉を、ちょうきてきみとおしではなくちょうひてきみとおしと発音し、会話のなかでよく口にした）。それがちょうひてきみとおしであることを否定するつもりはない。しかし、勝つための唯一確実な方法は、いかさまをすることさ。

やがて私は、祖父の言葉がまちがっていないことを思い知った。手にした二十万ペソは、一週間ほどできれいになくなってしまったのだ。しかし乗りかかった船だ。私は、寝るためだけに明け方に帰宅する毎日を送るようになった。仕事も次第におろそかになり、雑貨店の机の前に座って祖父が築いた身代、モコビ族の家々を回るために馬車の用意をするように言いつけていたあの雑貨店で祖父が築いた身代も少しずつ食いつぶされていった。

二年も経つと、家と山ほどの借金を除けば何も残っていないというありさまだった。幸いにして妻は子どもの産めない体だったので、養育に煩わされることはなかった。妻もやはり私がギャンブルをするのをよしとしていなかった。六〇年の六月に起きた事件がそれを物語っている。やがて明らかになるように、彼女は私がギャンブルに手を染めるのをけっして許してはいなかった。

私は前日の晩から、帰宅するなりポーカーをしに出かけていった。夜の十一時に、一時間だけのつもりでテーブルについたが、いつの間にか翌日の午後三時になっていた。そのときドアをノックする音が聞こえた。ドアを開けた店の主人が戻ってきて私に言った。「セルヒオ、お祖父さんだよ」。私は中へ入るように伝えてもらった。祖父は、そのころはもうかなり衰えていて、頭が少々ボケていた。片目がつぶれた容貌は常人ばなれしていて、口ひげは葉巻のヤニだらけだった。葉巻を一日中噛んでいたからだ。祖父は私に顔を寄せると、耳元でささやいた。「おい、お前の嫁さんがな、三十分たってもうちへ帰らなかったら毒を飲むと言ってるぞ」。「勝手にしろと伝えてください」、私は言った。祖父はいったん出ていったが、三十五分後に舞い戻ってきて、ふたたび顔を近づけてささやいた。「おい、本当に毒を飲んだぞ」。私は同席者に断って席を立ち、家に帰ったが、すでに妻は事切れていた。毒をあおった直後に後悔の念に襲われた彼女は、二階の寝室を出て、階段の上から祖父を呼んだ。しかし手遅れだった。祖父は耳が遠かったのである。妻は階段の下に倒れていた。

一年後に祖父が死んだ。人生最後の褐色の痰を吐くと、あの世へ旅立ってしまった。最晩年は、言いつけられた用事も満足にこなせないありさまだった。私はときどきトスカーノ〔イタリア産葉巻の銘柄〕の箱をもっていった。祖父は鋏で二つか三つに切り分け、口に入れて葉巻を噛む。そして、門口に座り、歩道に痰を吐く。あるとき祖父が吐いた痰が通行人のズボンに引っかかり、言い訳をするために私が割って入ったこともあった。また、あるときは町役場の人間がやってきて、祖父と私にむかって、歩道を汚さないように注意したことがあった。それ以来、祖父は場所を変え、家の奥の中庭に面した台所の扉のそばに陣取った。中庭の回廊は、日を追うごとに黒っぽい染みに覆われていき、それを洗い流すことはどうしてもできなかった。祖父はある日の夕暮れ時、肘掛椅子に座って庭の奥のイチジクの木を眺めながら息絶えた。いいか、重病人が出ましたと言って誰かが訪ねてきても、絶対に門を開けてはいけないぞ、祖父は私にそう言い残して死んだのである。夜の九時ごろにやってきた葬儀屋は、仕事にとりかかる前に五千ペソの前金を要求した。あいにく手もとに持ち合わせがなかったので、午前二時まで待ってくれるように頼んだ。厳密にいうと、私の手もとには一銭もなかったのである。私はバカラ・テーブルに急行し、誰かがチップを一枚恵んでくれるのを待った。ところが誰も恵んでくれない。そこで私は、大金を稼いでいる客にそっと顔を寄せ、つぎの勝負のときに千ペソ分をこちらの名義にしてくれないかと持ちかけた。つまり、その客が一万ペソを賭けるときに、千ペソ分だけこちらが賭けたことにしてもらおうというわけである。私が負ければ、彼に千ペソを支払わなければいけない。勝った場合は、彼から千ペソを受け取ることになる。要するに、バンカーが勝った場合、元手となる千ペソ分のチップを私が所有していることにしてもらうのである。それは一か八かの賭けといってよかった。というのも、勝ちつづけているプレーヤーは、この手の冗談に付き合おうとはしないものだからだ。たしかに一か八かの賭けだったが、幸運にもうまくいった。それからはとんとん拍子に事が運んだ。十分が過ぎるころには、葬儀屋に支払う前金分の稼ぎを手にしていた。私としては、息絶えた祖父を台所の扉のそばに座らせたまま、何カ月も放置する事態は避けたかった。

というわけで、私はついにひとりぼっちになってしまった。持ち家に住んでいたので家賃を払う必要はなく、電気代や税金などはたかが知れていた。時おり思い出したように食事をした。読書とギャンブルを除けば、とくに何をするわけでもなかった。そして、エッセーをいくつか書きはじめた。

いちばん苦労したのは、それらのエッセーを総括するタイトルを見つけることだった。最初に思いついたのは『現代人をめぐるエッセー』というもので、つぎに『われらの時代を理解するためのヒント』、さらに『現代的リアリズムにおける重要な節目』といったタイトルを考えついた。結局、完全に満足できるものとはいえなかったが、いちばん最後のものを選んだ。私には、「節目」、「重要な」、「現代的」といった言葉が何も意味していないように思われた。誰でも会話の中身を満たし、ある言い回しを深みのあるものに見せかけようとする場合、これらの言葉のいずれかを使えばいいわけだし、あるいは「力学」、「具体的な」、「構造」などの表現を使えばいいのである。しかし、それは大した問題ではない。「リアリズム」という言葉とともに何か重大なものが私の前に立ち現れてくるのだった。その言葉は何かを意味している。現実を考慮する姿勢によって特徴づけられるところの、ひとつの態度を意味しているのだ。私はそのことを確信していた。現実とは何か、もっぱらそれを知ることが私には必要なのだ。あるいは、少なくとも、現実とはどのようなものなのか、ということを。

六つのエッセーのそれぞれについて言えば、書くのにそれほど苦労することはなかった。さまざまな読書体験に促されて構想したものだからである。それらはいずれも、そのときに読んでいた本の主要なテーマや登場人物たちに示唆されて生み出された思考をモチーフにしていた。私はいわば完全に読書に身をゆだね、読んでいることのなかに秘密の関連性を見つけ出そうとした。最初のエッセーがいちばんよく書けていると思う。というのも、意想外のひらめきに導かれるようにして、ある日の昼下がりに一気に書き上げたものだからである。「バットマンとロビン――感情の混乱」というタイトルは、シュテファン・ツヴァイクの作品から一部を借用したものであるが、私の見るところ、問題の核心を見事に要約していると思う。

「ニーチェ教授とクラーク・ケント」と題された二番目のエッセーは、現代的想像力が生み出したふたりの著名な同名の人物のあいだに、おそらくは安直にすぎるアナロジーを見出そうとしているきらいがある。しかしながら、この文章に何らかの価値があるとすれば、それは、エッセーのなかでもっとも知的な輝きを放っている見解によってもたらされているような気がする。すなわち、これらふたつの神話の形成を支配するイデオロギー的土台はまったく同じものだという見解である。

「リー・フォークの魔術的リアリズム」は、現代ラテンアメリカ小説の芸術的規範をフォークの世界にふたたび見出そうという考えのもとに書き上げたものである。残りの三つのエッセーは、エッセーと呼べるほどのものではない。いずれも二、三ページほどの短い覚え書きのようなもので、論評の内容にほとんど拘泥することなく特定のテーマを掲げたものである。「フラッシュ・ゴードンとH・G・ウェルズ」はそのなかでいちばん出来がいいものだと思う。残りの二篇についてはいまだに満足していない。「類人猿ターザン――よき野蛮人論」は、ライス・バローズよりもむしろジャン＝ジャック・ルソーに適用可能なもので、というのも、私の見るところ、この問題に関するもっとも実り豊かな着想はルソーのなかにすでに見られるからである。「ミッキー・マウスのイデオロギー的変遷」について言うと、そもそもなぜそんなものを書いたのか、自分にもよくわからない。ミッキーの心理的深みにもかかわらず、私に言わせればやはりあれはマイナーな作品だと思うし、エッセーの書き手にとっては、あるひとつの観点からのみ興味をかきたてるものにすぎない。つまり、アメリカ的自由思想のシステマティックな表現、という観点である。しかし、それを称揚するのはむしろ自由主義者の役割だろう。もしそうしたければということだが。

祖父が死んだ年、家にたったひとり取り残され、孤独を感じるようになった私は、掃除や使い走りをしてくれる家政婦を求め、新聞に広告を出した。そして、まだ十四歳にしかならない少女を雇うことにした。少女は母に伴われてやってきた。ふたりは沿岸部の出身で、そのことが私の決断を後押しした。というのも、私自身、幼少期を通じてずっと沿岸部で暮らしたからである。母親は歯が一本もなく、あまりにも太っているために体を横向きにして家のなかに入らなければならないほどだった。娘は、二人用のソファーに母親を座らせると、押し黙ったままその傍らに立った。私はまず母親にむかって、自分はいまひとり暮らしをしていること、月極めの報酬で、住みこみで働いてもらいたいことなどを伝えた。母親は、それこそ彼女の望むところだと答えた。そして、娘の荷物をバスターミナルに置いてきたので、報酬についての話がまとまれば、すぐにでも荷物を取りに行くと言った。話し合いの結果、母親の住む町へ二カ月に一度手紙を書き、娘の様子について知らせることを条件に、報酬の折り合いがついた。娘は母親をバスターミナルまで送っていき、一時間後に戻ってきた。新聞紙に包まれた荷物を抱えている。とても痩せていて、不潔な娘には見えない。思春期に差しかかった年頃で、彼女にじっと見つめられるとつい視線をそらしてしまうほどだった。

彼女がやってきた翌日には、ここ二年間でついぞ目にしたことがないほど家の中がきれいになった。それまでは臨時の家政婦に掃除を任せていたが、いま思うととても掃除といえるようなものではなかった。少女は家の隅々までひっかき回し、母が酔狂にも買い求めた四〇年代の白い電話など、ここ数年は祖父の吐き出す痰のような色に染まっていたというのに、ふたたび輝きを取り戻した。少女は寝る前にかならずシャワーを浴びた。私と言葉を交わすことはなかった。読み書きができなかったので、バカラで大儲けしたある晩、彼女にラジオを買ってやったが、私の知るかぎり、それに手をつけたことは一度もなかった。掃除が終わると台所へ行き、腕組みをしたまま腹をレンジ台にもたせかけ、日が暮れるまで窓の外を眺めている。家の外を眺めるなら、たとえば表通りに面した私の書斎の窓など、ほかにも眺めのいい場所はあるのに、彼女はなぜか奥の中庭に面した台所の窓のそばに立つのである。そこから見えるものといえば、イチジクの木のわずかばかりの枝と、洗濯場を覆う腐りかけた葉の屋根、そしてとりわけ、イチジクが葉を落とす冬に枝を透かして見える空の断片くらいなものだった。

少女は名前をデリシアといった。私は、二カ月ごとに、母親への手紙に何を書いてほしいか訊ねてみたが、彼女の答えはいつもきまって「元気にやっています」だった。

デリシアと顔を合わせることはほとんどなかった。私はだいたい昼過ぎに起きて、ありあわせのものを食べる。そして日が暮れるまで書斎に閉じこもる。夕食の時間になると部屋を出て、彼女が用意した食事を一緒に食べる。それから私はギャンブルに出かけ、明け方に帰宅する。

私はとりわけバカラに手を染めた。すでにできあがった過去を手にすることができるからだ。時にはそれに変更を加えることができるものの、カップのなかで乱暴にかきまぜられ、定まった方向もなくやみくもに緑のクロスの上を転がり、任意の一点で静止するダイスに較べれば、よほど確固たる地盤をつくりあげているといえる。ダイスカップを振り、それを台の上にひっくり返すとき、私の心はダイスよりも激しく動揺する。混沌に賭けることは不可能だ。勝つことができないからではない。勝つのは人間ではなく、勝利を可能にする混沌こそが真の勝者となるからだ。

バカラのなかに私が見出していたものは、それとは別種の秩序であり、この世の見かけを統べる秩序と相似した秩序だった。というのも、一つひとつの現在の裏側には混沌しかないという世界、混沌がふたたび始まるやすでに起こってしまった現在をかき消してしまうような世界、そして、それこそがすべてであるという事態は、私には恐ろしいものに思われたからである。ダイスカップを振るたびに感じるのは、まさにそういうことだった。

バカラでは、カードをかきまぜ、それをシューに収めるディーラーの動作を逐一目で追うことになる。最初にカードをテーブルの上にばらまき、三列か四列からなる均一の高さの山をつくる。つぎに全部の山を重ねて、五組のカード、すなわち合計二百六十枚のカードからなる大きな山をつくり、それをシューに収める。そしてゲームがはじまる。まずは、シューのなかのカードについて考えをめぐらせる必要がある。バカラでは、プレーヤーが絵札と五、三と二、九と六、あるいはその他の組み合わせからなる五ポイントを手にすると、より有利なポイントに近づけるべく三枚目のカードを要求するか否か決めることになる。プレーヤーが三枚目のカードを要求すると、シューに収められたカードの配置はすべて変更される。バカラでは、すでにできあがった過去を手にすると先に述べたが、すでにできあがった未来と言うべきではないだろうか？　客観的な視点から眺めれば、シューに収められた複数のカードはひとつの過去である。カードの順番を知るよしもない私にとって、二枚ずつカードが配られ、ゲームが進行するにつれて、現在が、そして過去が形づくられることになる。したがって、それらはひとつの未来なのだ。そして、五を受け取ったときのプレーヤーの決断、三枚目のカードを要求するか否かの決断は、未来であれ、過去であれ、それに変更を加えることになる。ところが、そうした変更が効力を発揮するためには、現在が必要となる。

したがって、三枚目のカードを要求するだけで主観的な決断が完全に組み替えることのできるカード——ある配列のもとに重ねられたカード——を収めたシューは、すでにできあがった過去であると同時に、すでにできあがった未来でもある。しかも、五を受け取ったプレーヤーが三枚目のカードを要求するか否かによって、すでにできあがったものにもなるし変更可能なものにもなる。

一回一回の勝負は現在である。しかし、テーブルの中央、前方に据えられたシューによって、過去と未来もまた存在することになる。これら三つがテーブルの上に勢ぞろいし、共存するのだ。ゲームがはじまると、配られた二枚のカードは、シューの横に表を上にして積み重ねられたカードの山、すなわち前の勝負で使われたカードの山に加えられる。それらのカードは、事実上、もうひとつの過去を形成する。こうして、客観的な過去がいくつか存在することになる。まず、すでに使われたカード、つまり、シューの横に表を上にして積み重ねられたカードの山が形づくる過去がある。つぎに、未来でもあるシューが形づくる過去がある。そして、五を受け取ったプレーヤーが三枚目のカードを要求するか否かによってシューに加えられる変更が形づくるいくつかの過去がある。三枚目のカードを要求すれば、シューには変更が加えられることになるが、この変更は、つぎの勝負がはじまり、カードの新しい組み合わせができあがるまでは効力を発揮しない。

これと同じように、いくつかの未来が共存している。まず、最初の状態のシューが形づくる未来がある。そして、五を受け取ったプレーヤーが三枚目のカードを要求するか否かによって、シューには変更が加えられ、その都度いくつかの未来が生み出されることになる。五を受け取ったプレーヤーが三枚目のカードを要求する見通しはつねに現在であり、実際に三枚目のカードを要求するまではつねに未来でもあるから、やはり変更が存在すると言える。

したがって、それぞれの勝負は、ある種の架け橋、複数の過去と未来が交差する十字路であり、その中心点においては、すべての現在が凝縮している。つまり、一時的かつ束の間の状態におかれたゲーム自体の現在と、前の勝負で使われたカードの山が意味する過去によって形づくられる現在、最初の状態のシューが意味する過去によって形づくられる現在があり、さらに、客観的に見た場合、シューはすでにできあがった過去であると同時にすでにできあがった未来でもあり、変更可能な過去であるとともに変更可能な未来でもあるという理由から、シューが意味する未来によって形づくられる現在がある。

さらに、勝負の流れを通じて、異なるいくつかの過去と未来が結集し、流れていくということがある。たとえば、基本となる四枚のカード、すなわちプレーヤーに配られる二枚のカードとバンカーに配られる二枚のカード——ちなみにカードの枚数は、両者が最低スコアの四に届かない場合、最大で六枚になることもある——は、シューの過去もしくは未来に属する。それらは、シューに収められた二百六十枚のカードに由来するものにほかならない。そして、シューの横に表を上にして積まれたカードの山は、シューに由来するカード、すなわち、凝縮する完全な現在としての勝負——私の目がバカラ・テーブルの上に見ていた勝負——を瞬間的に構成していたカードによって形づくられたものである。したがって、すべての状態が緊密な関係によって結ばれているということになるだろう。

加えて、先在性の無秩序、共存性の無秩序、未来の無秩序がある。これら三つは、顕在的あるいは潜在的な状態のなかで、共存の関係におかれている。先在性の無秩序は、シューに収められたカードの配列と共存の関係にあり、やはり共存の関係にあるところの、シューの横に表を上にして積み重ねられたカードの山が意味する共存性の無秩序とともに、ふたたび具体化する。この無秩序は、最初のときと同じような操作、すなわち、ふたりのディーラーがすべてのカードをまぜあわせ、同じ高さの山をいくつか作り、最後にそれらのカードを、シューに収める前に、二百六十枚からなる大きな山に積み上げるという操作に、再度ゆだねられることになる。先在性の無秩序は、顕在化した現在である。なぜなら、シューに収められたカードの配列は、そこから生じたものだからだ。未来の無秩序は、顕在的でもあり潜在的でもある。というのも、それはシューの横に表を上にして積み重ねられたカードの山が含意する無秩序から構成されるからであり、まさにそこから生じるしかなく、それにはいっさい関与しないという理由から、本質的にその一部をなしているのは明らかであるからだ。それはまた先在性の無秩序にも関与しない。無秩序というのはそれ自体、何物にも関与しないからであり、本質的にただひとつしか存在しないからである。あらゆる無秩序はまた未来の無秩序でもあり、シューに収められたカードの配列およびそれぞれの勝負を構成する現在は、未来の無秩序に変化するがゆえに、その一部をなすものでもある。一方、互いに共存の関係にある三つの無秩序は、シューに収められたカードの順序、勝負を構成する現在、そして、そのなかに凝縮される過去と未来のあらゆる交錯と共存の関係にある。

シューの中身が更新されるとき、ディーラーたちの恣意的な手さばきによって無秩序にカードがばらまかれるという最初の段階を経たのち、新しい配列が生み出される。考えうる配列の可能性は、ディーラーたちの慎重な手さばきによって一定の配列に従うことになるところの、最初の無秩序を構成する二百六十枚のカードの配列の可能性と同じだけ存在する。私の見るところ、いかなる配列も他の配列と同じということはありえない。かりにふたつの配列において二百六十枚のカードがまったく同じ順番に並んでいたとしても、それらはつぎの理由から同一の配列とは言えないだろう。すなわち、実際のところそれは異なる配列であり、他方で、同一の配列とは思えないだろうという理由からだ。それを確かめる方法はない。確かめようとしても、結局は無益な試みであり、失敗するに決まっている。そしてまた、最初の配列だけがもうひとつの配列に似通っているはずである。つまり、ある行程、あるいはプロセスの一部は、それに先立つ配列の行程、あるいはプロセスの一部に似通ってくるのだ。

なぜなら、その他の複数の行程あるいは部分は、けっして同一のものにはならないはずだからである。そうなるためには、以下のような類似が生じる必要があるだろう。まず、ディーラーたちがカードをまぜあわせる方法は、その前の勝負のときとまったく同じでなければならない。そして、配列のプロセスもまったく同じ方法によらなければならない。シューのなかでダイヤの三とクラブの八に挟まれたダイヤの五は、前の勝負のときとまったく同じ行程を経て、たとえば、スペードの四とダイヤのキングの上、クラブのクイーンの下、ハートのエースとハートの二のあいだを通過して、自らの場所を占めなければならない。それを確かめることはむろん不可能である。

つぎに、五を受け取ったそれぞれのプレーヤーの選択は、いずれの場合も、いずれの配列においても、同じでなければならない。自らの行動規範として、三枚目のカードを要求しないプレーヤーもいれば、要求するプレーヤーもあり、要求することもあれば要求しないこともあるというプレーヤーや、カードをひっくり返す瞬間に直観に頼るプレーヤーもいることを考えると、反復の可能性は実質的にゼロになる。

三つ目に、シューの横に表を上にして積み重ねられるカードの山は、前回の勝負のときとまったく同じやり方で積み重ねられなければいけない。ところが、それを確かめることは不可能である。というのも、それをコントロールすることは誰にもできないからだ。

したがって、バカラにおいて反復は不可能ということになる。

カードについて言うと、やはりそこには特徴というものがある。カードは、意味があると同時に無意味なものでもあり、いつも同じ意味をもつとはかぎらない。カードの意味は、それが現れる状況に応じて変化すると言えるだろう。カードは、表の面では意味があるが、裏面においては意味がない。どのカードにも共通する裏面の縞模様には意味がないか、少なくともただひとつの意味がある。すなわち、表の面が有する意味にとってなんの意味もなさないという意味での有意味性である。独自の方法によって、裏面の無意味性はひとつの記号なのだ。

表の面が有する意味について言えば、それは変化するものである。一、四、九、六、ゼロといったそれぞれ異なる価値を帯びた数字は、どこに配置されるかによって、異なる意味をもつことになる。八の横に置かれるか九の横に置かれるかによって、同じエースでも異なる意味をもつ。八の横に置かれれば、それは九を意味し、九の横ならばゼロを意味する。一方、ゼロは、九の横ならば九を意味するし、ゼロの横ならばゼロになる。ある意味において、要となる数字はゼロであり、九ではない。重要なのはゼロなのだ。知られているように、九は、ゼロの観点から見れば九を意味する。九が、数度の加算を経て、出発点であるゼロを満たしていく場合、それは九となるのだ。他方、九は、ゼロとの境界線上に位置していると言える。九のあとには、ゼロを除けば何もないのであり、ゼロは、九を超えると完全な無効をもたらす。したがって、最初からカウントをやりなおさなければならなくなる。

例を挙げよう。七と六は、合計すると十三である。ところがバカラでは三にしかならない。カウントしてみると、六、七、八、九となる。七から三を引き、三を六に加え、九となる。そのあとは十ではなく、ゼロがつづくことになる。最高スコアの九に達すると、そこですべてが帳消しとなり、ふたたびゼロに戻ってしまう。七のうち四を使うと、残りは三となる。この三はゼロから計算に入ることになり、一ポイントも超過することなく三に達する。有意味である表の面に含まれるあらゆる意味は、もっとも重要な意味をもつゼロを通過するというわけである。バカラでは、ゼロは要となる数字なのだ。それは最高スコアの九を生み出す。ところが、数字が九を超過するたびに、ふたたびゼロを通過しなければならなくなり、それまで積み上げてきたものはすべて帳消しとなり、最初からやりなおさなければならなくなる。

要するに、いま述べたようなことが、ゲームにおける客観的な側面なのである。ゲームにおける主観的な側面もそれに劣らず重要である。しかしこの問題に入る前に、ゲームが繰り広げられる舞台について説明しなければならない。

ゲームの舞台となるのは、細長い長方形のバカラ・テーブルで、中央に二つ、向き合うような形で小さな窪みがある。それは、出っ張りの部分が向き合っている二つの括弧のようなものだ。それぞれの窪みには、壇の上に置かれた椅子があり、客が座る椅子よりも高い位置に設置されている。そこに二人のディーラーが向かい合わせに座り、テーブルの真ん中にシューが置かれる。場所によっては、バンカーを務める客に次々とシューが回されることもある。前の客のバンカー役が終わると、今度は右隣の客にシューが回される。そしてテーブルの真ん中にシューが置かれると、片方のディーラーがそこからカードを取り出して順番に配っていく。プレーヤーに配られる最初の一枚が取り出され、つぎにバンカーに配られるカードが取り出される。そしてさらにプレーヤーとバンカーに配られるカードが一枚ずつ取り出される。最初にプレーヤーが二枚のカードを受け取るが、バンカーに配られるカードの数字を知ることはできない。ゲームはすべてテーブルの上で進行し、その周囲を埋めるように客が座っている。テーブルの外の出来事はいっさいゲームにかかわらない。カードはすべてテーブルの上でひっくり返されなければいけない。ゲームが進行するのは、もっぱらバカラ・テーブルの上である。同じ町で、同じ日の晩に、異なる場所に置かれた八台か十台のテーブルで勝負が行われるとする。そのうちのひとつのテーブルで進行するゲームは、ほかの場所で行われるゲームとはいっさいかかわりがない。言ってみれば、一つひとつの場所がそれぞれ閉ざされた空間を形づくっているわけだ。かりに二つのテーブルが隣り合っているとしても、一方のテーブルで展開されるゲームは、もう一方のテーブルで繰り広げられるゲームになんら影響をおよぼさない。それぞれのテーブルには、その上で繰り広げられる出来事を支配するそれぞれの秩序というものがあり、独自のリズムや持続性、異なる価値体系や意味を伴っている。

三つのテーブルを同時に観察することができれば、こうした違いを認めることができるだろう。かりに三つのテーブルで、同じ時間にゲームがはじまり、同じ時間にゲームが終了したとしても、ゲームの進行はそれぞれ異なったものになるはずだ。最初の勝負が終わった段階で、三つのテーブルで進行しているゲームはそれぞれ異なる局面に差しかかっているはずである。たとえば、最初のテーブルでは、ベットに手間取ってゲームの進行がいくぶん滞る。二番目のテーブルでは、引き分けによってゲームの進行が滞る。三番目のテーブルでは、プレーヤーかバンカーのどちらかが最初に受け取る二枚のカードの合計ポイントが八か九になり、それよりも小さなポイントを手にしている相手に三枚目のカードを要求する権利が与えられないという、いわゆる〈ナチュラル〉と呼ばれる展開によって、あっという間に勝負が決まってしまう。このような場合、三番目のテーブルでは早くも二回目の勝負がはじまっているのに、最初のテーブルではまだ一回目の勝負さえはじまっておらず、二番目のテーブルでは引き分けによってベットがやりなおされる、といった状況が生まれる。

かりに私が二つのテーブルでゲームに参加しているとすると、一方のテーブルで手にするスコアは、もう一方のテーブルでは何の価値ももたない。したがって、バカラ・テーブルを支配する法則のおよばない外部から見た場合、テーブルのなかの意味体系は完全に消滅してしまう。

他方、ゲームが行われるテーブルは、明らかにゲーム台の外見を保っており、外部からでも容易にそれと見分けがつくのだが、それ自体では何の意味ももたず、これまで見てきたプロセスにしたがってシューが所定の位置に据えられないかぎり、ゲーム台の上では何も起こらない。シューからカードが引き出され、その意味が開示されないうちは、ゲーム台の上では何事も起こらず、何事も効力を発揮しないのだ。カードがひっくり返され、その意味が開示され、そして消え去るときの一瞬の輝きがなければ、バカラ・テーブルは盲目も同然、活性化されることはない。それ自体では何物でもなく、ただそこにあるというだけの話だ。

では、ゲームの主観的な側面を見てみよう。それは複雑な仕組みを有するものである。本当の意味で存在するといえる唯一の関係は、勝負の開始と同時に生み出される参加者とゲームの関係である。残りはすべて投機のようなものだ。

参加者とゲームの関係には二つの局面がある。すなわち、仮定と証明である。証明はつねに仮定のあとにやってくる。人間の能力の次元に置き換えれば、仮定は想像力と呼ばれるものに当てはまり、証明は認知と呼ばれるものに相当すると言えるだろう。

ゲームの参加者は、みずからの想像力が指示するところにしたがって賭けを行う。彼は、自分が想像したこと――それは起こりうることである――が実際に起こる可能性に賭ける。彼がゲームを認識するのは、それが開示されるときであって、それが起こるときではない。というのも、ひとたびカードがシューに収められるや、ゲームはすでに起こってしまっているからである。前の勝負でプレーヤーが五を受け取り、三枚目のカードを要求した場合、ゲームは変更される可能性がある。しかし、シューに収められたカードの配列の変更は、ゲームの参加者がそれを認識するよりもつねに前の出来事である。五を受け取ったプレーヤーが三枚目のカードを要求するのをゲームの参加者が見て取った場合、彼はある変化が生じたことを知ることはできるが、それがどのような変化なのかは知るよしもない。

したがって、バカラにおける明白性というものは、出来事に付随するものであって、出来事そのものではない。それはまた主観的なものである。出来事は私にとって明白なものになるのだが、それがまだ隠されているときのほうが現実味に乏しかったということにはならない。ゲームは、私がそれを見ているがゆえに変化するわけではない。変化するのはこの私なのだ。ゲームが、シューの横に積み重ねられた意味のないカードの塊に帰するとき、私はその明白性を引きとめるが、つぎのような明白性、すなわち、ゲームがまだ顕在化していなかったにもかかわらず、私が知覚する前にすでに起こっていたという理由から、間違いなくそれが現実のものであったという明白性をも引きとめることになる。こうして、二重の明白性が明らかになる。

ゲームの参加者は、勝負の成り行きがはっきり示されたとき、それだけを認識することができる。そして、自分にとってただひとつ確実なのは、そうした遅ればせの認識である、という事実を認めることしかできない。ところが、勝負の成り行きというものは、それが開示されるとき、ゲームの参加者にとってはなんの意味ももたない。彼は、手探りのままベットしたり、ある種の関連づけの仕組みをつくりあげ、そこに特定の回数の勝負をはめこまなければならない。

ゲームが進行しているあいだ、もろもろの可能性を含むある種の完全な厳密さの範囲内で、じつにさまざまなことが起こりうる。この厳密かつ一般的な図式は、それぞれの勝負において、プレーヤーの勝利、バンカーの勝利、あるいは引き分け、これら三つの可能性しか存在しないという事実に起因するものだ。引き分けになれば、まるで何事もなかったかのように、あらためて勝負が行われる。実際には何かが起こったのであるが、私は、まるで何事もなかったかのようにふるまう。理由は単純、誰も勝たなかったし、誰も負けなかったからだ。ここで明らかなのは、ゲームの参加者の利害が出来事に応じて変化するということであり、同じくゲームの参加者は、出来事の一つひとつにそれぞれ異なる価値を与えるということである。

ゲームの参加者の利害にかかわる残りふたつの可能性は、プレーヤーの勝利とバンカーの勝利である。ゲームの参加者は、みずからの利害に応じて、両者のうちどちらか一方に賭ける。たとえば、プレーヤーに千ペソ賭けるとする。プレーヤーが最高スコアを手にした場合は、参加者の勝ちとなる。最高スコアとは○からもっとも遠い数字ということであり、楽観的な言い方をすれば、九にもっとも近い数字ということである。

では、ゲームの参加者が一方の側に賭け、もう一方の側に賭けないという状況を生み出すものとは何か？　そうした状況を生み出す根本的な原因は二つある。すなわち、非合理的な原因と合理的な原因である。

私の場合を見てみよう。非合理的な賭けをする場合、それはつまり何らかの予感にもとづいて賭けることを意味する。情緒的な要素が大きく左右するということだ。バンカー役の男の顔がどうも気に食わない。すると私はプレーヤーに賭けることになる。あるいは、バンカーが勝つことを心の底から願う。そして、絶対にそうなることを確信する。その場合、私はバンカーに賭ける。プレーヤーの男に何かの借りがあるとする。すると私はプレーヤーに賭けることになる。あるいは、勝った方にひきつづき賭けるという鉄則を守っているとする。バンカーはすでに六回勝っている。したがってつぎもバンカーに賭けなければいけないと思う。そこで私はバンカーに賭ける。引き分けという可能性を考慮に入れなければ、結果はプレーヤーの勝利かバンカーの勝利のいずれかだ。それ以外の可能性はない。私の賭けを左右するのは、私自身の気持ちということになる。要するに私は非合理的な賭けをしたということだ。

つぎに、合理的な原因について見てみよう。まず、ゲームの展開の観念的な図式を想定してみる。プレーヤーが勝った場合、つぎもプレーヤーが勝つとしよう。私は当然のことながら、連続してプレーヤーに賭けねばならない。バンカーが勝った場合は、つづけてバンカーに賭けることになる。プレーヤー、バンカー、プレーヤー、バンカーの順に勝っている場合、プレーヤーとバンカーに交互に賭けることになる。プレーヤーが二回勝ったあとバンカーが二回勝った場合、二回つづけてプレーヤーに賭け、二回つづけてバンカーに賭けることになり、あとはこれをつづけていけばよい。

たとえば私がバンカーに賭ける場合、なぜそうするのかを説明する第二の合理的な理由が存在する。十回つづけてプレーヤーが勝った場合、私は論理の要請に促されて、つぎはバンカーが勝つにちがいないと当たりをつける。プレーヤーが勝つ可能性のほうが、バンカーが勝つ可能性をすでに上回っている。過去のほとんどの勝負を通じて、連続性にはおのずと限度があることが示されている。したがって、十回目にプレーヤーが勝ったあと、私はバンカーに賭けることになる。

私の判断の根拠はつねに過去に置かれている。しかしながら、一つひとつの勝負は、未来との境界線上で準備され、現在の束の間の明白性を経由して過去に流れる。現在は、その一つひとつがただ一回きりのものである。いかなる現在も繰り返されることはない。せいぜいのところ、過去のなかにすでに封じこめられている別の現在に似通っているという事態が起こりうるだけである。私たちは、直前の勝負でバンカーがプレーヤーに九対六で勝ったという理由から、今度もまた同じことが起こるだろうと考える。というのも、すでに二十回もプレーヤーが勝っているからだ。私たちの経験上、過去においてプレーヤーがここまで連続して勝ちつづけたことは一度もなく、たとえプレーヤーが連勝するにしても、ほどほどのタイミングでバンカーが勝つことによってその連続性が途切れるのが普通であり、二十回もつづけてプレーヤーが勝つなどというのはおよそ常軌を逸したことであるから、このあたりでバンカーが勝つのは当然だと考えられるのである。

バンカーがすでに二度勝っているという理由から、私たちの論理的思考は、つぎも当然のことながらバンカーが勝つにちがいないと判断する。プレーヤーとバンカーが交互に勝つパターンが四回つづいた場合、私たちは同じパターンがさらに四回繰り返されるにちがいないと確信する。

以上が、私がバカラに手を染める合理的な理由だ。しかしすでに私たちは、繰り返しが存在しないことを知っている。存在するのはせいぜい、類似や相似といったものだ。したがって、プレーヤーが二十回つづけて勝ったあと、さらに二十回、三十回、五十回、千回、百万回にわたってプレーヤーが勝ちつづけるということもありうる。のみならず、十世代におよぶゲームの参加者たちが、父から子へ、さらに孫へというように、プレーヤーが連戦連勝を重ねるという驚くべき事態を千年ものあいだ唖然とした表情で見つめるということもありうるだろう。このことは、合理的な理由からゲームに参加する者がバンカーに繰り返し賭けるのを妨げない。そして、百万回つづけてプレーヤーが勝ったあと、合理的な参加者がそこからようやく教訓を得て、それを実地に生かすべくプレーヤーに賭けたとたん、十世代にわたる人々が待ちわびていたバンカーの勝利が不意に訪れるということも考えられる。

プレーヤーとバンカーが交互に勝っている場合、私は、バンカーが勝ったあとはプレーヤーに賭けるだろうし、プレーヤーが勝ったあとはバンカーに賭けるだろう。だからといって、バンカーが勝ったあとでバンカーが、プレーヤーが勝ったあとでプレーヤーが勝つことは、けっしてありえないことではない。プレーヤーの勝利が繰り返されるのを見て、私がプレーヤーに賭けたとしても、つぎはバンカーが勝つかもしれず、また以前のように両者が交互に勝つパターンがはじまるかもしれない。十回つづけて私の賭けが的中したとしても、それは過去が繰り返されていることを意味するわけではなく、ただ単に私のふるまいが現実に合致していただけの話である。上を見ずに引き金を引いたら、空から野鴨が落ちてきた、というようなものだ。

ここまで述べてきたことからも明らかなように、バカラでは、私の賭けを支配する理由のことごとくが、合理的なものであれ非合理的なものであれ、結局のところ非合理的なものである。

このゲームの最大の特徴は、合理的な行動をとることがあらゆる角度から見て不可能な、複雑な性質のゲームである、という点にある。限られた領域を形成するゲームの内部では、私は想像力と感情を頼りに、盲人のように手探りで進まなければならず、自分の感覚を通じて手にすることのできる唯一の確実性は、一瞬のきらめきとともに眼前に現れたかと思うと——そのときにはもう、手探りで賭けをしなければならないため、私には何の役にも立たない——、つぎの瞬間にはきれいに消えてしまう。

このように、バカラにおける賭けのことごとくは絶望的なものである。希望などというものは、教化的ではあっても所詮は無益なお飾りにすぎない。

ゲームのなかでは、利用可能なものとして経験が蓄積されるということがない。明白性のきらめきの一つひとつは、深い溝によって互いに隔てられており、それらのあいだに存在する関係性は、私たちの認識能力を超えている。そうした関係が存在しないというわけではない。ただ、私たちがそれを把握することは不可能なのだ。あらゆる賭けは絶望的な行為である。というのも、私たちは、たったひとつの動機、すなわち見るという目的のために賭けをするからだ。私たちは、ゲームが繰り広げられる場所に、手にしているものすべてを投げこむ。なぜなら、たとえ無意味な行為であっても、賭けをする瞬間にそれがどのようなものであったのか、背後に何が隠されていたのか、それを知りたいと思うからである。現実が私たちの想像と合致する場合、私たちは褒美としてたくさんの排泄物、すなわち金を手に入れる。底なしの井戸から這い出たとき、探検家である私たちの服に糞便がべったりこびりついていたとしても、なんら不思議ではないのだ。

三月一日、私はデリシアを書斎に呼びつけ、月給を渡そうと言った。彼女は何も言わなかった。机の上に置かれた紙幣をつかみ取ると、そのまま台所へ行ってしまった。十五歳の誕生日を迎えてまだ二カ月も経っていない。いまはまだ胸のあたりがゆったりしたブラウスを着なければならず、背中の下でスカートがたわんでいる。私は夕暮れまで書斎に閉じこもり、七つ目のエッセー「ドクター・シバナと現代科学——純粋認識か責務か？」を書いた。日が暮れると部屋を出て台所へ行った。

暑かった。掃除を終えたデリシアは、扉の金網越しに奥の中庭を眺めている。何か食べますかと訊かれた私は、まだ食事には早いと答えた。そして、月給を何に使うつもりなのか訊ねてみた。すると、お金を使うつもりはないという答えが返ってきた。デリシア、私は言う、月給の三千ペソを明日まで貸してくれないか？　彼女は何も言わずに屋根裏部屋へ行くと、紅茶缶を手にして戻ってきた。そして、レンジ台の横に立ち、缶を開けた。

缶のなかには千ペソ紙幣がたくさん入っている。彼女は、丸まった紙幣を一枚一枚延ばしながら数えていく。紙幣を積み重ね、親指と人差し指を舌先で舐めると、もう一度最初から数えはじめる。全部で五万四千ペソあった。十八カ月ものあいだ一銭も使わずに貯めこんだお金だ。彼女はいま、妻が死んでからずっと洋服だんすのなかに眠っていた古い服、私が指一本触れることすらなかった服を着ている。妻が残したブラジャーやパンティーも身につけているにちがいないと私は思った。

彼女は千ペソ紙幣の束を私に差し出すと、好きなだけ使っていいと言う。貯金にほとんど手をつけずにいったいどうやって二年間もやってこられたのか訊ねると、彼女は、前の仕事で稼いだお金がまだ七百ペソ残っていて、それを懐に入れてこの家にやってきたのだと答えた。私は記憶をたどり、この十八カ月というもの、デリシアが病気ひとつせず、角の小さな市場へ買い出しに行くほかはいっさい外出もせず、肉屋やパン屋を除けば、私以外の誰とも口をきかず、ラジオも聴かなければ雑誌も読まず（そもそも彼女は字が読めないのだ）、昼間はもっぱら家の掃除をして、夕暮れ時になると台所の窓のそばに立って奥の中庭を眺めるだけの生活を送ってきたことに思い当たった。お金は要らないのかと訊いてみると、そんなものは必要ないと言う。私は、一万ペソあれば十分だからと言って残りの紙幣を返した。すると彼女は、貯金を入れた紅茶缶を私に差し出し、机のなかに缶をしまっておいて、月給日が来るたびに三千ペソをそこに入れてほしいと言う。

やがて彼女は食事を出してくれた。食事のあいだ私たちはひと言も口をきかなかった。食事を終えて席を立ち、彼女の横を通り過ぎるとき、私はその頭を軽く撫でた。そして、お前はこの世で一番かわいい娘だよと言い残し、ギャンブルに出かけた。

勝負に負けて一万ペソを失った私は、明日までに支払うという約束でさらに一万ペソの借金を負ってしまった。午後の二時に目覚めた私は、そのまま書斎へ行き、キャプテン・マーベルのコミックを残らず読み、重要な場面に印をつけ、執筆をはじめた。前の日よりも暑かった。瞼が重く、背中に張りついたシャツは汗でびしょ濡れだった。私は顔を伏せて眠りこんだ。目が覚めたときは夕暮れだった。シャワーを浴びて台所へ行った。デリシアは、扉の金網の前に座り、中庭の回廊のモザイク模様の床にこびりついた黒い染み、彼女ですら取り除くことのできなかった染み、祖父が吐き出した褐色の痰の永遠不滅の痕跡を眺めている。

デリシア、私は呼びかける、お前に読み書きを教えることに決めたよ。毎日この時間に読み書きのレッスンをしよう。いい考えだとは思わないかい？　いい考えだと思う、と彼女は答える。これで決まりだ、デリシア、私は言う。ではさっそくはじめよう。私は書斎へ行ってノートと鉛筆を何本かもってくると、彼女の前に置いた。鉛筆の握り方から教えなければいけなかった。私はアルファベットの文字を全部、大きく丁寧な字で、書くというよりも描いてみせた。デリシアは、罫線の引かれたノートに刻まれていく私の筆跡を眺めていた。私は、アルファベットの下に線を一本引き、一行あけてaの字を描いた。これがaという字だ、私は説明する。次の行とその次の行にaの字を書いてごらん。そのあいだに髭を剃ってきてください、デリシアが言う。

ここ三日間ほど髭を剃っていなかった。そこでさっそく髭をあたった。台所に戻ると、デリシアは二行にわたってaの字を書いていた。読めない字もいくつかあった。誰が見てもaとは思えないような字も含まれている。aとは似ても似つかない文字だ。つぎに私はbの字を書いてみせた。これがbという字だ、私は言う。さっきと同じように二行つづけてbの字を書いてごらん。デリシアはノートに身をかがめ、ゆっくり丁寧にbの字を描きはじめた。私はかつて、手もとに残った最後の五万ペソを一枚のカードに賭けたことがあるが、そのときですら、どうか上手にbの字を書いてくれますようにと念じたときほど、お目当てのカードが出るのを心の底から望むことはなかった。唇からのぞかせた舌を噛みながら一心不乱に字を書いている彼女は、ノートに覆いかぶさるように上体を折り曲げ、落書きのような文字が並ぶ紙に顔がくっつきそうだった。ついに最初の文字が仕上がった。少なくとも一分はかかっただろう。一分か、あるいはそれ以上だ。しかし、いずれにしても書き終えることができた。つづけて彼女は、bの字を二行にわたって書きはじめた。町の反対側まで散歩に出かけて、つぎの日に家に戻ってきても、彼女は相変わらずbの字を書きつづけていることだろう。

私は彼女に、今日はもういいから何か食べるものを用意してくれないかと言った。食事の最中に彼女は、宿題はないのかと訊ねた。そこで私は、食事を終えるとノートにcの字を書き、二行分のスペースをあけてdの字を書いた。そして、明日までにcとdの字を二行ずつ練習しておくように言った。

私は書斎に戻り、残りの四万四千ペソを取り出すと、さっそくギャンブルへ出かけた。そして、一万ペソの借金を返し、残りの三万四千ペソをゲームで失ってしまった。その夜は私を信用して金を貸してくれる人もいなかったので早々に帰宅し、ベッドに入った。翌朝早く中心街へ出かけた私は、家を抵当に入れるための手続きをすませた。不動産会社の建物を出ると、プロビンシアル銀行の角でカルロス・トマティスを見かけた。宝くじ売りの男と立ち話をしている。トマティスは私に手を差し出すと、宝くじはやらないのかいと訊ねた。私は、神に逆らう賭けはやらないのだと答えた。

日に日に痩せていくな、セルヒオ、彼が言う。

私は、それは君の主観的な見解かもしれず、ぼくの見るところ、君は日に日に太っていくようだなと答えた。そうかもしれないと彼は言う。そして、神は偶然とは無縁の存在であり、新約聖書によると、神は、あらゆる人間の髪の毛を、最後の一本にいたるまですべて見通すことができるのだ、と言った。つづけて、一度に一本ずつではなく、すべてを同時に見通したうえで、なおかつ一度に一本ずつ見極めることができるのだとつけ加えた。私は、そういったことはみんな、率直に言って恐ろしいことで、神様が人間の髪の毛をそこまで細かく観察しているなんてちょっと想像できない、しかしながら、いずれにせよ神は宝くじを買うことができないという点でいささか不利な立場に立たされているようだ、と言った。彼は、かれこれ一年前から二の四十五を買いつづけているんだが、と言った。

私は、賭けで一文無しになってしまったことを話した。そして、家を抵当に入れてきたばかりだと告げた。

君に金の無心をするにはまたとないチャンスというわけだな、トマティスが言う。

私たちは一緒にカフェへ行き、食前酒を飲んだ。そして、アーケードのバルへ行こうとトマティスが言うので、そこまで歩いて行くことにした。角を曲がってサン・マルティン通りへ入り、北にむかって歩いた。いいか、セルヒオ、偶然が支配する領域はすなわち悪魔の支配する領域だ、そう心得ないといけない、歩きながらトマティスが言う。

セルヒオか、変な感じだな、私は言う。ここ何カ月もセルヒオなんて呼ばれたことがないからね。これからはもっと頻繁に顔を合わせないといけないな、トマティスが言う。

アーケードのバルに入ると、彼は私に、また何かエッセーを書いているのかと訊ねた。

ちょうどいまひとつ書いているところだよ、私は言う。そして、ドクター・シバナに関するエッセーについて話した。トマティスは、ドクター・シバナに較べればキャプテン・マーベルなど大した人物ではないという説を展開し、すでにスーパーマンによってその路線の可能性はすべて汲みつくされてしまったのだと述べた。

私はそれに対し、そういう考えにも一理あるが、まちがっているところもあると指摘した。そして、イデオロギーの観点から問題を検討してみれば、たしかに彼の言うことは正しいかもしれないが、スーパーマンに備わっている力というのは、ある意味において、得体のしれない反人間的なものだと言った。クリプトンからやってきたという設定自体、彼がわれわれとは無縁の存在であることを物語っている。彼は、変化するという人間的な可能性に対して扉を閉ざしている、私はそう言った。一方で、キャプテン・マーベルは、言葉を用いる。彼はいわば、言葉の力の神格化ともいうべき存在だ。さまざまな力を手に入れるのを可能にしてくれるのは、〈シャザム〉という魔法の言葉だ。〈シャザム〉というのが無意味な言葉であってもかまわない。しかし、言語の始まりという観点からすれば、いかなる言葉にも意味がないのだ。〈シャザム〉は、魔法の言葉であると同時に、すべての言葉でもある。その意味で、キャプテン・マーベルは象徴的な人物である。

で、ドクター・シバナはどうなるんだい？　トマティスが訊ねる。

ドクター・シバナは現代科学を象徴している。純粋科学の物語の背後に隠された、力への渇望だよ、私は答える。ぼくは、エッセーのタイトルを疑問形にするつもりだ。純粋科学か責務か？　エッセーの論旨はこうだ。ドクター・シバナは純粋科学に与しているふりをしているが、純粋科学に与するということは、ひとつの責務、しかも行動をともなう責務を意味する。問題は、観念的なアリバイということになる。

頭がいいな、お見事だ、トマティスが言う。そして、これから約束があるんだと言う。私たちは食前酒を飲み、二杯目を注文した。代金を払うと、トマティスはポケットから五千ペソ札を取り出し、私に差し出す。借りていた金を返すよと言われたが、彼に貸した覚えはなかった。

時計の針がちょうど一時を指したとき、カサ・エスカサニーの角でトマティスと別れた。私は、エッセーができあがったら聞いてもらいたいから、近いうちに電話してほしい、と言った。彼はそうするよと言い残し、新聞社に向かった。

ここ数日よりもさらに暑かった。殺人的な日射しが降り注いでいる。立ち並ぶ家はわずかな影すら投げかけていない。私は八百屋でブドウを買って帰宅した。何か食べるかとデリシアに訊かれ、ちょうどブドウを買ってきたところだと答えた。そして、ブドウを冷蔵庫のフリーザーにしまうと、顔を洗い、書斎に入った。十分ほどスーパーマンの漫画を読み返した。トマティスとの会話のなかでいくつか疑問が湧いたからだ。しばらくしてからデリシアを呼んだ。私は彼女に、椅子に座るように言った。顔がほてるのを感じたが、それは暑さのせいではなかった。

デリシア、私は言う。お前から借りた五万四千ペソをギャンブルにつぎこんだが、全部すってしまった。

デリシアは黙ったまま何も言わない。不思議そうな表情がその顔に浮かんだような気がした。私がギャンブルをしていることを彼女は知らないのではないかと思い、金を借りるときにそれを言うべきだったと考えた。彼女は相変わらず黙っている。

そうなんだ、デリシア、私はつづける、きれいさっぱりすっちまったんだよ。

運が悪かったんだわ、デリシアが言う。

まったくついていなかった、私は言う。

それで、もうギャンブルをするお金がないんですか？ デリシアが訊ねる。

まだ五千ペソある、私は答える。友だちが貸してくれたんだ。でも、ギャンブルに使うつもりはない。お前の貯金箱にしまっておくよ。

私は缶の蓋を開けると、ポケットから五千ペソ紙幣を取り出し、缶のなかへ落とした。そして蓋を閉めた。

そんなことしないで、デリシアが言う、ギャンブルに使ってください。

お前の貯金を全部すってしまったというのに、この五千ペソを使えと言うのかい？　私は言う。

お金を貸してほしいと言われたとき、きっとギャンブルに使うんだと思って、それでお金を貸したんです、デリシアが言う。

私がギャンブルをしていることはとうにお見通しだったわけだ。きっと電話でのやりとりを聞いたんだろう。というのも、私の記憶では、彼女がこの家へやってきてから来客があったためしは一度もないからだ。デリシアは十八カ月ものあいだ、月々わずか三千ペソのはした金のために、祖父の吐き出した褐色の痰のけっして消えることのない黒ずんだ染みを除いて、来る日も来る日も家のなかを掃除し、稼いだお金にはいっさい手を触れずせっせと貯めこんだ。そして、ありったけの貯金を私の手に託したと思ったら、二時間もしないうちに全部すられてしまった。私は立ち上がり、彼女の額にキスした。

神の祝福のあらんことを、私はそう口にする。お前の髪の毛の一本一本にいたるまで、神の祝福のあらんことを、そして、永久（とわ）の栄光の与えられんことを。

デリシアは笑い出し、昼寝をしてきますと言った。私は、お前のために買ってきたブドウがあるからそれを食べなさいと言い、ドア板は磨かなくていいからとつけ加えた。

そんなことをしても意味がないからね、私は言う。

デリシアは、家の中が隅々まできれいになるのはけっして無意味なことではないと言って立ち去った。そして、冷蔵庫の扉を開け閉めする音が聞こえた。私は仕事にとりかかった。スーパーマンの漫画を最初から最後まで読みなおし、キャプテン・マーベルの印をつけた場面を読み返した。そして古い資料を漁ってメアリー・マーベルのコミックを探し出した。女主人公に置きかえられたストーリーはまったく面白くなかった。北米の女子大生の雰囲気を漂わせた彼女には、敬意を抱かせるようなところがひとつもなかった。うさんくさい男勝りの女といったところだ。私は、クラーク・ケントとロイス・レーンはベッドを共にしていたのだろうかと自問した。そして、スーパーマンのセクシュアリティについて何時間もあれこれ考えてみたが、結論は得られなかった。クラークがロイスに愛情を抱いていることはまちがいないように思われるが、その愛情がはたして性的魅力に発展しうるものなのかどうか、にわかには断定できなかった。いろいろ考えた末に、どうしてだかよくわからないが、否定的な答えにたどり着いた。

五時にデリシアがマテ茶をもって現れた。その時間に私がマテ茶を飲むことを知っていたのだ。しかし部屋まで運んでくれたことは一度もなかった。最初の一口を飲み、彼女の母親に二カ月に一度出すことになっていた手紙がすでに三日遅れていることを伝え、なにか書いてもらいたいことはないか訊ねた。十八カ月というもの、判で押したようにいつもきまって「元気にやっています」というメッセージを繰り返してきた彼女も、最近の出来事に触れたメッセージを口にするかもしれないと思ったが、やはりいつもと同じだった。私は彼女にマテ茶のセットを置いていくように言い、一時間かけて手紙を書いた。

日が暮れると、私たちはeとfの練習にとりかかった。デリシアは前よりも少しだけ速く字を書けるようになり、次第に均一な文字を並べることができるようになっていった。レッスンが終わると私は食事をすませ、ギャンブルに出かけた。

ズボンのポケットには、丸められた五千ペソ紙幣が入っている。ホールに着くと、ちょうどゲームが始まったところだった。大勢の客が立ったまま、最前列に座った参加者たちの頭越しにバカラ・テーブルをのぞきこんでいる。私はさっそくディーラーの後ろに割りこみ、勝負の成り行きに目を凝らす。ディーラーの左隣に座っている客の記録表をのぞいてみると、バンカーの勝ちが二回つづいていた。私は、つぎもバンカーが勝つにちがいないと考えたが、賭けは見送った。プレーヤーの勝ちだった。ポケットのなかの紙幣を強く握りしめると、それは玉のように丸められて押しつぶされた。手の平が汗に濡れ、五千ペソ紙幣のぱりぱりした感触は失われ、湿気のせいでぶよぶよになってしまった。

私は、手持ちの五千ペソで運命を変えることができたら家の抵当を取り消そうと考えた。

つぎはバンカーの勝ちだった。私の理性がこう告げた。バンカーの勝ちが二回つづいてプレーヤーが一回勝つというパターンが明らかになった。したがって、もう一度バンカーが勝って、そのつぎにプレーヤーが勝つにちがいない。予想どおりバンカーが勝ったら、そのつぎはプレーヤーに賭けねばならない。

見込みどおりバンカーが勝つと、私は五千ペソ紙幣を赤いチップ五枚に換えてもらった。そのなかの三枚をプレーヤーに賭けたが、ふたたびバンカーの勝ちだった。

バンカーが二回勝ってプレーヤーが一回勝つというパターンは、バンカー有利のかたちで崩れてしまった。私は千ペソのチップを二枚、バンカーに賭けた。するとバンカーの勝ちだった。四千ペソを手に入れた私はチャンスをうかがった。

バンカーの勝ちがさらに二回つづいた。これでバンカーが六連勝したことになる。これはいくらなんでも多すぎる。つぎはプレーヤーに賭けるのが妥当だと思われた。そこで私は、手にしたばかりの四千ペソをプレーヤーに賭けることにした。すると見事にプレーヤーの勝ちだった。私は八千ペソを手にした。

そのつぎは六の引き分けだった。過去の例を踏まえると、六の引き分けのあとはバンカーが勝つはずだ。そこで五千をバンカーに賭けたが、七の引き分けだった。同じく過去の例を踏まえると、七の引き分けのあとはバンカーではなくプレーヤーが勝つ可能性が高いので、バンカーに賭けた分をすべて引きあげてプレーヤーに賭けた。ところがバンカーの勝ちだった。

私は残りの三千をバンカーに賭けた。するとバンカーの勝ちだった。すかさず五千をバンカーに賭けると、ふたたびバンカーが勝った。私の手には、五千ペソ分の黄色い楕円形のチップが一枚と、千ペソの赤い長方形のチップが六枚握られていた。バルに行って紅茶を一杯飲み、十分後にテーブルに戻った。周囲を埋めつくす大勢の客をかき分けてふたたびディーラーの後ろに陣取り、その左肩越しにテーブルをのぞきこんだ。

ディーラーの左隣の客の記録表には一瞥もくれなかった。今度はプレーヤーの勝ちだと私は考えた。そして、一万一千ペソをプレーヤーに賭けた。するとプレーヤーの勝ちだった。ディーラーは私に、緑色の長方形のチップを一枚差し出した。チップの真ん中には、一万という数字が金色で刻印されている。ディーラーはさらに、黄色い楕円形のチップを一枚と、赤い長方形のチップを七枚寄こした。

三万ペソ稼いだら、私は心のなかでつぶやいた、家の抵当を取り消そう。

今度もプレーヤーの勝ちにちがいない。心のなかの何かが、ふたたびプレーヤーの勝ちを告げていた。そこで八千ペソをベットすることにした私は、ディーラーに黄色い楕円形のチップを一枚と、赤い長方形のチップを三枚渡した。もしプレーヤーが勝てば、チップを渡しながら考えた、八千ペソを三万ペソにしてみせる、そうなればいよいよ抵当を解くこともできるだろう。心のなかの何かがふたたび、三回目もプレーヤーが勝つと告げていた。プレーヤーの三度目の勝利、ただそれだけだ。それを望んだからといって虫がよすぎるということにはならないだろう。八の引き分けのあとでプレーヤーが勝った。引き分けが出たときは、プレーヤーに賭けたチップを引きあげようかとも思ったが、何かが私に、ここは辛抱して幸運を信じなければいけないと告げた。ディーラーは、中央に一万という数字が金色で刻印された緑色の長方形のチップを一枚と、黄色い楕円形のチップを一枚、さらに赤い長方形のチップを一枚寄こした。いまや私の手もとには、金色の数字が刻印されたチップが二枚と、黄色い楕円形のチップが一枚、赤い長方形のチップが五枚あった。私はテーブルを離れ、バルに行った。二杯目の紅茶を飲み、ズボンのポケットから千ペソのチップを一枚取り出し、それで代金を払った。そして、お釣りを現金で受け取り、もう一方のポケットにしまった。
シャツが背中に張りつき、顔じゅう汗だらけだ。ティーカップに身をかがめると、額の汗がカップのなかに落ちた。紅茶を飲み終えると同時にそれが汗となって噴き出し、顔を伝ってシャツをびしょ濡れにした。空になったカップをテーブルに置き、カップの底にたまった葉が形づくる奇妙な図柄をしばらく眺めていた私の心はすでに決まっていた。そしてバカラ・テーブルへ戻った。

人はしばしば孤独な悪癖について語り、孤独でない悪癖について語る。悪癖というものは、それがどんなものであれ、元来孤独なものだ。あらゆる悪癖は、それが実行に移されるために孤独を必要とするのだ。悪癖は孤独のなかで襲いかかる。それと同時に、悪癖は孤独のための口実でもある。悪癖が悪いと言うつもりはない。それは、美徳や労働、純潔、従順などのように悪いということはけっしてないのだ。私はただ、それがどのようなものなのか、どういった性質のものなのかを述べているにすぎない。

私がテーブルに戻るのと同時に、ディーラーの左側に座っていた男が記録表をくしゃくしゃに丸め、椅子から立ち上がった。そのあとに座った私は、ポケットから取り出したチップを緑色のクロスの上に置き、テーブルの縁に寄せた。そしてチップを並べなおした。まず一万ペソのチップを一枚テーブルの縁に寄せ、つぎに同じチップをもう一枚置き、さらに五千ペソの楕円形のチップを一枚と赤い長方形のチップを四枚並べた。ディーラーが、つぎのバンカー役は私だと告げる。私は黄色い楕円形のチップをベットすることにした。負けるまでバンカーのベットエリアに黄色い楕円形のチップを置いておくつもりだった。そうすれば、最初の勝負が終わった時点で、五千が一万となり、二回目の勝負が終わった時点で二万、三回目の勝負が終わった時点で四万、以下同じようにして八万、十六万と増えていくはずだ。

プレーヤーに配られたカードはダイヤのキングとクラブのクイーンだった。スコアはゼロである。つぎに私がカードをめくると、ハートの八とダイヤの四だった。スコアは二、つまりゼロの二倍ということになる。プレーヤーに三枚目のカードが配られた。エースだった。

私のほうが断然有利だ。引き分けとなる九、あるいはゼロとなる八を除けば（二プラス八でゼロとなる）、どんなカードが来ても私の勝ちになる。私の手もとに来たのは八のカードだった。ディーラーの右隣の客にバンカー役が移った。私は、明日にでも家の抵当を取り消すために、儲けを三万に戻さねばならないと考えた。

それから連続して四回、五千ペソずつ失った。最初はバンカーに賭けたものの、プレーヤーの勝ちだった。もう一度バンカーに賭けたが、やはりプレーヤーの勝ちだった。三回目はプレーヤーに賭けたが、バンカーの勝ち、四回目はバンカーに賭けたが、すぐに後悔した。七の引き分けだったからである。こういう場合はプレーヤーの勝ちとなる公算が大きいので、私はバンカーに賭けたチップを引きあげ、プレーヤーに賭けることにした。ところが勝ったのはバンカーだった。

私はとめどなく汗をかき、両耳にまで汗の滴が浮かんでいるのを感じた。傍（はた）から見ればきっと涙に見えたことだろう。ときどき汗の滴が緑のクロスに落ち、円い染みを残したが、それもいつの間にか蒸発してしまった。最後に残った赤い四枚の長方形のチップは、重ねられてテーブルの縁に寄せられることもなく、テーブルの上にばらばらに置かれていた。私は手探りでそれをかき集め、ふたたびばらばらに崩した。それに目をやることさえしなかった。左手の指を動かして同じことを何度か繰り返した。ついにチップから手を離すと、それを入念に積み上げ、ディーラーの手もとに滑らせた。プレーヤーだ、私は言う。

バンカーの勝ちだった。私は、デリシアの紅茶缶、十八カ月分の稼ぎを貯めこんだ紅茶缶を思い浮かべ、彼女のふるまいと自分のふるまいのあいだには何の違いもないのだということに思い至った。両者はまったく同じなのだ。片や、さまざまな色の真珠層でできた幾何学的な形のチップに金をつぎこみ、片や紅茶缶にせっせと金を貯めこんだという違いがあるだけだ。私は席を立ち、ホールを横切って出口に向かった。階段を下りながらズボンのポケットに手を入れ、千ペソチップのお釣りに受け取った数枚の紙幣を探った。階段の途中で足を止めて紙幣を取り出し、数えてみる。全部で九百五十ペソあった。さらに硬貨が数枚、ポケットの底に残っている。いずれも十ペソ硬貨で、全部で六十ペソある。合計すると千と十ペソだ。私は踵を返して階段を上り、そのまま交換所に行き、九百五十ペソ分の紙幣と五十ペソ分の硬貨、合わせて千ペソを差し出し、五百ペソのチップを二枚所望した。交換所の男は、二十五ペソ硬貨ほどの大きさの、銀色の丸いチップを二枚差し出した。子供だましにもかかわらず、銀色とは豪勢だ。外見だけ華やかに装っているわけだ。私は験を担ぐつもりで、それまでのようにズボンのポケットではなく、シャツのポケットにチップを入れた。心臓がどきどきと打ち、バカラ・テーブルにむかって歩きながら、左の胸ポケットのなかの二枚のチップが触れ合って音を立てるのではないかと思ったほどだ。最初の勝負で早くもその心配はなくなった。チップが残り一枚になってしまったからだ。私は回れ右をすると、ディーラーの後ろに陣取り、その左肩越しにテーブルをのぞきこんだ。さっきとはちょうど反対側の位置に立っていることになる。

つづく五回か六回の勝負のあいだ、私はプレーヤーにもバンカーにもベットしなかった。カードに目をやることもなかった。予感が訪れるのをじっと待ちつづけた。頭をからっぽにして栓を抜き、すべてを排水溝に流す。過去の記憶や欲望、計算、分別、文字どおりすべてだ。それらは排水溝に流され、真っ暗な井戸に呑みこまれていく。私の頭は、デリシアが最初の文字を書きつけた紙のように空白になる。からっぽの頭のなかにあるのは予感だけ、それは自らを書き、岩をも貫く炎の文字で自らを刻みこむ。頭を空にして、欺かれないように気をつけ、待機の状態に身を置くことができれば、予感はかならず訪れる。ついに予感が訪れ、私にバンカーと告げる。私はシャツのポケットから銀色の丸いチップを取り出すと、それをバンカーのベットエリアに置くようにディーラーに指示する。銀色のチップを二枚受け取った私は、すかさずそれをバンカーに賭ける。そして、赤い長方形のチップを二枚取り戻す。そのなかの一枚をバンカーに賭けると、それが二枚になって戻ってくる。さらに二枚のチップを賭けると、四枚になって戻ってくる。いまや私の手もとには、赤い長方形のチップが五枚置かれている。

それをベッドしようとした瞬間、停電で明かりが消えた。

客たちは交換所の前に一列に並び、月明かりのなかでチップを換金する。私は五千ペソ紙幣を一枚受け取る。湿ってくしゃくしゃになったその紙幣は、ここへ来たときに自分が交換したのと同じ紙幣ではないかという気がした。ディーラーが手にした懐中電灯の光に導かれて階段を下り、そのまま通りへ出る。薄暗い町を横切り、もう寝ようと思って家へ帰り着いた私は、マッチの明かりを頼りに玄関のドアを開け、寝室へたどり着く。

つぎの日、デリシアが寝室の扉をたたいて私を起こし、電話です、と告げる。電話がかかってくるなんて半年ぶりのことだ。しかも半年前にかかってきた最後の電話は、間違い電話だったと思う。電話に出ると、相手はマルキートス・ローゼンベルクだった。昼前に会って話がしたいという。私は家に来るように言って電話を切り、シャワーを浴びる。昨日までの三日間よりもさらに暑かった。

三十分後、前日に買ったブドウの残りを食べているときにマルキートスがやってきた。ワイシャツ姿の彼は黒い書類かばんを手にしている。裁判所から来たらしい。不動産会社で身元保証人について訊ねられた私は、彼の名前を挙げておいたのだ。ここ三年ほど顔を合わせたことがなく、私の家から八ブロックのところに住んでいた。最後に会ったのは、通りでたまたますれ違ったときだった。彼は一方の歩道を、私はもう一方の歩道を反対方向に歩いていた。私たちは笑顔を浮かべながら手を挙げて挨拶した。それだけだった。

私は彼を書斎に招き入れ、皿に載せたブドウを勧めた。最後の五粒か六粒を譲ろうと勧めたのである。マルキートスはブドウを次から次へと口のなかへ放りこみ、皮と種を皿に吐き出した。私のズボンのポケットには、湿って丸くなった五千ペソ紙幣が入っている。

つまり君は家を抵当に入れる気なんだな、最後の一粒を食べ終わると、マルキートスが言った。

私はそのとおりだと答える。

かなりどうかしている証拠だな、マルキートスが言う。

私は、そのとおり、かなりどうかしている、と答えた。そして、記憶にあるかぎり、こんなにどうかしていたことはかつて一度もない、とはいえ、気が狂ったか死んでしまった人間を除けば、自分よりも調子がいい人間はひとりも思い浮かばない、とつけ加える。私はデリシアを呼び、時間があればコーヒーを淹れてくれないかと言った。

マルキートスは、私を助ける方法がないか考えてみると言った。私は、そのための唯一の方法は五十万ペソ都合してくれることだと言った。

五十万ペソ？ マルキートスが言う。彼は両目を見開いて前かがみになる。肘掛椅子がきしむ。

そうだ、五十万ペソだ、私は言う。ぼくの家は町の中心部に位置している。新しい家だし、二階建てだ。五百万ペソかそれ以上の値打ちはあるはずだ。それを抵当に入れるのさ。五十万ペソが欲しいんだ。それを手に入れることができれば万事解決ってわけだ。

五十万ペソか、マルキートスが言う。セルヒオ、いったい何のために五十万ペソ必要なんだ？

バカラだよ、私は答える。

マルキートスは肘掛椅子に深々と腰を下ろし、笑い出す。

冗談にしては、彼は言う、あまりいい趣味だとは言えないぞ。

あまりいい趣味だとは言えないだろうが、私は言う、でも冗談じゃないんだ。ぼくはバカラにつぎこむ五十万ペソが欲しい、これはけっして冗談なんかじゃない。

そうだろうとも、マルキートスが言う。

ぼくはね、女中の十八カ月分の稼ぎまでつぎこんだんだ。

まさか君は、ギャンブルに使うための五十万ペソの小切手をぼくに切らせるつもりじゃないだろうね。家を抵当に入れるために、ぼくに身元保証人になってもらいたいなんて考えちゃいないだろうね、マルキートスが言う。

ぼくは何も望んじゃいない、私は言う。ぼくはもうすぐ四十だ。子どももいなければ親類縁者もいない。そして、わが身を守ることすらできない半身不随の老女から詭弁を弄してだましとったわけでもない家に住んでいる。自分が望みさえすれば、家を抵当に入れるのはぼくの勝手じゃないのか？

ぼくの勝手、まったくそのとおりだ、マルキートスが言う。

けっこう、私は言う。で、どういうことになるんだい？

ギャンブルは自己破壊だ、マルキートスが言う。

私は彼に、保証人として君の名前を挙げたのは、わざわざ家に来てもらって救世軍の訓練の成果を披露してもらうためではないんだぞと言った。やがてデリシアがコーヒーをもって現れた。マルキートスは彼女を見やった。部屋を出るまで彼女から目を離さなかった。

あの娘の貯金をすっちまったのか、マルキートスは私を見ながら言う。

あの娘は自分から貯金を差し出して、ギャンブルに使えって言ったんだよ、私は言う。

どうせうまいこと言って丸めこんだんだろう、マルキートスが言う。

丸めこんじゃいないさ、私は言う。ぼくはあくまでも正直に、三千ペソ貸してほしいと言ったんだ。そしたら有り金全部を差し出して、好きなように使ってくれ、お金はぼくに預けておくから、と言うんだ。

マルキートスは何も言わずに頭を振り、コーヒーに砂糖を入れた。それから数分間、ふたりとも黙りこんでいた。しばらくして私は彼の顔を見た。

それで、保証人になってくれるのかい？　私は訊ねる。

ああ、マルキートスが答える、引き受けるよ。

彼は書類かばんを開けて小切手帳を取り出す。

ぼくは何も要らないよ、私は言う。この二日間でぼくに金を渡そうとしたのは、デリシアに次いで君が二人目だ。でも、それには及ばないさ。受け取るべきか否か頭を悩ますなんて贅沢はぼくには許されちゃいないからね。腐ったプチブルだな、マルキートスが言う。

健全なプチブルより腐ったプチブルのほうがましさ、私は言う。腐っていないリンゴより腐ったリンゴのほうがましだよ。腐ったリンゴのほうがより真実に近いわけだからね。腐ったリンゴというのは、リンゴが駄目になる前の数えきれない世代のリンゴが映し出される鏡のようなものさ。

あまり感心できない警句だな、マルキートスが言う。

そうかもしれない、私は応じる。

私はつづけて、抵当の件はなるべく早く片づける必要があると言った。書類はすべて整っているのかと訊かれた私は、大丈夫だと答える。

おそらく君は、ギャンブルをやる人間の例に漏れず、絶対に勝てる方法がどこかにあるはずだと考えているんだろう、マルキートスが言う。

絶対に勝てる方法なんてぼくにはないさ、私は答える。絶対に負けるという確信があるくらいだ。それでもやりたいんだよ。絶対に勝てる方法を知っていたとしたら、これ以上ギャンブルに手を染めることはないだろう。

さっぱりわからんな、マルキートスが言う。

私はなにも勝つためにギャンブルをするわけではない。食事代や電気代を払う金さえあればそれで十分だし、十分すぎるとも言えるだろう。ろうそくを灯して、食事を週に一回に切り詰めなければならないとしても、ギャンブルはやめないだろう。いまは亡き祖父は、ポーカーで絶対に勝つための唯一の方法はいかさまだと言っていた。祖父が古い世代に属する人間であったことがここからもわかるが、とりわけ彼が、本当はギャンブルが好きではなかったことがうかがえる。一方、この私は、たとえいかさまを仕掛けてくる人間が相手であっても、そのいかさまによってなんらかのチャンスが与えられるのであれば、やはり勝負を挑むだろう。三人で示し合わせてカードに細工を施す連中を相手にポーカーをやったこともあるが、私はそれでも勝った。運を味方につけることさえできれば、いかさまなど恐れるに足らないのだ。いかさまというものは、不運を呼びこむ余地が大きいというだけで、それ以上のものではないと私は考えるようにしてきた。五十万ペソが欲しいのは、少なくとも二週間は平穏な心持ちのまま、かりに勝負に負けて一文無しになってしまったら明日の軍資金をどこから捻出すればいいのだろうと思いわずらうことなく勝負を楽しみたいからである。豊かな暮らしがしたいなら、はじめからギャンブルなんてやらないだろう。商売をやるか、刑事専門の弁護士の仕事をつづけるにちがいない。

抵当の件だが、二週間以内に片がつくとは思わないがね、マルキートスが言う。ぼくは不動産業界の人間をよく知っているからね。彼らはぼくに借りがあるんだ。

わかっているよ、私は言う。だから連中に頼ることにしたんだ。

なるべく早く終わるように努力してみるよ、マルキートスが言う。

そうしてくれるとありがたい、私は言う。

マルキートスは小切手帳を書類かばんにしまうと、立ち上がった。私も腰を上げた。私たちは数秒ほどまばたきもせず見つめ合った。

セルヒオ、マルキートスが言う。これからはときどき顔を合わせようじゃないか。どこか外で一杯やろう。きっとふたりとも退屈するぞ、私はそう言うと、笑顔を浮かべようとする。相変わらず党にかかわっているんだろう、私は訊ねる。

ああ、相変わらずね、マルキートスが言う。

それも悪癖というやつだな、私は言う。

マルキートスはふたたび頭を振る。そして、こちらに背を向けてドアに歩み寄る。ところが不意に立ち止まり、背中を向けたまましばらくじっとしていたかと思うと、後ろを振り返って私の顔を見る。その目には涙が溢れていた。私は、きっと痛みのせいで目を充血させて汗をかいているのだろうと思った。しかしそうではなかった。彼は本当に泣いていたのだ。泣いているというよりも、目に涙をいっぱい浮かべていた。

先週の新聞は読んだだろう、彼は、ためらいがちに言葉を選びながら言う。

ここ数年は新聞なんか読んでいないと私は答える。

セサル・レイが、マルコスが言う、死んだんだ、ブエノスアイレスで。

あのチチェが？　私は言う。いずれそうなると思っていたよ。

いや、マルコスが言う。事故だったんだ。地下鉄のホームで足を滑らせて、電車に轢かれたんだ。

きっと酔っぱらっていたんだろう、私は言う。

マルキートスは手の甲で目をこする。もう涙は浮かべていなかった。

それで、クララは？　私は訊ねる。

ここに戻ってきているよ、マルコスが言う。

マルコスは部屋を出た。私は玄関まで彼を見送り、日が昇るにつれてだんだん細くなっていく影を選んで壁にぴったり寄り添いながら遠ざかっていくその後ろ姿をしばらく眺めていた。角を曲がるまで戸口に立って見送った。自分の妻と駆け落ちした男が電車に轢かれ、しかもじきに妻が家へ帰ってくることを知ったら、私だって目に涙を浮かべただろう。それどころか、大声で泣き叫んだかもしれない。死んだ男が自分の親友だったからではなく、妻がじきに戻ってくるからだ。もう何年も前のことになるが、マルキートスとチチェ、それに私たちはとても仲がよかった。チチェにはもう何年も会っていなかった。彼もギャンブルの常連だった。

夜、デリシアに新しい字をいくつか教え、食事をすませた私はクラブへ出かけた。日中は何も仕事をしなかった。マルキートスが帰るとすぐにベッドに入り、日が暮れるまで眠った。クラブでは五千ペソを失い、一センターボの金も借りることができなかった。つぎの日、遅い時間に目覚めると、そのまま書斎に向かった。デリシアが五時にマテ茶をもって現れた。

デリシア、私は言う、ラジオを聴いていないようだが、どうしてだい?

デリシアは、ラジオが好きではないと答える。

これからも好きになることは絶対にないと断言できるかい? 私は訊ねる。

断言できると彼女は答える。

それならラジオを一度点検に出そうと思う、私は言う。

私はさっそくラジオを古新聞で包むと、太い紐で縛り、それを売りに出かけた。それから二時間、次々と電気屋を訪れてはラジオの包みを解き、それを何度も何度も繰り返しているうちに新聞紙はちぎれ、跡形もなくなってしまった。ラジオを新品として売るという私のもくろみは頓挫し、そのまま質屋に向かった。千七百ペソの値がついた。私は白い色のブドウを二キロ買いこみ、それをつまみながら家に帰った。台所にデリシアがいた。中庭の回廊にこびりついた黒っぽい染み、祖父が吐き出した黒っぽい痰の痕を眺めている。

どうしても落ちないんです、デリシアが言う。

あれはお祖父さんが吐いたものだ。もう死んでしまったがね、私は言う。

その日の晩、クラブへ出かけた私は、現金を払って銀色の丸いチップを三枚手にした。それらは次々と消えていった。とにかく一度でも勝つことができたんだからと考えて、ささやかな満足感に浸ることすらできなかった。帰る道すがら、ひょっとすると勝つ見込みがあったかもしれないと考えて自分を慰めることさえできなかった。三回つづけてミスを犯してしまったのだ。勝つ見込みはゼロだった。私は汗だくのままベッドに横たわり、昼過ぎまでぶっつづけに眠った。殺人的な暑さだった。シャワーを浴びて書斎に入った。それから二時間ほど、ここ十五年ばかりのあいだ『ボソトラス』誌から切り抜いたり、人に頼んで切り抜いてもらったブロンディの漫画に最後まで目を通した。毎週、雑誌の最後のページに掲載される連載漫画を丸ごと切り抜き、台紙に張りつけ、それを綴じこみファイルの紐に通して保管しておいたのだ。連載の最終回だけは、台紙に張りつけず、切り抜いたままにしておいた。それは綴じこみファイルの最後のページと裏表紙のあいだに何枚も重ねてはさみこまれていた。全部で五十枚ほどあった。

漫画を読み終えた私は、それを机の上に散らかしたまま、何もせずに何時間も過ごした。虚空の一点をぼんやりと、見るともなく見ていた。時おり咳払いをしたり、目を半分閉じたりするくらいだった。五時にデリシアがマテ茶をもって現れた。私は、かつて妻のものだった花柄の、いまや完全に色あせた古い部屋着を少女が身につけていることに気づいた。シャワーを浴びて髪をセットしたばかりのようだった。湿ったままの髪を後ろになでつけ、額を滴が伝っていたからである。服はまだ大きすぎるようだった。しかしもう少しすれば窮屈になるだろう。

デリシア、私は言う、あと何日かすれば読み方の本を買ってあげよう。

まずは読む練習をやらないといけないと彼女が言うので、読み方の本というのはまさにそのためにあるんだと説明してやった。彼女は私を残して部屋を出ていった。それから十分後には、私は家のなかを歩きまわり、何か売るものはないかと探した。そして、いまは亡き祖父の拳銃、三十八口径のリボルバー〈ルビー・エクストラ〉を見つけた。さっそくそれを売りに出かけたが、日が暮れるころには腰にリボルバーを差したまま帰宅した。拳銃は肝心の弾を発射することができなかったのだ。私は家のなかへ入り、そのまま電話に向かった。マルキートス・ローゼンベルクの番号を探し出して電話をかけると本人が出た。

マルキートス、私は言う、セルヒオだ。

ああ、マルキートスが答える。今朝ちょうど不動産会社の連中と話したところだ。四月五日に君に金を渡すと言っている。

四月五日？　私は聞き返す。

そうだ、マルキートスが答える。四月五日だ。それを伝えるためにちょうど電話をかけようと思っていたところだ。ぼくからの連絡を待っているかもしれないと思ってね。

そうなんだ、私は答える。でも、じつはその件じゃないんだ。

その件じゃない？　マルキートスが言う。じゃあ、何のために電話をかけてきたんだ？

君が昨日ぼくに渡そうとした小切手の件なんだ、私は答える。

小切手がどうかしたのか？　マルキートスが訊ねる。

いや、私は言う。じつはあれが必要なんだ。いくらの小切手を切るつもりだったんだい？

べつにいくらと決めていたわけじゃないさ、マルキートスが言う。どれくらい必要なのか君に訊いてからにしようと思っていたんだ。

三万ペソでどうだろう？　私は訊ねる。

三万ペソ？　マルキートスが聞き返す。いいだろう。明日の昼前には届けるよ。

いや、私は言う。いま必要なんだ。

いま？　マルキートスが言う。ちょうど服を脱いでシャワーを浴びようとしていたところなんだ。

ぼくがこれからそっちへ出向くよ、私は言う。

マルキートスはどうしようか考えていたようだが、やがて、中心街のバルで落ち合おうと言った。そして、アーケードのバルを指定した。私は電話を切った。書き取りの宿題をデリシアに与えると、すぐに出かけた。バルに着いたときは九時になっていた。マルキートスはテーブルの前に座り、小切手を握っていた。テーブルには空のコーヒーカップが置かれている。彼が手にしていたのは持参人払い小切手で、三万ペソの額面だった。判読不能の殴り書きのようなマルキートスのサインが記されている。

これでオーケーだ、私は小切手を受け取りながら言う。解決しなければならない最後の問題は、誰がそれを換金してくれるかということだった。

簡単さ、マルキートスが言う。こっちへ渡してくれ。

彼は小切手を手にすると立ち上がり、レジ係の女と話しはじめた。女が頭を振り、マルキートスはテーブルに歩み寄ると、店の主人は不在らしいと告げる。そして、テーブルの横に立ったまま、右手に小切手をもち、左手にもったキーホルダーを鳴らしながらしばらく考えこんでいた。やがて、すぐに戻ると言い残して十五分ばかり姿を消した。戻ってきた彼の右手には、一万ペソ紙幣が三枚、丸められたまま握られていた。そして椅子に座り、テーブルに紙幣を投げ出した。私はそれを受け取り、ポケットにしまった。マルキートスは、快活な、驚いたような表情を浮かべながら私の顔を見つめている。

君が生まれつき浅黒い肌をしていなかったら、彼は言う、周りの人間は君をひと目見ただけで、君がまったく夏の日差しを浴びていないことに気づくだろうね。ずいぶん痩せているじゃないか、セルヒオ。

食事は済んだのかと訊ねる彼に、まだだと答えると、どこかへ食べに行こうと言った。

君、約束があるんだろう、私は言う。

あれはやめたんだ、マルキートスが答える。

それはよくないな、私は言う。一緒に食事をしたら、きっとふたりとも退屈するぞ。

会話を前へ進める役はぼくが引き受けるよ、マルキートスが言う。

私たちは焼き肉屋（パリージャ）へ行き、中庭のテーブルに座った。私の座っている場所から、焼き網の下で燃える火や、一定の距離を保ちながら火加減を調整し、肉片を動かす男の姿が見えた。火のそばでひと仕事終えるたびに、ウエイターの応対に使うカウンターへ向きなおり、時おりワインを口に含む。私は彼の動きから目を離さなかった。

やがて、彼がカウンターに向きなおるたびにワインを注いだコップに手を伸ばすかどうか当ててみることにした。そして、どのタイミングでコップに手を伸ばすか、ウエイターへの応対が済んだあとか、炭火をかき回したあとか、焼き網のそばにぶら下がっている鉤から肉片を取り外し、塩をふり、焼き網の上に広げたあとか、それを予想しようとした。彼がどの瞬間にコップに手を伸ばし、ワインを口に流しこむのか、何としてでも当てようとしたのである。私の予想は、六回的中して二回外れた。マルキートスが、さっきからずっと黙っているがいったいどうしたんだと訊ねるので、最高の気分だ、こうして一緒に外で食事をすることができて満足だと答えた。店の中庭に座っていると、暑さは感じられなかった。そよ風が吹き、焼き網から立ち上る煙が蚊を追い払ってくれる。

マルキートスは、ドストエフスキーの『賭博者』を読んだことはあるかと訊ね、私があると答えると、あの本についてどう思うかと聞いてきた。私は、いい作品だと思ったと答えた。食事を終えると、私たちはコーヒーを飲むためにマルキートスの車で中心街へ出た。スカイブルーの小さな車だった。アーケードのバルでコーヒーを飲んだが、マルキートスは押し黙ったままだった。どこか行きたい場所はあるかと訊かれた私は、近くを通るならついでにクラブの入口で降ろしてほしいと言った。目的地へ着くとマルキートスは車を止め、ライトを消した。そして、私がプレーしているところを見たいから一緒に下りると言う。私は、きっと退屈するぞと言ったが、食事のときほど退屈することもないだろうと言いながら車を下りた。ホールへ通じる階段に差しかかったとき、私はすでに汗をかいていた。そして、バカラ・テーブルのそばで待っているようにマルキートスに言い残し、交換所に向かった。一万ペソ紙幣を一枚差し出し、黄色い楕円形のチップを一枚と赤い長方形のチップを五枚受け取った。シャツのポケットにチップを入れ、マルキートスに歩み寄る。彼はそれにまったく気づかない。マルキートスの目はバカラ・テーブルの中央にじっと注がれている。

空いている椅子がひとつもない。大勢の客がテーブルの周りに群がっている。私は二列目に割りこみ、椅子の後ろに立っている客の肩越しにゲームを眺めるしかなかった。マルキートスが爪先立ちになり、軽く体を揺らしているのが見える。目を大きく見開いている。最後の勝負はどちらが勝ったのか彼に訊ねると、バンカーだと答える。私は、二列目に並んでいる男の肩越しに身を乗り出し、黄色い楕円形のチップをテーブルの中央に投げ、バンカーに賭ける。ところが勝ったのはプレーヤーだった。マルキートスはがっかりしたような顔でこちらを見る。私はつづけて赤い長方形のチップを五枚投げてプレーヤーに賭ける。するとプレーヤーの勝ちだった。さらに一万ペソをプレーヤーに賭けたが、今度はバンカーの勝ちだった。

私は交換所に並び、二枚目の紙幣を黄色い楕円形のチップ二枚と交換し、テーブルに戻る。マルキートスは私を見ている。私は彼の姿が目に入らないふりを装い、視線をそらす。そして数秒のあいだテーブルの中央に目をやっていたが、彼がこちらをじっとうかがっていることがわかった。彼は私から視線をそらすと、ふたたび爪先立ちになり、テーブルの真ん中に目を向ける。私は黄色い楕円形のチップを二枚、右手で固く握りしめている。チップが汗で湿っている。そのなかの一枚を投げようとしたとき、テーブルのそばに立っていた二人の男のあいだに割りこんだマルキートスの姿が見えなくなってしまった。群がる客のあいだからのぞいてみると、マルキートスはちょうど椅子に腰を下ろしたところだった。彼は私を呼び寄せ、椅子の脇に立っていろと言う。白い顔がほんのり赤く染まっている。私はいささか動揺しているのだろうと思った。彼のほうに身をかがめ、何をするつもりなんだと訊ねる。

もう少し近くから観察するのさ、彼は答える。

私は黄色い楕円形のチップを二枚ともプレーヤーにベットする。そして交換所へ行き、一万ペソ紙幣を緑の長方形のチップ——真ん中に金色の数字が刻印されている緑色のチップ——と交換し、群がる客を肘で掻き分けながら進み、マルキートスが腰を下ろしている椅子の脇に立つ。そして、彼のほうに身をかがめ、どんな具合だと訊ねる。

見込みなしだな、彼は答える。その白い顔はふたたび青ざめている。

それから少なくとも十五分は彼と言葉を交わさなかった。私は、緑色の長方形のチップを死守すべく努力したが、結局奪われてしまった。残りが五千ペソになったとき、予感を働かせようとしたが、一分ほど頭のなかをからっぽにしても、何も思い浮かばなかった。私は黄色い楕円形のチップを当てずっぽうにベットするしかなかった。特別なことは何も起こらなかった。私の手からチップが失われただけだった。マルキートスが振り返り、私の体を引き寄せた。そして、もう終わりなのかと訊ねた。私はそうだと答える。すると彼は、小切手は使えるのかと訊ねる。私は使えると答える。彼は椅子から立ち上がり、ほかの客に取られないように椅子をテーブルの縁にもたせかけ、私と一緒に交換所へ行く。私は交換所の男に、マルキートスが小切手を使いたいと言っていることを伝える。そして、マルキートスを男に引き合わせ、少し離れたところに立って様子をうかがう。マルキートスは男と手短に言葉を交わし、カウンターに身をかがめて小切手に何やら書きこむと、それを男に手渡す。男は緑色の長方形のチップを十枚マルキートスに渡す。マルキートスは、チップをズボンのポケットに入れて私を見ると、ついてこいと頭で合図する。テーブルに戻ると、マルキートスは椅子に座るように私を促す。促すというよりも命令するような口調だ。彼は私の右隣に立つ。そして、緑の長方形のチップを三枚、私の目の前に落とす。顔を上げて様子をうかがうと、マルキートスは底意地の悪い笑みを浮かべながらテーブルの真ん中を見据え、左足の踵を小刻みに床へ打ちつけている。

私は、どちらにベットしたらいいか彼に訊ねる。

ぼくには好みというものがないんだよ、マルキートスが言う。

私は一枚目のチップをプレーヤーに賭けた。するとプレーヤーの勝ちだった。さらに二枚のチップをプレーヤーに賭けると、それが四枚になって返ってきた。マルキートスは私のほうに身をかがめ、どんなに簡単なことかわかったかいと言いながら緑の長方形のチップを六枚、クロスの上から回収し、ポケットのなかにしまいこんだ。そして、そのまま立ち去った。私は立ち上がり、椅子をテーブルの縁にもたせかけ、マルキートスのあとを追った。彼は交換所に向かっていた。私は彼に追いつき、今度は何をするつもりだと訊ねた。

換金してもらうのさ、マルキートスは答える。彼は交換所で小切手を返してもらうと、代わりに一万ペソ分の緑色の長方形のチップを十枚差し出した。さらに、余った長方形のチップを三枚差し出し、赤みを帯びた一万ペソ紙幣を三枚受け取った。そして小切手を懐にしまいこみ、私に紙幣を渡した。

君の分だ、彼は言う。

私は紙幣を受け取り、ポケットに入れる。ゲームが終わるまで待っているか、それとももう帰るか、どっちにするのか訊ねると、もう帰るという。私は階段を下りていく彼の後ろ姿を見送った。そして、抵当の件を早く片づけてくれと大声で言い、テーブルへ戻った。私の椅子に別の男が座っていたので、指先で右肩を軽くたたくと、男はすぐに椅子を空けてくれた。バンカーの役が回ってくるまで私は一センターボも賭けなかった。そして、最初の一万ペソをバンカーにベットしようとしたときにゲームが終了した。私は家に帰ってベッドに入り、眠った。

マルコスから渡された三万ペソで一週間ほどやりくりすることができたが、十五日が近づくころにはほとんど無一文になっていた。かなりうまく勝負したつもりだが、最後はみんなもっていかれてしまった。おかげで読み方教本をデリシアに買ってやることもできなかったが、食べ物が不足することはなく、数日おきに中央市場へ出かけては、甘くて固い、シーズン最後のブドウを二キロか三キロ買った。つぎの年までブドウにありつけないことを考えると、その味は余計においしく感じられた。私はブドウをつまみながら家へ帰り、残ったブドウをフリーザーにしまうと、書斎に閉じこもった。十五日の午後五時ごろに七本目のエッセーが完成した。さっそくカルリートス・トマティスに電話をかけ、エッセーを聞いてもらおうと思った。

しかし私は、さらに二、三日待った。そして十七日、トマティスのほうから電話があり、抵当の金は手に入ったのかと訊いてきた。私は、たとえ消防隊員が家を隅々まで探したとしても一銭も見つからないだろうと答えた。そして、四月五日にならなければ抵当の金は手に入らないとつけ加えた。トマティスは、それは残念だと答えると、電話を切ろうとした。そこで私は、ドクター・シバナに関するエッセーが完成したので、ぜひ聞きに来てくれと言った。

では近いうちに、夜にでも君の家に行くとしよう、トマティスが言う。

彼はわかったと言うと、近いうちにそっちへ行くからと言い残して電話を切った。私は日が暮れるまで書斎に閉じこもった。暗くなると通りに面した窓を開け放ち、明かりを消した。暗闇のなかで何時間もじっとしていると、デリシアが部屋のドアをノックし、食事の準備ができたと告げた。

十五日から四月五日のあいだにクラブに出かけたのはたったの一度、タイプライターを売り払った三月二十二日の夜のことだった。ドクター・シバナに関するエッセーをタイプ打ちしたあとでそれを売り払ったのだ。ここ三、四年でタイプライターを使ったのは七回だった。エッセーが仕上がるたびにそれを使ってタイプ打ちしたのだ。一篇につき三部ずつ写しを取り、ピンク色のファイルに保管した。ファイルは、私の弁護士事務所のために特別に作らせたもののうちのひとつで、右側下方に〈弁護士セルヒオ・エスカランテ〉と刻印されていた。タイプライターを売り払って手にした一万八千ペソは、二晩のギャンブルの軍資金として使われた。あとは何も売るものがなかった。何とかして食いつないでいるといったありさまだった。私は書斎に閉じこもり、漫画のコレクションを読みなおしながら時間をやり過ごした。デリシアがマテ茶をもって五時にやってきた。ちょうど五時きっかりだ。彼女がどうやって正確な時間を知ることができるのか不思議だった。私がいつも腕に巻きつけている時計を別にすれば、家のなかにはほかに時計がひとつもないからだ。わざわざ腕時計を見なくても、五時になったことを知るのは容易だった。その時間になるとかならずデリシアが部屋の扉をノックし、アルミ製の湯沸かしと銀の土台のついたマテ茶の容器を運んできたからである。それがちょうど五時きっかりだった。一分の誤差もなかった。かつて私は、五時ごろになると砂糖なしのマテ茶が飲みたくなるので、その時間にマテ茶をもってくるように彼女に言いつけたことがあった。それ以来、彼女は、来る日も来る日も五時になると部屋の扉をノックした。三月二十四日にとうとう一文なしになってしまったので、翌日には腕時計も売り払った。それは千ペソにもならなかった。妻が猫いらずを飲んで階段から転がり落ちた日から、一度も開けたことのなかった彼女の整理ダンスの引き出しの奥から小銭をいくらか見つけ出し、それを足してようやく千ペソになった。それを銀色の丸いチップ二枚と交換したが、すぐになくなってしまった。そして、三月二十四日から四月五日のあいだに秋がやってきた。

秋の訪れとともに雨がたくさん降ったが、寒すぎるということはなかった。五月まで寒さは感じられなかった。私は二十八日に不動産会社を訪れ、大量の書類にサインした。担当者は、五日にはかならず五十万ペソの小切手を受け取れるだろうと請け合った。家に帰ったのは正午過ぎで、デリシアは台所で、炒めたひき肉をクラッカーに塗りつけたものを食べていた。彼女は私にクラッカーを一枚差し出したが、お腹がすいていないからと言って断り、書斎に入った。日が暮れるころに部屋を出て台所へ行き、今晩の食べ物はあるのかとデリシアに訊ねると、何もないと言う。お腹がすいたかと訊ねると、すいていないと言う。私はしばらく考えこんでから、今日は新しいことを教えてあげようと言う。読み書きの練習はしばらく休みにして（デリシアは、初めこそ上達も早かったが、次第に飲みこみが遅くなり、ついにはすっかり興味を失ってしまったようだった）、別のことをやろうと提案したのである。それでいいかと訊ねると、デリシアは頷いた。私はさっそく書斎へ行き、いちばん下の引き出しから五組のフランス式トランプを取り出し、数枚の紙と鉛筆を手に台所へ戻った。

彼女は覚えが早かった。私がいちばん苦労したのは、九を超過するとゼロに逆戻りして、最初からカウントをやり直さなければいけないことを理解させることだった。それ以外は何の問題もなかった。私たちはまず、少額を口頭でベットする練習からはじめ、次第に賭金を大きく、複雑な計算を要するものにしていき、最後は紙に金額を書き記すことにした。デリシアは、私が紙に書き記す賭金には頓着しなかった。勝負がはじまるのを待ち受け、こちらが決める賭金を素直に受け入れるだけだった。勝負が終わるたびに私は数字を書きこんでいった。新しい数字を古い数字の下に重ねていって最後に合計するのではなく、頭のなかで現在の賭金を直前の賭金に加算し、古い金額を線で消して新しい金額を書きこみ、あるいは、デリシアか私が勝負に負けた場合、その分の賭金を差し引いた額を書きこんだ。したがって、線で消された数字の列が二つ、縦長の帯のように伸びてゆき、最後にはかならず、線で消されていない数字が置かれた。ベットが繰り返されるたびにそれは線で消され、その下に新しい数字が書き加えられていった。最初の晩に何度も勝負を繰り返したおかげで、線で消された数字の列が二枚の紙の表と裏を埋めることになった。やがて私たちはベットのプロセスを省略し、勝ちを言い当てるだけになった。

私たちは順番に勝ちを予想していった。予想を的中させたほうがつづけて勝ちを予想する。予想がはずれたら、その権利は相手に移る。デリシアは百発百中だった。彼女がいとも簡単に勝ちを言い当て、ときにはどの数字で勝つのか、その際の組札は何か、勝った数字の組み合わせは何か、そういったことまで言い当ててしまうのを見ていると、私はマルコスのことを思い出し、先行きを見通したうえで勝ちを言い当てるためには、外部に身を置く必要があるのだと考えた。とはいえ、勝負をしている本人にしてみれば、そんなことはおよそ不可能である。百発百中の、しかも偶然の賭けなど望むべくもない。偶発的な距離を保つことが不可能ななかで、最初から最後までゲームの流れに身をゆだねるしかない。距離を保つことは、一回一回の勝負には役立つかもしれないが、そんなものは、ゲームの全体から見れば、あるいは勝負をする人間の一生のなかでは、なんの価値もない。勝ちを言い当てるためには、つねに外部に身を置く必要がある。しかしながら、つねに勝ちを言い当てることは、絶えず勝負をすることを意味し、絶えず勝負をする人間は、まさに出来事のリズムに制約されるがゆえに、外部に身を置くことはできない。それはいわば閉ざされた円である。とはいえ、勝負をする人間は、それを螺旋として意識する傾向がある。しかし、実際はそうではない。それは螺旋ではなく円なのだ。

ついに四月五日がやってきた。私は朝八時に不動産会社に行き、十一時を過ぎるまでたくさんの書類にサインをした。事務員が時おりコーヒーをもってきたが、私はそれに口をつけなかった。不動産会社のオフィスがある六階の窓からは、川まで町を見渡せる。書類の束にサインをするたびに、私は窓辺に近寄り、町を眺めた。六階建て以上のビルが五棟か六棟あるのを除けば、見渡すかぎり平坦な建物が広がっている。しかし、町の方々に見えるテラス、赤みを帯びた板石敷きのテラス、時おり女の小さな人影がゆっくり歩いているのが見えるテラス、外気にさらされたまま打ち捨てられている雑多な品々が降りやまない雨に洗われているテラスには、ある種の調和が認められた。町の反対側には、二つの堤防が平行に伸びる港が見える。その向こう側に一本の川が流れ、平らな島を形づくりながら交差する支流がすべて見渡せる。水平線が霧雨にけぶっている。十二時十五分前に総務部から最後の呼び出しがかかり、ようやく小切手が渡された。そこには私の名前が記され、その下に五十万ペソと書かれている。同じ数字が小切手の枠の右上にも記入されていたが、こちらは算用数字で記されていた。私は小切手を折りたたんでレインコートのポケットに入れ、事務員に別れを告げると廊下へ出た。エレベーターで一階に下り、サン・マルティィン通りにむかって歩きはじめたが、銀行はもう閉まっているにちがいないと考えた。そこで私は家に戻り、デリシアから預かっている紅茶缶のなかに小切手を入れた。そして、日が暮れるまで書斎に閉じこもった。デリシアがマテ茶をもって現れたとき、私はちょうどブロンディの漫画のコマに印をつけているところだった。そしてペンを手にとり、均一な文字でゆっくりと以下のように書いた。〈喜劇は、悲劇の明証性を回避するがゆえに表層的だといわれる。しかし、本質的に悲劇は存在しない。現実は表層的であり、その意味で、この世には喜劇しか存在しないのだ。悲劇は純粋に想像力の産物である〉。私には申し分のない文句に思えたが、読み返してみると、その意味は雲散霧消していた。机の引き出しを開けて缶を取り出した。小切手はまだ中に入っている。文字の並んだ紙の上にそれを広げ、そのままじっと眺める。小切手に記された文字を自分の筆跡と較べてみる。すると、ある奇妙な感覚に襲われる。この紙切れには五十万ペソの値打ちがある。明日、これを銀行へもっていけば、山積みされた紙切れを渡されるだろう。一枚一枚の紙切れは、小切手とはまったく異なる代物で、互いに似通った紙切れもあり、やはり五十万ペソの値打ちがある。夜になれば、銀行で受け取った紙切れの束を、緑色の長方形や黄色の楕円形、赤い長方形や銀色の円形のチップに交換することができる。それら幾何学的な形状のチップもやはり五十万ペソの値打ちがある。しかしその効力のおよぶ範囲は限られている。チップはバカラ・テーブルの上でのみ物を言うのであって、同じように、小切手はプロビンシア銀行のなかでのみ、現金はこの国のなかでのみ物を言うのだ。ある種の象徴が価値を有するためには、それらの象徴を信じる必要がある。そして、それらの象徴を信じるためには、その効力のおよぶ範囲内に身を置く必要がある。外部に身を置きつつそれらを信じることは不可能である。銀色の円形チップや黄色い楕円形のチップを銀行に持参して換金しようとしても、疑惑の表情を浮かべた行員はきっと私のことを狂人とみなすだろう。それらの象徴が描く閉ざされた円、自らの行動半径にしたがってそれぞれの象徴が描く閉ざされた円は、私たちの想像力の働きによって互いに触れ合うことはあるかもしれないが、現実世界においてはかすりもしないのだ。部屋を出ると、台所にデリシアがいた。近所の市場に行って、私の名前でツケ払いを希望したら、それが叶えられたという。私たちは油で揚げた肉とジャガイモを食べ、明け方までバカラをやって過ごした。

小切手は四日間、紅茶缶のなかに入っていたが、四月九日の午後二時ごろトマティスがやってきた。ドクター・シバナについてのエッセーを聞かせてほしいと言う。私が読み終えると彼は、よく書けているがトロツキー主義に毒されているようだと言う。私は、そんなことは絶対にない、自分はトロツキストではなくペロン主義者だ、と答えたが、彼はただ何かを口にするためにそんなことを言っただけで、私がエッセーを読み聞かせるあいだ彼はまったく聞いていなかったのだと気づいた。彼が何かほかのことを考えていることには感づいていたが、彼が話しはじめたときにそれが何のことかわかった。

トマティスは、抵当の金はもう受け取ったのかと訊ねた。受け取ったと答えると、二万五千ペソ貸してくれないかと言う。私は乾いた笑みを漏らすと、紅茶缶を開け、小切手を見せた。トマティスは両目を二十五ペソ硬貨のように大きく見開いて小切手を眺め、口笛を吹いた。

これを除けば、私は言う、この家にはびた一文ないよ。

彼は肩をすくめる。

少なくとも、私は言う、君はエッセーを聞くべきだったね。

彼はちゃんと聞いていたと言う。

聞いていなかったぞ、私は言う。

少しは聞いたさ、トマティスが言う。

まったく聞いていなかったくせに、と私は言う。ぼくが読み聞かせているあいだ、君はどうやってぼくから二万五千ペソ借りるか考えていたんだ。

君の言うことには一抹の真理が含まれているかもしれない、トマティスが応じる。

私は笑った。彼も笑った。彼はつづけて、一万ペソ紙幣のあのカサカサいう音を除けば、いまは何も耳に入らない状態なんだと言う。一万ペソ紙幣というやつは、一万ペソ紙幣にしかない独特の音をたてるものだからね、そうだろう？　トマティスは言う。

それに、一万ペソ紙幣は特別な輝きを放つものだ、彼はつづける。光輪のような輝きに包まれているんだ。それ自身の光によって輝くんだ。どこへもっていこうと、その輝きは消えない。

紙幣の縁（へり）から記号内容があふれ出すってやつだな、私は言う。

そのとおり、トマティスが応じる。

私たちはどっと笑う。

しかしひとつ問題が残っている、トマティスが言う。その小切手の二十分の一の金額をいただくにはどうすればよいのかという問題だ。

明日の昼前には換金するよ、私は言う。

私はその言葉どおり、午前十時に紅茶缶から小切手を取り出し、銀行で換金した。一万ペソ紙幣を五十枚受け取り、それを紅茶缶に入れた。午後五時きっかりに、というのもデリシアがマテ茶をもってきたからだが、トマティスがやってきた。外は霧雨が降っている。お釣りをもっていないと言うので、三万ペソ渡すしかなかった。彼は、映画の脚本の仕事でブエノスアイレスに行くので、そこから戻ってくる月末には返すつもりだと言う。私は、わざわざ返すにはおよばない、ただ、この先いつ返済を求めないともかぎらないので、その心積もりだけはしておいてほしいと言う。

そのときになって言い逃れをされても困るからね、私は言う。君に返済を求めるということは、いよいよ金策が尽きたということだから。

これで話は決まった、トマティスが言う。

そして、しばらく沈黙した。

君のエッセーを拝聴する心の準備がようやく整ったよ、彼が言う。

君はそのチャンスを失ったんだ、私は答える。せっかく読んで聞かせてやったのに、君はそれを聞かなかったんだ。

カルリートス・トマティスが帰ると、私は部屋を出てマルコスに電話する。

抵当の金を受け取ったよ、私は言う。君に借りた三万ペソを返したいんだが、どうすればいい？

ぼくは君に返してもらおうと思って貸したわけじゃない、マルキートスが答える。

何のために金を貸してくれたのかを訊いているんじゃない。君に返済するにはどうすればいいのかを訊いているんだ、私は言う。

君が望むだけこっちは待つことができる、マルキートスが言う。その金を必要としているわけじゃないからね。

今晩、君の家に行って返そうか？　私は訊ねる。

それにはおよばないさ、マルキートスが言う。とにかく近いうちに会いに行くよ。

私は、なるべく早くそうしてもらいたいと言って電話を切る。そして、デリシアを部屋に呼びつける。一万ペソ紙幣を六枚取り出し、彼女に差し出す。

お前に借りた五万四千ペソと、三月分の給料の三千ペソ、それに四月分の前払いとして三千ペソ、合わせて六万ペソだ、私は言う。

デリシアは、そのお金を全部紅茶缶に入れて預かっておいてほしいと言う。私は、紙幣の残りを缶から取り出し、最上段の引き出しのなかに缶をしまう。

引き出しには鍵がない、私は言う。昼であろうと夜であろうと、気が向いたときにもっていくといい。

私はそう言うと、紙幣の残りを二番目の引き出しに入れる。すでに外は暗くなっていた。相変わらず霧雨が降っている。私たちは一緒に食事をした。家を出たときは十時を過ぎていた。ポケットのなかには一万ペソ紙幣が二枚入っている。霧雨のせいで夜がかすんでいる。クラブに到着すると、ゆっくり階段を上り、ホールに入る。ゲームはまだ始まっていなかった。誰も座っていない椅子がいくつか見える。交換所へ行って黄色い楕円形のチップを二枚と赤い長方形のチップを十枚受け取り、ディーラーの右隣の椅子に腰を下ろす。目の前にチップを積み上げ、記録表を所望する。片方のディーラーがそれを私に渡し、もうひとりのディーラーと一緒に五組のトランプをかきまぜる。円を描くように両手を慌ただしく動かし、カードを念入りにかきまぜる。伏せたままの二百六十枚のカード、いまは何も意味しない縞模様の二百六十枚のカードがディーラーたちの手でまぜあわされる。それが終わると、ディーラーたちは浅く積み上げたカードの列を作りはじめる。そして、すべてをひとつの山に積み上げ、片方のディーラーが私にジョーカーを差し出し、カードの山に差しこむように促す。私は当てずっぽうに最初の決断を下さなければならない。カードの山の縁をなぞるようにジョーカーを動かし、途中でそれを差しこむ。ディーラーは、差しこまれたジョーカーによって分断された二つのカードの山を引き離し、上下を入れ替える。そして、すべてのカードをシューに収め、ゲームの開始を告げる。

最初の勝負はどちらにもベットしなかった。プレーヤーの勝ちだった。つぎも勝負を見送った。ふたたびプレーヤーの勝ちだった。そこで三回目の勝負はプレーヤーにベットした。八の引き分けのあと、ふたたびプレーヤーが勝った。黄色い楕円形のチップを一枚ベットしていたので、それが二枚になって戻ってきた。つづけて二枚ともプレーヤーにベットすると、今度もプレーヤーの勝ちだった。二枚の黄色い楕円形のチップが、緑色の長方形のチップ二枚となって返ってきた。つぎの勝負は見送った。バンカーの勝ちだった。そこで私は、緑色の長方形のチップを一枚バンカーにベットした。バンカーの勝ちだった。つづけて長方形のチップを二枚バンカーに賭けると、それが四枚になって戻ってきた。そのうちの二枚をバンカーにベットすると、それがさらに四枚になって戻ってきた。見送ったつぎの勝負はプレーヤーの勝ちだった。私は緑色の長方形のチップを二枚プレーヤーにベットした。プレーヤーの勝ちだった。つづけて四枚のチップをプレーヤーに賭けると、またしてもプレーヤーの勝ちだった。私は緑色の長方形のチップを八枚手にした。

つぎの勝負は見送った。水の上を歩くイエス・キリストが抱いたにちがいない心境を自分も味わった。イエス・キリストが味わったのとまったく同じ気分だ。水の上を歩いたキリストは、自分が神の子であることを証明した。ところが彼は、神の掟の上に君臨した。つまり神に逆らったのだ。彼は神でもあったわけだが、この私は、弁護士セルヒオ・エスカランテにすぎない男だ。神の庇護がなくても、私は水の上を歩くことができる。期待にあふれた水の上を。私の場合、それは単なる偶然の仕業である。つまり、私を呑みこむことを水は欲しなかったのだ。ところが、そうしたきわめて稀な偶然の仕業を私たちは奇跡と呼ぶ。それは私たちを驚きと喜びで満たす。

私が見送った勝負はバンカーの勝ちだった。そこで私は、緑色の長方形のチップを三枚バンカーにベットした。バンカーの勝ちだった。つづけて六枚のチップをバンカーにベットした。またしてもバンカーの勝ちだった。六枚のチップが戻ってきた。つぎの勝負を見送ると、ふたたびバンカーの勝ちだった。負けたわけではないが、これは悪い兆候だ。いわば水面に生じた裂け目、足を踏み入れてはならない裂け目だ。

私が勝負を見送るあいだ、ゲームの成り行きは不透明になり、いかなる秩序もないままに進行した。やがてバンカー有利の形勢となり、それが落ち着いたと見るや、私は三万ペソをバンカーにベットした。バンカーの勝ちだった。さらに六万ペソをベットすると、またもやバンカーの勝ちだった。

黄金の数字が刻印された緑色の長方形のチップを十二枚受け取るあいだ、つぎの勝負で流れが変わるのではないかと踏んだ私は、緑色の長方形のチップを五枚プレーヤーにベットした。狙いどおりプレーヤーの勝ちだった。チップが十枚になって戻ってきた。ふたたびプレーヤーに五枚のチップをベットすると、十枚になって戻ってきた。私の目の前には、緑色の長方形のチップと黄色い楕円形のチップが山積みされ、両方の手のひらを大きく広げても、全部を覆い隠すことができないほどだった。

つぎはプレーヤーが三回つづけて勝つだろう、そのあとはバンカーが二回勝つはずだ、私はそう考えた。一回の勝負につきチップを五枚ずつベットすることにしよう。そして、五回目の勝負が終わったら席を立って帰ろう。最初の三回は狙いどおりプレーヤーの勝ちだった。四回目はバンカーにベットした。ディーラーがカードをめくると、九だった。私は、バンカーは九にちがいないと考えた。バンカーのカードがめくられると、八とエースだった。この引き分けのあとバンカーが勝ち、つぎもバンカーの勝ちだった。いまやテーブルを取り囲む全員が私の前に積まれた緑色と黄色のチップの山を見ている。私はそれを並べなおし、席を立った。ポケットをチップで満たし、ポケットに入りきらない大量のチップを両手で抱えるようにして交換所に向かおうとしたそのとき、私の隣に立っていた男がだしぬけに振り向いて階段を見た。そちらに目をやると、ちょうど警察が踏みこんだところだった。

警官は全部で二十名以上、そのうちの三、四人は機関銃を構えている。彼らは、動くなと叫ぶと、テーブルを取り囲んだ。リーダーとおぼしき警官の後ろからカメラマンが飛び出し、フラッシュを光らせながらインスタント写真を二枚撮った。私たちは全員、ホールの長い壁を背に一列に並ばされ、一人ずつ呼び出された。私の順番が来ると、チップを残らず取り上げられ、名前と住所を訊かれた。それが終わると壁際に戻された。

片方のディーラーが客たちと言葉を交わしていた。警官の言葉を耳にするくらいなら巨大グモをポケットに入れておくほうがよっぽどましだと言っている。やがて私たちは一列縦隊で階段を下りるように言われ、入口で待機していた護送車に押しこまれた。全体の三分の一の人数がやっと入るくらいだった。残りはホールで待機するように言われた。警察本部へ護送された私たちは、天井が驚くほど高く、床が板張りになっている部屋へ通された。ひとりの警官が私たちの名前と住所をタイプライターで打ちこんでいく。私の番がやってくると、なにか預かっておいてもらいたいものはないかと訊かれた。私は何もありませんと答えた。

後から到着した二つのグループも一列に並ばされ、名前と住所を訊かれた。それが終わると私たちは管区ごとに分けられた。私は四人の男と一緒に、地区の警察署へ連行されることになった。ひとりは歯が一本しかない太った男で、キャバレー・コパカバーナの支配人をしていた。二人目はディーラーの男で、終始押し黙っていた。三人目はタイプライターのセールスマンだった。四人目がどういう男だったかもう覚えていない。私たちは明け方に警察署に着いた。そして、建物のあちこちに散らばっている独房に入れられた。収監中は誰とも言葉を交わしてはならなかったのである。

私を独房に閉じこめた警官は、何か必要なものがあったら鉄格子をたたくように言った。独房の扉は、水を汲み出すためのモーターが据えられている中庭に面していた。土塀の向こうには、葉の落ちた隣家のブドウの木が見えた。土塀の縁には砕いた瓶の破片がびっしり埋めこまれている。警官が立ち去ると、私はコンクリートの床に横たわって眠った。しばらくすると、誰かに揺さぶられて目覚めた。さっきとは別の警官だった。眼鏡をかけている。彼は、身内の者が訪ねてきて何か必要なものはないか聞いている、と言った。私は、すぐに行きますと答えた。警官に連れられて中庭に出ると、そのまましばらく待たされた。建物の前方の回廊に目を向けたが、私の知っている顔はなかった。戻ってきた警官は、かなり低い声で、ちょっとのあいだ待っていろと言う。私は独房に戻った。鉄格子の扉は開いたままだった。警官はすぐにやってくると、ついてこいと言う。

警官の後ろを歩きながら前方の回廊まで行き、事務室に入る。机の向こう側に警部補が座っている。警部補は私にむかって、面会人が来ている、本来なら禁止されているのだが数分なら話してもかまわない、と告げた。そして、接見禁止の身であるのだから、特別に許可を与えられたことは誰にもしゃべってはいけないと申し渡した。私のことを弁護士さんと呼んでいるところをみると、誰かから私のことを聞いたのだろう。別の部屋へ通されると、マルキートスが椅子に座って待っていた。テーブルの上には、折りたたんだ毛布と、白い紙に包まれた荷物が置かれている。マルキートスは私に手を差し出すと、調子はどうだいと訊ねた。

囚われの身さ、私は答えた。

彼は、包みのなかにパンと冷えた鶏肉が入っていると言い、私の釈放のために手を尽くしているところだと語った。私は、今日は何曜日だと訊ねる。

土曜日だ、彼が答える。

私は、どうか気を遣わないでほしい、どうせ月曜日までは何もすることがない、デリシアに会いに行って状況を伝えてほしい、と言った。

ぼくが捕まっていることは伏せておいてくれ、私は言う。

あまりにもばかげた理由で牢獄に放りこまれているとは思わないかい？　マルキートスが訊ねる。

私は、そもそも牢獄に放りこまれる理由なんてばかげたものにきまっている、と答える。そして、説教を垂れるのをやめてくれれば、いまの状況を耐え忍ぶのも多少は楽になるだろうと言った。マルキートスは、それにしてもひどい顔をしているな、と言う。

バカラではずいぶんやられたよ、私は言う。

正直に言わせてもらうが、いまの君の生活はまったく理解に苦しむよ、マルキートスが言う。私は、毛布をもってきてくれて感謝していると言った。今晩遅く様子を見にくるよとマルキートスが言う。私は毛布と差し入れの包みを手に取ると、扉に向かった。そして立ち止まり、振り向いた。代わってやれなくて残念だよ、私はそう言い残し、部屋をあとにした。

コンクリートの床の上に毛布を広げようとすると、なかから一冊の本が落ちた。手にとってみると、ドストエフスキーの『賭博者』だった。毛布と包みを置いて扉の近くに座り、さっそく読みはじめた。日が暮れると小さな電灯がともされた。冷えてきたので毛布にくるまり、電灯のそばの片隅に腰を下ろした。八時ごろにはもう本を読み終えていた。人間の強欲や野心、弱さ、ロシア人、フランス人、イギリス人について多く書かれた本だった。賭博者についても語られている。しかし、賭博そのものについてはひと言も書かれていない。見たところ、それについて語る余裕がないほど明確なテーマを掲げた作品だった。あるいは、作者は私の祖父と同じように、前の世代に属する人間なのだろう。最後のページが圧巻だと思った。やがて電気が消された。見回りの警官がやってきて、いま何時かと訊ねると、もう十時だという。そして、面会人が来ていると告げた。私は、ぐっすり眠っていて起こすことができなかったと言ってくださいと頼む。夜、寒さに凍りついた私は何度か目を覚ました。朝目覚めたときはすでに雨が上がり、太陽が顔を出していた。気持ちのいい一日になりそうだった。床の上には、白い紙の包みが手つかずのまま転がっている。包みを開け、鶏のもも肉を取り出すと、むしゃむしゃと食べはじめた。そして、鉄格子をたたいて看守を呼び、便所に行きたいと言う。前日の朝と同じ警官だった。どんなふうに夜を過ごしたのか訊ねられた私は、寝ていましたと答えた。九時前にマルコスがやってきた。前日と同じ部屋に通されると、彼がそこで待っていた。テーブルの上には白い紙の包みと、オレンジ色の水筒が置かれている。どんな具合に眠ったのか訊ねられた私は、座ったまま寝たと答える。

お手伝いの娘さんに会って話しておいたよ、マルコスが言う。水筒のなかにミルク入りコーヒーが入っている。

彼女は君に何て言った？　私は訊ねる。

何も言わなかったよ、マルキートスが答える。何か必要なものはないか訊いてみたんだが、大丈夫だって。

彼女はいつも大丈夫だって答えるんだ、私は言う。

そうだな、そういう類の人間らしいね、マルキートスが言う。

私は彼に、もうこれ以上食べ物は欲しくない、あの鶏肉だけで十分すぎるくらいだから、と言った。

髭を剃りたくはないか？　マルキートスが訊ねる。

剃りたくない、私は答える。

まあ、いずれにしても、今日の午後もう一度ここへ来てどんな様子か訊いても、気分を害することはないだろうね？　マルキートスが言う。

そんなことはないさ、私は答える。ところで、もしここへ来るのなら、漫画雑誌を二、三冊もってきてくれないか？　できれば『エル・トニー』がいいな。それに、ノートかそれに類するもの、あとは鉛筆があれば申し分ない。

わかった、マルキートスが言う。『エル・トニー』だな？

そうだ、『エル・トニー』だ、私は答える。

やがてマルキートスが立ち去り、私は独房へ戻る。ミルク入りコーヒーを二杯飲み、水筒の蓋を閉める。純粋な好奇心に駆られて包み紙を開けてみると、小さなパンがたくさん入っている。それをもう一度包みなおし、鶏肉の包みの横に置く。そして、扉の近くに腰を下ろし、朝の光を眺める。

要するにふたつの円が見事に触れ合ったわけだ。私が緑色の長方形のチップを次から次へと手にしているあいだ、連中は電話で連絡を取り合い、準備を整え、機関銃を手に警察本部を出て車に乗りこみ、クラブへ急行した。車を下りると階段を駆け上り、ホールへなだれこむ。こっちはちょうどそのとき椅子から立ち上がったところだった。最後の勝負はバンカーにベットして勝ち、その直前の勝負でもバンカーにベットして勝ち、さらにその前に引き分けがあり、三回つづけてプレーヤーにベットした。過去へさかのぼることで、ふたつの円のそれぞれの展開を比較し、両者がどのように重なっていくのかを——とはいえ、両者のあいだにはなんの関係もない——確かめることができた。連中が到着したときには、すでにがさ入れがはじまっていた。しかしそれはあくまでも連中にとっての話で、私たちには関係のないことだ。私は、一万や二万、五万といった少額の賭けをすべて物にすることができた。ところが、いちばん大きな勝負、私からすべてを奪い去っていった勝負には負けてしまった。それこそあの晩の賭けにほかならず、私はただやみくもに敵側に賭けてしまったのだ。だから負けてしまった。連中は私たちのいる円を一瞬にして横切り、嵐のように通り過ぎていった。私がすべてを失うにはそれで十分だった。

午後二時にマルコスが漫画雑誌とノート、鉛筆を手にして面会に来たとき、私はもう来ないでくれと言った。私は漫画雑誌を読んだが、鉛筆もノートも使わなかった。

つぎの日の夕暮れ時、裁判所書記官の前で宣誓をすませた私は釈放された。書記官は私のことを知っていて、訴訟の問題にどう対処すべきか考えてみましょうと言った。われわれはみな同じ人間ですからね、とも言った。

ほかの人より人間的な人も、そうでない人もいます、私は言った。

おそらくそのとおりでしょう、書記官が応じた。人を怒らせるすべを知らない人間には、ぜひ警察に入るように勧めるべきでしょうな。心配ご無用、ここではすべて内密に事が運びますから。

私は、なぜ内密にする必要があるのだと訊ねた。

彼は私の目をじっと見つめたが、何も言わなかった。私は彼の目を見返した。警察本部を出ると、キャバレーの支配人が私に手を差し出し、いずれ近いうちに一杯やりに来てくれと言った。私は、酒は飲まないのだと答えた。

デリシアは台所でノートを広げていた。もう一度アルファベットのaの書き取りをはじめていた。私は、監獄に閉じこめられていたこと、三日ほど顔を洗っていないことなどを彼女に話した。そして、二階に上がって浴室に入り、髭を剃ってシャワーを浴びた。髭を剃るあいだ鏡に映る自分の顔を眺めた。たしかに前よりもずっと痩せていて、顎ひげには白いものが交じっている。白髪も何本か生えている。しかし私としては、自分という人間は何も変わっていないという確信があった。変化が生じたあとにそれに気づくのはあくまでも他人なのだ。要するに私は年を取っているのだろう。もう一度、死ぬまでのあいだ、十全に生きることになるだろう。何かを知りたいと欲した人間は、進むべき道が見つかるかもしれないと思った瞬間、不意に灯が消えるのを感じ、息絶えてしまう。あと三十年、四十年、あるいは五十年生きることになるかもしれない。いずれにしても同じことだ。私は、自分がこれまで明らかにしようとしてきた領域がじつは解明しうるものであることが自然に理解できる地点に到達したのだ。そして、輝きを放つと同時にかすむ緑色の尾を引く彗星のように、私はどこか外からやってきて通り過ぎる。光が消え、すべては暗闇に沈む。火花が放つ一瞬の閃光から漆黒の闇へ。私は、鏡に映る自分の顔を見る。これが自分なのだ、私はそう考える。自分なのだ。自分。

それから服を脱いでシャワーを浴びる。階下へ行くと、デリシアが食事の準備をしている。一緒にテーブルについて食事をはじめようとしたときに玄関のベルが鳴る。マルキートスだった。何か食べていくように勧めると、彼はオレンジの皮をむきはじめる。そして、調子はどうだいと訊ねる。

本当にぼくのことを心配してくれているのかい？　私は言う。

恐ろしく心配している、彼は答える。

そうか、それにはおよばないよ、私は言う。

セルヒオ、君のやっていることにはどこか自己破壊の気味があるね、マルコスが言う。ぼくは本当に心配しているんだ。

酒がないから、私は言う、コーヒーをご馳走するよ。

もらおうか、マルキートスが言う。

私たちは書斎へ移動する。マルキートスが差し入れてくれたコミック雑誌が置かれたままになっている。私は雑誌を脇へ置いて腰を下ろす。マルキートスはソファーに座る。

君がもってきてくれた毛布と、同じく君が差し入れてくれた雑多なものが置いてある、私は言う。

コーヒーを飲み終えると、マルキートスはドライブをしようと言う。私は彼と一緒にスカイブルーの車に乗りこみ、中心街に向かう。サン・マルティン通りを南へ走り、市庁舎と裁判所の前を通って五月広場を一周し、ふたたびサン・マルティン通りに入って今度は北にむかって走る。アーケードの前を通り過ぎ、角を曲がってバスターミナルに向かう。正面には、明かりが煌々と輝く郵便局が見える。車はやがて、街灯の光に照らされた棕櫚の木の立ち並ぶ港湾通りを通って吊り橋へ差しかかる。海岸通りで車を止め、外に出る。私たちはコンクリートの手すりに寄りかかり、川を眺める。

ここへ来るのは二年ぶりかな、私は言う。

セルヒオ、マルコスが言う。君の家はここから二十ブロックも離れていないじゃないか。

そのとおりだ、私は言う、でもここへ来ることはなかったな。

彼が私の顔を見ていることに気づく。

最近の君のふるまいには、何というか、英雄的なものがあるな、マルキートスが言う。

回りくどい言い方はやめろよ、私は言う。

それに、何というか……、マルキートスが言う。

愚かしいものがある、私は言う。

いや、そうじゃない、マルキートスが言う、何と言えばいいか、その……

ばかげたものがある、私は言う。

ちがう。気違いじみたところがある、マルキートスが言う。

川面に差しこむ明るい光線が川を二分している。消え入りそうな黄色っぽい帯の両側に黒々とした水が広がっている。でも川の水はけっして同じものじゃないんだ、私が川面に注意を促すと、マルキートスはそう口にした。したがって、川面の反射もまた同じではない。

そのとおりだ、私は言う。

マルキートスは私を車に乗せて大通りを走り、帰路につく。五月二十五日通りの途中で南に曲がる。ムニシパル銀行の円いローマ数字の時計盤の針が十二時二十五分を指している。プリメラ・フンタ通りでハンドルを切り、不動産会社のオフィスが入る建物の前を通り過ぎる。カサ・エスカサニーの前を通過すると、そこの時計が十二時半を打った。家の門に着くと、私は車を下り、ここで少し待っていてくれとマルキートスに言う。書斎に入り、二番目の引き出しを開け、一万ペソ紙幣を三枚取り出す。すぐに車に引き返し、窓越しにマルキートスに差し出す。彼は、そんなものは要らないのにと言いながら紙幣を握りしめる。そして、「レイが懐かしいよ」と口にする。

チチェはいつもごろつきのようなやつだったな、私は言う。

いや、マルコスが言う、あいつはごろつきとは違う人間だった。

あの男のすることはいつも大目に見てやらなければいけなかった、私は言う。

それは誰でも同じだろ？　マルコスが言う。

彼が暗に私のことを言っているような気がした。彼は車のエンジンをかけると立ち去った。私はベッドにもぐりこんだが、台所の扉の下から細い光が漏れていたことを思い出した。私は服を着て階下へ行った。扉を開けると、デリシアが五組のトランプをテーブルの上に並べているのが見えた。その反対側には、表にしたカードがバラバラに置かれている。デリシアは二枚ずつカードを引き、最初の二枚をめくって数字を確かめている。

その二日後、郊外のクラブでサイコロ賭博が行われていることを知った。違法ギャンブルだった。それを電話で教えてくれたのは、警察署で黙りこんでいたあのディーラーだった。彼は私に住所を教えると、夜の十時にゲームがはじまることを告げた。私は週に二日か三日そこへ通ったが、いつも負けた。それほどの大金をつぎこんだわけではない。二万か三万ペソといったところだ。ダイスカップを振るたびに私の心臓は高鳴った。革製のカップの内壁にカオスがぶつかり、二個の小さな黄色い立方体となって緑のクロスを転がるのがカオスにほかならないことが私にはよくわかっていた。カオスはやがて暫定的な不動性のなかに束の間凝固するが、寡黙なディーラーが両手でサイコロを拾い上げるのと同時に、この一瞬の平衡はかき消されてしまう。それはあたかも、叫び声を上げながらふたたび不明瞭な雑音に帰してしまう、制御しがたい力のようなものだった。空に浮かぶ雲を見ながら、私はよくサイコロを連想したものだ。雲は、一定の形をとったかと思うと、つぎの瞬間には、観察者の目を欺く見かけ上の緩慢さとともに、別の形になっている。私はいつもゲームに負けた。四月二十三日、雨が降るなか、私は夜の十二時にクラブからタクシーで帰宅し、一万ペソ紙幣を三枚取り出した。すでに三万ペソを失っていた。私は同じタクシーでクラブに舞い戻った。雨の滴が流れ落ちるタクシーの窓ガラスを通して、輝きを放つ無数の斑点に埋もれた町が見えた。四月二十八日になると、私の手もとには、紅茶缶に入れられたデリシアの六万ペソを除いて十万ペソが残されていた。四月二十九日の午後三時、ディーラーから電話がかかってきた。五月二日にバカラの勝負が極秘で行われるという。

私はこれは誘いの電話なのかと訊ねる。

あなたをお誘いしているんですよ、先生、ディーラーが言う。とはいえ、これはたいへん大きな勝負です。外部から五人の客が来ることになっています。あなたを入れて六人です。

私は参加するつもりだと答える。ところが相手はなかなか電話を切ろうとしない。

ひとつご注意申し上げておきます、先生、ディーラーが言う。ゲームに参加するためには十万ペソ払っていただく必要があります。

いくらですって？　私は聞き返す。

十万ペソですよ、先生、ディーラーが繰り返す。

十万ペソ？　私は言う。そんな金、誰が出してくれるというんです？　アンチョレナ一族〔富と権勢によって知られたアルゼンチンの一族〕ですか？

ディーラーが笑う。

それが条件です、先生、ディーラーが言う。心苦しいのですが、そのような指図を受けているものですから。

では、住所を教えてください、私は言う。

電話でお伝えするわけにはいきません、先生、ディーラーが答える。

それではここでお待ちしています、私は言う。

それから三十分後にディーラーは私の家を訪ね、住所が書かれた紙を差し出した。コーヒーを勧めると、書斎の肘掛椅子に腰を下ろした。ゲームの参加者はいずれもロサリオ市場の関係者で、勝負のためにわざわざ出向いてくるという。ひとりはカプアという男で、もうひとりはメンデスという男らしい。ディーラーはさらに、エスペランサ出身の残りの三名の名前を口にした。無制限の勝負です、ディーラーは言う。何百万ペソもの大金が賭けられます。

警察に踏みこまれる心配はないのかと訊ねると、そういう心配があれば最初から勝負はやらないと答えた。いずれにせよ五月二日に確認の電話を入れるという。ディーラーは立ち去った。オーデコロンの残り香がどうしても消えず、その日の午後から翌日にかけて部屋に染みついていた。窓を開け放っても匂いは消えなかった。家の隅々まで染みこんでしまったのではないかと思われた。デリシアがマテ茶をもってくるまで、私は窓の外の霧雨を眺めていた。彼女は亡き妻の黒いセーターを着ていた。そろそろ窮屈になってきたようだった。髭は剃らないのかと訊かれた私は、近いうちに剃ることになるだろうと答えた。そして、部屋を出ていこうとする彼女を呼びとめた。彼女は何の用ですかと訊ねる。

ただここにいてもらいたいだけだよ、私は答える。

彼女がこちらをじっと見るので、私は思わず視線をそらす。ややあって私は話しはじめる。

デリシア、私は言う、もうわかっているだろうが、わたしはギャンブルにとりつかれている。もはやそれなしには生きていけない。これがいいことなのか悪いことなのかよくわからない。しかしそれが事実だ。じつはバカラの大勝負に誘われている。運がよければ何百万ペソもの大金が手に入る。勝つための方法もいくつか心得ているし、絶対に勝てるという保証はないが、人並みに勝つ可能性があることはたしかだ。すべては運次第だ。ところで、最後の手段として手に入れた家の抵当金のうち、手もとに残っているのは十万ペソだけだ。困ったことに、勝負に参加するためには、少なくとも十万ペソの前金を払う必要がある。つまり、最低でも十万ペソの金が用意できなければ勝負には参加できないということだ。言い換えれば、十万ペソの前金を払うことさえできればスタートラインに立つことができる。わたしとしては、十五万ペソ、あるいはそれ以上の金を用意しなければならないと思っている。要するに、今日から五月二日までのあいだにかき集めることのできるお金ということだ。とはいえ、わたしにかき集められるのは、手もとに残っている家の抵当の十万ペソだけだ。缶のなかにはお前の六万ペソが入っている。もちろんお前のお金だ。お前はわたしにいかなる義務も負っていない。わたしが望んでいるのは、そのお金を貸してほしいということだ。正直に言うが、勝負に負けたら、それを返すのは難しくなる。それどころか不可能になるかもしれない。そうなった場合、この家は売りに出され、家の抵当金を差し引いた額がわたしに支払われることになる。しかしそれには長い時間がかかる。こうした条件を承知のうえで、わたしに六万ペソ貸してくれるかい？　繰り返すが、勝負に負けたら、借りた金を返すのは難しくなるだろう。

あたし、貯金を預かってもらったとき、好きなように使ってくださいって言いました、デリシアが言う。

私は立ち上がり、彼女の額にキスをする。

神のご加護がありますように、私は言う。

それから私は、五月二日が来るのを待った。五月一日を除いて、霧雨は降りやまなかった。その五月一日も夜の九時ごろに雨が降りはじめた。私は、八本目のエッセー「われらの時代の英雄チック・ヤング」を書いて時を過ごした。とくに『ブロンディ』を参照しながらエッセーを書いたが、『ポッタビー大佐』からも多くの材料を借りた。エッセーの主旨は、中流階級の日常生活に関するヤングの観察を踏まえると、彼と同じ境遇に置かれた者はきっと自殺という行為を選んだだろうし、あるいはそれよりも安易な道、つまり悲劇を選択しただろう、というものだった。エッセーの見出しには、喜劇と悲劇について数日前に書きつけた言葉を掲げた。五月一日は、朝から晩までエッセーの清書に時を費やした。夜になると、幸福な気分が湧き上がってくるのを感じた。外で食事をする気はないかデリシアに訊いてみたが、雨が降っているのにそんなことはばかげている、わざわざテーブルを回廊に出さなくても、いつものように台所で快適に食事をすることができる、と答えた。私は、そういうことを言いたいわけではないのだと説明しようとしたが、それにはおよばないと思い、何も言わなかった。結局のところ、彼女の言うことにも一理あるような気がしたからだ。

食事のあと皿洗いを手伝った。そして、五組のトランプを出してかきまぜ、白い紙の上部にデリシアと私の名前を書き、真ん中に縦の線を引いた。それからふたりで一晩中、勝ちを言い当てるゲームを繰り返したが、おもしろいほど予想が的中するのに気をとられ、交互に勝ちを予想していくやり方を採用するまでに長い時間が過ぎてしまった。いつの間にか夜が明けていた。私たちはようやくベッドに入った。

翌日、ドアをノックする音で目が覚めた。お客さんですというデリシアの声が聞こえる。ディーラーの男だろうと思った私は、書斎に通すように言いつける。さっそく服を着て顔を洗い、階下へ降りる。書斎に入ると、グレーの髪が縞のように走る、太った男がいるのが目についた。こちらに背を向けているせいで、うなじの浅黒い肌が見える。窓の外の霧雨をじっと眺めている。私が部屋に入る気配を感じとると、後ろを振り返った。ネグロ・レンシーナだった。私たちは瞬きもせず、しばらく見つめ合う。

太ったな、ネグロ、私は声をかける。

そして彼と握手をする。

ルイシートが妻を殺した、ネグロが言う。

私は革のソファーに座るよう彼を促し、机の後ろの椅子に腰を下ろした。コーヒーを勧めたが、いらないと言う。私は彼の顔を見る。

よろしい、ルイシートが妻を殺した、私は言う。しかし、どこのルイシートだい？

ルイシートだよ、ルイシート・フィオーレだ、ネグロが言う。

フィオーレ？　私は繰り返す。で、それはいつのことなんだ？

昨日の晩、ローマ地区で、ネグロは言う。頭に二発、銃弾を撃ちこんだんだ。完全に狂ってるよ。

もう一度コーヒーを勧めると、ようやく頭を縦に振る。私は書斎のドアから顔を出し、コーヒーをもってくるように大声でデリシアに伝える。私はふたたび机の後ろの椅子に腰を下ろす。

銃弾を二発、頭に撃ちこんだって？　私は言う。

そうだ、頭に撃ちこんだんだ、ネグロが言う。銃弾を二発ね。

私は何を言えばいいのかわからなかったが、ようやく口を開くことができた。

わざわざ知らせに来てくれて感謝しているよ。

知らせるためだけに来たんじゃない、ネグロが言う。彼の弁護を引き受けてもらおうと思ってね。

もう弁護士の仕事はやってないんだ、私は言う。

そうらしいな、ネグロが言う。

彼は相変わらず組合にかかわっていたのか？　私は訊ねる。

いや、ネグロが答える。製粉所で働いていたが、組合からは足を洗っていた。

そいつは残念だな、私は言う。

ぼくにはこうなることがわかっていたよ、ネグロが言う。ぼくにはわかっていた。あいつにもそう言っていたんだ。

ネグロはふたたび立ち上がり、ガラス越しに雨を眺めた。灰色の光が差しこんでいる。彼は私のほうに向き直る。

そう言っていたんだよ、いつもね。

私は落ち着くように言う。

ネグロは革の肘掛椅子に腰を下ろす。浅黒い張りつめた体の重みで椅子がきしむ。健康そのものといった彼の様子を見ていると、この男はいったい何を食べて生きているんだろうという疑問が湧いてきた。彼は目を大きく見開いてこちらを見ている。白髪まじりの頭がある種の威厳を添えている。かつてこの男は酒を二杯あおり、ピアノに合わせてアコーディオンを奏でたものだ。

相変わらずアコーディオンを弾いているのかい？　私は訊ねる。

ときどきね、ネグロが答える。

そして険しい視線を投げかけてくる。

君はかつて労働者の弁護をやっていたね。

そう、かつてはね、私は答える。

いまはギャンブルで生活しているそうじゃないか、ネグロが言う。

その反対だよ、私は言う。

私は、フィオーレの件について話してほしいと言う。ネグロによると、フィオーレは妻と娘を連れて製粉所の軽トラックに乗り、北コラスティネまで狩猟に出かけた。その帰りに酒屋に立ち寄ったフィオーレは、妻と口論になり、店を出たところで銃弾を二発、彼女にお見舞いした。ふたりは激しく言い争いをしていたのかと訊ねると、ネグロはよくわからないと言う。彼の話によると、とにかくフィオーレは猟銃で妻を撃ち殺したということだった。

ある意味で、私は言う、事件には情状酌量の余地がありそうだね。

少なくとも二十年は食らうだろうな、ネグロが言う。

監獄暮らしのほうが快適さ、外の世界よりはね、私は言う。あらゆる意味において、監獄暮らしのほうが快適だ。

ネグロはまばたきもせず私を見つめる。その顔を覆う皮膚は厚く、ぴんと張り詰めている。二本の太い曲線が鼻の付け根から伸び、唇の端を縁取りながら下あごに達し、そこで消えている。

まさか君がこんなふうになっているなんて思いもしなかったよ、ネグロが言う。

ネグリート、私は言う、ここにはぼくらしかいないんだ。だからできるだけ詳しく話してくれないか。なにも好奇心で訊いているわけじゃない。

私は、フィオーレは妻とうまくいっていなかったのかと訊ねる。ネグロは、ときどき喧嘩することはあったみたいだと答える。ごく普通のことさ、ネグロが言う。私はつづけて、フィオーレはよく狩りに出かけていたのか、いつも妻と一緒だったのか、かならず猟銃を携行していたのかと訊ねる。ネグロは、おそらくそうだろうと答える。フィオーレの妻は夫に隠れて浮気でもしていたのかと訊ねると、それはないだろう、フィオーレはここ最近、酔っ払うことが多かったようだと答える。ルイシートはいいやつなんだが、ぼくはいつもあいつに言っていたんだ、とネグロは言う。私はつづけて、フィオーレが組合の書記の仕事を辞めたのはいつなんだと訊ねる。もうずいぶん前のことさ、ネグロが答える。日に日に悪い状況に追いこまれて、ついにすべてをなげうったんだ。フィオーレは処罰されたのかと訊ねると、そんなことはないという。

酒を飲んでは狩りに出る、その繰り返しだった、ネグロは言う。

やがてネグロは、私の顔を見ながら、フィオーレの弁護を引き受けてくれるのかと訊ねる。

やめておくよ、私は言う。

ネグロが立ち上がって部屋を出ようとすると、デリシアがコーヒーをもって現れる。ふたりはあと少しでぶつかるところだった。デリシアの姿を目にしたネグロはためらった。

弁護士を紹介するよ、私は言う。ぼくよりも有能な弁護士だ。

ネグロは机のそばに立ったまま動かない。デリシアはコーヒーを載せたトレーを置くと、ドアを閉めて出ていく。私はコーヒーに砂糖を入れてかき混ぜ、ネグロに差し出す。そして、砂糖抜きのコーヒーに口をつける。ネグロもコーヒーを飲みはじめる。その肌はコーヒーと同じ色をしている。大きな目がきらきら輝いている。

ローゼンベルク氏だ、私は言う。

仕事仲間か？　ネグロが訊ねる。

いや、同志だ、私は答える。

信頼できるのか？　ネグロが訊ねる。

まちがいない、私は答える。

ネグロはコーヒーカップを手にしたまま、肘掛椅子をきしませながら腰を下ろす。私はローゼンベルクに電話をかけてくると言って部屋を出る。電話口に出たのは女だった。私は自分の名前を告げた。

あら、女は言う、わたしよ、クララよ。

クララか、私は言う。もう何年も君の声を聞いていなかったな。

マルコスはいないわよ、クララが言う。裁判所へ行ったの。

かすれたような彼女の声が聞こえる。

あとでまた電話するよ、私は言う。

正午がいいわね、クララが言う、食事をしに戻ってくるはずだから。

わかった。あとでかけるよ、私は言う。

それじゃあ、クララが言う。

私たちは電話を切る。部屋に戻ると、ネグロが窓の外の霧雨を眺めている。私は彼の背後に近づく。

いないみたいだ、私は言う。

ああ、ネグロが言う。

私はネグロに、まだ製粉所で働いているのかと訊ねる。彼は、いまはソーダ水の宅配をやっていると答える。軽トラックを所有しているとのことだった。電話はあるのかと訊ねると、ないと言う。そして、角の雑貨屋に電話してくれればいいと答える。私は電話番号を控えると、一時に電話するよと言う。

もう昔とはちがうんだ、ネグロは私を見据え、頭を振りながら言う。

私は、まったくそのとおりだ、あのときとはちがうんだと答える。フィオーレの妻の通夜には行くのかと訊かれた私は、行かないと答える。ネグロは、どっちにしても通夜の場所を教えておくよと言い、墓地へ行くつもりなら、明日の午前十時に埋葬が行われるはずだ、とつけ加える。

ルイシートはとにかく頭の固い男だよ、ドアの敷居に立ちながらネグロは言う。ぼくはいつも彼に言っていたんだ。

私はネグロを玄関まで見送り、書斎に戻る。ついさっき彼が立っていた窓の正面に立ち、霧雨の降る通りを眺める。以前と同じ雨でないことはたしかだ。しかし、どこが違うのかを見極めるのは難しい。さっきと同じ灰色の歩道があり、アスファルトの道路があり、向こう側の歩道にはつやつやした緑の葉を茂らせた木が立ち、同じく向こう側の歩道沿いの家には、斜め格子のついた二つのバルコニーとブロンズの欄干が見える。降りやまぬ霧雨もさっきと同じように見える。

正午過ぎにマルコスに電話をかけ、事情を説明する。マルコスは、午後三時に彼の家に立ち寄るようネグロに伝えてほしいと言う。私は雑貨屋に電話をかけ、ネグロと話したい旨伝える。十分ほど待たされた末にようやく息づかいの荒いネグロの声が聞こえてくる。私は、マルコスからの伝言と彼の住所を伝え、電話を切る。そしてベッドにもぐりこみ、昼寝をする。五時にデリシアがマテ茶をもって書斎にやってくる。六時にディーラーから電話がかかってくる。ディーラーは、ゲームが行われる場所を告げ、十時きっかりにはじまると言う。私は八時過ぎまで書斎に閉じこもる。部屋を出ると、デリシアが食卓の準備をしているのがみえる。台所には料理の匂いが漂っている。デリシアは、亡き妻の黒いセーターを洗ったらしく、すでに窮屈になりかけていたが、とてもよく似合っていた。私はこのとき初めて、彼女の指が恐ろしく長く、浅黒い手をしていることに気づいた。食事のあいだ私たちはずっと黙っていた。やがて私は席を立ち、机の引き出しから十六万ペソを取り出すと、勝負に出かけた。

指定された場所は、サン・マルティン通りのすぐ近く、町のど真ん中にあった。私は徒歩でサン・マルティン通りに向かい、十時十五分前にカサ・エスカサニーの角を曲がり、サン・マルティン通りを北にむかって三ブロック進んだ。『ラ・レヒオン』紙の掲示板の前に差しかかり、立ち止まってニュースを見たが、フィオーレの事件については何も触れられていなかった。最初の角を曲がって東へ進み、一ブロック半進んで反対側の歩道に渡ると、番地を確かめるまでもなく目的の場所がわかった。先日のディーラーが暗闇のなか、建物の入口に立っていたからである。あのコロンの匂いですぐに彼だとわかった。ディーラーは私に手を差し出すと、なかへ入るように促した。

私たちが足を踏み入れた部屋はどういうわけか演劇の舞台を連想させた。細長いテーブルはワインレッドのビロードで覆われ、その周りに五人の男たちが腰を下ろしている。誰も座っていない椅子が二つあった。片隅に置かれた木製の小テーブルには、チップの箱が載せられ、ひとりの男が中身をあらためている。背後には色あせたカーテンが垂れ下がり、拱廊を覆っている。おそらくこれが演劇の舞台のような印象を与えるのだろう。男たちはそれぞれ大量のチップを手にしている。私はカーテンに背を向け、テーブルの隅に腰を下ろした。そして係の男を呼び、十万ペソのチップを要求した。男は緑色の長方形のチップを十枚もってくる。私がポケットに手を入れて金を払おうとすると、男は、勝負が終わってから清算することになっていると告げる。そしてウイスキーを勧める。私は、ウイスキーは飲まないと答える。

ディーラーがテーブルの中央の空いた椅子のひとつに腰を下ろし、カードをかきまぜる。五人の男たちのひとり、どこかで見たことがあるような顔の男が、ディーラーの差し出すカードの束にジョーカーを差し入れる。ディーラーはカードの束を二つに分けて上下を入れ替え、シューに収める。そしてバンカー役のオークションを告げる。

私は一万ペソを、ジョーカーを差し入れた男は二万ペソを提示する。そこで私は男にバンカー役を譲る。私は二万ペソをプレーヤーに賭け、カードを受け取る態勢を整える。ハートのクイーンとハートの九だった。バンカーが二枚の絵札を手にしていることがわかると、ディーラーは私に緑色の長方形のチップを四枚投げて寄こす。受け取ったチップをふたたびプレーヤーに賭けると、狙いどおりプレーヤーの勝ちだった。八枚のチップをつづけてプレーヤーに賭けると、またもやプレーヤーの勝ちだった。緑色の長方形のチップを十六枚手にした私は、勝負を一回見合わせた。ふたたびプレーヤーの勝ちだった。しかし、つぎの勝負では私がバンカー役だった。そこで私は緑色のチップを四枚ベットした。配られたカードを見ると、クラブの九とダイヤの九だった。プレーヤーのほうには六しかない。私はさらに三回つづけてバンカーを務めた。四回目の勝負のときにパスした。ディーラーは両替を要求する。チップ係の男が金色の大きな五万ペソの賭け札を数枚もってくる。ディーラーはそのなかから十枚を取り出して私に差し出し、さらに緑色の長方形のチップを八枚か九枚手渡す。ジョーカーを差しこんだ男は二十万ペソのチップを要求し、金色の賭け札を四枚受け取る。私は、どこかで見たことがあるようなその顔が気になって、時おり注意をそらされる。

男は四万でバンカー役をせり落とす。私はプレーヤーに四万を賭け、カードを二枚受け取る。六の引き分けだった。六の引き分けのあとはバンカーが勝つことが予想されるので、一万のチップを四枚とも引きあげようかと思ったが、これだけリードしているのにそんなことをするのはエチケットに反するように思われた。結果はプレーヤーの勝ちだった。

「おわかりですか?」見覚えのある顔の男が言う。「バンカーを四回やってパスする、それからプレーヤーに賭けると、見事にプレーヤーの勝ちとくる」

男は誰かに話しかけているわけではなく、独りごとを言っていた。それだけしゃべると、あとはふたたび口を閉ざした。その後、プレーヤーが四回勝ち、さらにバンカーとプレーヤーが一回ずつ勝つと、バンカーの役がふたたび回ってきた。私は勝負を五回つづけたあとパスした。その後、ふたたびプレーヤーにベットした。するとプレーヤーの勝ちだった。十一時半になるころには、私の手もとには三百万ペソが転がりこんでいた。ほかの参加者の手もとには、一センターボすら残っていないようだった。バスに乗るための十ペソすら持ち合わせがないといった顔をしている。すると、見覚えのある顔の男が席を立ち、ディーラーの右横に上体を傾け、耳もとで何かささやいた。ディーラーはやがて頭を振って私を見ると、小切手は受け取ってくれますかと訊ねる。私は受け取ると答える。どこかで見たことのある顔の男は、いくらまで小切手を受け取ってくれるかと訊ねる。私は、しかるべき資金の裏づけがあるならばいくらでもかまいませんと答える。男は、それなら大丈夫だ、しかしいまそれを証明するのは少々難しい、というのも、そのためには、プロビンシアル銀行ロサリオ支店の当座預金の担当者に電話をかけて就寝中の彼を起こし、銀行へ出向いてもらってファイルに収められた個人口座の記載を確かめてもらう必要があるからだ、と言った。私は、ロサリオへの通話料に百五十ペソ費やすよりも、あなたの言うことを信じますよ、と答えた。すると男は上着の内ポケットから小切手帳を取り出して椅子に腰を下ろし、そのなかの一枚にペンを走らせると、私に差し出した。私の顔はいくぶん赤らんだにちがいない。百万ペソの小切手だった。私はさっそく五万ペソの金色の賭け札を数え、二十枚を男に渡すと、小切手を懐に収めた。男は二枚の賭け札をバンカーにベットし、私は同額をプレーヤーにベットした。

男はバンカー役を六回つづけたあとパスした。一文無しになりかけていた二人の男が、私に百万ペソの小切手を渡した男にそれぞれ小切手を差し出し、チップを受け取った。それから十分後には、勝負に残った四人が、それまで私が経験したなかでもっとも熾烈な闘いを繰り広げていた。一時になるころには、私の手もとのチップがすべて消え、十万の借金を含むポケットのなかの十六万ペソと、百万ペソの小切手が残されているばかりとなった。私は男に小切手を返し、金色の長方形の賭け札を二十枚受け取った。彼は、先ほど賭け札と交換したばかりの三十万ペソの小切手を振り出し人に戻すと、金色の長方形の賭け札を六枚受け取った。緑色の長方形のチップはテーブルの上からほとんど姿を消していた。いまや心づけとして役立つばかりだった。

勝負が進むにつれ、グレーの服を着た男の前にチップがうずたかく積み重ねられていった。男が身につけている金の腕時計は、ベルトが大きすぎるために、左手を動かすたびに手首の端までずり落ちた。ついさっき三十万ペソの小切手を取り戻したのはこの男だった。彼は連続して十二回バンカーに賭け、一巡してふたたび順番が回ってくると、また十一回つづけてバンカーに賭けた。気がつけば、私の手もとにはポケットのなかの十六万ペソしか残されていなかった。私は十万ペソのチップを要求したが、それもすぐに失ってしまった。

私は立ち上がり、ディーラーの左側に身を寄せて耳もとにささやきかけた。そして、四万ペソの借りがあるが、さらに十万ペソ欲しいと言った。ディーラーは、明日の昼前に小切手を振り出せるなら十万ペソ都合してもかまわないと答えた。私は、あいにく小切手の持ち合わせがなく、銀行口座もないことを伝え、しかし午後までにはかならず小切手を用意することができるはずだと請け合った。ディーラーはそれを聞いて、いいでしょうと言った。ところがそれも全部失ってしまった。私は会計係の男に紙幣を渡し、通りへ出た。霧雨が降るなかをゆっくりと歩き出した。ほてった顔が雨に冷やされる。町角で私はふと歩みを止めた。見覚えのある男の顔が鮮明な輪郭を帯びて立ち現れた。それは、ある晩、ゲームを終えたばかりの私に食事代の二百ペソを無心した男の顔だった。

私は踵を返した。音をたてずにそっと建物に入ると、暗闇に包まれた廊下を爪先立ちで進んだ。ドアに手をかける前に、ディーラーのオーデコロンの匂いが漂ってきた。ノブに手をかけてドアを押し開けようとした瞬間、ディーラーの話し声と男たちの笑い声が聞こえてきた。ドアを開け放つと、ホールの全景が目に飛びこんできた。ゲームはすでに終わっていた。テーブルの上からはチップが跡形もなく消えている。全員が立ち上がったまま、テーブルの中央に上体を傾けている。私から巻き上げた紙幣を残らず手にしたディーラーが仲間たちと山分けしている。

みんなよく聞くんだ、私は言う。演劇の国内巡業にでも出かけたらどうだい?

全員がいっせいに振り返り、凍りついたように動かなくなる。私は前に進み出た。金色の腕時計をはめた男が薄笑いのようなものを浮かべている。ほかの男たちは押し黙ったまま、こわばった表情を見せている。そのときディーラーがズボンのポケットに手を入れ、拳銃を取り出す。私はかまわず前へ進み出る。ディーラーは私の行く手を阻むように立っている。

こういったことはいつも不幸な結末を迎えるものですよ、先生、ディーラーが言う。いつも不幸な結末を迎えるものです。

私は相手に平手打ちを食わせるときも歩みをとめなかった。拳で殴りつけようかとも思ったが、ふたつの理由から思いとどまった。ディーラーを傷つけないようにというのがひとつ、それから、痛めつけてやろうと拳で殴りかかって的をはずしたら、みんなして私を死ぬまでこてんぱにやっつけるだろうと思ったからである。平手打ちは功を奏した。歩みをとめることすらしなかったことが効果をさらに高めた。ディーラーは拳銃を落とすと、脇へ寄って道をあけた。ほかの男たちは半円を描くようにテーブルを取り囲んでいる。ディーラーは一万ペソ紙幣がそこらじゅうに散らばっている。私はそれを冷静に拾い集めると、金額を確かめ、ポケットに押しこんだ。ホールを出ようとすると、ディーラーの声が聞こえてきた。

いつも不幸な結末を迎えるものですよ。どうあがいたって無駄です。

私は扉をバタンと閉めるや、つぎの瞬間には通りへ出ていた。ふたたび霧雨に包まれた。ゆっくり歩いて帰ったため、家に着くのに三十分以上かかった。暗がりに足を踏み入れ、書斎に向かう。明かりをつけていちばん上の引き出しを開け、紅茶缶を取り出すと、デリシアに返す六万ペソを入れる。そして、自分の取り分として十万ペソを引き出しに収め、紅茶缶をしまって引き出しを閉める。私は明かりを消し、階段を上がった。浴室に入って服を脱ぎ、頭を濡らす。暗闇に包まれた寝室に入ってベッドにもぐりこむと、両目を開けたデリシアがベッドに横たわり、私が来るのを待っていたことに気づく。彼女はひと言もしゃべらない。デリシアの体に触れた私は、彼女が服を着ていないことを知る。その体は震えていた。

いかさまだったんだ、デリシア、私は言う。連中は正々堂々と戦わずにいかさまをしたんだ。お祖父さんが言ってたとおりだ。

それから私たちは、押し黙ったまま夜明けまでベッドの上を転げまわった。目が覚めると正午を過ぎていた。私はシャワーを浴びて階下へ行った。デリシアが台所にいた。回廊の黒い染みを見つめている。

なんとかして消す方法があるんでしょうけど、彼女が言う。

私は、それは難しいだろうと言うと、書斎に向かう。書斎に閉じこもったまま何もしなかった。雑誌のコレクションをめくってみたが、考えるべきことは何も見つからなかった。チック・ヤングに関するエッセーを読みなおしてみたが、いくぶん気取った調子で書かれているように思われた。五時にデリシアがマテ茶をもってやってきた。私は彼女に、引き出しのなかの紅茶缶に六万ペソが入っていることを伝え、いつでも好きなときに取り出してかまわないと言う。日が暮れると台所へ行き、適当なものを口に入れ、ふたたび書斎に閉じこもる。真夜中になる前に寝室へ入った。デリシアがベッドに横たわっている。一時間ほどベットの上を転げまわり、ぐっすり眠った。夜明け前に目が覚めた。デリシアはまだ眠っている。私はベッドから起き上がり、顔を洗おうと寝室を出る。そして階下の台所へ行き、マテ茶の準備をする。それから書斎に入ってマテ茶を飲みながら、夜が明けるまで窓の外の霧雨を眺める。大気の色が次第に変わっていく。初めは青だったのが、次第に緑色っぽい色彩を帯び、最後は鋼のような灰色に落ち着く。それは一日中消えることがなかった。八時にネグロ・レンシーナに電話をかける。電話に出た雑貨店の主人が少々お待ちくださいと言う。十分ほど沈黙がつづいたが、ついに主人の声が聞こえてくる。ネグロは通夜に出かけていると言う。私は、そんなはずはない、埋葬は昨日だったはずだから、と言った。主人は、ネグロが出かけたのは別の通夜だと思うと言って電話を切った。

四月、五月

ワイパーが規則的なリズムで、白っぽい空から落ちてくる小さな雨粒がかすかなしぶきをあげて破裂するフロントガラスの上を滑っている。車を包みこむ白っぽい空間は、遠くへ行くにつれて濃密になり、車の後方に流れ去っていく風景、雨に洗われた建物の正面、消えたかと思うとふたたび靄の切れ目から現れる建物の正面、いままさに車が走っているきらきら輝く細い道路に隔てられた両側の建物の正面をほのかにかいま見せている。両側の窓ガラスは曇っている。目を凝らしてガラスの外を見ようとしても、ゆっくりと移動する大きな染みのような靄や、きらめきを放つ無数の雨粒、建物の正面が形づくる灰色の、あるいは黄色の染みが目に入るばかりだ。最初の曲がり角に差しかかると、青いレインコートに身を包み、顔を覆うばかりに帽子を目深にかぶった一匹の孤独なゴリラが、体をすくめながら咳をしているのが見える。その横を通り過ぎると、ゴリラの姿が後方へ流れ去る。

メンドサ通りで角を曲がり、日が出ているとおぼしき方向へ進む。ゆっくりと滑るように走る車は、バスターミナルの前を通り過ぎる。乗り場にはゴリラが何匹か立っている。たくさんの荷物やスーツケースの近くをうろうろしているのもいれば、じっと立ちつくしているのもいる。奥のほうにむかって開かれた乗り場は、背後の靄に覆われ、まだ消えやらぬ夜の影は、靄とコントラストをなすように、眩惑的な色をたたえている。なめらかで濃密な、磨かれたような影だ。頭を動かしたり、手をあげて目をこすったり煙草を口もとへ運んだりしているゴリラたちは、すぐに消えてしまう青みを帯びた染みを薄暗がりのなかに差しこんでいる。乗り場のどこにもバスの姿は見当たらず、車の窓が閉めきられた車内には外の音がまったく届かない。バスの発着を告げる拡声器がその役目をまちがいなく果たしているのか、油で汚れたコンクリートの地面と乗り場を覆う湾曲した屋根に反響するゴリラたちの足音や話し声が甲高く鳴り響いているのか、あるいは低いくぐもった音を響かせているのか、それすらわからない。私の耳に聞こえるのは、単調なうなり声をあげる車のエンジン音ばかり、それは角を曲がったり、急に速度を上げようと——ついうっかりしてアクセルを必要以上に踏みこむために起こる一瞬の出来事である——ギアを動かした瞬間に変化する。

　左に曲がり、すでに明かりのついている郵便局の前を通り過ぎる。ゴリラたちの歩く姿が一階の大きな窓ガラスの向こうに、そして長いカウンターの向こう側にも見える。靄が切れると、まるでカウンターに敷かれたレールの上を運ばれていくように、彼らの上半身が移動するのが見える。港湾通りの石畳が照り映え、車はこれまでよりも不規則なペースで進んでいく。フロントガラス越しに、靄のなかできらめきを放っている背の高い棕櫚の木々や、すでに朝の光に溶けこんだ弱々しい輝きを放つ白い球体が先端に取りつけられた街灯の列がこちらに向かって近づいてくる。大きな棕櫚の葉はピクリとも動かず、柱のように立ち並ぶ街灯の上に広がっている。棕櫚の幹をつたって雨が滴り落ちている。通りには人っ子ひとりいない。棕櫚の木々と街灯の白い球体は、こちらにむかって近づいてきたかと思うとつぎの瞬間には後方へ流れ去ってしまう。雨に濡れた石畳も車のタイヤめがけて近づき、水たまりのある窪みを通り過ぎる瞬間、タイヤの下から水しぶきの音が聞こえ、単調なエンジン音と混ざり合う。フロントガラスは一瞬、厚みのある泥の染みに覆われるが、ワイパーにさらわれた染みはフロントガラスを覆いつくしたあとたちまち両端に押しのけられ、前方を見通せるだけの視界が開かれる。染みが取り除かれたフロントガラスを通して、周囲の景色が殴り書きのように後方へ流れ去り、ひっきりなしにガラスを濡らす細かい雨滴は、か細い一筋の輝きを放ちながらしばらくその場にとどまっていたかと思うと、やがて消えてしまう。

車はようやく吊り橋の入口に差しかかる。こちらにむかって近づいてきた吊り橋の支柱は靄に包まれ、うっすらと黒い影を浮かび上がらせ、湿気と靄の切れ目のせいで時おり輝いてみえる。黒いマントに身を包み、警官の帽子をかぶった一匹のゴリラが灰色の小屋の戸口に立っている。靄を見据えたまま微動だにしない。やがてその姿は視界から消え、後方へ流れ去る。吊り橋も後方へ消えてゆく。いま私の眼前に伸びるのは旧海岸通りで、亀裂や割れ目がいたるところに走るアスファルトの路面は油の染みを浮かび上がらせている。コンクリートの欄干には、悪天候にさらされた小さな柱（バラスター）の列がどこまでもつづいている。柱（バラスター）はところどころ欠けていて、全体の調和を乱している。大きな灰色の板石を敷きつめた幅の広い歩道の上に落下して砕け散っているものもある。私は海岸通りの反対側に目をやる。葉の落ちた背の高いポプラの木々がこちらに向かって近づいてきたかと思うと後方へ流れ去っていく。前方は靄に覆われている。濃密な白い壁だ。車は、きらめきを放つ楔（くさび）のように靄をうがち、そのあとをふたたび靄が包みこむ。旧海岸通りよりも広く、目印になるものがすぐには見つからない新海岸通りに入ると、静止しているようにみえる車と靄があるばかりだ。そこにあるのは、大きな白い球体、微細な光の粒子が極小の惑星のようにその周りを巡っている白い球体と、前進しているにもかかわらず、濃密な靄がまんべんなく広がっているためにまったく進んでいないような錯覚を起こさせる車だけである。ところが不意に、雨に洗われた虫食いだらけの樹冠が現れて脇をゆっくり通り過ぎ、後方へ流れ去ったところをみると、濃密きわまりない靄のなかにふたたび突入するや停止してしまったような錯覚に陥るとしても、車がたしかに前進していることはまちがいない。

ゴリラたちはいまごろ、ねぐらを出て、悪臭を放つわら布団を後にし、浴室の鏡の前に立って欠けた歯を観察し、便をひり出し、窓の外の靄を眺めていることだろう。あるいは、押し殺したうめき声や猛々しい叫び声をあげながら赤みを帯びた性器の持ち主である雌と交わったベッドの上で、慎み深く寝がえりをうっていることだろう。雌ゴリラたちは、ベッドのなかから雄ゴリラの様子をうかがい、仕事に出かける前の朝食を準備しながら薄暗い台所を行き来している彼らの物音に耳を澄ませていることだろう。やがて雌ゴリラは目を閉じ、温かい毛布のなかで体を丸めて遅くまで眠ることだろう。そしてベッドから起き上がり、市場へ出かけて食料品を買いこむ。一方、雄ゴリラたちは、天井が異様に高い板張りの床のオフィスに閉じこもり、巨大な現金出納簿に判読不能の線を書きなぐる。いま私の目に浮かぶのは、朝一番の生気のないげっぷを漏らしながら門扉を開け、靄を眺め、バスに乗ろうと背を丸めて霧雨のなかを最初の四つ角まで歩いていく彼らの姿である。バスに乗りこんだ彼らは、押し合いへし合いしながら肉づきのよい尻を互いにこすり合わせ、眠気をひきずった腫れぼったい顔に息を吐きかけ合うだろう。そして、頭を振り、目を大きく見開き、意味不明の手振りをまじえながら、うなるような声をもらすことだろう。

黄色い壁のバス停が現れ、それまで私を包みこんでいた見かけ上の静止状態から瞬時にして私を引き離し、そのまま後方へ流れ去っていく。川の反対側、新海岸通りに面した家々の陰鬱な影がぼんやりと遠くに見えてくる。ところがその赤い屋根瓦は雨に濡れて光っている。反対側に目をやると、川がいつの間にか消えている。私は、道路が川面にせり出すようにして緩いカーブを描いているところで車を止める。停止したエンジンの沈黙は、作動しているエンジンの単調なうなり声、ある種のこだまとなって頭のなかに鳴り響いてから消えてしまうエンジンの単調なうなり声にもまして平板だ。私は、川べりがあると思われるほうに目を向けて靄をじっと見つめる。靄のわずかな切れ目が、川面を見るというよりも想像することを可能にしてくれる。このとき、黒い輝きを放つ一点の染みが不意に現れ、そして消える。ふたたび現れたかと思うと、また消える。それからもう一度現れ、今度は消えずにしばしとどまる。私の目は馬の臀部と尻尾をとらえる。尻尾が左右に揺れ、やがてすべてがかき消される。フロントガラスの向こうにまたもや空虚な靄が広がる。ワイパーが止まったフロントガラスが、か細い一筋の輝きを放つごく小さな雨滴に覆われる。ワイパーを動かすと、雨滴が押しつぶされて消え去り、フロントガラス越しにふたたび視界が開ける。黒い染みのような馬の影が現れるのをしばらく待ってみるが、何事も起こらないまま三分が経過する。私はエンジンキーを回して車を走らせる。

　グアダルーペ通りに差しかかると、ロータリーを回って海岸通りを反対方向に進む。海岸通りを端まで行ってロータリーを回った記憶がなければ、いまや動きばかりか方向すら存在しないように思われる。ある場所に向かって車を走らせている——私の顔は、車の前部（フロント）と同じように、ある方向に向けられている——ことを除けば、いかなる方向も存在しないのだ。もっとも、これとてグアダルーペ通りのロータリーを回った記憶がなければ、自分がどこに向かっているのか見当もつかないだろう。やがて一本の木が、雨に濡れた断片的な姿を、靄に包まれた樹冠とともにふたたび現し、ゆっくり近づいてきたかと思うと後方へ流れ去る。

　もう一度旧海岸通りを進み、吊り橋の入口へ差しかかると——警官の帽子をかぶったゴリラの姿はどこにもなく、灰色の小屋があるばかりである——、港湾通りのほうに進むのではなく、大通りでハンドルを切る。大通りを西へ進んで線路を越えると、旧鉄道駅の大きな建物が見えてくる。褐色の壁は雨に濡れ、大きな扉と窓は閉ざされ、ごくわずかな光さえ漏れてこない。二匹の雌ゴリラが、同じようなライラック色の傘をそれぞれ手にしながら、正面の大きな門を出てくる。巨大な建物の前には、客待ちのタクシーが列をなして停車している。運転席に座ったゴリラの上半身がぼんやりと見えるタクシーもある。かろうじて見分けられる程度だ。大通り沿いに植えられた大きな木々が雨に濡れて佇んでいる。この時間になるとバスや車が増えはじめ、ゆっくりと走行している。十ブロックほど進んで最初の信号にたどり着くころには、霧が薄くなりはじめ、赤信号の光に促された私は本能的にブレーキを踏む。エンジンが作動したまま、ワイパーは規則的な音をたてながら半円形を描き、雨滴をぬぐい去る。赤信号の光が消えて緑色の光が点灯するのと同時に車を発進させ、交差点を横切る。上空に目をやると、靄になかばかき消された、女子修道院付属学校のゴシック様式の尖塔が見えてくる。五ブロック進んだあたり、二つめの信号に差しかかる前に私はスピードを落として製粉所の前の線路を越え、緑色の信号が点灯しているのを確かめると北へハンドルを切り、リバダビア通りへ出る。通りの左側の歩道に沿って平屋建ての古い質素な家々が建ち並び、右側には鉄道会社の空き地が広がり、その向こうには、製粉所の長い塀が車のサイドウィンドーを通してぼんやり見える。むき出しの煉瓦を積み重ねただけの、延々とつづく出口のない塀は、ところどころ円柱をなして空き地に張り出しているが、それは、車の窓ガラスを通して見ると異様に大きく、奇妙な形をしている。車はふたたび左折し、分厚い石畳の道を、車体を揺らしながら一ブロックほど進み、南へ曲がって五月二十五日通りに入る。一ブロック進んで大通りを越え、そのまま南にむかって走りつづける。霧が晴れるにつれゴリラが通りを埋めつくしていくが、霧雨は降りやまない。プロビンシアル銀行の正面に差しかかると、開け放たれた入口を通って慌ただしく出入りするゴリラたちの姿が見える。最初に目に入るのは、ローマ数字の文字盤の針が八時十二分を指している円形の時計で、ゴリラたちを次々と呑みこんでは吐き出していく回転扉のガラスが時おり光を反射しているのが見える。やがてすべてが後方へ流れ去る。そして、ホテル・パレスの建物の角が近づき、同じ歩道の先端の角に立つバル〈モンテカルロ〉が見えてくる。左に目をやると、小さな広場の向こうに立つ郵便局の裏側が見え、正面の歩道に面してバスターミナルの乗り場がある。五月二十五日通りをそのまま南に進んで交差点を横切ると、周囲の光景が残らず後方へ流れ去る。最初の角を右へ曲がって一ブロック走り、左へハンドルを切ってサン・マルティン通りを南に進む。通りを行くゴリラの数が次第に増えてくる。車を運転しているのもいれば、バスの窓ガラス越しにぼんやりと外を眺めているものや、家の門口でレインコートの襟を立てて通りへ出ようとしているものもいる。サン・マルティン通りは雨に洗われている。雨に洗われると同時に汚れている。何日間も降りつづく霧雨のなか、歩道を歩く何千ものゴリラたちの泥で汚れた靴のせいで、歩道はねばねばした黒っぽい水たまりと化しているからだ。さらに六ブロック進んで五月広場に出る。赤信号の前でしばしの停車を余儀なくされる。やがて赤信号が消えて緑色の光が点灯すると、右へハンドルを切り、広場を周回する道を通って裁判所に向かう。左に目をやると棕櫚とオレンジの木々が見え、雨に濡れた大きな樫の木の幹を縫うようにして、赤みを帯びた小道が交差している。裁判所の建物が正面から迫ってくる。交差点を横切り、裁判所の後方の中庭へ進む。敷石を並べた細長い駐車スペースに車を止め、エンジンとワイパーを切る。そして、徐々に小さくなっていくエンジン音とワイパーの規則的なささやき声の残響を耳にしながら、静寂に包まれた車内でしばらくじっとしている。それはただひとつの残響である。後部座席に置かれた書類かばんを手に取って車を下り——霧雨が顔に降りかかる——、ドアをロックして建物のなかに入る。

ひんやりした廊下をゴリラたちが行き来し、事務室を出たり入ったりしている。私は、そのうちの何人かに会釈する。広々としたホールにたどり着くと、幅の広い白大理石の階段を上りはじめる。階段はまだきれいなままだ。二階で足を止め、手すりにもたれかかり、階下を見下ろす。大きな書類の束やかばんを手に慌ただしくホールを横切るゴリラがいるかと思えば、黒と白のモザイク模様の床が広がるだだっ広い四角い空間のあちこちに寄り集まって、なにやら大きな声で話しこんでいるゴリラたちもいる。彼らはまるでチェス盤の上の駒のようだ。私はふたたび幅の広い白大理石の階段を上りはじめる。四階から最後の一瞥をホールに投げると、ゴリラたちの姿は驚くほど小さくなり、黒と白のモザイク模様のチェス盤に押しつぶされたような彼らの姿が、直立不動の駒のような印象を確かなものにする。ただ時おり、染みのような彼らの姿がチェス盤を斜めに、あるいは縦に慌ただしく横切るだけだ。私はひんやりした廊下を進んでオフィスに入る。入口の別室では、机の前に座った秘書が書類の束に目を通している。そして、白髪まじりの頭を上げて私に挨拶する。「ずいぶんお早いですね、判事」。私は、もう八時半だからね、と答え、執務室に入る。机の上に書類かばんを置き、レインコートを脱いでハンガーに掛け、窓辺に近づいてブラインドを上げる。灰色の光が差しこむ。広場の木々、輝きを放つ葉に覆われた背の高い棕櫚やそれよりも小さいオレンジの木々——緑の葉むらに黄色の実を点々と浮かび上がらせたオレンジの木々——が、赤みを帯びた小道の上に押しつぶされているように見える。私は窓辺を離れて机の前に座り、書類かばんを開ける。そして、本とノート、鉛筆、分厚い辞書を取り出し、椅子の横の床の上に書類かばんを置く。

　ページのあいだには、栞がわりに、折り曲げた白い紙が挟まれている。本を開くと、白い紙が机の上に落ち、平らにならされた左右のページがきれいに開かれる。下部中央に１０８という数字が付された左側のページは、鉛筆やさまざまな色のボールペンで記された印に埋めつくされている。丸で囲まれた単語からは、いかにも神経質そうな線が欄外の余白へと伸び、スペイン語で記された言葉やその他の符号に達している。そうかと思うと、赤や緑の下線が引かれた箇所もある。ページの終わりのほうの段落の左側の余白には、強調のための赤線が縦に引かれている。１０９という数字が付された右側のページを見ると、最初の段落に書きこみがあるだけだ。その段落は、下線が引かれたつぎの文章で終わっている。〈Here was an ever-present sign of the ruin men brought upon their souls.〉〈ever-present sign〉とある箇所にはさらに下線が引かれ、押しつぶされたような緑色の丸印が囲んでいる。

　最初の段落の下方には、いまだ何の書きこみも見当たらない。私はノートを開き、机の上の本の横に並べる。ノートの左側のページは、中ほどまで私の書いたごく小さな黒い文字が埋めつくしている。ところどころ鉛筆や赤、緑のボールペンで下線が引かれ、いずれかの色で記された平べったい丸印に囲まれている箇所がある。ノートの下方から右のページにかけて空白が広がり、幅の狭い行を示す青の罫線と、余白を縦に走る二重線が引かれているばかりである。もっとも、文字が書き連ねられたスペースを見ると、余白の線や行がきちんと守られているわけではなく、一行分の空白のなかに細かい字が二行にわたって並べられ、さらにその間隙を縫うように、微細な修正が施されていることもある。私は分厚い辞書を手の届くところに置く。

受話器を取り上げて交換手に報道課の内線番号を伝え、応答を待つ。四回目の呼び出し音のあと電話がつながり、自分の名前を告げる。報道課の担当者が用向きを訊ねる。私は、「『ラ・レヒオン』紙の記者が訪ねてきたら、ちょっと会って話がしたいので執務室へ立ち寄るように伝えてください」と言う。「承知いたしました、判事」、報道課の担当者が答える。私は受話器を置く。

机の上からボールペンを取り上げ、仕事にとりかかる。ノートに記された最後の文章はこんな調子だ。「ひとびとがみずからの魂の上に招く（引き寄せる）破滅（放埒）のぬぐい去ることのできない（永遠の）（つねに存在する）（絶えることのない）しるしがそこにあるのだ」。私は本の上に身をかがめ、先を読む。

〈Three o'clock struck, and four, and the half hour rang its double chime, but Dorian Gray did not stir. He was trying to gather up the scarlet threads of life, and to weave them into a pattern; to find his way through the sanguine labyrinth of passion through which he was wandering.〉

私は赤のボールペンを手に取り、本のなかの〈chime〉という単語に印をつけ、つぎのような書きこみを加える。「調和」、「諧調」、「一組の鐘」、「鐘の響き」、「調和する」、「鐘が鳴る」、「一組の鐘が鳴る」。つづけて〈stir〉という言葉を調べる。「かきまぜられる」、「かきまわす」、「攪拌する」、「煽動する」、「動く」、「沸き返る」、「騒動」、「物議」。つづいてtに移り、〈threads〉という単語を調べる。「糸」、「繊条」、「糸を通す」、「貫き通す」。

私は赤のボールペンを置き、黒のボールペンを手に取る。そして以下の文章を書きつける。「時計が三時を打ち、四時をまわり、四時半を告げる一組のチャイム（鐘）が鳴った（鳴り響いた）が、ドリアン・グレイは動かなかった。かれは人生の深紅の（赤い）（赤みを帯びた）糸（欠片）（断片）をたぐり集め（寄せ集め）（積み上げ）（結合させ）（つなぎ合わせ）（貫き通し）て、それらに形を与え、自分があてどもなく（そこを）さまよい歩いてきた情熱の血ばしった（血の流れるような）迷路のなかに進むべき道を見出そうとしていた」

私は赤のボールペンで、「鐘」、「欠片」、「血の流れるような」に下線を引く。そして立ち上がり、窓の外を眺める。棕櫚とオレンジの木々に霧雨が降り注ぎ、煉瓦粉を敷きつめた赤い小道がきらめいている。三匹のゴリラが小道を横切っている。彼らはそれぞれ別の方角からやってくる。最初のゴリラは南西から北東にむかって斜めに、二匹目のゴリラはそれとは反対方向に、三匹目のゴリラは北西から南東にむかって歩いている。彼らは広場の中央、赤みを帯びた大きな円のなかですれ違う。レインコートをはおり、前かがみになって大儀そうに歩くその姿は、霧雨のなかでぼやけている。北にむかって歩くゴリラが手にしている黒い傘は、持ち主の姿をなかば覆い隠している。円形の黒い傘は、赤みを帯びた地面からくっきりと浮かび上がるように、一定のペースを保ちながら移動していく。私は机に戻り、翻訳をつづける。書いては消し、さまざまな印――×や縦線、横線、○、矢印――をノートと本に書きこんでいく。109ページをめくり、その裏側のページ、110の数字が付されたページを読みはじめる。均一な文字が並ぶそのページは、神経質な筆跡ですばやく書きこまれる印に埋めつくされていく。×、縦線、横線、矢印、○。私はノートにつぎのように書きつける。「二日前、ぼくはシビルに結婚してくれと頼みました。この約束を破る（この約束に背く＝to break my word to her）つもりはありません」私は、「この約束に背く」の下に線を引く。そして、「彼女は」と書いたちょうどそのとき、アンヘルが執務室に現れる。私は辞書を閉じ、ページのあいだに赤鉛筆を挟んで本を閉じる。アンヘルのレインコートの肩は雨に濡れ、その黒い髪はくしゃくしゃに乱れている。とても痩せている。

「なかなか電話できなくて」、アンヘルが言う。「家族といろいろ揉めていて大変なんです」。そう言うとアンヘルは、机にかがみこむようにして本を取り上げる。その細い指は、すべすべした本の表紙、狂ったような描線でデフォルメされた顔が、表面積の大部分を占める茶色い長方形の上に白いラインで描かれている本の表紙をなでまわす。アンヘルは、翻訳は快調に進んでいるかと訊ねる。「どうでもいいことさ」、と私は答える。「もう何度も翻訳されている作品なんだから、私の仕事がはかどっているかどうかなんてどうでもいいことだよ。先人が歩んだ道をたどりなおしているだけだ。新たな発見など何もない。言葉の端々にいたるまで、プロの翻訳家たちの文章とまったく同じだよ」。アンヘルはしばし口をつぐむと、大勢の人間を監獄へ送ったのかと訊ねる。「大勢の人間を送ったさ」、私は答える。「あなたは投獄されたことがあるんですか?」彼は訊ねる。「何度か訪問したことはある」、私は答える。アンヘルは、投獄された経験がないものだから、それでいとも簡単に何人もの人間を監獄へ送ることができるのだと考えていた。「陳腐な考えを口にするのはやめるんだな」、私は言う。「これは私からの助言だ。陳腐な考えを抱くのは見苦しいことだよ。自由の身でいるから、あるいは監獄に閉じこめられているから他人よりも偉いなんてことは絶対にない。監獄の外のほうが監獄の中よりも具合がいいなんてことはけっしてない。死んだ人間よりも生きている人間のほうが幸せだということもない。すべては不定形の、ゼリー状の塊のようなもので、そこでは何物も他から区別されないんだ。どうなろうと結局同じというわけさ」。「ぼくのことを探していたそうじゃないですか」、アンヘルが言う。「明日の夜、私の家で一緒に食事でもどうかと思ってね」。「ご馳走になりましょう」、アンヘルが答える。「それと」、私はつづける、「元気でやっているか知りたかったんだ」。「このうえなく元気ですよ」、アンヘルが答える。「君の顔を見るかぎり、そうとも言いきれないようだが」、私は言う、「日に日に痩せていくようだし、目の下の隈だってひどいもんだ」。「朝から晩まで机の前に座って人を裁いているわけじゃありませんからね」、アンヘルが言う。「ぼくは自分の人生を生きているんです」。私は立ち上がり、彼の頭をなでる。髪が濡れている。「まずい言い訳などしないほうがいい。すべてうまくいくさ」、私は言う。彼は顔を赤らめる。私は、コーヒーを飲まないかと訊ねる。彼は、判事が飲むコーヒーや報道課で出されるコーヒーと同じなのかと訊ねる。「囚人が飲むコーヒーとは違うが」、私は答える、「報道課で出されるコーヒーとは同じだ」。「ではやめておきましょう」、アンヘルは言う。彼は不意に立ち上がり、もう帰ると言う。私は彼の肩に手を回し、ドアのところまで見送る。「君はとても皮肉屋で反抗的な人間になっていくようだ」、私は低い声で言う。アンヘルは立ち去る。

私は書類かばんを取り上げて机の上に置き、辞書や鉛筆、ノート、本をしまいこむ。その前に本のページから赤鉛筆を抜き出し、折りたたんだ白い紙をそこに挟みこむ。書類かばんを閉じ、レインコートを着てオフィスを出る。調書に目を通していた秘書が白髪まじりの頭を上げてこちらを見る。「もうお出かけですか、判事？」。「出かけてくるよ。もうじき正午だからね」。「署名していただきたい書類があるんですが」、秘書が言う。「とにかく明後日にしてくれないか」、私は言う。「わかりました。それでは明後日にお願いします」、秘書が答える。「べつに急ぎの件でもありませんから」。私は別れの挨拶をして部屋を出る。薄暗い廊下を進み、階段の手すりにもたれかかって階下を見下ろす。ホールを埋めつくすゴリラたちは、寄り集まって立ち話をしたり、黒と白の板石を敷き詰めた四角い空間を思いおもいの方向に移動している。私は白大理石の階段を一階までゆっくり下りていく。だだっ広いホールに近づくにつれ、ゴリラたちの声が次第に大きくなるが、やはり何を言っているのかわからない。彼らが発するさまざまな音域の奇妙な声は、互いに混ざり合い、高い天井にぶつかる。それは複数の声からなる不定形の混合物で、群がるゴリラたちをかき分けて建物の後方へ歩いていくと、それらの声が反響しながら私の耳に届く。甲高い声や重々しい声、喉の奥から絞り出すような声が重なり合い、叫び声や笑い声が渾然一体となって、果てしない音響の火花が生み出される。青白い顔や出っ張った目、頭蓋を覆う雨に濡れた毛髪、奇妙な手振りを繰り返す両腕。いくつかのグループに分かれて話しこんでいるゴリラたちがいるかと思えば、どのグループにも属さず、黒と白のモザイク模様の四角いホールを急ぎ足で横切っていくゴリラもいる。階段のいたるところに泥の痕跡が残され、モザイク模様の床に散らばる靴痕も泥の染みを形づくっている。私はようやくホールを抜け出し、誰もいないひんやりした廊下に足を踏み入れる。廊下に面した事務所の扉が開くと、天井まで届きそうなほどの書類の山を満載した棚がかいま見える。廊下を後にした私は、建物の後方の中庭に出る。霧雨が顔を濡らす。私は車に乗りこむ。書類かばんを置いてエンジンとワイパーを動かすと、ふたたびあの音が聞こえてくる。エンジンの単調なうなり声、中庭に駐車している数時間のあいだ雨を浴びつづけたフロントガラスの上を規則的に滑るワイパーの音。私は車をゆっくりバックさせると、細い通路を出口にむかって進み、通りへ出る。右へハンドルを切って交差点を横切り、広場を周回する道路を通って裁判所を後にする。角の信号の前で停止する。エンジンをかけたまま信号が変わるのを待つ。緑色の光が点灯すると、左へハンドルを切り、サン・マルティン通りを北にむかって走る。雄ゴリラと雌ゴリラの集団が歩道を行き交っている。中心街へ近づくにつれその数は増えてゆく。市立劇場の角で急ブレーキをかける。一台のバスが交差点から猛スピードで飛び出してきたからだ。ふたたび車を発進させ、雨に洗われた大理石の階段が曲線を描いている劇場の古びた正面を眺める。劇場を後にして北に向かう。二ブロック半進んだところでアーケードの前を通り過ぎ、メンドサ通りを横切り、サン・マルティン通りを直進する。いまやかなりの数に達したゴリラたちは、商店のポーチの前や家の軒下に鈴なりになって雨を避けている。雌ゴリラたちが手にしているさまざまな色の傘が、円形の染み――赤や青、緑、ライラック色、黄、白、黒――を歩道に散らしながら一定のペースで移動している。さらに前方へ進み、『ラ・レヒオン』紙の建物の入口の前を通り過ぎると、アンヘルが慌ただしく駆けこんでいくところが見えたが、彼は私に気づかない。入口に通じる階段を一段おきに勢いよく駆け上がって建物のなかへ消えてゆく彼の姿がかろうじて見分けられる。私はさらに何ブロックも徐行して大通りに差しかかり、右へハンドルを切る。しばらく行くと、緑色に塗られた窓の見える大学の薄黄色の建物の前を通り過ぎる。西へ目をやると、大通りの上に広がる広々とした空の向こうに地平線がぼんやりと見える。灰色の地平線は遠くなるほどその色を濃くしてゆく。ワイパーが規則的なリズムでフロントガラスの上を滑り、ガラスに落ちる小さな雨粒は奇妙な形をなしてはじけ飛ぶ。私は大通りの西端まで車を走らせ――およそ十五ブロックほどだ――、ふたたび左にハンドルを切り、西通りを南に進む。せっかちなゴリラたちが口を閉ざしてバス停のなかで待っている。その姿がフロントガラス越しに見える。そして、雨に濡れたサイドウインドーからもぼんやりと見える。さらに二十ブロックほど進む。映画館〈アベニーダ〉の前を通り過ぎると、アバスト市場の正面と連隊の建物に付属する庭が現れ、ふたたび南通りに合流して左にハンドルを切る。そのまま南通りを東に進む。八ブロックほど車を走らせ、裁判所の後方の中庭の前を通り過ぎる。角を右折し、裁判所の前を通ってゆっくり南に向かい、交差点でハンドルを切ってもう一度東へ進み、市庁舎の灰色の建物の正面と五月広場の南側の歩道のあいだを走る。広場では、雨を蓄えた棕櫚やオレンジの木々が、広場を斜めに、あるいは円を描くように横切っている赤い小道を見下ろしながら、一瞬の輝きを放つ。サン・マルティン通りに出たところで右へ曲がり、そのまま南に向かう。右手には、歴史博物館の左隣に市庁舎の側面が見え、最初の交差点を通り過ぎると左手にはサン・フランシスコ教会が、右手には平屋建ての家並みが見えてくる。車は霧雨のなかを進み、エンジンの単調なうなり声がフロントガラスの上を滑るワイパーの規則的なリズムと混ざり合う。フロントガラスにぶつかる小さな雨粒は、奇妙な像を描きながら一瞬にしてはじけ飛ぶ。修道院を過ぎると南公園の木立が見えてくる。二つめの交差点を通り過ぎ、さらに半ブロック進んだところで車を左に寄せて停止する。しばらく車内でじっとしている。エンジンの単調なうなり声とワイパーの規則的なリズムの残響が聞こえるばかり、それもやがて消えてしまう。後部座席から書類かばんを取り上げて車を下り、ドアに鍵をかける。玄関の扉を開けてなかへ入り、扉を閉めて階段を上りはじめる。まっすぐ書斎に向かい、階段を上りながら脱ぎはじめたレインコートをハンガーに掛け、書類かばんをソファーの上に置く。カーテンを開けると灰色の光が差しこんでくる。上を見ると、雨に洗われた灰色の空が輝いている。私は樹木を眺め、その向こうの池に目をやる。池もまた灰色に輝いている。樹木は光の輪に縁取られ、雨に濡れた葉むらの周囲を無数のはかない雨粒が舞い、それらはしばし空中にとどまったかと思うと地面に降り注ぐ。窓からその一部が見通せる公園には人影がない。そのときエルビラが部屋に現れ、もう食事にするか、それとももう少しあとにするか訊ねる。私は窓辺を離れ、もう少しあとにすると答えてから、二人掛けのソファーに腰を下ろし、窓を背にする。しばらくすると眠りこむ。

　私はすぐに目を覚ます。眠っていたのはほんのわずかな時間だと思ったが、腕時計を見るともう二時十分だ。私は立ち上がって咳をする。服の乱れを直しながら書斎を出て、台所へ行く。テーブルの半分を覆うクロス、二枚の皿、ナイフとスプーン、フォーク、グラスが置かれた食卓の上座にエルビラが座っている。堅パンが二、三個入った籠もある。「書斎に入ったんですが、眠ってらっしゃったんで起こさなかったんです」、エルビラが言う。「眠りこんでしまってね」、私は言う。エルビラの白髪頭が、いったいどこから入りこんでくるのか想像もつかない灰色の光を集めている。あるいは、ほかならぬ彼女の頭が灰色の光を発しているのかもしれない。私は上座に腰を下ろす。エルビラがびっこを引きながら調理場に消え、湯気を立てているスープ鉢を手にして戻ってくる。そして、私の皿に熱々の黄金色の液体を杓子で注ぎこむ。それが終わるとふたたび台所に消える。スプーン三杯か四杯のスープを口に入れたが、すぐにスプーンをスープのなかに沈めて皿に置いた。黄金色の液体からは少しずつ湯気が消えていく。スープの表面には黄金色の塊が浮きはじめ、少しずつ青白い色に変わっていく。脚の長いグラスをナイフの刃で軽く三、四回たたいて鳴らす。エルビラが水を入れた大瓶を手にもって現れ、それをテーブルの上に置く。冷めたスープが入った皿を下げ、ジャガイモを二つか三つと肉を一片載せた大皿をもってくる。私の皿にジャガイモと肉を盛りつけると、大皿をテーブルの上に置く。そして台所に消える。私は肉を二口か三口食べるが、ジャガイモには手をつけない。もう一度グラスを軽くたたく。今度はグラスを脂で汚さないように、ナイフの柄の先端でたたく。エルビラがやってくると、私は顔を上げ、こう言う。「エルビラさん、明日は来客を食事に招待しようと思う。なにか特別なものを作ってほしいんだが」。エルビラはしばらく私の顔を見る。「鶏でよろしいですか?」「けっこう」、私は答える。「鶏のほかにも何かほしいね」。「考えておきましょう」、エルビラが答える。そして私の皿に目をやる。食べ残した皿の上でナイフとフォークが交差している。「もうおしまいですか?」彼女は訊ねる。「お腹がすいていないんだ」、私は答える。エルビラはため息を漏らすと、皿を片づけはじめる。私は立ち上がってトイレに行き、小便をする。それから歯を磨き、手を洗う。歯を磨くあいだ、自分の顔がトイレの鏡に映し出される。ところが、口をすすぐために前かがみになると、鏡から顔が消える。私は口をすすぎ、手を洗う。上体を起こして便器の横に掛かっているタオルで手を拭くと、鏡のなかに自分の顔が現れる。電気を消してトイレを出る。書斎へ行き、二人掛けのソファーに座る。目を覚ましたときにはすでに日が暮れていた。というよりも、まさに日が暮れようとしていた。

窓の外に広がる青みがかった大気に目をやる。霧雨が降っている。公園の木々はほの暗い青に包まれ、葉むらを透かしてその向こうには、静かな池の水が青みをたたえて横たわっている。濁ったような、黒ずんだ青だ。おぼろげなふたつの人影——雌ゴリラと雄ゴリラのカップルにちがいない——が木々のあいだをゆっくり歩きながら、池のほうへ歩いていく。頭を掻いていると、電話のベルが鳴る。受話器を取り上げると、いつもの声が聞こえてくる。人形遣いのような裏声は、長々とした悪態を早口にまくしたてる。私のことを泥棒、オカマ、ゲス呼ばわりする。近いうちにかならず痛い目にあわせてやるからそのつもりでいろと言い放つ。私は、悪態が終わるまで冷静に耳を傾け、相手が受話器を置いたことを確かめてから電話を切る。そしてグラスにウイスキーを注ぎ、ストレートで飲み干す。

レインコートを着て雨用の帽子をかぶり、書斎を出る。音を立てずに階段を下りる。門口で足をとめ、公園と人気のない通りに目をやり、車に乗る。一日中降りつづいた雨のせいで、フロントガラスは水滴に覆われている。車の外に目を向けると、砕かれたような光が遠くのほうに点々と見え、青みを帯び、デフォルメされた薄闇がかろうじて見分けられる。車を走らせる前に、しばらく静寂のなかに身を浸す。イグニッションキーを二、三回まわすと、エンジンが動きはじめる。アクセルを踏む前にワイパーを動かし、視界が開けるのを待つ。フロントガラスを覆う雨滴が払われると、南に延びるサン・マルティン通りのカーブや、その奥の木立が見える。公園の曲線が青みを帯びた舗装道路の縁石の曲線と並行しているせいで、奥に広がる木立が通りを遮断しているように見える。ヘッドライトをつけると、青みがかった薄闇を光が貫く。若いゴリラの二人連れが腕を組みながら歩道をこちらへやってくる。ヘッドライトの光に目をしばたたいている。二人連れが車の横を通り過ぎるのを待ってからゆっくり発車する。かなり遅いスピードで車を走らせたためか、最初の角を右折するまでに長い時間がかかる。

分厚い石畳の道が車体を大きく揺らす。通りには人影が見当たらない。最初の角をふたたび右へ曲がり、サン・ヘロニモ通りの滑らかなアスファルトの上を北にむかって進む。三つめの角で五月広場に出る。広場を右手に見ながら車を走らせる。左手には、照明がすべて消された裁判所の建物が見える。南通りの交差点を横切り、つぎの角で右折する。一ブロック走ったところで左へ曲がり、サン・マルティン通りに入ってそのまま北に進む。通りに沿って電光掲示板が正面に見えてくる。掲示板は次第にけばけばしい色を際立たせていく。緑や赤、ライラック色、黄、青の光が暗闇――いまやほとんどまっ黒に塗りつぶされている――に点々と浮かんでいる。街灯の光も灯され、商店のショーウインドーも煌々とした光に照らされている。市立劇場のホールにも光が満ちあふれているが、人影は見当たらない。不意に雨脚が強まる。いまや車道全体がきらめきを発する大きな染みと化し、それがフロントガラスを通して見える。それは、鮮明ではあるものの不安定な形を帯びたかと思うと、雑多な色が無秩序に混ざり合う光の染みに戻ってしまう。私は長い車列に加わってのろのろと車を走らせる。反対側の車線を見ると、同じように長い車の列がのろのろと進んでいる。照明のついたアーケードの通路の前を通り過ぎると、激しいにわか雨が弱まり、ここ何日か降りつづいている霧雨に変わっている。のろのろ進む長い車列に加わって二ブロックほど車を走らせた私は、ハンドルを右へ切ってサン・マルティン通りを出る。プロビンシアル銀行の角の前で五月二十五日通りを横切り、そのまま東へ進む。港湾通りに入ると、分厚い石畳の道が車体を揺らす。通りを端から端まで駆け抜けると、吊り橋の入口に差しかかる。灰色の小屋の扉からは、雨の降る屋外にむけて弱い光が漏れている。ハンドルを切って大通りへ入り、西にむかって進む。線路を越え、駅の建物の正面を通り過ぎ――ホールには明かりがついている――、最初の信号の前で停止する。緑色の光が点灯するのと同時にアクセルを踏み、女子修道会付属学校の建物に沿って進み、線路を越えて二番目の信号を通り過ぎる前に製粉所の建物をちらっと見やり、さらに二ブロック進む。ハンドルを切ってふたたびサン・マルティン通りに入り、そのまま南に向かう。中心街に近づくにつれ、さらにスピードを落としながら長い車列の後ろを走らなければならない。やがて『ラ・レヒオン』紙の建物の前を通り過ぎる。目につく光といえば、ニュースの掲示板の照明だけだ。さらに進むと、照明のついたアーケードの通路が左手に見えてくる。暗い色合いの服を着て髪に整髪料をつけた雄ゴリラたちや、宝石をふんだんに身につけて盛装した雌ゴリラたちでアーケードはこみ合っている。車はようやく五月広場に差しかかり、広場の東側の道を直進する。市庁舎の建物がこちらにむかって近づいてくる一方、運転席の右側の窓からは、広場の木々の葉を透かして裁判所の建物が黒い影のように見えてくる。市庁舎の建物が後方へ流れ去る。最初の交差点を横切り、二つめの交差点を通り過ぎると、ブロックの中途にある自宅の前に停車する。公園は暗い影に覆われ、車を下りてドアを閉め、鍵をかけると、顔と帽子に雨が降りかかるのが感じられる。車の屋根の向こう側、木々の幹を透かすようにして、池の水が一瞬きらめき、やがて暗闇に沈んでいく。私は、靴の底を汚さないように爪先立ちで歩道を渡って家に入る。玄関のドアを閉めて鍵をかけ、階段を上りはじめる。

エルビラが台所にいる。「すぐお食事になさいますか?」と彼女が訊ねる。私は、いまはお腹がすいていないので、なにか作り置きしておくように言いつける。エルビラは台所に姿を消す。「氷を書斎までもってきてくれないか」、私は言う。レインコートと帽子をトイレのハンガーに掛け、小便をすませ、書斎に入る。開け放たれているカーテンを閉める。机上を照らす円形の光があるばかりだ。肘掛椅子から書類かばんを取り上げ、辞書とノート、本、鉛筆を取り出し、机の上に並べる。空の書類かばんを肘掛椅子の上にほうり投げる。大きめのグラスにウイスキーを注ぎ、それを手にして机の前に座る。ウイスキーを少し口に含む。そして、ノートの最初のページを開き、黒い字で書かれた文章とは別に、緑や赤、青といったさまざまな色で記された印や書きこみ、消し跡で埋めつくされた紙に目を通す。エルビラがドアをノックして氷をもってくる。「台所にサンドイッチを用意しておきました」、彼女が言う。翌日の分の買い物は済ませたのか訊ねると、済ませましたと答える。彼女はお休みなさいと言って部屋を出ていく。私は氷をグラスに入れ、それを揺らしてカラカラ音をたて、ウイスキーをゆっくり口に含む。グラスを机の右手、手の届くところに置き、三色か四色のペンで記された書きこみが並ぶ本の最初のページを開く。私はノートに記された手書きの文章に目を通す。ページの真ん中に最初の言葉が活字体で記されている。「序文」と書かれている。その下に、ありきたりの字体で書かれた文章がつづいている。「芸術家とは美の創造者である」と読める。「芸術家」（El artista）という言葉に付された定冠詞（El）がカッコで括られている。私はしばし迷った末に赤のボールペンを取り上げ、定冠詞に線を引いて消し、「芸術家」（artista）の最初の小文字aの上に大文字のAを重ね書きする。二行目にはこう書かれている。「芸術を顕し、芸術家を覆い隠すことが芸術の終着点（目標）（目的）である」。私はしばし迷い、いかなる種類の誤解も避けなければならないと考え、「終着点」に線を引いて削除する。

緑や青、赤など、さまざまな色のペンを使って一行一行、黒い字が並ぶ文章に削除と修正を施していく。×や○、直線、矢印などの書きこみが、第一稿を仕上げる際に記された書きこみの上に重ねられていく。十二時十分に席を立ち、最後のウイスキーを口に含んでベッドに向かう。ゆっくりと服を脱いでパジャマに着替える。毛布は生温かく、ランプが細長い円錐形の光を白い壁の上に投げかけている。私はあご先まで毛布を引き上げ、天井を眺める。そして手を伸ばし、体を不動の姿勢に保ってから明かりを消す。それはすぐにははじまらない。最初に現れるのは、なんの変哲もない考え、さまざまな思い出、いまだ網膜と鼓膜に刻みつけられている視覚と聴覚のイメージの断片、次第に緩慢かつ混沌としてくるざわめき、日中のあいだ耳にした音が徐々に消えていく際のかすかな残響である。そして、本来のざわめきがはじまる。それは、計り知れない時間の流れを通して、最初のざわめきと混ざり合う。ふたつが共鳴しながら私を混乱で満たす。ゴリラたちが裸になって寝床にすべりこむ時間だ。雌ゴリラたちは、まるで巨大な食虫植物のように、両脚を開き、目をなかば閉じ、枕の上で、手の平を上にした両手を左右に開いて待ち構えている。私は暗闇のなかで、混ざり合ったふたつのざわめきを聞いている。本来のざわめきは、もう一方のざわめきが消えていくなかで、次第に大きくなり、暗闇の広がる私の頭のなかを完全に支配することだろう。燐光を発したかと思うと青ざめ、ふたたび燐光を発する染みがざわめきから生まれてくるだろう。そしてついに、ざわめきの流れは、暗闇が広がる寝室のなかで、ぼんやりした形状を、あるいは、鮮明な輪郭を一瞬のあいだ帯びる形状をつくりあげるだろう。すでに息絶えて埋葬されたゴリラたちの顔の断片。逆立つ体毛に覆われたゴリラたちの手。暗闇を貫き、地球に向かって落下するにつれ大きくなる、白熱した緑色の隕石。しかしながら依然として、次第に小さくなりながらも、外部のざわめきが残っている。私の目には、雨滴が降り注ぐガラスの表面を規則的に行き来するワイパーや、ガラスの上で奇妙な形をなして砕け散る無数の光が映し出される。車のサイドウインドーを通して、家々のぼやけた正面――褐色や黄色、灰色、白の大きな染み――がゆっくりと後方へ流れ去っていく。明かりの消された窓、青白い顔。道端に捨てられ、踏みしだかれ、泥だらけになった紙屑。ねじられ、銀色の包み紙の一部がのぞいている煙草の空き箱。湿ったクッションのように地面に堆積している朽ち果てた落ち葉。ナイトテーブルの上に積まれた硬貨、小さなスプーンが入ったままの、水が注がれたグラス。裁判所のオフィスに積まれた分厚い書類の山。書類は、端が黄ばみ、埃にまみれ、ピンク色の表紙は色あせ、机や棚の上に載せられ、天井までうずたかく積まれている。霧のなかできらめき、吊り橋の入口にたたずむ灰色の、人気のない小屋。沈黙を保ったまま、一定のペースであちこちに水平移動する、雑多な色の傘。明かりに照らされたホールの、がらんとした駅舎。青いレインコートに身を包み、咳きこみながら後方へ流れ去っていく一匹のゴリラ。信号が発する緑色の光。道路を横切って伸びていく線路。始点から終点まで、不動でありながら変化し、それでも不動を保っている道のり、いつまでも降りやまぬ霧雨を浴び、暗闇のなかで一瞬のきらめきを放つ五月広場のオレンジと棕櫚の木々。

もう一方のざわめきが大きくなりはじめると、消えゆく外部のざわめきと、成長してゆく内部のそれが同じ強度、同じ性質、同じリズムに満たされる瞬間がやってくる。両者はまったく同じだ。それらは一定の強度、性質、リズムにおいて、宙ぶらりんの状態で安定し、やがて外部のざわめきは感知できないほどわずかに弱まり、内部のざわめきは突如その大きさを増し、両者を隔てる距離がこうして明らかになる。それはいわば、ある時点でぴったり重なり合った車がそれぞれ反対方向に遠ざかっていくにつれ、両者を隔てる距離が広がっていくようなものである。私は、毛布をあご先まで引き上げ、暗闇のなかであおむけに横たわっている。開かれた両目は、ざわめきが大きくなるにつれますます大きく開かれる。私の目に映る、燐光を発する染み、青白い染み、輝きを放つ束の間の形象は、聞き取れないくらいの不快音をともない、純粋な炎からそれらの染みを取り出すような、あるいは、意味をなさない純粋な音からその不快音を取り出すようなイメージを定めようとしている。しかしその瞬間、私はなにもすることができない。まったく身動きのできない状態のなかで、燃え上がり、またたき、消えてゆく流動体を待ち構えることしか、そして、手が届かないにもかかわらずはっきり目にすることのできる場所で、急激な退潮と死の堆積を繰り返す積年のざわめきにも似た、聞き取れないほどの不快音を待ち構えることしかできない。私は桟橋から身を躍らせて船に飛び乗る。船が遠ざかるにつれ、桟橋の全貌が鮮明になり、ついにはそのすべてが一望される。ところが、呼び寄せられたもろもろのイメージがやってきて、暗闇とそれが含みこむ時間を満たす。

　私は、何世代にもわたるゴリラたちが暗闇のなかから進み出てくるのを目にする。敵意に満ちた彼ら流民たちは、恐怖と驚きが入り混じった心もちで、最初に訪れる夕闇に包まれ、よだれを垂らしている。最後の戦いで鋭い爪や歯に引き裂かれ、ぱっくりと口を開けた傷の上には、エメラルド色の蝿が数匹たかっている。流浪の民と化した彼らは、不安におののきながら森の空き地をさまよい、驚きに満ちた目を向け合い、夜の訪れを待っている。雄ゴリラの生殖器が下腹部の先から垂れ下がり、左右に揺れている。雌ゴリラのそれは赤みを帯び、湿った裂け目となっている。彼らは歯をきしませ、目をなかば閉じ、周囲の空間に目を向け、夜も昼も視界を遮りながらうっとりと身を横たえる岩や樹木の、永遠の不動性に目を据えている。夜になると、欲望を刺激されたゴリラたちは、乾いた枝を燃やした大きなかがり火の周囲に群がり、体を押しつけ合う。その野蛮な顔の凹凸は、かがり火の光を浴びて黒い影に覆われる。タムタムが打ち鳴らされると、彼らは同心円状の輪をつくり、鈍い律動に合わせて絶えず前方へ飛び出す。虚弱なものは息を切らしながら草地に倒れこみ、黒ずんだ唇の端からピンク色の舌を垂らして口の周りをなめまわす。輪の中央、ぱちぱちと音を立てて激しく燃え上がり、夜空へ高く舞い上がるにつれ輪郭がぼやけていくかがり火の横では、一組の雌ゴリラと雄ゴリラが抱き合い、地面を転げまわり、土埃を巻き上げている。輪になったゴリラたちは、彼らの動きに合わせて手の平を打ち鳴らす。ゴリラたちの手拍子は乾いた音を響かせ、耳をつんざくようなタムタムの音を真似ているかのようだ。雌ゴリラと雄ゴリラは、起き上がったかと思うと倒れこみ、抱き合い、荒々しい動きを繰り返しながら、あえぎ声や押し殺した叫び声、ため息、苦痛の叫び、笑い声を発し、感情の激発に身をゆだねている。やがて雌ゴリラは物欲しげに四つんばいになり、雄ゴリラがそのなかへ入っていく。雌ゴリラは叫び声をあげる。その臀部の下でさかんに殴打を繰り返している睾丸を除けば、いまやすべてが雌ゴリラのなかに収まっている。雄ゴリラは、相手の体のなかに入りこんだまま、両脚を折り曲げ、足先をしっかり地面に押しつけ、上体を精いっぱい起こして両腕をつき上げている。まるで、いかなるからくりもそこには存在しないといわんばかり、期待に満ちた表情を浮かべて周囲を取り囲んでいる仲間たちの歓呼に応えている。手拍子はますます激しくなり、輪になったゴリラたちが満足のあまり踏みならす足元からは土埃が舞い上がっている。タムタムのリズムが次第に速くなる。いまや手拍子と鈍い足踏みの音、絶え間なく鳴り響く猛烈な太鼓の音に加えて、さまざまな声や笑い、泣き声がいっしょくたになった叫喚が沸き起こる。輪の中央のつがいは、抱き合い、地面を転げまわり、かがり火に照らされて赤みを帯びた土埃を濛々と巻き上げる多くのつがいと入り混じっている。あるつがいなど、血のように赤い土煙のなかで固く抱き合ったまま地面を転がり、かがり火のなかに落ちこみ、狂ったように火の粉を巻き上げている。それでも彼らは離れず、ふたたび地面を転げまわりながら火傷の痕を土まみれにしている。森の空き地は、見渡すかぎり、あえぎ声を発し、地面をはいずりまわり、体を折り重ね、殴り合い、なめ合い、かみ合い、愛撫を交わし、性器を挿入している無数の体が入り乱れる不定形の塊と化している。やがて、赤みを帯びた土煙のなか、乱痴気騒ぎは次第に収まってくる。空中を舞う砂塵も収まり、視界が開けてくる。ゴリラたちは、奇妙な姿勢のまま動かなくなる。地面に顔を押しつけ、うつぶせになっているのもいれば、十字を描くように折り重なり、相手の背中に自分の腹を押しつけ、やはり顔を下に向けているのもいる。そうかと思うと、体に沿わせて片腕を長々と伸ばし、もう一方の腕で頭を支えるようにして横向きになっているのもいる。あるいは、両脚を開いてあおむけに横たわるものや、荒い息を吐きながら黙々と自慰に励むものもいる。方々から聞こえてくる呼吸音は次第に深く規則的になり、ため息やいびきも聞こえてくる。不意に笑い声が起こったかと思うと、すぐに止む。やがて、呼吸音のほかには何も聞こえなくなる。目やにのついた瞼を閉じ、鼻を鳴らしながら眠りこむ彼らの上に曙が訪れる。ゴリラたちは落ち着かない様子で体をもぞもぞ動かし、冷たい夜気から身を守ろうと体を縮める。夜明けの光を浴びていやいやながら目を覚ましはじめた彼らは、上体を起こし、驚きと当惑の色を浮かべて周囲を見渡し、咳をしたり唾を吐いたりする。乾いた涎で唇の端がくっついている。かがり火はいまや白っぽい灰の堆積と化し、わずかな火も残っていない。点々と散らばる血の染みが草や土埃と混ざり、からからに乾いている。前の晩に開いた傷口から流れ落ちた血の痕だ。疲労をたたえた身ぶりや手ぶりがやっとのことで交わされている。時おり声を発しているのが聞こえる。怠惰な連中はなかなか起き上がろうとせず、体をもぞもぞ動かしている。これが最後とばかり、雌ゴリラの滑らかな腕を機械的に撫でているものもいる。洞穴のなかから――岩が浸食されてできた洞穴だ――生肉の切れ端をひっぱり出し、顎ひげを血に染めながらむさぼり食う。朝日に目をしばたたき、大口を開けて肉片に食らいつく。彼らはふたたびあの空き地、周囲に立ち並ぶ木々や岩々が視線を跳ね返すあの空き地に身を置いている。以前と同じ石や樹木があり、彼らの頭上には同じ青空が広がり、白熱する黄色い円盤は、苛立たしいほどゆっくりと、音を立てずに空を横切り、磨かれたような青空の表面は、次第にきらめきに満たされ、正午になるとまともに目を向けることもできない。それは、来る日も来る日も彼らを取り囲む、いつもと変わらぬ空間である。彼らはそのなかを、なにもわからずに動きまわる。悠久かつ不動の境界線を形づくる木々や岩を踏み越えてゆくものは、そのまま姿を消し、二度と戻ってこない。境界線を越えて空地へ足を踏み入れる動物とまったく同じ運命が彼を待ち受けているのだ。ゴリラたちが支配する空き地の見張り役である鋭い歯や石、槍、矢が侵入者に襲いかかり、その体をずたずたに引き裂いてしまう。彼らは槍や石、矢で武装して身を隠し、生き物が警戒線を乗り越えてやってくるのをじっと待ちかまえ、襲撃しようと身構える。捕らえられた動物が心臓の熱い鼓動を停止し、体を硬直させて息絶えると、彼らはそれを洞穴に運び、切り分ける。他よりも滋養に富む部位はボスの取り分となり、余った肉が群れに分け与えられる。食べ残しの上にエメラルド色の蠅が蝟集し、うなりをあげて飛び回る。腹を満たしたゴリラたちは、もの思いにふけるような表情を浮かべて物陰にうずくまり、折り曲げた腕を腹に添え、反対側の腕の肘を手の平の上に載せ、下あごを同じ側の手の平で支えながら、境界線を眺める。そして、時おりため息を漏らして目を半分閉じ、いまいる場所を視界のかなたの境界線から隔てる澄みきった空間を見定めようとする。境界をなす木々や岩は、あちら側の世界の物言わぬしるし、あちら側の世界を領する沈黙の正確無比な証言者のようだ。ゴリラたちのなかには、放心したように自分の体を眺めているものもいる。岩のようにごつごつした膝、密生する体毛、節くれだった指、括約筋が走る秘密の穴、ひとりでに膨張し、あるいは湿り気を帯びて左右に開かれる生殖器の、ぞっとするような緩慢な生命力。物寂しげな悲哀のなかで彼らは何時間も所在なさそうに時を過ごし、やがて日は傾き、地平線が赤く染まり、黄昏時に炎を放ちはじめるかがり火の上にふたたび夜のとばりが下り、その周りでは夜の儀式がまた繰り広げられる。

私は暗闇のなかでベッドに横たわり、目を見開いている。じっとしたまま動かない。それは裂け目のない暗闇だ。部屋には窓がなく、隣の部屋に通じる扉が閉ざされていて、わずかな光も差しこまない。燐光を放つ形象のあいだでふたたびざわめきが高まっていく。いまや内部の暗闇と外部のそれを隔てる境界は存在しない。もろもろのイメージが、私の目が見据える方向――方向というものがもし存在するならば――に漂い、やがて消えてゆく。

私の目はゴリラの大いなる行進をとらえる。けばけばしい衣装を身につけ、太陽の光に反射する石をはめこんだ金銀の装身具を首や耳からぶら下げたり、指や手首に巻きつけたりしている。太鼓のかわりに青銅の楽器を手に取り、口にくわえて甲高い音色を響かせる。ボスたちが行列の先頭に立ち、上半身裸の奴隷たちが、ボスの身につけている赤紫色の大きなチュニックの裾を持ち上げ、石畳の地面を引きずらないようにしている。つづいて、第二の階級に属する集団が黒い衣装を身にまとって行進し、さらに緑のチュニックを着た第三の階級に属する集団が整然と列をなし、歩くというよりも音楽に合わせてダンスを踊るように進んでいく。そして、さまざまな色の衣装をまとった女たちが、丸い紫色の乳首のところまで白い胸をはだけてやってくる。さらにその後ろには、儀式の様子を垣間見ようと押し合いへし合いしている大勢の薄汚いゴリラたちが群がり、馬に乗った衛兵たちに鞭で押し戻されている。前方のゴリラたちが倒れると、後からやってきた連中もつまずいて倒れる。倒れた連中が起き上がったときには、楽隊が先導する行列は遠くまで進んでいる。衛兵たちは馬を走らせて行列に追いつき、しんがりを務める。群れが足を速めて行列に近づくと、衛兵たちはふたたび鞭で追い払い、そのせいでまたもや後に取り残される。薄汚い大勢のゴリラが必死になって起き上がろうとするあいだ、行列に駆け戻る衛兵たちの馬の蹄が固い石畳の地面に響き渡る。赤紫色の長衣を身につけたボスたちの丸々と太った顔は、威厳に満ちた表情を保ったまま高く掲げられている。第二の階級に属する面々の視線は、赤紫色の長衣をまとったボスたちのうなじに据えられている。緑色の衣装に身を包んだ第三の階級に属する集団は、黒い服を着た上位の連中のうなじを見つめている。女たちは、けばけばしい衣装やきらびやかな輝きを放つ金銀の装身具の位置をしきりに直している。白い乳房がよりいっそう際立つようにと胴衣を身につけている女もいる。衛兵たちの馬は、行列の最後尾に近づくと突然、石畳の地面に蹄を打ち鳴らして向きを変える。衛兵たちは威嚇するような仕草をまじえながら群衆をにらみつける。とはいえ、薄汚いゴリラたちはようやく地面から半身を起こしはじめたところだ。彼らは、荘厳な儀式の場へたどり着く。このとき私は不意に、四階の鉄製の手すりから、裁判所の四角いホールを見下ろす。チェスの盤面を思わせる、がらんとした空間だ。カーブを描きながら下ってゆく白い階段にも人影がない。黒い鉄製の手すりはまた、黒と白のモザイク模様のホールに真っ逆さまに落ちこんでいる大きな空間をコの字型に取り囲んでいる。

儀式が執り行われる場所は、見上げるような高い壁に囲まれた広大な会堂で、はるか上方に穿たれた窓の端はオジーブになり、窓ガラスの表面には、美しい色の衣装をまとったボスゴリラたちをかたどった絵が描かれている。長々としたテーブルが据えられ、中央に一枚、側面に二枚、合計三枚の板が取りつけられている。側面の二枚は、中央のテーブルの両端から垂直に伸びている。会堂の真ん中は何もない空間になっている。上半身裸の奴隷が二列に並び、松明を高く掲げ、入口の両脇を固めるようにして供奉の行進を見守っている。楽隊は演奏を終え、入口の脇へ引き下がる。赤紫色の衣装を身にまとったボスたちは、さらなる威厳をその顔に浮かべながら、よりいっそう高く頭をもたげ、広大な会堂に足を踏み入れて中央のテーブルにつく。その右隣には黒い衣装を着たものたちが、左隣には緑色の衣装を着た面々が座を占める。女たちは中央の何もない空間に寄り集まり、落ち着かない様子で待機している。大勢の野次馬たちは入口の大きな扉の前に群がり、中の様子を見ようと押し合いへし合いしている。衛兵たちは馬から下り、会堂のなかから野次馬たちを小突き、押し戻そうとする。しかし、見物を許すべしという命令が下っていたため、威嚇の色をあらわにしたその表情ほど乱暴に押し戻すことはしない。そうやって衛兵たちは、本来なら許されるはずのない特権を身の程知らずにも享受しようとしていることを群衆に思い知らせると同時に、そこからボスたちの姿を拝むチャンスを与えてやろうと気を配っていたのだ。

いよいよ饗宴のはじまりである。半裸の奴隷たちが大皿を中央のテーブルに運びこみ、切り分ける部位の大きさや、それらを誰に供するべきか指図するボスたちの目の前で、殺された動物の肉にナイフを入れ、解体していく。ボスたちはほんの少し口をつけるだけである。リーダー格のボスともなると、奴隷たちの働きぶりに目もくれようとしない。テーブルの真ん中に座を占め、赤紫色のチュニックを着た彼の首には、黒曜石の大きなメダルがぶら下がった黄金の鎖が巻きつけられている。その大きな骨ばった手はしきりにメダルをもてあそんでいる。薄汚いゴリラの群れは、驚きと激情、讃嘆、恐怖の入り混じった恍惚の表情を浮かべながらその様子をうかがっている。というのも、輝きを発する光輪のようなものが、その白髪まじりの大きな頭と、入念にカールされた黒い顎ひげのあいだから浮かび上がる青白い顔を縁取っているように見えたからだ。ボスたちの投げやりな視線を浴びながら幹部たちが食事を終えると、半裸の奴隷たちは食べ残しをかき集めて入口へ近づき、それを野次馬に投げ与える。争奪戦を繰り広げるゴリラたちは、殴り合い、押し合い、かみつき合い、ののしり合う。駆けずり回る彼らのあいだを唾や血、苦痛の叫び声が飛び交う。会堂のなかでは、ゴリラたちが夕暮れの光を浴びながら、しおれた肉の筋が垂れ下がっている骨をしゃぶる一方、音楽に合わせて女たちの行進がはじまる。彼女たちは一人ひとり、野次馬たちがわくわくしながらひしめいている片隅から、会堂の中央のがらんとした空間にむかって歩き出し、雑多な色の装身具を鳴らしながら体をくねらせ、腹を揺らし、跳躍する。踊りながら服を脱ぐものもいれば、長いテーブルの前に進み出たときからすでに全裸姿になっているものもいる。緑や黒の衣装を身につけた面々は、不動の姿勢を保ったまま体を硬直させ、口を閉ざし、女たちが体をねじりながら踊る様子を黙って眺めている。赤紫色の衣装に身を包んだボス連中だけが、踊り子が目の前を通るたびに、互いに言葉を交わし合う。笑いながら踊り子たちを指さすものや、卑猥な身ぶりをしているものもいる。リーダー格のボスだけが、押し黙ったまま、黒曜石のメダルをいつまでももてあそんでいる。やがてひとりの女が目の前を通ると、彼は黙って手を挙げ、彼女を指さす。奴隷たちは側面の長い通路を通って姿を消し、頭上に大きな長椅子を掲げながら戻ってくる。長椅子は、何もない広間の中央に据えられる。指名された女は、全裸のまま、両脚を開いて長椅子に横たわる。ボスは席を立ち、広々とした会堂の中央に進み出る。半裸姿のふたりの奴隷が、ボスの後ろにつづく。長椅子の脇に立ち止まったボスが合図すると、ふたりの奴隷が近寄って服を脱がせる。片方の奴隷がボスの陰茎に軟膏をすりこむと、もう一方の奴隷が彼のメダルに口づけする。ボスは最後の一瞥を周囲に投げかけ、群衆の注目を集めていることを確かめる。そして、彼らが扉のところまで進み出ることを許すよう衛兵たちにあるかなきかの合図を送る。そして身をかがめ、女のなかに入っていく。女の体が刺し貫かれた瞬間、野次馬たちや二列に並んだ幹部たち、会堂の片隅に寄り集まった大勢の女たちや奴隷が歓呼の声をあげる。そして音楽が奏でられる。

音楽が私のなかで無音のまま鳴り響き、雑多な群衆が姿を消す。私はふたたび両目を見開いたまま、漆黒の闇のなかにいる。いまや、またたく燐光を発する不定形の染みが闇を横切ることもない。外からざわめきが聞こえてくることもない。部屋は完全な沈黙に浸されている。体の位置を変えたり寝返りをうったりすることもなく、わずかに足を動かすと、ベッドがきしむ音が聞こえる。私はふたたび、チェス盤のような裁判所のホール、黒と白のモザイク模様の床が広がるホールを目にしている。そこには誰もいない。鉄製の手すりと階段が見える。

フロントガラスの上ではじける雨粒をワイパーが規則的なリズムで拭い去る。一定のリズムを刻む単調な音が聞こえてくる。サイドウインドーを通して、ぼやけた町が後方へ流れ去る。

川岸があるとおぼしき一帯を包みこむ靄のなかから、黒い大きな染みがうなりをあげながら浮かび上がってくる。

テーブルの上の皿には、茹でたジャガイモに囲まれた青白い肉片が載せられ、台所へ遠ざかっていくエルビラのスカートの衣ずれの音が聞こえる。

私はサン・マルティン通りを通って中心街に向かう。フロントガラス越しに、きらきら輝くイメージを瞬間的に形づくる電飾の色彩の乱舞が見え、フロントガラスにはじき返されて視界をぼかす大きな雨粒は、放物線を描くワイパーにかき消され、ガラスはふたたび鮮明な像を取り戻す。

吊り橋の入口で、霧のなかから現れては消える灰色の小屋がほんの一瞬かいま見える。

私は明かりをつける。

四階から下りてくる大理石の白い階段が光に照らされる。

私は上体を起こし、部屋を見まわす。卓上ランプの光は白い壁まで届かない。枕元の壁を柔らかく照らし出す円筒状の青白い光があるばかりだ。私はコップのなかから小さなスプーンを取り出し、水を一口飲む。そしてランプの明かりを消し、目を閉じる。

公園の木々や、葉むらを透かして不意に輝いては消えていく池の水が見える。すると裁判所の大理石の階段がふたたび現れ、四階の手すりから見下ろした白と黒のモザイク模様のホールや、照明のついたアーケード、駅の閉ざされた窓が見えたかと思うと、またもや裁判所の白い大理石の階段や、白黒のモザイク模様のチェス盤のようなホール、五月広場のオレンジと棕櫚の木々が現れる。雨に濡れ、ワニスのような光沢を放つ緑の葉むらのそこかしこに、黄色いオレンジの実が顔をのぞかせている。

アンヘルが『ラ・レヒオン』紙の建物に急ぎ足で駆けこむ。そして、挨拶をすると姿を消す。

私は、黒曜石のメダルをもてあそぶボスの手を目にする。

樹木と岩が壁のように取り囲む広い敷地のなかを、ゴリラたちが歩きまわり、当惑した様子で手の平を臀部に押しつけ、もの言わぬ地平線を見つめながら立ち止まる。

灰色の小屋が靄のなかから現れては消え、さまよっている。制服姿のゴリラの輪郭を小屋の扉が縦に切断しているのが見える。

バスターミナルでは、ゴリラたちが咳をしながら体をすくめ、煙草を吸っている。その青ざめた顔や手が、夜明けの薄明かりのなかで動いている。

四階から見下ろす裁判所のホールはがらんとしている。白と黒のモザイク模様の床がきれいに磨かれている。白い階段が急カーブを描きながら三階へつづいている。

私はサン・マルティン通りを北にむかって進む。フロントガラスに落ちかかる細かな雨粒は、ネオンのきらびやかな光をゆがめ、ワイパーにはじき飛ばされる。

　私は目を覚ます。自分が目を覚ましたことにしばらく気づかない。部屋は薄暗がりに包まれている。明かりをつける。ナイトテーブルの上にある時計に目をやる。二時だ。私は起き上がり、部屋を出て、浴室に入る。浴室の窓を通して灰色の昼の光を目にする。服を脱いで大便をすませると、熱いシャワーを浴びる。バスローブをはおって部屋に入り、体を拭き、服を着る。洋服だんすの大きな鏡の前に立って自分の顔を眺める。この二日間で髭が伸びた。服を着て浴室に戻り、ゆっくりと髭を剃る。電気カミソリがくぐもった単調なうなり声をあげる。髭を逆なでするように手の甲を滑らせ、顔をやさしくなでる。コンセントを抜いて電気カミソリをしまうと、浴室を出る。「お母様から電話がありました」、台所にいる私を目にしたエルビラが言う。「すぐに電話してみるよ」、私は言う。「判事さん」、エルビラが言う。「午後三時です。食事になさいますか?」私は彼女に、スープを一皿書斎まで運ぶように言う。書斎のカーテンを開けると、張りつめた灰色の光が差しこむ。

　母の家の番号をダイヤルする。母の声が聞こえてくる。「ここ二日ほど会いに来てくれないわね」、母が言う。「とても忙しかったんだ」、私は言う。「元気でやってるの?」彼女が訊ねる。「とても元気だよ。このうえなく元気だ」、私は答える。「あんたの嫁のことはもう知ってるでしょう」、彼女が言う。「何も知らないし、知りたくもない」、私は答える。「この町に戻ってきたのよ。今度は長くいるつもりらしいわ。昨日の昼過ぎにクラブで聞いたんだけど、新しい男と一緒にカントリーを悠々と歩いてるんだって」、母が言う。「母さん、そんなことどうだっていいよ」、私は言う。「それにね、エルネスト、酔っぱらってたんだって。酒に酔って、うちの家族について散々くだらないことを言いふらしたらしいわ」、母が言う。「人違いだよ」、私は言う。「そんなわけないでしょ」、母が言う。「あんたを捨てて出て行ったっていうのに、そんな女を弁護するつもりなのね」。「弁護するわけじゃないさ」、私は言う。「人違いかもしれないと言っているだけだよ」。「かりにもわたしの息子と八年間も一緒にいた女よ、当人かどうかあの娘たちが勘違いするはずないでしょ?」母が言う。「いったい何のために戻ってきたのか見当もつかないよ」、私は言う。「あんたはつくづく何も知らない男なのね」、母が言う。「お父さんは元気？」私は訊ねる。「相変わらずよ」、母が答える。「とにかく少しはお母さんのことも思い出して会いに来てくれないとね。もうあんたの顔も思い出せないくらいよ」。「いつもと同じ顔だよ」、私は答える。「カントリーの集金係が近いうちにあんたの家に行くかもしれないわ」、母が言う。「もう二カ月分滞納しているから、払っておいてちょうだい」。「何か要るものは？」私は訊ねる。「いまのところないわ」、母が答える。私たちは別れの挨拶を交わして電話を切る。

電話を切ってすぐにエルビラがスープ鉢をもってやってくる。いつもと同じ濃厚な黄金色の液体が湯気を立てている。私は二人掛けの椅子に腰を下ろして窓に背を向け、ゆっくりとスープを飲む。そして、空の皿を机の上に置き、窓辺に立って公園を眺める。ゆるやかな傾斜をなして池へとつづく敷地の上で、灰色の光が光輪のように木々の樹冠を取り囲んでいる。公園の小道は暗く、腐った落ち葉に覆われている。葉のない木々が緑の葉むらを背に枝を伸ばしている。一組のゴリラがこちらに背を向け、池のほうに顔を向けながら、背もたれのない石のベンチに腰を下ろしている。雌ゴリラは雄ゴリラの肩の上に頭をもたせかけている。どちらも動かない。ところが不意に立ち上がり、池のほうへ歩きはじめる。やがて右へ曲がって小道を進み、視界から姿を消す。

私は日が暮れかけるまで翻訳の手直しをつづける。そしてカーテンを閉め、電気スタンドの明かりをつける。熱を帯びた光の輪を机とその周辺に投げかけるスタンドの明かりの下でしばらく仕事をつづける。光の輪の届かない空間が、薄闇のような影に閉ざされている。やがて私は立ち上がり、上着をはおって台所に行く。「エルビラさん、今晩の準備は大丈夫ですか？」私は訊ねる。「いま準備しているところです」、エルビラが答える。「ちょっとそのへんをひと回りしてくるよ。すぐに戻るから」、私は言う。階段を下りたと思ったら、もう通りに出ている。ひんやりとして青みを帯びた大気に身を浸す。もうじき夜になるだろう。

車に乗り、エンジンがかかるまで何回かキーをまわす。そして、そのままエンジンをふかす。ギアを入れてゆっくりと発進する。角を右に曲がる。石畳の道を走りはじめると、車体が上下に揺れる。三つ目の角を通り過ぎると、右手には早くも五月広場が、左手には裁判所の長い建物の正面が見えてくる。南通りで西へハンドルを切る。両側の歩道から、水銀灯が白々とした冷たい光を路面の中央に投げている。西通りも同じように、先端が湾曲している背の高い支柱からぶら下がった水銀灯の光に照らされている。中央分離帯の向こうには、左手に連隊の庭があり、もう少し先に行くと、市場の黄色い建物の正面が同じく左手に見えてくる。さらにその先には、建物全体が影になった映画館〈アベニーダ〉と、平屋建てや二階建ての家屋が道の両側に沿って立ち並び、やがて大通りへ出る。そこで右に曲がり、東にむかってゆっくり進む。緑の窓が穿たれた大学の色あせた黄色い建物の前を通り過ぎて最初の信号に差しかかるころには、すでに日が暮れている。赤い光が消えて緑のランプが点灯するまで信号の前で待機する。車を発進させて信号を通り過ぎると、線路の凹凸が車体をわずかに揺らす。左手には製粉所が見える。二つ目の信号を通過しようと——交差点を横切るのと同時に緑のランプが消え、黄色いランプが点灯する——、私はアクセルを軽く踏みこむ。駅のホールには照明がつき、上方の窓から暗闇にむけて光の断片が漏れているところを見ると、二階にも照明がついていることがわかる。線路を越えて吊り橋のロータリーに差しかかる。灰色の小屋のなかは明るく、制服を着たゴリラのシルエットが扉から漏れ出る光をさえぎっている。ほとんど車の走っていないがらんとした旧海岸通りを走って——吊り橋のほうに行く二、三台の車とすれ違っただけだ——、広々とした突堤が連なる滑らかなアスファルト敷きの新海岸通りに入り、速度を上げる。通りに沿って立ち並ぶ別荘が、黒々とした葉むらを透かして赤い屋根瓦をのぞかせている。どこから来るのかよくわからない光が雨に洗われた葉を時おり照らし出す。グアダルーペ通りに出てロータリーを周回し、反対方向に走りはじめる。川はいま左手にある。それを見分けることはできない。明滅を繰り返す四つの小さな赤い光のおかげで、高くそびえる吊り橋の支柱が遠くにはっきりと認められる。幅の広い通りをいま私の車だけが走っている。ヘッドライトの光が路面の一部を照らしているが、ライトを切り替えて光の筋が上向くと、前方にかけて両サイドがにわかに明るくなる。光の筋が下向くと光線の幅は狭くなり、車の前方に伸びるアスファルトだけが照らされる。ダッシュボードの赤い光が私の顔を弱々しく照らしている。顔の一部がバックミラーに映っているのが時おりちらっと見える。後続の車がスピードを出して追い抜いていく瞬間、ミラーは突然まぶしい光を反射する。そして、二つの赤い点のようなテールランプが次第に遠ざかり、やがて視界から消えていく。旧海岸通りに戻ると、アスファルトの路面が粗くなり、タールで補修した跡や割れ目、隆起がいたるところに現れ、私はスピードを落とす。吊り橋の入口に差しかかると、後部の荷台に〈製粉株式会社〉と書かれた青い軽トラックが猛スピードで橋から飛び出してくるのが見え、私は急ブレーキをかける。軽トラックも急ブレーキをかける。薄暗い運転席に、ハンドルを握る男と、膝に少女を載せた女のシルエットが見える。軽トラックはふたたび加速して大通りを走り去る。私はそのまま直進し、海岸通りの広場に沿って進み、中心街にむかって町を斜めに横切る港湾通りへ入る。刻々と輝く葉を戴いた棕櫚の木よりも背の低い街灯の白い球体が点灯しているにもかかわらず、路面は暗く、光に満ちた複雑な構造の中央発電所を除けば、木々の葉になかば覆われた塀が見えるばかりだ。その反対側、私の左手には、港湾地区に立つ銀色の大きな燃料タンクや、同じく港湾地区を走る鉄道の操車場がある。中心街に差しかかり、郵便局の暗い建物の前を通り、バスターミナルの側面から裏へ回って右折し、さらに二ブロック進む。そこで左に曲がり、サン・マルティン通りに入って南へ進む。通りは街灯の光に照らされているが、車はほとんど走っていない。やがて暗闇に包まれた市立劇場が現れ、さらに数ブロック進むと南通りの信号にぶつかる。信号の前で停止し、緑色の光が点灯するのを待つ。信号が変わって車を発進させると、市庁舎の前の四つ角がこちらへ向かって近づいてくる。右側のサイドウインドーを通して、五月広場の東面が後方へ流れ去り、その向こうの木々を透かして、裁判所の建物の正面が暗くぼんやりと見える。交差点を横切り——広場と市庁舎が後方へ流れ去る——、そのまま二ブロック半進む。フランシスコ会修道院の白い拱廊が途切れ、南公園の木立が右手に見えはじめると、自宅前の歩道に沿って車を止め、エンジンを切る。ヘッドライトも消す。車を下りてドアをロックし、家に入る。階段を上りきらないうちに電話のベルが鳴りはじめる。急ぎ足で書斎に入り、電気スタンドをつけるのと同時に受話器を持ち上げる。

　またいつもの声、人形遣いを思わせるあの裏声だ。「そこにいるのか？」声の主が言う。「聞こえているんだろ？　見下げ果てたやつめ。いいか、よく聞くんだ。お前の親父は盗っ人で、お前のお袋は売女(ばいた)だった。お前の女房ってのがまたとんでもねえ売女ときてる。本当ならお前らみたいな変態どもを焼き殺す法律がなくちゃいけねえんだ。腐れ一族め！　この地上から抹殺されて当然なんだ。この町の面汚しだからな。いまに思い知らせてやる。お前らの名前も苗字もみんな新聞に載って、世間にさらされるべきなんだ」ここでひと呼吸おく。「まだそこにいるのか？　この臆病者め。腰ぬけ、意気地なし、まぬけ野郎。聞いているのか？　お前のろくでもない女房がカントリーでまたぞろスキャンダルを巻き起こしてることは知ってんだろう。この町に残っている数少ないまともな人間がいずれ近いうちに行動を起こすだろう。そのうち天誅を下してやるからな。背徳漢が受ける当然の報いだ。そんな人間がおめおめと裁判所で偉そうに人を裁いてるんだからな！　聞いているのか、このカマ野郎！　そこにいることはわかってるんだ。おれの言うことを聞きながら、おればかりか、この腐った町で何もかも耐え忍ばなくちゃいけない人間をあざ笑ってるんだろう。いまに思い知らせてやる。この意気地なしめ。警告はこれが最初じゃない。おれがどんな人間か、お前だけじゃなくて、お前ら卑劣漢のみんなが思い知ることになるだろう」、そう言うと電話は切れた。私も受話器を置く。部屋の明かりを消して二人掛けのソファーに横になる。しばし頭を空にして、何も考えず、静かに呼吸しながら薄闇のなかでじっとしている。やがて上体を起こしてソファーに座る。すると奇妙な感覚がやってくる。

　それは突然やってくる。それは激震であり――とはいえ、激震ではない――、唐突に――とはいえ、唐突にではない――やってくる。それを通じて、私は自分が生きていることを知り、これこそ――これ以外の何ものでもない――現実であり、自分がそのただなかに、身体もろとも身を置き、流星のように現実を貫いていることを知る。いま自分は完全に生きており、それを避けることができないことを知る。しかし、問題はそういったことではない。というのも、そういったことはすでに何度も言われており、すでに言われたことがある以上、問題はそういったことではないのだ。私はこれまで何度も奇妙な感覚に襲われている。しかし、断じてこの感覚ではない。しかも、この感覚はまさにいま私の身に降りかかるものだ。なぜなら、時間の一ミリ一ミリが、一つひとつの筋が最初からそこにあるからであり、一列に並べられたあらゆる筋、光の筋は、完璧な秩序を保ちながら、ある種の方向性のなかで出し抜けに明滅し、もう二度と明るくなることもなければ消えることもないのだ。

書斎を満たす薄闇のなかで私は右手を挙げ——私には右手があり、書斎と名づけている場所に身を置いている——、頭のなかで手の動きを追う。手の平を下にして、指を軽く曲げた状態で太ももの上に置かれていた右手は、そこから胸の高さまで持ちあげられる。そういった動作のすべてを、頭のなかで一つひとつ追っていくと、奇妙な感覚がやってくる。記憶に逆らう何か、記憶に亀裂を走らせ、その隙間から現実が染みこみ、緩慢な流れのなかで亀裂に沿って上昇し、完全に凝固するのを妨げることのない何か。したがって私は、ある場所に身を置き、右手を所有し、太腿から胸の高さまで移動する右手の動き——というのも私は、太腿や胸も所有しているからだが——を追う頭の働きを備えている。そしてすべてがそこで終わる。

私は起き上がり、机へ歩み寄り、明かりをつける。そしてエルビラを呼ぶ。彼女がやってくると、夕食の準備ができたか訊ねる。彼女はできましたと答える。「エルビラさん、氷をもってきてくれないか。そして、飲み物のテーブルをここに用意してほしいんだ」。私は机の前に座ってノートを開き、翻訳にとりかかる。九時二十五分きっかりに玄関の呼び鈴が鳴る。階段を下りると、玄関にアンヘルが立っている。「待っていたぞ」、私は言う。「また雨ですよ」、アンヘルが言う。「いつまでも降りやまないろくでもない雨ですね」。アンヘルを従えて階段を上り、書斎に入る。彼はまっすぐ机に歩み寄り、身をかがめてノートを見る。「読みづらい字ですね」、彼は言う。「小さくて隙間のない字だ」、私は言う。「進んでいますか?」アンヘルが訊ねる。私は読み上げる。〈Yes, Harry,

I know what you are going to say. Something dreadful about marriage. Don't say it. Don't ever say things of that kind to me again. Two days ago I asked Sibyl to marry me. I am not going to break my word to her.〉「ちょうど〈wife〉まで終わったところだ」。「おもしろいですね」、アンヘルが言う。「ウイスキーをもう一杯いこうか」、私は言う。「グラスが空じゃないか」。「ええ、そうです」、アンヘルが言う。「アンヘル」、私は言う。「私が妻と別れたことは知っていたかい?」。「そんな話を聞いたことがあります」、アンヘルが答える。「妻は私を捨てて出ていった」、私は言う。「知ってたかい?」。「どちらがどちらを捨てたかまでは知りませんでした」、アンヘルが答える。「あなたが奥さんと別れたという話を耳にしたことがあるだけです」。「それはちがうんだよ。妻が私を捨てて出ていったんだ。別の男と駆け落ちしたわけじゃなく、ただ単に私を見捨てて出ていった。ある晩家に帰ってみると、妻はもうどこにもいなかった。書き置きが一枚残されていて、あなたには人間の魂というものが欠けているから出ていくと書いてあった。それは事実だ。私には人間の魂というものがない」、私は言う。「人間の魂とはいったい何です?」アンヘルが訊ねる。「私にもわからない」、私は答える。アンヘルは窓辺に歩み寄り、ガラス越しに公園の木々を眺める。ウイスキーのグラスを片手に持ち、こちらに背を向けている。痩せているが、弱々しい印象は微塵もない。「快適ですね、この家は」、彼は言う。「そのとおり、じつに快適だ」、私は答える。「書き置きを目にしたとき、いずれにしても妻は人間の魂というものをこの私に期待しているんだなと考えた。したがって彼女は、人間の魂というものが存在すると思っていたわけだ」、私は言う。「おそらく」、アンヘルは言う、「ことばの綾にすぎなかったんでしょう」。「わかってる」、私は答える。「しかしいずれにしても、彼女は何かを期待していた。誰かに人間の魂を求めなければいけないとしたら、君はどういうことを期待する?」私は訊ねる。「さあ、たとえばその人のことが好きになるように、あるいはこちらが心地よい気分になるようにふるまってほしいとか」、アンヘルが答える。「人間には魂なんてないんだよ、アンヘル」、私は言う。「肉体しかないんだ。指先にはじまって、激発とともに頭蓋骨のなかで終わる肉体さ。人間というものは要するに、無から生まれたゴリラの群れなのさ。それ以上のものではない」。「人間はおそらくゴリラ以上の何かでしょう」、アンヘルが言う。「いや、それ以上のものではない」、私は言う。「千差万別のやり方で食料を探し、共食いするゴリラだ。人間に与えられた唯一の恩恵は死だ」、私は言う。「ぼくがもしあなただったら、とうに死んでいますね」、アンヘルは笑いながら言う。

それから私たちは食堂へ移動する。テーブルのそばでしばらく立ち話をする。「おもしろい理論を考えついたんですよ」、アンヘルが言う。「文学ジャンルというものはひとつしか存在しない、それはすなわち小説だ、というものです。あらゆるものは小説とみなすことができる。われわれがすること、考えること、言うこと、すべてです。それに、書かれるものもすべて小説です。科学、詩、戯曲、議会での演説、商用の手紙、すべてです。そのなかには、出来のいいもの、並のもの、出来の悪いものがあります。しかしいずれにせよ、マヌエル・ガルベスの小説よりはましです。どうです、理論としておもしろいと思いませんか?」。「私は理論的な人間ではないのでね」、私は言う。書斎の電話が鳴るのが聞こえる。エルネスト・ロペス・ガライ判事はご在宅ですかと訊ねる。「私ですが」、私は答える。「判事」、声の主が言う。「裁判所の警備を担当しておりますロプレテという者です。本署から殺人事件に関して連絡が入りまして、明日の朝、被疑者の供述をとっていただけないか訊いてほしいとのことです。被疑者を収容する場所が本署にはないそうです」。「殺人事件?」私は聞き返す。「ある男が妻を殺害したんです」、巡査部長が答える。「ローマ地区で、妻の顔に二発撃ちこんだんです」。「それはいつのことですか?」私は訊ねる。「事件はほんの数時間前、食料雑貨店の中庭で発生しました」、巡査部長が答える。「犯人は逮捕されて連行されたんですか?」私はつづける。「それはわかりかねます」、巡査部長が言う。「本署からの連絡では、明日の朝ではなく今晩供述をとっていただけるならたいへんありがたいとのことです」。「今晩はとても無理です」、私は答える。「明日の朝は公判があります。それに、まずは証人から話を聞く必要があるでしょう。証人がいればということですが」。「それについてもお答えしかねます、判事」、巡査部長が答える。「電話をかけてきた本署の担当者に、収容する場所がないとしても、それは私の責任ではないとお伝えください」、私は言う。「そして、パレスホテルの部屋をあてがったらいかがでしょうと伝えてください。それとも彼らは、警備担当者の考えにしたがって私が動くとでも思っているんでしょうか？」「ごもっともです、判事。おっしゃるとおりです」、巡査部長が言う。「あなたのお名前は何といいましたか？」私は訊ねる。「ロプレテ、巡査部長のロプレテです」。「わかりました」、私は言う。「先ほど申し上げたことをお伝えください。そして、明後日まで供述をとることができないかもしれないと伝えてください。いずれにしても、明日の午後に何ができるか考えておきましょう」。「承知いたしました」、巡査部長が言う。「ではそういうことで」、私はそう言うと電話を切る。そして食堂へ戻る。アンヘルはグラスに口をつけてウイスキーを飲んでいる。私たちはテーブルにつく。それからしばらくのあいだアンヘルはひと言もしゃべらない。私が電話でのやりとりについて話すと、彼は、取り調べに立ち会うことはできるかと訊ねる。「それは簡単ではないな」、私は答える。「立ち会いは認められていないんだ」。「認めるべきだと思いますがね」、アンヘルが言う。「司法に対する批判は慎んでもらいたいな」、私は言う。「私はそれで飯を食っているんだから」。「つまりこの鶏も司法が恵んでくれたものというわけですか？」アンヘルが言う。「そのとおりだ」、私は答える。「ということは、ぼくはいま囚人を食っているようなものですね」、アンヘルが言う。

私たちは食事を終え、書斎へ戻る。私はシェーンベルクのバイオリン協奏曲のレコードをターンテーブルに載せる。そして、椅子に腰を下ろし、音楽に耳を澄ませる。肘掛椅子に身を沈め、開いた両脚をこちらへ——二人掛けのソファーに腰を下ろした私は、窓に背を向けている——投げ出しているアンヘルは、険しい表情を浮かべ、時おりウイスキーのグラスに口をつけている。音楽に没頭しているように見える。私はアンヘルから一瞬も目を離さないが、彼はこちらの視線を避けている。音楽が終わると彼は立ち上がり、窓辺に近寄る。私もそれにつづく。そして、彼のすぐ後ろに立ち止まる。「音楽のあとには」、私は言う、「深い沈黙が訪れる」私は彼の手からウイスキーのグラスを取り上げ――私の指が彼の指に触れる――口をつけてひと口飲む。それからグラスを彼の手に戻し、窓辺を離れ、自分のグラスにウイスキーを注いで腰を下ろす。彼は部屋の中央、肘掛椅子と二人掛けのソファーと机のあいだに立っている。そして、最近は大勢の人間を牢獄へ送ったのかと訊ねる。「ひとりも送っていない」、私は答える。ふたたび沈黙が訪れる。私は彼の姿を上から下まで観察する。やがて彼は、空や月で目にしたものについて語りはじめる。

アンヘルは嘘をついている。一時間後に彼が帰ると、私はベッドに横たわり、明かりを消す。かすかな音さえ耳に届かず、部屋には一筋の光も差しこまない。私は完全な闇と沈黙のなかに身を置いている。頭のなかは空っぽだ。

私は、音もなく燃える広大な小麦畑を目にする。ぱちぱちと燃えているのに何も聞こえない。炎は均一に、地を這うように、地平線まで広がっている。一本の木も見えなければ、起伏のひとつも見当たらない。黄色に染まった小麦畑が広がるばかりで、炎が一面を覆いつくし、音もなくぱちぱちと燃えている。

私は夜明け前に目覚めると、服を着て外へ出る。

霧雨が降っている。もうすぐ夜が明ける。車に乗りこむと、車内は凍るような寒さだ。イグニッションキーを二、三回まわすとようやくエンジンがかかる。夜明けの青い大気を横切る細かい雨粒は、街灯の光の周辺で濃密になり、ゆっくりと旋回する。公園には人影がなく、青みを帯びた薄闇を背景に、木々の入り組んだ黒いシルエットが静止したまま浮かび上がっている。ヘッドライトをつけると、人影のない通りが照らされ、遠くに見えるカーブに光線が当たる。私は車を発進させる。角を曲がり、車体を揺らす分厚い石畳の道を進み、右折してサン・ヘロニモ通りを北に向かう。五月広場と裁判所のあいだを走り抜けながら、朝一番の灰色の日差しが棕櫚の樹冠の周りに集まっているのを目にする。金属質の大きな棕櫚の葉は、無数の断片となって輝いている。南通りでハンドルを切って東へ一ブロック走り、もう一度ハンドルを切って緑色の光が点灯している信号を越え、サン・マルティン通りへ入る。人気のない通りを北にむかって進む。ワイパーが規則的な反復運動を繰り返しながらガラスの表面を撫でている。微小な雨粒がフロントガラスに衝突して砕け、染みとなって残るが、すぐに消されてしまう。規則的な運動を繰り返すワイパーがガラスを撫でるたびに視界が開け、前方へ伸びる道路がくっきりと浮かび上がる。雨滴に覆われた左右の窓ガラスを通して、さまざまな建物の正面が後方へ流れ去っていくのが見える。右手に見える市立劇場を通り過ぎると、がらんとした薄暗いアーケードの正面に出る。さらに進むと、閉ざされたガラス窓が見える『ラ・レヒオン』紙の建物の前を通り過ぎる。読み取れない文字が並ぶニュースの掲示板が薄闇に沈んでいる。大通りへ出て右へ曲がり、ゆっくりと進む。五月二十五日通りと大通りの交差点に面したタクシー乗り場には、赤いランプが点灯した四台のタクシーが止まっている。薄闇に閉ざされた車内の運転席に座るゴリラの姿がぼんやりと見える。霧雨がつくりだす灰色の球体が透明な靄で町を包みこみ、宙を舞う微細な雨滴は、木々の樹冠の周囲に集まり、濃密になる。赤いランプが点灯した最初の信号で停止する。信号の周囲を舞う雨粒は赤く染まり、信号が変わると同時に一瞬にして緑色に染まる。打ち捨てられた線路を横切って右に目をやると、大通りの中央を走る遊歩道の背の高い樹木の向こうに製粉所の建物が見えてくる。二つ目の信号でも停止を余儀なくされる。信号が青に変わると一台のバスが全速力で大通りを横切るのが見え、私は走り出したばかりの車に急ブレーキをかける。そしてふたたび車を発進させる。遊歩道のベンチの上では、霧雨を防ぐユーカリの木のそばで、薄汚いコートをまとった年老いたゴリラが手さげ袋のなかを漁っている。私はそのすぐ横を、遊歩道の縁に沿ってゆっくりと右側を走行しながら通り過ぎる。木々の黒ずんだ幹から雨が滴り落ち、刻々と黒い輝きを放っている。やがて上方の窓が明るく輝いている駅舎が見え、照明のついたホールから正面入口の大きな開口部を通して歩道に光が漏れている。高くそびえる駅舎の堅牢な建物が右手をゆっくりと後方へ流れ去ってゆく。線路を越えると吊り橋がこちらに向かって近づいてくる。最初にその支柱の全体が目に入り、明滅を繰り返す四つの光が、赤みを帯びた円形の輝きを放ちながら霧雨を染めているのが見える。車が前進するにつれ、フロントガラスの上部の縁が吊り橋の支柱を徐々に切り詰めていく。高所に取りつけられた赤いランプにつづいて、両側の支柱を結ぶ上方のケーブルが視界から消える。吊り橋の入口に差しかかるころには、欄干、支柱の土台、灰色の石のゲート、上空にむけてピンと張られた太いケーブル、ゲート左脇の歩道に面した誰もいない灰色の小屋、そんなものしか目に入らない。小屋のなかから、霧雨の舞う屋外へ向けて弱々しい光が漏れている。海岸通りのほうへハンドルを切って、亀裂やタールの継ぎ目だらけのアスファルトの道を走るころにはすでに夜が明けている。朝の光が川の流れる方向から差しこみ、階段の入口が等間隔に並ぶ欄干、同じ形の柱(バラスター)がどこまでもつづく欄干の向こうには、銀色にきらめく川の輝きが見え、川面を染める灰色の輝きが、かすかな風と霧雨が生み出す波頭をならしているように見える。海岸通りの中央を走る遊歩道の向こうには、立ち並ぶ別荘が葉むらを透かして、灰色の空を背景に、雨に濡れた赤い屋根をのぞかせている。遊歩道のポプラは、雨に濡れた褐色の、針のような先端をくっきりと浮かび上がらせている。新海岸通りへ入ると、右手には灰色の川が広がり、空と川が溶け合うあたりで川幅が広がっているようにみえる。空と川は継ぎ目もなく溶け合っている。私は心もちスピードを上げる。単調なエンジン音が徐々に大きくなり、最高潮に達したところで一定の高さに落ち着く。幅の広い道路の中央に位置するバス停の黄色い小屋のなかでは、レインコートを着た一匹のゴリラが悠然と煙草をふかしている。別のゴリラは、ふくらはぎのところで脚を交差させ、壁に寄りかかっている。彼らは頭をもたげ、ゆっくりと横へ動かしながら、通り過ぎる車を目で追っている。私の運転する車は、中心街にむかって反対車線を走っていくバスとすれ違う。車内にはほとんど人影が見当たらないが、三、四匹の雄ゴリラと雌ゴリラの放心したような顔がぼんやりと見える。彼らは曇った窓ガラスを通して川のほうを眺めている。グアダルーペ通りのロータリーが、灰色に塗装された焼き肉店(パリージャ)の建物を背にしてこちらへ近づいてくる。波形の金属シャッターが下りている。灰色の入口には鎧戸が下ろされ、雨に濡れた建物の正面には、頑固な湿気が残した染みが点々とこびりついている。ロータリーを周回して焼き肉店（パリージャ）をあとにし、ふたたび新海岸通りを中心街にむかって走る。左手に見えてくるバス停の黄色い小屋の裏を通り過ぎる。川と谷も左手に見えてくる。谷に立ち並ぶ松の木立は深い緑をたたえ、灰色の空を背に輝き、白っぽい塊のような霧雨をその周囲に集めている。松の黒い幹はまっすぐ伸び、その葉むらは見事な三角形を形づくり、三角形の底辺をなす二点は心もち上に弧を描くようにもちあがっている。幹の背後には川が横たわり、空と溶け合っている。旧海岸通りに入り、スピードをわずかに落とす。エンジン音が小さくなり、低音を保ちながら単調に鳴り響く。ワイパーは相変わらず規則的な動きを繰り返し、フロントガラスに当たっては砕け散る小さな雨滴を拭い去る。高くそびえる支柱に支えられた吊り橋の全景が遠くに浮かんでいる。吊り橋を渡る小さな緑色のトラックが町に向かってゆっくりと走っている。トラックは吊り橋を渡り終えると、方向転換して速度を上げ、港湾通りにむかって全速力で走りはじめる。私の車はやがて吊り橋の入口を通り過ぎ——灰色の小屋の入口には、警官の帽子をかぶったゴリラが黒いレインコートに身を包んで立っている——、港湾通りのほうへ進んでいく。サイドウインドーを通して、ツタに覆われたあずまやのある海岸通りの広場が後方へ遠ざかっていくのが見える。広場の赤い小道は、雨に押しつぶされた落ち葉に埋めつくされている。港湾通りへ入ると、分厚い石畳が車体を上下に揺らす。緑色のトラックが二ブロック先を走っている。アクセルを軽く踏み、トラックの後部に近づいていく。道路を覆う大きな水たまりの前でスピードを落とす。水たまりに入った瞬間、タイヤが水しぶきを上げる音が聞こえ、車の窓ガラス、とりわけサイドウインドーが泥の染みに覆われる。緑色のトラックとの距離がふたたび開いている。もう一度アクセルを踏みこみ、すぐにトラックの後部へ迫る。六メートルも離れていない。私はちょっとした駆け引きを試みる。私の車とトラックは、背の高い棕櫚の木々が立ち並ぶ中央分離帯に沿って左側の車線を走っていたが、私は右へハンドルを切って一気にアクセルを踏みこみ、トラックと並走するやたちまち抜き去る。そのまま二ブロックほどスピードを緩めず、分厚い石畳の道を走りながら車が激しく揺れるのを感じる。やがてスピードを落とす。中心街に入り、照明のついた郵便局の前を通り、バスターミナルの裏手を通り過ぎる。バス乗り場では、大勢のゴリラたちがスーツケースを運んだり、荷物預かり所や乗り場の前で一列に並んでいるのが見える。私は最初の角を右へ曲がる。二ブロック進んだところでサン・マルティン通りを横切り、そのまま直進する。やがて中央市場の角が見え、その先に役場の白い建物が現れる。役場前方の小さな広場が大木の影に覆われている。進行方向にむかって左手、広場の木々とがらんとした駐車場の向こうに、建物の入口につづく幅の広い階段が見え、それが後方へ流れ去っていく。車は交差点を次々と通り過ぎて西へ直進する。歩道や商店の入口、町角、家の門口に立つゴリラの数が次第に増えてくる。明らかに中学生と思われる二匹の若いゴリラが、教科書やノートを抱えて町角に立っている。上っ張りを着た子どものゴリラが、母に手を引かれて道を横切っている。母ゴリラは、私の運転する車が向かってくるのではないかと考えて怯えたような視線を向けるが、車がまっすぐ進んでいくのを見るとようやく道路を渡りはじめる。ガウンをはおった老ゴリラは、空のゴミ箱を持ち上げて家のなかへ運びこむ。やはり年老いた雌ゴリラが、窓から霧雨を眺めている。西通りに入って左にハンドルを切り、連隊の建物の庭を右手に見ながら車を走らせる。きれいに刈りそろえられた芝生の敷地の中央にそびえたつ木々の向こうに、補給部隊の灰色の建物が見える。緑色の柵が不意に途切れて表門が現れ、二人の兵士がカービン銃を肩に担いで歩哨に立ち、門の前を行ったり来たりしている。車は連隊の建物を通り過ぎる。運転席の隣の座席に口を閉じた書類かばんが置かれている。南通りに入り、東にハンドルを切る。ところが今までのような明るさが感じられない。信号が青になるのを待って交差点を横切る。最初の角に差しかかる前にハンドルを切り、右手の歩道に乗り上げ、裁判所の後方の敷石を並べた狭い中庭に入る。駐車している二、三台の車のドアは閉められ、車内には誰もいない。私はエンジンを止める。ワイパーが動かなくなるのと同時にエンジン音が聞こえなくなる。書類かばんを手に取って車を下りる。雨が顔に降りかかる。ひんやりした細かい雨粒が肌の上ではじける。右手の階段脇のベンチに腰を下ろす二匹のゴリラを除けば誰もいないホールに足を踏み入れ、扉が開いたエレベーターの横を通り過ぎる。腰掛けに座ったエレベーターボーイが操作レバーに手を添えたまま、私が通り過ぎるのを眺め、気のない挨拶を送る。細工の施された鉄の欄干につづく木の手すりに右手を滑らせながら、幅の広い大理石の階段を上る。四階まで上がって歩みをとめ、階下を見下ろす。チェス盤のような白と黒のモザイク模様の四角い空間が広がり、階段脇のベンチに腰を下ろすふたつの影が見える。私は廊下を通ってオフィスに入る。

　オフィスはがらんとしている。執務室の十字形の窓枠の向こうに、薄暗い灰色のきらめきが広がっている。私は部屋の電気をつけて書類かばんを机に置き、レインコートを脱いでハンガーに掛ける。ワックスを塗った木の床の上を窓辺にむかって歩いていく。広場のオレンジと棕櫚の木々が雨に濡れている。オレンジの黄色い実が、硬い緑の葉むらに点々と浮かび上がっている。赤みを帯びた小道は閑散としている。私は机に戻り、肘掛椅子に腰を下ろす。書類かばんからノートや本、辞書、さまざまな色のペンを取り出す。折り曲げた白い紙が挟まれた１１０ページ目のほとんどをさまざまな印や線が埋めている。ノートを開けると、隙間なく並んだ黒い字のそこかしこに×や○、縦線や横線など、あらゆる種類の書きこみが記されている。本の１１１ページ目は、活字体の文字が均一に並んでいるばかりで、いかなる書きこみも見られない。私は、とぎれとぎれに薄い線を引きながら、１１０ページ目の何も書きこまれていない最初の段落に目を走らせる。〈Your wife ! Dorian !.... Didn't you get my letter ? I wrote to you this morning, and sent the note down, by my own man.〉〈Your letter ? Oh, yes, I remember. I have not read it yet, Harry. I was afraid there might be something in it that I wouldn't like. You cut life to pieces with your epigrams.〉〈epigrams〉というところでちょうど１１０ページ目が終わっている。私は１１１ページ目の冒頭の一文にも、青のペンでとぎれとぎれに薄い線を引く。〈You know nothing then ?〉。そしてノートに黒い字を隙間なく並べていく。〈妻だって！　ドリアン！　きみはぼくの手紙を受けとらなかったのか？〉

　秘書が入ってきたときにはほぼ１１１ページ目の最後に差しかかっている。ちょうど終わりから三行目の文章を訳していたところだ。ページ全体にわたって、さまざまな色の鉛筆やペンで記された印が書きこまれている。秘書が白髪まじりの頭をこちらへ傾けるようにして近づいてくる。「判事」、秘書が言う。「第六管区で昨夜発生した殺人事件に関する本署からの報告書が回ってきました」。「そうか」、私は答える。「昨日の夜、その件で電話がかかってきたよ」。「なんでも本署には十分な場所がないそうで、もし判事に供述をとってもらえなければ」、秘書が言う。「午前中は公判があるからね」、私は言う。「延期することもできますよ」、秘書が言う。「それで、証人はいるのかい?」私は訊ねる。「何人かいます」、秘書が答える。「先に証人の話を聞かなければ、被疑者の供述をとることはできないよ」、私は言う。「おっしゃるとおりです」、秘書が言う。「午後の早い時間に証人を連れてくるように伝えておいてくれたまえ」、私は言う。「午前に予定されている公判の延期が可能なら、そうしてくれ。来客が訪ねてきたり、電話がかかってきたりしたら、公判に出ていると答えるように」。「何時に証人を連れてきましょうか?」秘書が訊ねる。「四時にしよう」私が答えると、秘書は出ていく。私は111ページ目の最後から三行目と二行目の文章に目を落とし、緑色のペンでとぎれとぎれに薄い線を引く。〈They ultimately found her lying dead on the floor of her dressing-room.〉秘書が戻ってきたとき、私はちょうど113ページ目の終わりから三行目と二行目、そしていちばん最後の行に、緑色のペンで細くとぎれとぎれに線を引いているところだった。〈"Harry", cried Dorian Gray, coming over and sitting down beside him, "why is it that I cannot feel this tragedy as much as I want to? I don't think I am heartless. Do you ?".〉ちょうど最後のふたつの単語に線を引いているところに秘書が入ってくる。「判事、『ラ・レヒオン』紙の記者が来ています」、秘書が言う。「話がしたいそうです」。「いま取り調べで手が離せないと伝えてくれ」、私は言う。「判事がお話しになった取り調べはいつはじまるのかと聞いています」、秘書が言う。「明日の正午までに証人全員から話を聞き終えることができると思うかね?」私は訊ねる。「できると思います」、秘書が答える。「それでは明日の四時と伝えてくれ」、私が言うと、秘書は出ていく。私は席を立ち、窓の外を眺める。いくぶん明るくなっているが、相変わらず霧雨が降っている。

広場の棕櫚が輝いている。数匹のゴリラが、雨のなか身を縮めるようにして、赤い小道を市庁舎のほうへ歩いていく。腕時計の針が十時五十五分を指している。十二時まで翻訳をつづける。そして本やノートを書類かばんに入れ、レインコートを着て秘書室に立ち寄り、四時きっかりに証人尋問をはじめることを告げて廊下に出る。階段の下り口まで歩いて手すりに寄りかかり、階下を見下ろす。チェス盤のような黒と白のモザイク模様の四角い空間は、盤面のあちこちで離合集散を繰り返しながらうごめく、押しつぶされたような人影に覆われている。階段を下りていくと、さまざまな声が次第にはっきりと聞こえはじめ、一階に下りて後方の中庭めざしてホールを横切るころには、不可解なざわめきとなって鳴り響いている。私は、人通りの少ない奥の廊下を通って中庭へ出る。霧雨が顔に降りかかる。足を止めてしばし目を閉じ、すぐに車にむかって歩きはじめる。車に乗りこみ、エンジンキーを回し、ゆっくりバックしながら通りへ出る。

　通りへ出ると、車の後部を東に向け、南通りを走りはじめる。西通りへ出て右折し、大通りへぶつかるまでまっすぐ――連隊の建物や市場、映画館の前を通って――進む。もう一度右折し、東にむかって進む。緑の格子が斜めにはめこまれた窓が並ぶ大学の黄色い建物の前を通り過ぎてサン・マルティン通りへ出ると、南にハンドルを切る。サン・マルティン通りでは、ゴリラたちが雨宿りをしようと、軒下や店の入口、天幕の下に寄り集まっている。『ラ・レヒオン』紙のショーウインドーを右手に見ながらその前を通り過ぎ、明かりのついたアーケードと市立劇場の建物を左手に見ながら、長い車列に加わって徐行する。車の列は時おり、水たまりを飛び越えたり、雨に濡れまいと駆け足で道路を横切る若いゴリラたちに行く手をさえぎられる。私の運転する車は南通りの信号で停止し、青信号と同時に交差点を横切り、五月広場を右手に見ながら進む。市庁舎の灰色の建物の角が近づいてきたかと思うとそのまま後ろへ流れ去る。そして修道院が姿を現し、背後に池がかいま見える公園の木々が視界に入る。私は自宅のすぐ横、右側の歩道に沿って車を止め、書類かばんを手に下車する。

　階段を上り、そのまま書斎に入る。レインコートを脱いでいるところにエルビラがやってくる。そして、もう食事にしますかと訊ねる。「そうだね、なにか食べることにしよう」、私は言う。「ここに運んでくれないか」。そして、カントリーの集金人が母の会費を受け取りにやってきたら支払っておくように言いつける。バイオリン協奏曲のレコードをかけ、窓に背を向けて二人掛けのソファーに腰を下ろし、音楽に耳を傾ける。しばらくするとエルビラが盆を手にして現れ、爪先立ちで部屋を横切る。頭を軽く動かして盆を机の上に置いていくように合図する。エルビラは、肘掛椅子からレインコートを取り上げ、部屋を出ていく。私は立ち上がって盆に目をやる。数枚のビスケットが皿に載せられ、湯気を立てた黄金色の濃厚なスープがボールに盛られている。音楽を聴きながら、スープをゆっくり口へ運び、ビスケットを三、四枚かじる。そしてグラスにウイスキーを注ぎ、ストレートで二口か三口ほど飲む。バイオリン協奏曲が終わるまでソファーに身を沈め、じっとしている。やがてレコードプレーヤーの針が戻る音が聞こえ、沈黙が訪れる。

　部屋は完全な沈黙に包まれている。通りからは何の音も聞こえてこない。灰色の光が差しこんでいるばかりで、窓ガラスを通していくぶん曇った色合いを帯びている。パチパチというくぐもった音が聞こえたかと思うと、広大な平原が炎に包まれているのが見える。炎は均一に広がり、地平線までつづいている。煙はどこにも見当たらない。火花が炎よりも一瞬高く舞い上がり、つぎの瞬間に消えてゆくのが見えるだけだ。

　私は立ち上がって窓辺に近づく。公園には人影がない。傾斜した地面から伸びる木々を透かして下方に池が見える。机に戻って椅子に腰かけ、書類かばんを開く。必要な道具をすべて机の上に並べ――ノート、本、辞書、鉛筆――、ふたたび立ち上がり、トイレに行く。それから机に戻り、仕事をはじめる。四時十分前に私は１１５ページ目の三行目から五行目にかけて線を引いている。〈One should absorb the colour of life, but one should never remember its details. Details are always vulgar.〉私は仕事道具を机の上に置いたまま席を離れる。浴室に掛けてあるレインコートを着て外へ出る。霧雨が降っている。大気がいくぶん暗くなっている。空を見上げる。灰色の空はより深く、より暗くなり、黒い雲が鋼色の輪郭に縁取られている。車に乗りこんでエンジンをかけ、サン・マルティン通りに出てゆっくり方向転換し、北に向かって走りはじめる。サン・マルティン通りの交差点の信号を左折し、一ブロック進んで裁判所の角を通り過ぎ、広場の北面を後にする。そして歩道に乗り上げ、奥の中庭に入る。車を止めて下車する。廊下を歩き、がらんとしたモザイク模様のホールを横切り、四階まで階段を上る。廊下ではゴリラが何匹か寄り集まり、そのうちの二匹は制服を着ている。制服を着たゴリラは私の姿を認めると、気をつけの姿勢をとる。ほかに雄ゴリラが二匹、雌ゴリラが二匹、子どもの雌ゴリラが一匹いる。私は彼らに目をやることなく秘書室へ入る。タイプ打ちをしていた秘書は、私が部屋に入ると白髪まじりの頭を上げる。「判事、証人たちが出頭しています」、秘書が言う。「これが起訴状です」。彼は私に書類を差し出す。私はそれを手に――ピンク色の表紙がついた薄いファイルだ――執務室に入る。椅子に腰を下ろして書類に目を通す。それによると、五月一日二十一時頃、ローマ地区の食料雑貨店で、ルイス・フィオーレ（三十九歳）が妻マリア・アントニア・パッツィ・デ・フィオーレ、通称〈ラ・グリンガ〉〔主にイタリア系の白人女を意味する〕（三十四歳）に向かって猟銃を二発発射し、即死させた。事件のあと、被疑者は近所のバルへ行き、酒を二、三杯飲み、自宅に閉じこもった。警察がやってくると、抵抗することなく身柄を拘束された。証人――ペドロ・ゴロシート（五十四歳）、アマド・ホサミ（三十六歳）、スレマ・ヒメネス（三十歳）、ルイサ・ルエンガス（三十二歳）――の供述によると、フィオーレとその妻の挙措にはどことなくおかしなところが認められたが、殺人事件を引き起こすほどの原因については思い当たる節がないという。私は書類を置き、窓の外を眺める。広場の赤い小道には人影がなく、棕櫚とオレンジの木々に霧雨が降り注いでいる。私はレインコートを脱ぎ、ハンガーに掛ける。そして秘書を呼ぶ。「今日中に終わらせたいと思う」、私は言う。「明日は現場に行ってみることにしよう」。「一人目の証人を呼びましょうか、判事？」秘書が訊ねる。「そうしてくれ」、私は答える。秘書が出ていくと、私は机の後ろの椅子に座る。やがて最初の雄ゴリラを連れた秘書が戻ってくる。金髪で、赤い手の甲は金色の産毛に覆われ、金歯が一本のぞいている。私は座るように促す。秘書はタイプライターの前に腰を下ろし、証人のほうを見る。私は、金髪ゴリラの視線が怯えたようにこちらに注がれるのを感じる。「あなたの名前はアマド・ホサミ、年齢は三十六歳ですね?」秘書が柔らかい口調で訊ねる。「はい、そのとおりです」、金髪ゴリラが答える。「あなたはアルゼンチン人で、イスラス通りとロス・ラウレレス通りの角で食料品と飲料を売る店を営んでいますね?」秘書が穏やかな口調で訊ねる。「はい、おっしゃるとおりです」、金髪ゴリラが答える。「けっこう」、私は言う。「では、知っていることを正直に話してください」。金髪ゴリラは椅子の端に腰を下ろし、秘書に向けた顔を今度は私のほうに向ける。「ふたりが軽トラックでやってきたとき」、彼が切り出すと、秘書はタイプライターのキーをたたきはじめる。「わたしたちはちょうど店にいたんです。車の音が聞こえたので、誰だろうと思いました。すると、猟銃と死んだカモを二羽手にした彼らが入ってきたんです。カモと猟銃をカウンターの上に置いた彼らはビールを注文しました。そして何やら小声で話しはじめました。男は黙ったまま少し離れたところに立ってわたしたちのほうを見ていましたが、女は大声でまくし立てはじめました。男は女にむかって黙れと言いました。すると女は、ハンドバッグを開けて懐中電灯を取り出し、男の顔を照らしたんです。男は懐中電灯の光を消せと言いました。女は懐中電灯をカウンターの上に置いて、自分の人生について不満を並べはじめました。やがて男は、もう帰ろうと言いました。女は文句を言いましたが、ふたりとも店を出ていきました。それから一分ほど経過したころでしょうか、銃声が聞こえたんです。外へ出てみると、女が地面に倒れ、男は軽トラックで走り去るところでした。男が電光石火の勢いで立ち去ると、わたしたちは死んだ女のそばに取り残されました」。金髪ゴリラはそこまで話すと、口を閉ざした。少し遅れてタイプライターの音がやむと、宙に手を浮かせた秘書は、指先をキーに向けたまま話の続きを待った。「あなたはフィオーレ夫妻とはお知り合いでしたか?」私は訊ねる。「はい」、金髪ゴリラが答える。「同じ地区の住民でしたから。とはいえ、彼らがわたしの店で買い物をすることはありませんでした。男はときどき酒を飲みに店へ来ることがありましたが」。「店ではどんな様子でしたか?」私は訊ねる。「おとなしく飲んでいましたよ。それに、一時間か二時間ばかりカウンターのそばに立って、ひと言もしゃべらないで飲んでいることがありました」、金髪ゴリラが答える。「二時間ほど立ったまま、ほかのお客さんのほうを見ながら飲んでいるんです。ただし、ひと言も口をききませんでした」。「酔っぱらったり、それに近い状態になることはありましたか？」私は訊ねる。「そうですね」、金髪ゴリラが答える。「ほかのお客さんと同じように、ときには酔うこともありました。でも、ひどく酔っている感じはありませんでした」。「昨晩の事件は別にして、なにか騒ぎを引き起こしたことはありますか？」私は訊ねる。「わたしの知るかぎり、そんなことは一度もありませんでした」、金髪ゴリラが答える。秘書の打つタイプライターが騒々しい音を立てながら証人の言葉を追いかけ、証人が話し終えると、少し遅れてタイプライターの音も聞こえなくなる。「昨晩、犯人と被害者は酒に酔っていたと思いますか？」私は訊ねる。金髪ゴリラは、幅の広い顔をしかめ、唇をきつく結んで金歯を隠す。「なんとも言えませんね」、しばらく考えてから金髪ゴリラは答える。「女のほうはいろいろとまくしたてていました。それに、何と言いましょうか、女性が口にすべきではないようなこともしゃべっていました。ところが男のほうはずっと黙っているんです。懐中電灯の光を顔に当てられても、ぴくりとも動きませんでした。目を閉じて、懐中電灯の光を消せと言ったんですが、微動だにしないんです。よくわかりませんが、ふたりとも酒に酔っていたのかもしれません」。「銃声が聞こえたとき、あなたやほかの人たちはどうしましたか？」私は訊ねる。「店の出口めがけて大急ぎで飛び出しました」、金髪ゴリラが答える。「外に出てみると、男は軽トラックで走り去るところでした。女は地面に倒れていました。男が猛スピードで、運転席のドアを開けたまま走り去ると、死んだカモと女のハンドバッグ、電気がついたままの懐中電灯が落ちていました。わたしが最初に女の体に手を触れたんですが、死んでいることがわかりました。そして店に戻り、分署に電話を入れたんです。すぐに警察が駆けつけました。わたしは事情聴取のときにすべてを話しました」彼はここまで話すと、自分は堅気(かたぎ)の店をやっているのだと言いながら無犯罪証明書を取り出そうとする。私は、その必要はないと言い、廊下で待っているように指示する。金髪ゴリラは、少し迷ったあと立ち上がり、秘書と私の顔を交互に見る。彼が部屋を出ていくと、秘書が私の顔をじっと見ていることに気づく。私は秘書の顔を見返すが、何も言わない。警官が執務室の入口に姿を現す。「つぎの証人を呼んでください」と私が言うと、警官の姿が消える。執務室はしばしの沈黙に包まれる。私は首をめぐらせ、十字の黒い窓枠の向こうの灰色に輝く空を眺める。空はさっきよりも少し明るくなり、輝きも増したようだが、相変わらず霧雨が降っている。秘書が椅子をきしませながら体を動かす。私が足を動かすと、靴底が木の床をたたく音が響く。そのとき警官がひとりの少女を連れて部屋の扉口に現れる。黒髪の少女は恐ろしく痩せていて、その肩に置かれた警官の手がほんのわずかな力を加えただけでバラバラに壊れてしまいそうだった。少女はこわばった表情を浮かべながら前へ進み出る。私は椅子に座るように促す。警官が少女の椅子の背後に立つ。秘書は穏やかな表情を浮かべて少女のほうに身を乗り出し、名前を訊ねる。「ルシア・フィオーレ」、少女が答える。秘書に年齢を訊かれ、十歳と答える。私は彼女のほうに上体を傾け、前の日に何をしたのか訊ねる。「パパとママとカモを捕りに行ったの」、少女が答える。私はどこに行ったのか訊ねる。「コラスティネよ。カモを二羽捕ったの」、少女が答える。「コラスティネまではどうやって行ったのかな?」私は訊ねる。「パパが製粉所から借りたトラックに乗って行ったのよ。五月一日だからバスが走っていなかったの」、少女が答える。「パパとママは昨日、喧嘩していなかった?」私は訊ねる。「ううん、喧嘩なんかしていなかったわ」、少女が答える。「コラスティネから帰ってきたのは何時?」私は訊ねる。「夜よ」、少女が答える。「パパとママはあたしを家に置いて出ていったの。トラックを返しに行ってくるからって。でもアラブ人のホサミさんの店に行って、そこでパパがママを殺したの」。秘書の打つタイプライターの音が、少女が口を閉ざしたあともしばらく鳴り響いていたが、やがてそれも聞こえなくなる。タイプライターの音が私の頭のなかで相変わらず鳴り響いている。私は、落ち着いた大きな瞳でこちらを見ている少女の姿を観察する。「パパとママはときどき喧嘩していた?」私は訊ねる。「ときどき」、少女は答える。「パパとママにたたかれたことは?」。「ときどき」、少女は答える。「パパとママがトラックを返しに行くと言ったとき、どんなことを考えたの?」私は訊ねる。「パパがママを殺すんだって思った」、少女が答える。秘書の打つタイプライターの音が突然やみ、警官がすばやく振り向いて驚きに満ちた視線を私に投げかける。私はそのいずれにも気づかないふりをする。しばしの沈黙のあと、少女に訊ねる。「どうしてそう思ったのかな?」。「夜寝ているときに夢を見たの。パパとママと一緒にコラスティネから帰ってきて、パパとママがトラックを返しに行くって言うんだけど、アラブ人のホサミさんの店に行って、パパがママの顔にむけて二発撃っちゃうの。あたし、全部夢に見たの。だから、パパとママがトラックを返しに行くって言ったとき、パパはママを殺すんだって思った」。「パパがママを殺すんだって思ったとき、どうして何も言わなかったの?」私は訊ねる。「そうなることにもう決まっていたから」、少女が答える。「ママのことは好きだった?」私は訊ねる。「うん」、少女は答える。「パパは?」私は訊ねる。「パパも」、少女が答える。秘書の打つタイプライターがしばらく鳴り響き、やがて静かになる。「昨日のことを全部、そのとおりに夢に見たんだね?」私は訊ねる。「全部よ」、少女が答える。「ここでは本当のことを正直にしゃべらなくちゃいけないことは知ってるね?」秘書が口をはさむ。少女は秘書のほうを見向きもしない。警官と秘書、私の三人は、少女のほうに身を乗り出している。椅子の端に腰を下ろし、上体をぴんと伸ばしている少女は、まるで棒切れのように痩せている。落ち着きをたたえた両目は、どこも見ていない。執務室はふたたび沈黙に包まれる。「証人を連れていってください」、私は言う。少女はおとなしく立ち上がり、警官と一緒に出ていく。ふたりの姿が見えなくなると、秘書は私を見る。「どう思われますか、判事?」秘書が訊ねる。「別になにも」、私は答える。

三番目の証人は、スレマ・ヒメネスと名乗る太った雌ゴリラだ。彼女は、けっして冗談ではなく、なにかよくないことが起きるにちがいないと予感していたという。殺された女はいろいろとまくしたてていたらしい。「あたし、心理学に詳しいのよ」、彼女は言う。「それで、なにかよくないことが起きるにちがいないって思ったの。いまにきっと悪いことが起きるって」。職業を訊ねると、彼女は話を打ち切る。「あたしの仕事」、彼女は言う。「あなたのお仕事は何ですか?」私は訊ねる。「家庭の女よ」、彼女は答える。「家庭にいる女性は店でお酒なんか飲まないでしょう」、私は言う。彼女は黙りこむ。「事実だけを話してください。訊かれるまでは意見をおっしゃらなくてけっこうです」。私はそう言うと、彼女の後ろに立っている警官に目をやる。「この人に前科は？」私は訊ねる。「病気予防法です」、警官が答える。やがて女は、フィオーレにずっとウインクされていたこと、フィオーレの妻がそれに気づいて、懐中電灯の光を夫の顔に当てたことを話した。秘書がタイプライターの音を長々と響かせる。ややあって沈黙が訪れる。「そのことに気づいた人はほかにいますか？」私は訊ねる。「あたしの友だちとか、アラブ人のホサミとか、みんな気づいてたわ。だから殺された女は、あんたはいろんな女とよろしくやっているのねと言って男を挑発したのよ」。「いろんな女とよろしくやっている、たしかにそう言ったんですね？」私は訊ねる。「さあ、どうだったかしら」、彼女は言う。「でも、そんなことを言ったのはたしかよ」。「なぜです？」私は訊ねる。「男があたしにウインクしてきて、それで女が懐中電灯の光を男の顔に当てたのよ。男がやめろと言うと、女は懐中電灯を消したわ。それで、あんたはいろんな女とよろしくやっているのねと言ったのよ」、彼女が言う。「あなたは以前から被疑者とその妻のお知り合いでしたか？」私は訊ねる。「見たことはあるわ」、彼女が答える。「どこでですか？」私は訊ねる。「覚えていないわ。とにかく見たことがある顔だったわ」、彼女は答える。「同じ地区に住んでいたのよ」。「中庭で起きたことは何か目にしましたか？」私は訊ねる。「ええ」、彼女が答える。「懐中電灯の光がついたり消えたりしていたわね。それから何かが動いた」。「何がです？」私は訊ねる。「よくわからないけど、人間の体だったような気がするわ」、彼女が答える。「犯人の男だったかもしれないし、その妻だったかもしれない。それから銃声が聞こえて、あたしたちは慌てて中庭に走ったのよ」。「中庭に面した扉は開いていましたか？」私は訊ねる。「少しだけ開いていたわ」、彼女が答える。「ほんのちょっとよ。ちょうど五月一日で、店を閉めなくちゃいけない日だったから」。「あなたは店で何をしていたんです？」「ひき肉の缶詰とチーズを少し買いに行ったのよ」、彼女は答える。「それで一時間も店にいたわけですか」、私は言う。「ドン・ゴロシートやアラブ人の亭主とおしゃべりしているうちに時間が過ぎてしまったのよ」、彼女が答える。

私は顔を上げて警官を見る。「ホサミさんを呼んでください」、私は言う。警官が出ていく。しばらくすると、先ほどの金髪ゴリラが警官に伴われて現れ、女の横に立った。「この方の話によると、被疑者がしきりにウインクしてきて、それで被疑者の妻が逆上したということですが」、私は言う。金髪ゴリラは肩をすくめる。「わたしは何も見ちゃいません」。「あの男はたしかにあたしとシータにずっとウインクしていたのよ」、女が口をはさむ。「シータというのは誰です?」私は訊ねる。「あたしの友だちよ」、女が答える。「だからあの女、つまり被害者は怒りだしたのよ。自分は誰よりも女らしい女だって言いはじめたわ。それで、男に黙れと言われて、懐中電灯の光を向けたのよ。目に光を当てられて、男はこうやって頭を後ろにそらしたわ、こんなふうに。それから男は懐中電灯を消せと言ったのよ。それで女は言われるとおりにした」。「被疑者がウインクしていたかどうか、この方は何も見ていないと言っていますが」、私は言う。「きっと何も見ていなかったんでしょう」、彼女はそう言うと、金髪ゴリラを見る。「あんたは何も気づかなかったんでしょうね。でも、殺された女が、自分は誰よりも女らしい女だと言いはじめて、それを聞いた男が何も言わずにカウンターの端に立っていたことも見なかったって言うの?」。「わたしはたしかに、男が黙りこくっているのを見たし、女がしゃべったことも聞いたけど、男がウインクするのを見た覚えはないね」、金髪ゴリラが答える。「あなたはどこに立っていましたか?」私は金髪ゴリラを見ながら訊ねる。「カウンターの後ろです」。「店には明かりがついていましたか?」私は訊ねる。「ええ、十分なくらいに」、金髪ゴリラが答える。「あなたが気づかないうちに、男はこの方にウインクしていたということでしょうか?」私は訊ねる。「おそらくそうなんでしょう」、金髪ゴリラが肩をすくめながら答える。そして、自分の店はあくまでも堅気の店で、カウンターで酒を出すための許可も当局からもらっていると言う。私は警官に、金髪ゴリラを連れていくように言う。執務室から彼らが出ていくと、ふたたび女に訊ねる。「あなたは銃声を聞いて店の外へ出た。そこで何を見ましたか?」。「ちょうど軽トラックが走り出すところで、そのつぎに地面に倒れた女の上にホサミがかがみこむのが見えたわ。スイッチが入ったままの懐中電灯が女の体のほうを向いて落ちていた。軽トラックは急ブレーキをかけてスリップして、そのまま走り去ったわ。ドアが開いたままだった。ああ、それから死んだカモが落ちていたわ。ホサミが懐中電灯を拾い上げて女の顔を照らしたんだけど、立ち上がって、もう死んでいるって言ったの」。「それで、あなたはどうしましたか?」私は訊ねる。「考えてもみてくださいよ」、彼女が答える。「すっかり動転しちゃって。あのろくでなしが女を殺してしまったのよ」。「被疑者と殺された女は、店に入ってきたとき何か手にもっていましたか?」私は訊ねる。秘書の打つタイプライターの音が私の言葉を騒々しく追いかける。「女は大きな手さげ袋をもっていたわね。男のほうは猟銃とカモを二羽手にして入ってきて、カウンターの上に置いたわ」、彼女が答える。このとき警官が戻ってきて、秘書室に面したドアの脇に立ち、私たちのほうを見る。「この方を連れていってください」、私は言う。「つぎの証人を呼びましょうか?」警官が訊ねる。「ええ、お願いします」、私は答える。警官は女を連れて立ち去り、すぐに別の女と一緒に戻ってくる。赤い口紅をつけ、透き通るような肌に浮かぶ青い血管が頬紅を透かして見えている。女はルイサ・ルエンガスと名乗り、三十二歳の既婚者だと自己紹介した。あの事件にはぞっとさせられたと語る彼女は、まさかあんなことが起きるなんて夢にも思わなかったと言う。あんなふうに男が女を殺すなんて。それに、なんの罪もない女の子をひとりきりにしてしまうなんて。あんなことが起こる世の中ですもの、生きる気力もなくなるというものです。「あなたのお仕事は?」私は訊ねる。「わたしの仕事」、女が言う。彼女の頭越しに警官の姿が見える。警官は女が腰を下ろしている椅子の背後に直立不動の姿勢で立っている。「証人に前科は?」私は訊ねる。「病気予防法です」、警官が答える。「けっこう」、私はそう言うと、証人を見据える。「ホサミさんの店で何をしていましたか?」。「友だちと一緒に食事の材料を買おうと思って店に寄ったんです」。「店で何か飲みましたか?」私は訊ねる。「一杯だけ飲みました。ホサミさんのおごりで」、彼女が答える。「店に入ったとき、ほかに誰かいましたか?」。「ホサミさんとゴロシートさんがいました」、彼女は答える。「お知り合いですか?」私は訊ねる。「ええ、もちろんです」、彼女が答える。「なにせわたしは店から半ブロックのところに友だちと一緒に住んでいますし、ゴロシートさんはいつも店にいますから」。「あなたはお友だちと同居されているのですか?」。「ええ」、彼女は答える。「わたしは夫と別れたんです」。「あの地区にどれくらい住んでいますか?」私は訊ねる。「四カ月です」、彼女は答える。「殺された女と犯人の男を知っていますか?」私は訊ねる。「知っていると思います。顔を見たことがありますから」、彼女は言う。「でも、はっきりしたことは言えません」。「店で目撃したことを話してください」、私は言う。「わたしたちはお店で一杯やっていて、そろそろ帰ろうというときに軽トラックの音が聞こえて、ドアがバタンと閉まる音がしたんです。ゴロシートさんがホサミさんに誰だろうと言うと、ホサミさんは、さあと言いました。そのとき店の扉が開いて、最初に手さげ袋を手にした女が入ってきて、そのあとに猟銃とカモを二羽ぶら下げた男がつづきました。男は死んだカモと猟銃をカウンターの上に置きました。ふたりはみんなに挨拶してビールを二杯注文しました。男のほうはカウンターの端に立ったまま黙っているんですが、女は大きな声でまくしたてていました。わたしがふたりのほうに目を向けると、男は笑っているようにみえました。でもはっきりとは断言できません。なにせ髭が生えていましたから。白い歯が見えたんです。女は、自分は誰よりも女らしい女だと言い出しました。わたしは、スリーとわたしを挑発しているのかと思いましたが、何も言いませんでした。男は女に黙れと言いました。〈黙れ、グリンガ〉と言ったんです。すると女は懐中電灯を手さげ袋から取り出して男の顔を照らしたんです。男はやめろと言いました。まぶしくて仕方がない様子でした。頭をのけぞらせて目を閉じ、懐中電灯を消せと言いました。女は言われたとおりにすると、あんたのせいであたしは不幸なのよと言い出しました。〈この男はいつもゲス女の尻ばかり追いかけてるのよ〉、女はそう言いました。〈気に入ったゲス女がいるともう前後の見境がなくなるんだから〉って。男はもう帰るぞ、と言って女と一緒に店を出ました。それから一分もしないうちに銃声が聞こえたんです。わたしたちが中庭へ駆けこんでみると、女が倒れていました。つけっぱなしの懐中電灯の光が女の顔を照らしていました。男は軽トラックを発進させると猛スピードで走り去りました。スリップしたかと思ったらもう消えていたんです。車のドアが開いたままでした。ホサミさんは、女が死んでいると言って分署へ通報しました。やがて警察がやってきて、供述をとるためにわたしたちを連れていったんです」。「懐中電灯の件は別にして、店のなかでなにか変わったこと、被疑者に発砲を決意させるようなことはありましたか?」私は訊ねる。秘書の打つタイプライターが私の言葉をなぞる。証人が考えこむあいだ、タイプライターは動きを止める。「さあ、どうでしょう。ひょっとするとふたりはどこか別の場所からしょいこんできたのかもしれません」、証人が答える。「しょいこんできた?それはどういう意味です?」私は訊ねる。「店へ来る前にどこかで酒を飲んだとか、来る途中で喧嘩をしたとか、そんなことがあったのかもしれないということです。男は店に入って挨拶をしたきり、ひと言もしゃべりませんでした。怒っていたのかもしれません」、女が答える。「被疑者はあなたのことを見たり、目配せをしたり、思わせぶりな身ぶりをしたりすることはありませんでしたか?」私は訊ねる。「誰にですか?」女が問い返す。「あなたやほかの人にです」、私は答える。「わたしはそんなことをされた覚えはありませんが、スリーはウインクをされたと言っていました。男が自分にむかってウインクするのをはっきり見たそうですが、連れの女と悶着を起こしたくなかったので気づかないふりをしたそうです。でも女は感づいたようで、自分は誰よりもいかす……、女らしい女だと言いはじめたんです」、証人が答える。「女はたしかにそう言ったんですね、つまり女らしい女だと?」私は訊ねる。「いいえ、いかす女だと言いました。自分は誰よりもいかす女だと言ったんです。男が黙れと言うと、女は懐中電灯を取り出して男の顔に向けたんです。男はやめろと言って、女を連れて店を出ていきました。それからすぐに銃声が二発聞こえたので、慌てて表へ出てみると、女が地面に倒れていて、軽トラックに乗った男が猛スピードで立ち去るところでした。トラックのドアが開いたままで、角の街灯の下を通り過ぎるときも開いたままでした」。「猟銃が店のカウンターに置かれているあいだ、それに手を触れた人はいましたか?」私は訊ねる。「わたしは何も見ませんでした」、女が答える。私は顔を上げ、窓のほうを見る。日が暮れかけている。緑色がかった薄闇だ。まだ霧雨が降っている。私は証人に視線を戻す。「今日のところはこれでけっこうです」、私は言う。秘書の視線が私の顔に注がれているのを感じるが、気づかないふりをする。警官が証人を連れていき、別のゴリラと一緒に戻ってくる。かなり着古したらしい黒の背広は、肘と膝のあたりがすり減ってツヤを帯び、やはり黒い色の帽子をかぶっている。非常に痩せているうえに青白い肌をしている。口を開くとアルコールのにおいがする。笑顔を絶やさず、机に歩み寄ると私のほうに身をかがめ、手を差し出す。「はじめまして」、証人が言う。私は差し出された手を握らず、椅子に座るように促す。「お名前は?」秘書が訊ねる。「ペドロ・ゴロシート、五十四歳、元スポーツ選手です。どうぞよろしく」、男が答える。「国籍は?」秘書が訊ねる。「アルゼンチンです。光栄の至りというものです」。私は、ホサミの店で目撃したことをすべて話すように言う。

証人は帽子を脱ぎ、それを膝の上に置く。ポマードで整えた髪はぴったりと頭に張りつき、まるでラッカーで塗り固めた黒い縁なし帽のようだ。細かい皺に覆われた顔は絶えず動き、力のない視線を、あるときは弁護士に、またあるときは私に投げかける。彼は、自分はこれまでの人生のなかで多くのことを目にしてきた経験豊富な人間だと切り出す。四〇年代にはプログレソ・クラブで高得点を上げる選手として活躍し、これまでいろいろなことを目にしてきた豊かな経験をもとに一冊の本が書けるだろう。誰かを侮辱するつもりはないが、自分の見るところ、この国では多くのことがうまくいっていないようだ。「馬が暴走しないようにしっかりと手綱を締める」力強い腕が必要とされている。自分は謙虚な人間が好きである、自分もそういう人間のひとりではあるが、栄光を手にしたことのある人間でもあり、それでも「うぬぼれることなく」、自らの立場をわきまえ、庶民に対しては庶民として、温厚な人間に対しては温厚な人間として、粗野な人間に対しては粗野な人間としてふるまうようにしている。自分ほどこの町をよく知っている人間はいない、あらゆる仕事を経験し、あらゆる地区を歩きまわってきた自分は、社会のなかで、あるいはスポーツの世界で、なにがしかの影響力をもっている人物を知りつくしている。たとえばドン・ペドロ・カンディオティとはまるで兄弟のように付き合ったものだ、ドン・ペドロがバラデロからサンタ・フェの港まで泳いで渡ったときには、自分も一緒に十キロ泳いだ、「だからといって自分の立場というものを忘れることはありませんでしたがね」。いまや経験豊富な、古株といえるほどの人間は数えるほどしかいなくなってしまった、そのごくわずかな人たちは、「いまの」時代の移りゆきを許しがたい思いで見守っている。自分は判事ならびに秘書のお役に立ちたいと思っている、というのも隠すべきことは何ひとつないからであり、運命の導きによって司法に奉仕する機会に恵まれたのはこれが初めてではない。アラブ人の店で起きたことについては、話すべきことがたくさんある、なぜなら、あれはじつに「恐ろしい」事件だからであり、人間が「しかるべきふるまい」を見失い、自分の立場をわきまえるすべを知らないときに、はたしてどのような事態が引き起こされるものなのか、それを如実に示しているからである。自分は男と女が店に入ってくるのを見たときから、何かが起こるにちがいないと予感していた。しかし、自分の家にいるわけでもないし、家の外にいるときには遠慮を忘れないように心がけてきたから、そのときは何も言わなかった。あの男がなにか「よからぬ」考えを胸に秘めていることは明らかだった。というのも、カウンターの端に立ったまま、険悪な表情を浮かべて、ひと言もしゃべらずに、ほかの客の話に耳を傾けていたからである。連れの女も、家庭の主婦などが口にすべきでないことをぺちゃくちゃしゃべって、店内にはほかにご婦人たちもいて、彼女たちを侮辱しかねないことを考えると、「なおさら」まずいふるまいだった。自分の見るところ、懐中電灯の一件も、女のほうから喧嘩をふっかけたようなもので、というのも、あんなふうに懐中電灯の光を夫の顔に当ててみんなの見ている前で馬鹿にするなんて、邪悪な本性をさらけ出す以外の何ものでもないからだ。しかしそうは言っても、人を裁くようなことを口にするつもりはない。なぜなら、夫のせいで不幸な生活を余儀なくされていると女が不平をこぼしたのであれば、なにかそれなりのわけがあったはずだからだ。「そんなわけで、銃声が聞こえたとき、わたしはまったく動じませんでした。そうなることをすでに予感していたからです」、証人は言う。私は、中庭に出たとき何を見たのか訊ねる。

「何を見たかですって?」証人が言う。「ふたりが店に入ってきたときから予感していたことですよ。女が好き勝手なことをしゃべっているのに、男がただ黙って笑みを浮かべているのを見て、なおさらそんな予感がしたんです。男が笑っているのをこの目で見たんですよ。女も笑っていました。じつはすべてが茶番で、ふたりしてほかの客をからかっているだけなのかもしれないと思ったほどです。中庭に出てみると、軽トラックが角の街灯の下を全速力で走り抜けて、すぐに見えなくなりました。アラブ人のホサミが倒れた女の顔を照らしていましたが、やがて立ち上がると、もう死んでいると言ったんです。わたしはこの手の事件にはもう慣れっこですから、動じることはありませんでした。ドミンゴ・ブッチが死んだとき、わたしは専属の整備士でした。わたしは彼に言いましたよ。ドミンゴ、つぎのレースはなにか悪いことが起きるような予感がするぜ。なにもかも気に入らねえ。すると彼は言いました。ペドリート、人間はいずれ死ぬんだ、しかもきまってコロっといっちまうもんさ。まあこんな感じです。わたしは、ふたりが猟銃と死んだカモをぶら下げて店に入ってくるのを見たときから、女の命がおよそ助からないことを予感していたんです」。私は警官のほうを見る。「証人を連れていってください」、私は言う。男は立ち上がると上体を折り曲げ、黒い帽子のつばを直した。「自慢じゃありませんが、亀の甲より年の劫って言いますからね。わたしはゴロシートと申します。どうぞお見知りおきを」、そう言うと彼は手を差し出す。「もうけっこうです」、私は言う。男は退出する。やがて警官が戻ってくる。「明日の午後四時に被疑者を連れてきてください」、私は言う。「明日の午前中に秘書と一緒に犯行現場へ行ってみることにします」。警官が出ていくと私は立ち上がり、窓辺へ歩み寄る。すっかり日が暮れ、広場の木々の上に夜のとばりが下りている。秘書が私の背後でタイプライターの音を響かせる。私はレインコートを着て外に出る。廊下はひっそりとしている。階段の下り口まで行き、手すりから階下を見下ろす。チェス盤のような黒と白のモザイク模様の四角いホールを証人たちが横切り、出口のほうに消えていくのが見える。私は階段をゆっくり下りていく。一階に着くと、ホールはがらんとしている。人影のない暗い廊下を歩いて、闇に包まれた後方の中庭に出る。暗闇のなか降りつづく雨が顔を軽くたたく。車はよりいっそう濃密な影となって、雨の舞う暗闇に張りついている。ドアハンドルに手を触れると、氷のように冷たい。運転席に腰を下ろし、エンジンキーを回す。ダッシュボードの赤いランプの光がかすかに顔を照らし、バックミラーに映し出されるのがわかる。ゆっくりと車を半周させ、狭い中庭を徐行して南通りへ出る。霧雨が水銀灯の周りを白っぽい塊となって舞っている。西にむかって車を走らせ、最初の交差点に差しかかると信号の赤いランプが消えて緑色のランプが点灯する。私は左へハンドルを切り、暗闇に包まれた分厚い石畳の道を進む。道の両側には、近代的な建物に挟まれるようにして、鉄格子のはまった窓と黄色い壁が目を引くコロニアル様式の古くてこじんまりした家屋が、歩道の縁に沿って、あるいは町角に面して所狭しと並んでいる。人影のない通りの角の街灯の下を犬がゆっくりと横切り、雑貨屋の入口へつづく階段で足を止める。角に面した店の入口からぼんやりと光が漏れ、その前を通り過ぎると、二、三匹の雄ゴリラと雌ゴリラの姿がごちゃごちゃした陳列棚を背にして浮かび上がっているのが見える。やがて、公園の木々の茂み――ぼやけた夜の暗闇に張りついた、黒々とした木々のシルエット――が、黒い地平線から引きはがされるようにこちらへ近づいてくるのが見える。公園に差しかかると左へハンドルを切り、公園を右手に見ながら車を走らせる。公園の小道が木々のあいだを池にむかって階段状に下っている。球体の照明から放たれる弱い光が木々の葉むらにはめこまれ、その周りでは霧雨が濃密な塊となって舞っている。曲線を描く公園の縁に沿って滑るように進み、左手に家並みが見えてくるまでサン・マルティン通りを走る。まぶしいヘッドライトの光を投げながら対向車線をこちらに向かって走ってくる――私の運転する車の内部がまんべんなく照らされる――一台のトレーラーをやりすごしてから道路を横切り、ブロックの途中で北向きに車を止める。エンジンを切って車を下り、照明のついた階段を上る。浴室のハンガーにレインコートをかけ、書斎に向かう。電気スタンドの明かりをつける。暖かい光の輪がすっぽりと机を包みこみ、そこからはみ出した空間が薄闇に沈む。私は二人掛けのソファーにしばらく腰を下ろす。背後の窓のカーテンは開け放たれている。目を閉じ、ビロードの背もたれの端に後頭部を預ける。しばらくそのままの姿勢でじっとしている。すると、広大な平原をなめる均一な炎が音もなく広がっているのが見える。

私は、裁判所のがらんとした碁盤縞のホールを目にする。

オフィスと人気のない廊下。

そしてふたたび、見渡すかぎりの広大な大地を焼きつくす炎が一定の高さを保ちながら、音もなくやさしく波打っているのが見える。

私は目を開け、頭を振り、上体を起こす。そして立ち上がる。指二本分の量のウイスキーをグラスに注ぎ、ストレートで一気に飲み干す。そして机の前に座る。開かれたノートには、最後に訳した文章が黒い窮屈な文字で書き記されている。〈細部というやつはつねに俗悪だからね〉。115ページ目の三行目から五行目にかけて、緑色のボールペンでとぎれとぎれに薄い線が引かれている。辞書も開かれたままになっている。辞書とノートのあいだに鉛筆が散らばっている。私は仕事にとりかかる。さまざまな色を使って×印や縦線、横線、○印などを書き加えていく一方、隙間なく並べられた文字が、白いページに引かれた罫線のあいだを埋めていく。エルビラが部屋に入ってきたとき、私はちょうど〈過去の魅力は、それが過去であるということにしかない〉と書いているところだった。〈過去〉という単語を二度目に書き終えてから顔を上げる。エルビラは、カントリーの集金係がやってきたこと、母からふたたび電話がかかってきたことなどを伝えると、食事にしますかと訊ねる。机のそばにおとなしく立っているエルビラは、太った体の側面に両手をぶら下げ、白髪頭をわずかに横に傾けた姿勢で、電気スタンドが投げかける暖かい光の輪の輪郭が薄れて周囲の薄闇に溶けこんでいるちょうど境界のあたりに身を置いている。私はなにか食べる物をもってきてほしいと言う。彼女が部屋を出ていくと、つづくふたつの文章に線を引く。〈They always want a sixth act, and as soon as the interest of the play is entirely over they propose to continue it. If they were allowed their own way, every comedy would have a tragic ending, and every tragedy would culminate in a farce.〉そのとき電話のベルが鳴る。

またいつもの声だ。正体を見破られないように、人形遣いのような甲高い声を出している。相変わらず私を侮辱するようなことを言う。ろくでなし、盗っ人、性的倒錯者。黙っていないで何か言ったらどうなんだ、そこにいるのはわかっているんだ。私は口を閉ざしたまま黙っている。いずれ近いうちに仕返しをしてやる、吠え面かかしてやるからそのつもりでいろ。声の主は、その日の午後、私が裁判所にいるあいだ、私の妻が種馬野郎のひとりと安ホテルへしけこむのを町のみんながあきれ顔で見ていたなどと言う。あんたもさぞかしその種馬野郎が欲しくなっただろうな、ちがうかい？　そう言うと、ひきつったような甲高い声で笑い、電話を切る。私も受話器を置く。

午前二時、私は窓の外に目をやって公園に霧雨が降っているのを眺め、ベッドに入る。暗闇に包まれてあおむけに横たわる。そしてすぐに眠りこむ。目がくらむような一瞬の夢を見る。ゴリラの群れが生贄の儀式の準備をしている。犠牲者はこの私だ。血に染まったナイフが日射しを浴びてきらめくのが見えるが、自分の死を知覚することができない。ナイフが血に染まっているのを見れば、自分がもう死んでいることは明らかだ。しかし、生きていようが死んでいようが、自分の姿を目にすることができない。やがて、石や木に囲まれた敷地が目に入る。はるか彼方では太陽が輝き、燦々ときらめきながら木々の葉むらの上を滑ってゆく。遠くに見える木の幹に、上体を折り曲げた、輪郭のはっきりしない体が背中からもたれかかっている。それを目にし、敷地の境界線を眺めているのはたしかにこの私なのだが、自分の姿を目にすることがどうしてもできない。そして目を覚ます。部屋の明かりをつける。まだ三時にもなっていない。ふたたび眠ることはないだろう。

私は、もう五時半だろうと思ってベッドを抜け出す。ゆっくりとした足取りで寝室を出て、電気カミソリの単調なうなり声を耳にしながら髭を剃る。そしてシャワーを浴びる。降り注ぐ熱い雨に長いあいだ身をさらす。服を着て台所へ行き、熱い牛乳を飲んでから家を出る。

霧雨が降っている。公園の木々の向こうに広がる空に、帯状の光が見える。エンジンキーを数回まわす。エンジンとワイパーが同時に動く。エンジンがかかりそうになるたびに、ワイパーが小刻みに震えながら羽ばたきをはじめ、すぐに動かなくなる。ついにエンジンが作動し、ワイパーが動きはじめる。サン・マルティン通りを大通りまで進み、右へ曲がって吊り橋を通り過ぎ、旧海岸通りと新海岸通りを横切り、グアダルーペ通りのロータリーを回って今度は逆方向に走り、ふたたび中心街に向かう。吊り橋の入口で右折して大通りへ入り、西に進む。大通りの端まで行って左折し、西通りを直進して南通りへ出る。ハンドルを左へ切って東に進み、裁判所の前の歩道へ乗り上げて後方の中庭へ入る。エンジンを切って車を下りると、冷たい霧雨が顔に降りかかるのを感じる。誰もいない廊下を通って、やはり誰もいない碁盤縞のホールを横切り、右手を手すりに載せて白大理石の階段を上りはじめる。四階から階下のホールを見下ろす。誰もいないホールの黒と白の板石が小さく見え、光沢を放ちながら規則的に並んでいる。がらんとした秘書室を通って執務室に入り、電気をつける。窓の外に目をやり、霧雨の白い塊に包まれた公園の棕櫚とオレンジの木々を眺める。白い雨粒がゆっくり旋回しているように見える。灰色の弱々しい光が部屋に差しこんでいる。五月広場には人影がない。赤みを帯びた小道が木々の葉むらの下で交差している。

秘書がやってきて机の前に立ち、白髪まじりの頭をこちらに傾けながら、「ちょっとお話があるのですが」と切り出す。私は相手の顔を見る。秘書はためらっている。「証人の扱いが少々……、少々厳しすぎるように思います。それに、変則的なやり方も気になります」、秘書が言う。「それで?」私は言う。「かなりお疲れのようですし、休暇を取られたらいかがでしょう。顔色もすぐれないようです。差し出がましいことを言うようですが、判事の身になにか具合の悪いことが起こっているのだと思います」、秘書が言う。「ビゴ君、心配にはおよばないよ」、私は言う。「私はきわめて元気だから」。「それから別件ですが」、秘書が言う。「今日の午前中に四月分の給料が出ます」。「それはうれしいね」、私は答える。「公用車を用意するように言って、書記をひとり連れてきてくれないか。犯行現場へ行ってみることにしよう」。「準備は整っています」、秘書が答える。「ビゴ君、きみはとても有能な人物だ」、私は言う。「代わってもらいたいぐらいだよ」

私たちは犯行現場へ向かう。前方の席には運転手と書記が、後部座席に秘書と私が座る。裁判所の入口の前で車に乗りこむと――秘書と私は、朝一番に出勤してきた連中がモザイク模様の四角いホールの中央に寄り集まって大きな声で立ち話をしているなかを横切る――、書記と運転手はすでに座席に腰を下ろして私たちが来るのを待っている。南通りの最初の角を曲がって西に向かう。交差点の赤信号で一旦停止する。信号の周りを旋回している雨粒が緑色の光に染まると、車は交差点を横切る。西通りを右折するとすぐに、木々の向こうに補給部隊の建物が見える連隊の庭が左手を後方へ流れ去っていく。市場の角を曲がり、側面の塀に沿って石畳の道を進む。市場の塀が不意に途切れ、大きな表門が車のドアガラスを通して見えてくる。敷石で舗装された中庭では、袋詰めにされたものや箱に入れられたもの、あるいは地面に山積みにされたものなど、さまざまな果物や野菜に埋めつくされた露店が二列に連なり、たくさんの運搬車が、あるものは停止し、あるものは中庭を忙しく行き交っている。運転台に腰を下ろしたゴリラや、木製の踏み台に立って両足を広げているゴリラたちがおのおの運搬車を走らせている。売り物を満載した運搬車では、うずたかく積み上げた野菜やジャガイモの袋、果物の箱の上にゴリラたちが腰を下ろしている。市場はやがて車の後方へ消えてゆく。六ブロック進んでふたたび左折し、つぎの角で車を止める。すでに石畳は消え、建築物の廃材を踏み固めたような道があるばかりである。道の両側には、水のたまった側溝があり、そのあいだを雑草が伸びている。私たちは車を下りる。トラックが一台通れるほどの幅のある小橋を渡ると、土――あるいは泥――を固めたような歩道が現れる。むき出しの煉瓦を積み重ねた長方形の建物があり、中央には小さな木の扉がとりつけられ、その右側の上方にかなり小さな窓が開いている。扉の前に警官が立っている。建物の正面と歩道に挟まれるようにして、未舗装のだだっ広い空き地が広がり、草が一本も生えていない敷地のあちこちに足跡が残っている。泥土になかば埋まった煉瓦の小道が歩道から建物の入口まで通じている。私たちは霧雨のなか、体のバランスを保ちながら煉瓦の小道を渡る。秘書が先頭に立ち、そのあとに私がつづく。書記と運転手の足音が背後に聞こえる。扉の前に着くと、警官が敬礼して道をあける。私たちは店のなかに入る。

　正方形の店内は亜鉛の天井に覆われ、梁が何本か渡されている。扉の左側にはカウンターがあり、その後ろに棚がある。カウンターの右側の店の中央部分、入口の扉に通じる位置に、缶詰がピラミッド状に積み重ねられている。棚のあいだには、カーテンに覆われた小さな開口部があり、奥の部屋に通じている。私たちが入っていくと、カウンターの後ろの金髪ゴリラが慌てて立ち上がる。そして、挨拶を済ませると何か飲みますかと訊ねる。「男はそこに立っていました」。金髪ゴリラは、正面の壁に隣接する、弱々しい屋外の光が小窓から差しこんでいるカウンターの端を顎で示しながら言う。「ほかの客はそのあたり、いまあなた方が立っているところにいました。わたしはちょうどここに立っていたんです」。私は秘書を見る。「明日の午後までに犯行現場の再現を済ませておくように」、私はそう言うと、書記のほうを見やる。「現場の見取り図を作成してください」、私は言う。「正方形が二つ並んでいるだけですよ」、書記が笑顔を浮かべながら言い、周囲を見回す。「ひとつは中身の詰まった正方形、もうひとつはからっぽの正方形です。わたしたちはからっぽの正方形を横切ってここへやってきました。中身の詰まった正方形を出ればふたたびそこを横切ることになります」。「わかっている」、私は言う。「しかし、とにかく見取り図を作成してください」。私は金髪ゴリラのほうへ向き直る。「男と女が店にいるあいだ、誰もここを動かなかったんですね?」私は訊ねる。「わたしの記憶では、誰もここを動きませんでした」、金髪ゴリラが答える。「あなたはカウンターの後ろに立っていたはずなのに、なぜ誰よりも早く中庭に駆けこむことができたんですか?」「走ったんです」、金髪ゴリラが答える。「店の客はしばらくここに立ちつくしていましたが、やがてわたしのあとから駆けこんできました」。私は扉に近づく。私たちの様子をうかがっていた警官がわきへ一歩退く。店の外を見ると、野次馬たちが歩道に集まっている。がらんとした正方形の中庭のあちこちに、複雑に絡み合った足跡が入り乱れている。それらは、泥土に半分ほど埋まっている煉瓦の小道のあたりで、入り組んだ模様を描いている。中庭には何もない。カウンターを回って出てきた金髪ゴリラが私の横に立っている。背後には秘書が立ち、書記がカウンターの上で見取り図を作成している。「男は車に乗って中庭まで上ってきました」、金髪ゴリラが言う。「そして向こう側を向くように車を止めたんです」。彼は身ぶりを交えながら、男の運転する軽トラックが、小道を横切るむき出しの煉瓦の壁と平行になるように止められたことを示してみせる。「わたしたちが外へ出てみると、女はそこに倒れていました」、金髪ゴリラはそう言うと、店の扉から三メートルほど離れた煉瓦の小道の一点を指さす。「男は、あっちに止めてあった軽トラックに乗って方向転換すると、小橋を渡って角を曲がりました。車のドアが開けっぱなしでした」

中庭には目をさえぎるものが何もない。

霧雨が降っている。車に戻るために小橋を渡っていると、溝にたまった汚水の表面に細かい雨粒が穴をうがっているのが目に入る。小橋は泥だらけだ。野次馬たちがわきへ退いて道をあける。裁判所で供述した黒い帽子のゴリラがそのなかにいるのを認める。私たちは車に乗りこみ、裁判所へ戻る。ふたたび市場の塀に沿って、今度は右手に塀を見ながら進み、市場の表門を通り過ぎる。連隊の建物の庭を右手に見ながらさらに車を走らせ、南通りに出て左折し、西へ進む。信号を越えてつぎの角を曲がり、裁判所の正面入口の前で車を止めて下車する。秘書が私の隣を歩く。幅の広い大理石の石段を上ってホールを斜めに横切り、階段に近づく。秘書は階段の前を素通りし、エレベーターで上りますと言う。階段を上るにつれ、ホールに鳴り響く話し声が次第に小さくなっていく。四階に着くころにはもう何も聞こえない。手すりの前を歩きながら階下を見下ろすと、ホールの大部分を埋めつくしている群れが、白と黒のモザイク模様の床に押しつぶされているように見える。オフィスに入ると、秘書が机の前に座っている。私はその前を通って執務室に入り、窓の外を眺める。五月広場の赤みを帯びた小道の上に押しつぶされたような数匹のゴリラがレインコートに身を包み、思い思いの方向に歩いている姿が、霧雨にけぶってぼんやり見えている。私は机の前に腰を下ろす。アンヘルから電話がかかってきて、取り調べに立ち会わせてほしいと言う。しつこくせがまれ、ついに折れる。私たちは電話を切る。そのすぐあとに給与明細書を手にした経理担当者が入ってきて、三枚の写しに署名してほしいと言う。そして封筒を手渡す。私は封筒を開けずに上着の内ポケットにしまう。執務室を出て、三時半きっかりに戻ることを秘書に伝える。廊下に出て階段を下り、話し声が響き渡るモザイク模様のホールを横切り、後方の中庭へ出る。霧雨を顔に浴びる。車に乗りこみ、ゆっくりバックして通りへ出ると、南通りを東にむかって進む。サン・マルティン通りへ出ると、信号の緑色のランプが消えて黄色に変わる瞬間に右折する。市庁舎の角にむかって車を走らせ、交差点を横切り、サン・フランシスコ修道院の前を通り過ぎる。そこから一ブロック半進んだところで、自宅前の歩道の縁に車を止める。霧雨が公園の木々に降り注いでいる。ひび割れだらけの黒い幹が雨を滴らせている。階段を上って書斎に向かう。レインコートを脱いでいるとエルビラが入ってくる。まだ十一時十五分だと告げ、もう食事にするか、それとも少しあとにするか訊ねる。私は食事を書斎まで運ぶように言う。

本や辞書、開いたままのノート、たくさんの鉛筆とさまざまな色のペンが雑然と置かれた机の前に腰を下ろす。仕事にとりかかる間もなく眠りこむ。エルビラに揺さぶられて目を覚ます。彼女が手にしている大皿の上には、煮こんだ肉と少量のパン、湯気を立てた黄金色のスープの入った椀が載っている。「夜はもう少し眠らないといけませんよ」、エルビラはそう言うと、大皿を置いて出ていく。私は煮こんだ肉とパンを食べ、スープを二口か三口ほど飲む。机の上に置いてある物をそのままにしてカーテンを閉める。二匹の若い雄ゴリラが公園を歩いている。一方は眼鏡をかけ、足が湾曲している。もう一方は年配のゴリラで背が低く、腹が突き出ている。彼らは一本の傘に入ってゆっくり歩き、一方は本を、もう一方は傘を手にして一緒に朗読している。眼鏡をかけたゴリラは本を手にして、朗唱でもしているみたいに身ぶりをまじえている――。部屋が薄闇に包まれる。私は二人掛けのビロードのソファーに横になり、目を閉じる。

奇妙な感覚が訪れ――まさにこの瞬間、私はビロードのソファーに横たわっている――、やがて消え去る。

しばらくすると、燐光を発する染みが宙を漂い、消えていくのが見える。そして何も見えなくなったかと思うと、炎のぱちぱちいう音が、くぐもった響きを立てながら、次第に大きくなり、やがて消えてゆくのが聞こえる。炎はどこにも見えない。すると、はるか地平線まで炎が広がっているのが見え——広大な小麦畑だ——、音もなく消えてゆく。

やがて私は眠りこむ。三時十五分に目覚めると、早々に顔を洗って裁判所へ出向く。後方の中庭に車を止める。階段を上って執務室に入ると、秘書のほかに、ブロンドの口髭を蓄えた痩せた金髪ゴリラが待っている。フィオーレの弁護士だという。「彼はいま接見禁止の身です」、私は言う。そして、机の正面の椅子に座るよう促し、返答を待つ。「被疑者は本署の劣悪な部屋をあてがわれましてね」、彼は言う。「失礼ですが」、私は言う。「その件は当方のあずかり知らぬことです」。「ええ、そうでしょうね」。私たちは黙りこむ。秘書室からアンヘルの声が聞こえてくる。そして当人が現れる。彼は私に手を差し出す。私は彼を弁護士に引き合わせる。「被疑者が供述をはじめると同時に接見禁止が解かれます」、私は言う。ブロンドの口髭を蓄えた痩せた金髪ゴリラは立ち上がり、一時間後に戻ります、と言い残して部屋を出ていく。私はアンヘルに、取り調べは本来公開されるべきものではないので、途中で口をはさんだりメモをとったりすることは慎まなければならないと伝える。やがて秘書がやってきて、被疑者の到着を告げる。そして、殺人犯が不意に扉口に現れる。何日も髭を剃っていないらしく、どんよりした目をしている。その黒い髪はぼさぼさに乱れている。背後に控えた警官が背中を軽く押して座るように促す。警官は私に調書を差し出し、引き下がる。殺人犯は、灰色の光が差しこむ窓に目を向けている。「あなたの名前はルイス・フィオーレですね?」私は訊ねる。彼は頭を振る。そして私の目を見据え、「判事さん」と言う。それから何やら口走ったかと思うと、窓から身を躍らせる。ガラスの割れる音が響き渡り、沈黙が訪れる。私は席を立って急ぎ足に廊下へ出る。執務室のドアを出る前に秘書にぶつかる。私は彼を押しのける。階段を下りて正面玄関を出る。死体のまわりを野次馬が取り囲んでいる。縮んでしまったように見える死体から血が流れている。ついさっき執務室にいた金髪ゴリラがこちらへ近づいてくる。「いったいどうしてこんなことに？」彼が言う。「身を投げたんです」、私は答える。「死んでいますよ」、彼が言う。「これは大変なことになりましたな、判事」。「執務室においで下さい」、私は言う。正面玄関でアンヘルとすれ違う。彼は何やら私に向かって口走る。私はそれに返事をしてから先を急ぐ。金髪ゴリラは私をせかすように急ぎ足で歩いていく。そしてエレベーターに急行し、ふたり一緒に四階まで上がる。私たちは薄暗い廊下を進んで執務室に入る。秘書の姿が見当たらない。私たちは執務室の真ん中に立ちつくす。「ちょうどバス停にいるときに上から落ちるのが見えたんです」、彼が言う。「音も聞こえましたよ」。「物体が落下するときの音ですね」、私は応じる。すると相手はだしぬけに平手打ちを食わせる。「人間の体ですよ」、彼はそう言うと、閃光を発する空色の瞳で私を見る。「それはあなたの見解でしょう」、私は答える。「あんたは臆病者だ」、相手はそう言うと、部屋を出ていく。

かつて窓ガラスがはまっていた開口部を通して霧雨が舞いこみ、冷気もいくぶん入りこんでいる。秘書が戻ってくると、彼にすべてを託し、翌日まで誰からの取り次ぎも受けないように言いつける。「判事、今日中に事情を聞かれることになるかもしれませんよ」、秘書が言う。「いずれにしても、私は誰にも会わないつもりだ」、私は言う。「私の言うとおりにしてくれ。明日の午前中までにすべての問題を片づけておくように。頼んだよ」。私はそう言うと部屋を出て階段を下り、ホールを横切る。白と黒のモザイク模様の床はきれいに磨きこまれたように光沢を放ち、ホールには人っ子ひとりいない。一階の廊下を通って後方の中庭へ出る。もう日が暮れかけていて霧雨が降っている。南通りへ出て五月広場を右手に見ながら東へ進み、緑色のランプが点灯した信号の前を通過して交差点を曲がる。市庁舎と修道院を通り過ぎて自宅の前に車を止める。浴室のハンガーにレインコートをかけ、書斎に向かう。電気スタンドの明かりをつけてグラスにウイスキーを注ぐ。開いたままの本とノートの前に腰を下ろし、ペンを手にとる。辞書は閉じられている。このとき電話のベルが鳴る。またいつもの声だ。侮辱と脅迫の言葉を並べ立て、私をあざ笑い、何も聞こえなくなる。電話が切れたのを確かめて私も受話器を置く。

それから夜中まで翻訳をつづける。最後の文章に線を引いてから――〈You call yesterday the past ?〉――、ベッドにもぐりこむ。

漆黒の闇のなか、あおむけに横たわる。

最初は何も起こらない。

やがて、ほとんど聞きとれない、ぱちぱちいう音がはじまる。しかしそれは、燃えさかる小麦畑――たとえそれがどんなに広大なものであれ――の炎の音以上のものである。それよりもはるかに大きな音であり、より大規模な火炎だ。いまや丘、町、平原、密林が徐々に燃え広がり、均一の高さの炎が黄色いマントのように地表を覆い、大地を焼きつくしている。そして何も聞こえない。というのも、それを眺めるものは誰もいないからであり、また、それが音もなく燃え、弱々しい光を放ちながら暗闇のなかをゆっくりと回転する巨大な火の玉であることを知るものも誰ひとりいないからだ。時おり、はるか彼方、広大な地表のどこかで爆発音が鳴り響き、目を向けたときにはもうすっかり消えている。あるいは、火花が放つ一瞬の閃光が見分けられることもある。しかし、「見分ける」というのは正しくない。なぜなら、それを見分けるものはもうどこにもいないからだ。困難とともに無から現れ出てきたゴリラの群れが、鋭い歯や爪で乾いた地表にしがみつき、嘆き声ひとつ漏らさず新たに無のなかに入りこむ。それは不吉な幻のようなもの、気を狂わせるような澄み切った空間のただ中で不動の岩を相手に戦いを繰り広げる、混乱をもたらす悪夢のようなものだったのだ。私は、火の玉が回転するのを、そして、火が次第に弱まって完全に消えていくのを目にする。そして、最初に吹くまじりけのないそよ風が、ようやく平静を取り戻した往古の群れの冷たい灰とともに、弱々しいつむじ風を巻き上げるのを目にする。すでに息絶えた太陽の放つかすかな光に照らされて、白い砂塵が空中できらめきを発する。

ベッドから起き上がるともう明け方に近い。外へ出ると霧雨が降っている。私は眠らなかった。最初の交差点までゆっくり進み、右へ曲がる。遠くへ行くにつれ濃密になる靄の塊が浮遊し、街灯の光に照らされている。光を取り囲むように、雨の滴が虹色の輪を形づくっている。五月広場の木々が、白い靄のあいだから浮かび上がる葉むらの一部をのぞかせている。浮遊する濃密な塊が街灯の光に照らされている。ワイパーが規則的なリズムでフロントガラスの上を滑る。私はサン・マルティン通りを北にむかって進み、大通りでハンドルを切り、吊り橋の入口に差しかかる。灰色の小屋は雨の滴をしたたらせ、ペンキを塗った木の壁がかろうじて見分けられる。旧海岸通りを走っていると、右側の曇ったドアガラスを通してコンクリートの欄干が目に入る。欄干の柱（バラスター）はどこまでも果てしなくつづき、車の後方に流れ去っていく。それらは靄に包まれ、雨に濡れている。私は一瞬、自分がどこかにむかって走っているのではなく、完全に静止しているような錯覚に陥る。そして、エンジンの単調なうなり声や、フロントガラス——雨粒が奇妙な像を形づくってはたちまち砕け散っていくフロントガラス——を撫でる規則的なワイパーの音だけを感じることができる。単調なエンジン音が不意に打ち破られ、車体を揺らす軽い破裂音が二つ三つ聞こえる。破裂音が繰り返され——もはやそれはうなり声ではなく、破裂音の連続だ——、車が減速していく。私は惰性を利用して車体を右側に寄せる。やがて何も聞こえなくなる。ワイパーが止まり、車は数メートル走ったあとで完全に停止する。ガソリンの残量をメーターで確かめる。燃料タンクが空になっていることを赤い針が示している。私はエンジンを止める。夜が明けそめているが、水気を含んだ濃密な靄に包まれ、なにも見えない。気力を失った車体と、ゆっくり浮遊しながら、海岸通り——海岸通りが本当に存在するならば、ということだが——をかき消してしまった白い濃密な塊が見えるばかりだ。白い塊は私の視界を完全にさえぎっている。視界のなかに収めることのできるものが靄を除いて本当に存在するならば、ということだが。

五月

〈最初にわたしを見つけたものはわたしを殺さねばならない〉

　俺は目を覚ます。瞼を閉じたままじっとしている。毛布を肩までかけ、脇腹を下にして横たわっている。目を開けると光が見える。灰色の光は、窓の隙間から入りこんでいる。楕円形の鏡が取りつけられた洋服だんすがある。彼女はベッドの上、俺の背後に横たわり、目を覚ましている。呼吸音が聞こえる。

「みんなで出かけるんだから、さっさと起き上がって準備しなくちゃいけないんじゃないのか?」俺は言う。

「眠ったふりをしているんだな」、俺は言う。

　俺は上体を起こし、あおむけになる。天井は高く、窓の隙間から入りこむ光が届かないせいで薄闇に包まれている。彼女のほうに頭をかしげる。俺に背を向けたまま横になっている。その肩は呼吸に合わせて上下に動いている。

「眠ったふりをしているんだろう」、俺は言う。

彼女は体を揺する。

「体を揺するなよ」、俺は言う。「お前がちゃんと目を覚ましていて、俺が喧嘩をふっかけるのを待ちかまえていることくらいお見通しだぞ」

俺は彼女の肩に手を置いて乱暴に揺さぶる。彼女は突然起き上がってベッドの縁に腰かけ、俺を見る。髪の毛が顔に落ちかかり、目を半分閉じている。

「雨が降っているのに、狩りに出かけようっていうの？」彼女が言う。

「雨が降っているなんて誰が言った？」俺は言う。

「もう一週間も降りつづいているわ。ちょうど今日降りやむっていうの？」彼女が言う。

「昨夜は降らなかったぞ」、俺は言う。

彼女は部屋を出る。そして、中庭に通じる扉を開けたまま、すぐに戻ってくる。灰色の光が差しこむ。

「雨は降ってないわ」、彼女は言う。

「狩りに出かけるのはやめて、家のなかで過ごすってのはどう？」彼女は言う。「ジプシーみたいに何もかも積みこんで出かけようっていうの？」

「軽トラックを借りたのも無駄じゃなかったってことさ」、俺は言う。「あれを借りるのにわざわざ支配人と話をしなきゃいけなかったんだぞ。せっかくあれに乗って出かけられるっていうのに、家に閉じこもるって法はないぜ」

彼女は肩をすくめ、ふたたび外へ出る。俺は寝室であおむけになっている。中庭の扉から差しこむ灰色の光がさっきよりも明るく天井を照らしている。亜鉛板の下で梁が交差している。そのとき娘が入ってくる。

「狩りに行こうね」、俺は言う。

「コラスティネまで行って、カモをたくさん捕ってくるんだ」、俺は言う。

「カヌーで行くの？」娘が訊ねる。

「もちろんさ」、俺は答える。

娘は急いで部屋を出る。俺はベッドの縁に腰を下ろす。楕円形の鏡に俺の姿が映っている。立ち上がって服を着ると、中庭へ出る。灰色の光が降り注いでいる。彼女が洗面所から出てくる。

「髭は剃るの？」彼女が訊く。

「いや」、俺は答える。「今日はメーデーだ。髭を剃る気がないなら剃らないでいい。俺の勝手だ」

「あんたが髭を剃らないなら、あたし出かけないわよ」、彼女が言う。

「今日はメーデーだって言ったろう」、俺は答える。

彼女は黙ったまま立ち去る。中庭はがらんとしていて、草一本生えていない。俺が引き抜いた二本の木の黒い根株が置いてある。木が植わっていた地面をきれいにならしたおかげで、中庭の平らな地面、むき出しの煉瓦を積み上げた壁、切断された二本の根株が残ったのだ。俺は洗面所に行って用を足し、顔を洗って髪を整える。そしてふたたび中庭に出る。

「出かける前にマテ茶が飲みたいな」、俺は言う。

俺が引き抜いた二本の木の黒い根株がそこに置いてある。ここ一週間というもの、根株の上に雨が降り注いだ。地面が雨水にならされている。足跡ひとつ見あたらない。いまや何もない中庭があるばかりだ。

「マテ茶は飲めるのかい、それとも飲めないのかい？」俺は訊ねる。

「一度にたくさんのことはできないわよ」、台所から彼女の声が聞こえる。

「俺が自分でマテ茶を作らなきゃいけないのか？」俺は言う。

台所のドアから彼女が顔を出す。

「あたしはあんたの召使いじゃないわ」

彼女は新聞紙の包みを手にしている。ちょうど中身を包み終わるところだ。

「食べ物を新聞紙にくるむのはいやだって言っただろう」、俺は言う。

彼女は俺に包みを投げつけ、腕に命中する。新聞紙が裂けてパンが四つ、地面に——回廊の煉瓦と中庭の泥の上に——転がる。彼女は俺に殺されたいらしい。それを欲しているのだ。台所の扉からすさまじい形相で俺をにらみつけている。その怒りはもっぱら目ににじみ出ている。というのも、歪んだ口もとには笑みが浮かんでいるからだ。彼女はそれを欲している。俺は地面にかがみこんでパンを拾い上げる。泥の上に落ちたパンは黒い染みで汚れ、中庭の地面の上に小さな跡が残っている。俺は塀にむかってパンを放り投げる。それは灰色の空間を刺し貫くように飛んでいき、遠ざかるにつれて黒い影となり、塀の向こうに消えてゆく。

「落ちつけよ、グリンガ」、俺は言う。

俺は新聞紙を拾い上げるが、ずたずたに裂けている。もうなんの役にも立たない。俺は台所に入る。彼女もあとにつづく。そして娘が入ってくる。俺はパンを包み、ズック地の手さげ袋に入れる。そして、猟銃と、昨日の晩から用意しておいた弾薬帯を取りに行く。猟銃はむき出しのままだ。持ち上げるとずしりと重い。それを斜めに背負い、装填した弾薬帯を手に取って台所に戻る。彼女は娘と一緒に白い布巾でなにやら包みをこしらえ、ズック地の手さげ袋に入れている。湯沸かしが火にかけられ、マテ茶の容器とボンビージャ〔マテ茶を飲むための金属製のストロー〕がコンロの上に置かれている。俺は弾薬帯をテーブルの上に置き、マテ茶の容器に葉を詰める。

湯沸かしから湯気が噴き出すと、それをコンロから下ろし、中庭へ運ぶ。猟銃を壁にもたせかけ、回廊に置かれた背の低い椅子に腰かける。女たちが軽トラックに荷物を積みこむ。手さげ袋をもった彼女のあとに、包みを手にした娘がつづく。そちらに目をやると、中庭はがらんとしている。中庭の後方にかけてもやはり何もない空間が広がり、ここ一週間降りつづいた雨に濡れた黒い根株がふたつあるばかり、それらは一カ所にまとめられ打ち捨てられている。そのあいだに寝転ぶと、頭の先と足の裏がちょうど根株に触れるくらいの距離である。通りに出ていた彼女が戻ってくる。

「出かけるの、それとも出かけないの?」彼女は訊ねる。

「出かけるぞ」、俺は答える。

俺はマテ茶の容器を、地面の上にひっくり返された湯沸かしの蓋の上に載せ、壁に立てかけた猟銃を手にして立ち上がる。

「弾薬帯は運んだか?」俺は訊ねる。

「ええ。車のなかよ」、彼女が答える。

通りに軽トラックが止まっている。娘が運転席で待っている。フロントガラスの前方の路面を眺めている。線路の盛土が通りをふさぐように横切っている。道の両側には街路樹と側溝があり、枝や葉のあいだから荒地に隔てられた家々が見える。

彼女は車に乗りこむと、娘を膝の上に載せる。俺は小橋を渡って反対側から運転席に滑りこむ。道路の舗装に使われた廃材の隙間から、赤みを帯びた泥水が浸み出し、靴を汚す。

エンジンキーを回して車を発進させる。曲がり角で苦心しながら車の向きを変え、道路を反対方向に走って西通りへ出る。西通りを走って大通りまで行き、吊り橋にむかって直進する。人っ子ひとり見当たらない。吊り橋の入口に灰色の小屋が見える。吊り橋を渡ると木造部分が揺れ、それが大きな音を響かせる。

「いまにも降りそうだわ」、彼女が言う。

軽トラックは橋を通り過ぎ、青みを帯びた平坦な道路を走りだす。道路を縦に貫く一本の白い線は、車の左側を走ったり右側を走ったりしたかと思うと、前輪のあいだを走って後方へ流れ去る。

「ジンのボトルを取ってくれ」、俺は言う。

「ジンのボトルを取ってくれよ」、俺は言う。

「そのボトルをこっちへ寄こせと言ってるんだ」、俺は言う。

彼女はようやくブリキの蓋を外してボトルを寄こす。俺はスピードを落とし、ボトルに口をつけて一口飲む。彼女は蓋を手にしている。俺は前方を向いたままボトルを返し、両手でハンドルを握る。車は下水溝を通り過ぎる。鉄とコンクリートの棒が踊るようにすばやく後方へ流れ去る。彼女もボトルに口をつけて一口飲み、蓋を閉める。

「酔っぱらったんじゃカモも見つけられないわよ」、彼女が言う。

俺は黙っている。

「パパ、カヌーに乗るの?」娘が訊ねる。

「もちろんさ」、俺は答える。

「静かにしなさい」、彼女が言う。

「ほっといてやれよ」、俺は言う。「誰かに迷惑をかけているわけじゃあるまいし」

また下水溝が現れる。鉄とコンクリートの棒が踊るようにすばやく後方へ流れ去る。道路の中央を走る白い線は、下水溝がはじまると同時に途切れ、下水溝が後方へ流れ去るやふたたび現れる。

道の両側には、地を這うような低木と湿地が広がり、ぴくりとも動かない野草が見える。大地と空が触れ合う彼方までつづく広大な低地である。平坦な湿地は光を反射することもなく、道の両側に見飽きるほど延々とつづいている。俺はアクセルを思い切り踏みこむ。

「三十年以上も走ってるのに、頑丈な車だな」、俺は言う。「走り出しも申し分ないし、これに較べりゃ最近の車は安物ばかりだ」

「シリリよ」、彼女が言う。

彼女は指先がフロントガラスに触れるまで腕を伸ばして空の一点を指さしている。膝の上の娘は身を乗り出すようにして空を見上げる。俺はスピードを落としながら同じように身を乗り出す。灰色の空を背に、点々とした黒い染みが、先導役の鳥を頂点とする図形を描きながら北にむかって悠然と羽ばたいていく。もっとも、俺は実際に鳥が羽ばたくのを目にしているわけではない。俺が見ているのは、図形を描きながら移動していく黒い染みと広漠たる空ばかりだ。

「いまにも降りそうだわ」、彼女が言う。

「降らないさ」、俺は言う。

俺は相変わらず前傾姿勢を保ったまま、鳥の群れにふたたび目をやる。図形を描きながら上空を舞っていく黒い点々は、ついさっき見たときよりも鈍角をなして、先導役を頂点に広々とした空を北にむかって飛んでいく。

検問所を過ぎると道路が分岐する。路面に引かれた白い線は、貯水池にむかってカーブを描きながら、俺たちの乗った軽トラックから離れていく。軽トラックはいま、平坦な大地をまっすぐ貫く、白い線の引かれていない、青みを帯びた細い道を進んでいく。葉のない木々や野焼きの終わった平原のあいだを少なくとも二キロ走る。やがて、平らに押しつぶされたようなモーテルが現れ、軽トラックはその前で脇道に入る。アスファルトの道はそこで終わっている。モーテルの正面に広がる砂地とアスファルトを隔てる縁石を乗り越えるときに車体が上下に揺れる。黄色い葉の茂るセンダンの木々が円形に並んでいる横を通り過ぎ、雨に降り固められた白っぽい砂利道に入っていく。葉むらになかば隠された家々が道の両側に並んでいるが、次第にそれも見えなくなり、大地を進むにつれ細くなっていく道よりほかに何も見えなくなる。時おり行く手を茂みが阻むことがあるが、道は急カーブを描きながら繁みを避けていく。不意に柵が現れる。俺は車を下りて柵のかんぬきを外す。軽トラックに乗って柵を越え、ふたたび停止し、車を下りてかんぬきを差しこむ。それから車に戻り、前進する。だだっ広い平地が目の前に広がり、ユーカリの木々が立ち並ぶ山が遠くに見える。道の両側の平地を見ながらさらに前進する。軽トラックは車体を大きく揺らしながら、やっとのことで前へ進む。ついに目的地に到着し、車のなかから見えていた山のわきに停車する。反対側には広大な草地が広がり、その向こうに沼――ここからは見えない――が、さらに遠くには、沼よりも少し高い位置に町がある。吊り橋の支柱が左手に見え、右手にはグアダルーペ教会の塔が見える。灰色の空は澄んでいるものの、張りつめている。俺たちは車を降りる。

彼女は軽トラックのそばをうろついていたが、やがて車内を漁って二冊の写真入りの小説を取り出す。そして車のドアのステップに腰を下ろしてページをめくりはじめる。俺は弾薬帯を腰に巻きつけ、車内から猟銃を取り出す。

「パパ」、娘が呼びかける。「カヌーにはいつ乗るの？」

「あとでな」、俺はそう言うと、歩きはじめる。

道のない草地を歩いて遠ざかっていく。草を踏みしめる音が聞こえてくる。水たまりが現れると、そのなかに足を踏み入れて前進する。足を止めてふり返ると、まだ近くに軽トラックが見える。彼女は相変わらずステップに腰を下ろして読み物に目を落とし、娘は車のボディーによじ登って俺のほうを見ながら、手で合図を送っている。俺はふたたび前を向いて歩きはじめる。

やがて右に向きを変えるが、相変わらず沼地をめざして進んでいく。それほど長い距離を歩いたわけではないが、軽トラックはユーカリの山の向こうに隠れて見えなくなる。少し歩いてから立ち止まる。

しゃがみこんで銃床を地面に突き立て、青みを帯びた鋼鉄のひんやりした銃身に頬を当てる。靄のように視界をさえぎる草の上に顔を出して町を眺める。駅舎の煙突がぼんやりと浮かんでいる左手には、黒い煙が二本、柱のように上空にむかって伸びている。ぴったり静止しているようにみえる煙は、上空に行くほど広がり、かすんでいる。反対側にはグアダルーペ教会の塔が立ち並び、海岸通りに張りついた小さな家並みが、見えるというよりうっすらと望まれる。それからしばらくは、ほかのものは何も目に入らない。俺は見るともなく見ている。どれくらいの時間が過ぎたのかわからない。猟銃を両脚にはさんでしゃがみこみ、ひんやりした銃身に頬を押しあてたまま、ただ見るともなく見ている。立ち上がろうとすると足がつる。

猟銃を背負って前方へ上体を傾け、沼地をめざしてゆっくりと歩いていく。真正面に位置する沼地は、いまや前方三百メートルほどのところに見えている。このとき突然、十メートルほど離れた地点で、俺の目線と同じ高さのところを、草地のあいだから何かが飛び出す。それは羽ばたきながら上昇していく。俺は照準に目を当て、空を舞っていくカモをゆっくり追いかけながら狙いを定める。カモの上昇に合わせて照準を上に向ける。的の少し前方に照準を定め、引き金を引く。小さな煙を巻き上げ、火薬の匂いとともに銃声が轟く。軽い衝撃が肩に走るが、カモはそのまま飛び去っていく。俺はもう一度狙いを定め、カモの少し前方に照準を合わせるようにして引き金を引く。またもや狙いがはずれる。一筋の煙が銃の先から立ち上り、銃身が熱を帯びている。火薬の匂いがあたりに立ちこめている。空の薬莢を取り出して弾薬帯に収める。薬莢の黄金色の根元が弾薬帯の鞘からはみ出し、腰の周りに一列に並んでいる。空の鞘に収めた二発の薬莢は、衝撃による傷に覆われ、火薬が押しつぶされている。俺は新しい薬莢をふたつ取り出し、猟銃に装填する。そして銃身を固定し、沼地にむかって歩いていく。

もはやカモの姿は灰色の空のどこにも見当たらない。町と反対方向に、ユーカリの山のほうへ飛び去ってしまったのだ。俺は沼地にむかって歩きつづける。泥だらけの靴に踏みしだかれた草が音を立てる。俺は立ち止まり、後ろを振り返る。いまやユーカリの山はかなり小さくなり、葉むらの緑——それは帯状に伸び、上端が透き通っている——が目に入るばかりである。そしてふたたび沼地にむかって歩いていく。

俺は一時間以上も歩きつづける。そしてさらに歩きつづける。ときどきしゃがみこんでは、銃床を地面に突き立て、鋼鉄の銃身に頬を何度か押しつけながら、周囲を見るともなく見る。草がまばらに生えた地面に視線を向け、スズメノヒエの黄ばんだ葉に目をやるが、それを見ているわけではない。ときには一枚の葉を選び出し、ひりひりする冷気に葉の縁が蝕まれ、色あせている様子を観察することもある。破壊的な作用をおよぼす大気に晒されるほどそれはますますひどく蝕まれていく。俺は沼のほとりに近づいたかと思うと遠ざかり、なかなかたどり着くことができない。それでもようやくたどり着くと、沼の水が足に届きそうになるまで前進する。そこから眺めると、町がいまにも手に届きそうで、もはやユーカリの山はどこにも見えない。沼の水は滑らかで、灰色に染まっている。

慌てて頭をめぐらすと、一羽のカモが草地から飛び立ち、沼地と反対の方向に飛び去っていくのが右手に見える。狙いを定めてカモを追いながら、照準を心もち前方へ移動させ、一瞬の間を置いて引き金を引く。カモは全身を震わせ、身をよじり、羽をばたつかせ、目に見えない壁に激突したかのように静止する。そして、十五メートルほど離れたところに垂直に落下する。草を踏みしめながら落下地点へ行ってみると、カモは体をぴくぴく震わせ、羽を二、三度ばたつかせる。やがて脚を伸ばして動かなくなる。首筋をつついてみると、青みを帯びた羽毛に血の染みがこびりついている。俺はカモの脚をつかんで歩きはじめる。

町と沼を背にユーカリの山めざして歩いていく。軽トラックが見えてくるまで長い距離を歩き、少しずつ右へ曲がるようにして進まなければならない。軽トラックがようやく山の背後に姿を現す。近づいてみると、彼女が運転席に腰を下ろしているのが見える。娘が駆け寄ってきて、俺の手からカモを奪い取る。

「死んでるの?」娘が訊ねる。

「もう死んでるよ」、俺は答える。

俺は車のステップに腰を下ろし、猟銃を足元に置く。

「ジンをくれ」、俺は言う。

俺は大きな声で、運転席に背を向け、町のほうに顔を向けながら言う。

しばらくすると、ボトルの底が俺の頭を軽くたたく。ボトルの中身から判断すると、彼女がいままでジンを飲んでいたことは明らかだ。

「お前を引きずって帰るのはごめんだぞ」、俺は言う。

「お腹すいた」、娘が言う。

娘は、板のあいだからカモを軽トラックの荷台に押しこむ。そして、板の上に記された字をひとつずつ声に出して読む。

「せい・ふん・じょ・かぶ・しき・がい・しゃ」

「グリンガ」、俺は呼びかける。「この子が腹をすかせている。俺も腹がへった。何をもってきたんだ?」

「ろくでもないもんよ」、彼女は答える。

「わかってる」、俺は言う。「だがどういうふうに調理したんだ? ミラネサ〔ミラノ風カツレツ〕か? 煮こみか? どうなんだ?」

「盗っ人」、彼女は言う。「組合の盗っ人」

彼女はこれを望んでいるのだ。そのことが俺にはよくわかった。

「わかった、グリンガ。まあ落ちつけよ」、俺は言う。

「それで」、俺は言う。「どんなろくでもないものをもってきたんだ?」

「組合の盗っ人」、彼女は言う。

「せい・ふん・じょ・かぶ・しき・がい・しゃ」、娘が声に出す。

俺はジンを長々と一気に口に流しこみ、目を閉じる。ジンを口に含んで胃袋へ落とす。喉が焼けるようだ。そして、ねじを巻くように蓋を閉め、猟銃のそばにボトルを置く。

「グリンガ」、俺は言う。

「何よ」、彼女が答える。

「組合のことは二度と口にするな。腹が立つからな。俺を怒らせるな。楽しい時間を過ごしているはずじゃないのか？　家族水入らずの一日を野外で楽しく過ごしている。ちがうか？　そのへんをよくわきまえるんだ。もう食事にするんだからさっさと車を下りろ」、俺は言う。

「ミラネサとチーズ、ほかにもいろんなものがあるわ」、彼女は言う。

車内をごそごそ動き回っていた彼女が反対側のドアから下りてくる。そして、俺の前を通り過ぎて荷台の板の上にかがみこみ、ズックの手さげ袋を取り出してステップに腰を下ろす。娘が近づいてきて、俺たちと向かい合わせに地べたに腰を下ろす。

「猟銃に気をつけなさい」、俺は言う。

俺は猟銃を手に取って両脚にはさむ。彼女はズックの手さげ袋から食べ物の包みを二つか三つ取り出すと、それを地面に置き、ワインのボトルを取り出す。

「コルク抜きを忘れたわ」、彼女が言う。

彼女は白い布巾を広げ、食べ物の包みを開く。冷たくなったミラネサとチーズ、サラミ、ゆで卵が六つある。

俺が台所で包んだパンも三つある。

俺はボトルの底を地面に打ちつけながらコルクを抜く。コルクが飛び出した瞬間、ワインが噴きこぼれ、俺たちにむかって飛び散る。三人とも笑い声をあげる。

「愉快だな」、俺は言う。

俺たちは食べ物を口へ運び、ワインを飲む。

「帰りましょう」、彼女が言う。

「もう帰るのか？」俺は言う。「まだカモが捕れるか試してみたいんだ」

「雨が降るわ」、彼女が言う。

「雨が降るなんてセリフはもういい加減にやめたらどうなんだ。降るはずないんだから」、俺は言う。

「パパ、カヌーに乗せてちょうだい」、娘が言う。

「黙りなさい」、俺は言う。

「昨日の夜、パパがこのカモを捕まえる夢を見たのよ」、娘が言う。「あたしとママがここに残って、パパが沼まで行って、鉄砲の音が三回聞こえて、カモをぶら下げてパパが帰ってくるのよ。全部夢に見たんだから」

俺は拳で軽トラックのドアを軽くたたく。

「馬力のある車だ」、俺は言う。

「カモを捕るなら早く行けばいいでしょ」、彼女が言う。「あと一時間もここにいたら気が変になっちゃう」

「ここへ来る前から気が変になっていたじゃないか」、俺は言う。「この世に生まれる前からな」

「いいわ」、彼女が言う。「行きなさいよ」

「グリンガ、あの五月一日にブエノスアイレスへ一緒に行ったときのことは覚えているか?」俺は訊ねる。「少なくとも百万の労働者がいたな」

「それぐらいはいたかしらね」、彼女は言う。

俺はげっぷをして立ち上がる。

「またカモが捕れるかもしれないぞ」、俺は言う。

俺は猟銃を持ち上げ、彼女に狙いを定める。

「引き金を引いてやろうか?」俺は言う。

「やめて。馬鹿なまねはよしてよ」、彼女が言う。

俺は猟銃を下に向ける。

「黙ってついてくるなら一緒に来てもいいぞ」、俺は言う。

「いいわ。でも、誰が荷物を見張ってるのよ?」彼女が言う。

「どうせ誰も来やしないさ」、俺は言う。

「パパ、カヌーに乗るの?」娘が訊ねる。

「じゃあ、行きましょうよ」、彼女は肩をすくめながら言う。

俺たちは沼地をめざしてわきにそれ、草地を歩きはじめる。何百メートルか進むと、軽トラックがユーカリの山に隠れて見えなくなる。

俺は先頭を歩く。彼女と娘があとにつづく。靴に踏みしだかれる草の音が聞こえる。地表を覆う草は膝の上に届くほどで、茂みの陰に水たまりが不意に現れると、そのあいだを足がめりこむ。

「まったく最悪ね」、彼女の声が背後から聞こえる。

「無駄口をきかないほうがいいぞ」、俺は歩きながら、後ろを振り向かずに言う。

「どれだけしゃべろうとこっちの勝手でしょ」、彼女が言う。

立ち止まって後ろを振り向くと、銃身が彼女のほうを向く。俺は銃身を下げ、先端を地面に向ける。

「ついてくるなら黙っていろと言ったはずだ」、俺は言う。

グリンガは顔をしかめるが、何も言わない。

沼の岸辺にたどり着いたものの、カモが一羽も見当たらない。彼女と娘は口をぽかんと開けたまま町を眺めている。

「グアダルーペ教会よ」、彼女が言う。

「吊り橋も見えるね」、娘が言う。

俺たちは岸辺に沿って歩いていく。今度は女たちが先を行く。ふたりは不意に立ち止まると、ふたたび町を眺める。こちらに背を向け、五メートルほど先に立っている。銃身が彼女たちに向けられる。俺はしばらく呆然としたまま彼女たちを眺めている。何も起こらない。きらめく沼が横たわり、その向こうには町が、こちら側には彼女たちのシルエットが、広々とした空間を背にくっきりと浮かび上がっている。ふたりのシルエットを消し去ることのできるものがはたして存在するのか、俺は自問する。いずれ消え去るにしても、やはりそこにありつづけるだろう。こればかりは仕方がない。変わらずそこにありつづけるのだ。しかし俺は銃を下に向けることができない。ふたりは広々とした空間のなかにぽつんと立ちつくしている。彼女たちの輪郭が鮮明に浮かび上がっている。そして、微動だにしない。

俺はしゃがみこんで銃床を地面に突き立て、ひんやりした銃身に頬を押しあてる。やがてふたりは振り返り、こちらへ近づいてくる。

「何をそこでばかみたいに見てんのよ?」彼女が訊ねる。

「なにも」、俺は答える。

「なにも。そうでしょうね」、彼女が言う。

「カヌーはどこにもないわ」、娘が口を開く。

「あとでな」、立ち上がりながら俺は言う。

ふたりは沼地とは反対の方向に、こちらにむかって歩いてくる。娘は地べたにかがみこみ、俺たちの足跡が刻まれた岸辺の湿った赤土からカタツムリを拾い上げる。

娘はふたたびしゃがみこんでカタツムリを拾い上げると、数メートルほど走ってまたカタツムリを拾う。走っていく娘の姿がはっきりと見える。赤土の上に小さな足跡を残し、不意に何かに打たれでもしたみたいにこちらへカーブを描くように向きを変え、ふたたび立ち上がっては走り出し、少し遠ざかるとその姿は心もち小さくなり、もう一度カーブを描くように体の向きを変える。やがて、少しずつ大きくなりながら、三匹のカタツムリを手にしてこちらへ戻ってくる。母親が娘の手をはたくと、虚空へ投げ出されたカタツムリが赤土の上に落ちる。

「そんなもの捨てなさい。汚いものに触っちゃだめよ」、彼女が言う。

「べつに人に迷惑をかけているわけじゃないだろう。カタツムリを拾っているだけだ」、俺は言う。

「あとで泥だらけの服を洗わなきゃいけないのは、あんたじゃなくてこのあたしなのよ」、彼女は言う。

俺はかがみこんでカタツムリを拾うと、娘に手渡す。娘は両手を合わせ、手の平のくぼみにカタツムリを受け取る。

「約束どおりカヌーに乗せてくれなければ、このままカタツムリを逃がさないで泥だらけになっちゃうからね」、娘が言う。

「わがままばかり言って、いいかげんにしなさい」、彼女が言う。

「今日たまたまカタツムリを三匹拾ったからといって、べつに何かが起きるわけじゃないし、誰かが死ぬわけでもないだろう」、俺は言う。

彼女は後ろを振り向くと、町を眺める。

「あそこに見えるのは電車の車庫じゃない？」彼女が訊ねる。

「そうだ」、俺は答える。「その向こうに見えるのは港の穀物用リフトだ」

「あれは役場の建物じゃないの？」

彼女は、雑多な建物や樹木の枝葉の上に顔を出しているぼんやりとした白い塊を指さしている。

「どうだろうな」、俺は答える。

「ところで」、彼女は言う。「もう帰るのか、それとも来年までここに残るつもりなのか、どっちなのよ？」

「ここにいようよ、パパ」、娘が言う。「来年まで」

「そうだ」、俺は言う。「来年までここにいようじゃないか」

「どうだい、グリンガ？」俺は言う。「来年までここに残るか、それとも帰るか？」

「え？」俺は言う。「来年までだ、え？　どうだ？」

「やれやれ」、俺は言う。「そんな顔をするな」

「そんな顔はするな。ただの冗談だよ」、俺は言う。

俺は彼女に近づき、手の平でその顔に触れる。彼女は顔をしかめながら頭をそらし、一歩退いて俺の手を逃れる。

「変なまねしないでよ」、彼女が言う。

「あと一羽仕留めてから帰ろう」、俺は言う。

「カタツムリをしまってもいい、ママ?」娘が訊ねる。

「いいわ。しまっておきなさい」、彼女は言う。「でも服を汚しちゃだめよ。言うことを聞かないとぶつからね」

俺は後ろを振り返る。遠くのほうに、緑色の帯のように見えるユーカリの山があり、その手前には、だだっぴろい草地がどこまでも広がっている。俺たちは川の反対側、ユーカリの山の左手にむかって進む。彼女と娘が俺の後ろからついてくる。彼女たちの靴が草を踏みしめる音が聞こえてくる。すると突然、十二メートルほど離れたところで、一羽のカモが草地から飛び立つ。騒々しく羽ばたきながら、やがて弾丸のように直線を描きながら上昇していく。俺は狙いを定める。カモの小さな黒い体は、照準の目盛りから一ミリもはずれることなく、灰色の大気を斜めに横切っていく。引き金を引くと同時に、肩に衝撃が走る。カモは斜線を描きながら上昇していく。遠ざかるカモをふたたび照準に収め、引き金を引く。カモは一瞬、宙に釘づけにされたように、前進も落下もせず必死に羽を動かす。やがて羽をばたつかせ、脚を動かしながら、きりもみ降下したかと思うと、草地のなかに消える。俺たちは急いで草を踏みしめながら走り、カモのあとを追う。彼女は肩で息をし、娘は先頭を走っていく。俺たちはカモが落下したと思われる地点に立ち止まり、足で茂みをかき分けながら、円を描くように獲物を探しはじめる。草が折れたりしなったりするなかを膝まで埋もれて探しまわる。

「犬を連れてこないで狩りに出るもんじゃないな」、俺は言う。「まったくの無駄骨だ」

「すぐに見つかるわよ」、彼女は言う。「どこかにいるはずなんだから」

「まともに命中したようだな」、俺は言う。

「たしかにこのへんに落ちたの？」彼女が訊ねる。

「まちがいない」、俺は答える。

「この目ではっきり見たんだ。沼地のほうへ飛んでいくところを、このあたりで撃ち落としたんだ」、俺は言う。

「歩いて遠くへ行っちまったのかもしれないな」、俺は言う。

「捕まえたら息の根を止めてやるわ」、彼女が言う。「ずるがしこいまねをしないように」

俺たちは草を踏み分けながら獲物を探しつづける。開けた空間のなか、一人ひとり円を描くように歩きまわる。

三つの円は絶えず触れ合い、ぶつかっては重なり合う。

「足が疲れたわ」、彼女が言う。

「あきらめるか？」俺は言う。

「ここよ！」娘はそう言うと、草地にしゃがみこむ。娘の姿が半分見えなくなる。

俺たちは高く伸びた草に手足を絡ませながら、やっとのことで娘に駆け寄り、獲物の上にかがみこむ。彼女の荒い息づかいが左耳のすぐ近くで聞こえる。まだ息のあるカモは野草の茂みの下に横たわり、不信に満ちた目をこちらに向けている。俺はカモにむかって頭を揺り動かす。

「逃げたかったのか？」俺は言う。

羽がやられている。ちょうど骨の継ぎ目のところが撃ち抜かれ、羽毛は引き裂かれ、付け根のあたりに血がこびりついている。

「かわいそうに」、彼女が言う。

手を近づけると、カモは羽をばたつかせる。俺は脚をつかんで持ち上げる。カモは必死になって身をよじり、羽をばたつかせ、猛り狂ったように嘴（くちばし）で弱々しい一撃を加えてくる。

「パパ、あたしが持っていく」、娘はそう言うと、カタツムリを放り出して両手をはたく。

「気をつけるんだよ」、俺は言う。

俺は娘にカモを差し出す。娘はカモの脚をつかむと、顔の高さまで持ち上げてじっと観察する。

「パパ、カモの目を見た？」娘が訊ねる。

「これで二羽目を仕留めたわけね」、彼女が言う。「もう帰るの？　それともまだ帰らないの？」

「まだ帰らない」、俺は答える。「来年までここにいよう」

「そうやってふざけていればいいわ」、彼女が言う。

「ジンを一杯やろう。それくらいの褒美は当然じゃないか」

「この人はもうジンを飲むつもりなのね」、彼女は笑いながら言う。

「パパ、首のところを持ったらどうなるの？」娘が訊ねる。

「どうもならないよ」、俺は答える。「でも、逃がさないように気をつけるんだよ。さもないとひどい目にあうぞ」

「いやだ」、娘が言う。

「もうトラックのなかのものが全部盗まれちゃったかもしれないわね」、彼女が言う。

「荷物はたくさんあるけど、心配いらないだろ」、俺は言う。

「食器に布巾、それに、あたしがダッシュボードの中に入れておいたあんたの時計があるわ」、彼女が言う。

「お前たち、先に行ってろ。俺はあとで追いつくから」、俺は言う。

彼女が不信の目を向ける。

「夜まで待たせるつもりじゃないでしょうね？」

「すぐに行くよ」、俺は言う。

「一分で追いつくから」、俺は言う。

「いいわ。でも一分よ。一分を過ぎたら、この子の手を引いて歩いて帰るから」、彼女は言う。

「わかったよ、グリンガ」、俺は笑いながら言う。

彼女たちはユーカリの山のほうへ遠ざかっていく。まっすぐ進むのではなく、斜めに歩いていく。草地の左端からユーカリの山の右端にむかって近道をするためだ。ユーカリの山の裏側には軽トラックが止まっている。ふたりは広大な空間のなかを苦労しながら進んでいく。彼女は腰のところまで、娘は頭の先まで草のなかに沈みこんでいる。俺はズボンを脱いでしゃがみこみ、大便をする。そして、草で尻を拭う。しばらくしゃがみこんだまま、草のなかの一点を見るともなく見ている。猟銃がすぐ横の地べたに投げ出されている。木製の銃床が手垢にまみれて艶を帯び、猟銃の重みで草が押しつぶされている。立ち上がってズボンのボタンをかけ、猟銃を拾い上げてからユーカリの山めざして歩きはじめる。草をかき分けながら先を行く彼女と娘の姿が遠くに小さく見える。草に埋もれて見えなくなったかと思うと、草がまばらになるやふたたび姿を現す。一歩も前へ進むことなく同じ場所に立ち止まって悪戦苦闘しているように見えることもある。不動の空間のなかで動いているものといえば、彼女たちの姿だけだ。俺の耳には、自分の靴が踏みしめる草の音さえ聞こえない。最初は猟銃に弾をこめるために、つぎは沼地とその向こうに広がる町を眺めるために、俺は一、二度立ち止まる。空が徐々に明るさを失っていく。灰色の空がますますけぶったようになり、上空に浮かぶ丸い雲のいくつかは黒い輪郭に縁取られている。ユーカリの山まであと三百メートルほどのところで黒い鳥が草地から飛び出し、こちらに向かって飛んできたかと思うと、俺の姿を認めるや急に向きを変え、山の左手をめざして逃げてゆく。俺は猟銃を向け、飛び去っていく黒い影を照準に収める。引き金を引くと、黒い影は羽ばたきもせず一直線に、石のように落下していく。もっとも、鳥ではなく本当に石だったら、銃弾が命中した瞬間に粉々に砕け散ってしまったことだろう。俺は鳥が落下した地点に目をやり、どうしたものかしばらく迷うが、やがて山にむかって歩きはじめる。戻ってみると、娘はすでに運転席に座ってハンドルを動かし、彼女は地面に腰を下ろして写真入り小説を読んでいる。

「パパ、死んじゃった」、俺の姿を目にした娘が言う。

俺は妻の横に身を投げ出す。彼女は雑誌から顔を上げようともしない。娘が軽トラックを下りて、死んだカモをぶら下げてやってくる。そして俺の前にカモを差し出す。娘に首筋をつかまれたカモは、ぐったりと宙にぶら下がっている。

「死んじゃった」、娘が言う。

そして、首筋をつかんだまま、俺の顔にカモを近づける。俺が手ではたくと、死んだカモは宙を舞い、乾いた鈍い音を立てて地面に落下する。

「父さんの服が汚れるじゃないか」、俺は言う。

娘はカモを拾い上げると、軽トラックの荷台に渡された二枚の板のあいだからカモを投げ入れる。妻は雑誌のページを何度もめくりながら、読み終えたばかりの場面の順序を確かめ、いま読んでいるページに結びつけようとしている。そしてページの全体に目を通し、つぎのページに進んでいく。

「ジンを取ってくれ、グリンガ」、俺は言う。

「ええ」、彼女はページに目を落としたままうわの空で答え、頭をゆっくり動かしながら先を読んでいく。

「ジンを取ってくれよ」、俺は言う。

「え?」相変わらず目を伏せたまま彼女は言う。

彼女は俺のすぐ横、手の届くところにいる。俺は地べたにあおむけになっている。緑色のボトルは彼女と軽トラックのあいだに置いてある。娘は軽トラックの後部をうろつきながら時間をつぶしている。

「ボトルをこっちに寄こせと言ってるんだ」、俺は言う。

「グリンガ、ジンのボトルを取ってくれと何度言わせれば気がすむんだ」、俺は言う。

「取ってくれるのかくれないのか、どっちなんだ？」俺は言う。

俺は彼女の雑誌を手ではたき落とす。雑誌は音を立てて宙に飛び出し、ドアのステップに当たって地面に落ちる。彼女の手が俺の顔に振り下ろされる前にすばやく身をかわす。彼女の手は地面をたたく。俺は草の上を転がって彼女から離れる。

彼女は這って追いかけてくる。

「捕まらないようにせいぜい気をつけなさいよ」、彼女が言う。

「冗談だよ、グリンガ」、俺は笑いながら言う。

俺は立ち上がる。彼女も立ち上がり、走って追いかけてくる。俺は笑いながらぐるぐる回り、軽く身をかわす。走りながら彼女のほうを見やると、怒った顔が見える。俺は軽トラックの後ろへまわって娘の背後に身を隠す。妻が走りながら近づいてくる。俺は娘の肩にしがみつき、軽く前へ押し出す。彼女は娘の体にまとわりつくようにぶつかり、娘を突き飛ばすようにしてそこから離れると、軽トラックの周りを走りながら俺を追いかける。彼女はついにあきらめてステップに腰を下ろし、息を弾ませながら雑誌を拾い上げる。俺も息を切らせ、笑顔を浮かべながら彼女に近づく。そして彼女の前にしゃがみこみ、緑色のボトルを取り上げる。

「よし」、俺は言う。「頭にげんこつを食らってやろう。でも一回きりだぞ。それ以上はだめだ」

俺は目を閉じてじっと待つが、何も起こらない。目を開けると、彼女が目を見張ったまま不思議そうにこちらを見ている。怒りは収まったようだ。

俺はジンのボトルを持ち上げ、夕暮れ時の灰色の光にかざす。

「ほとんど飲んじまったみたいだな」、俺は言う。

俺はボトルの蓋を開けると、中身を残らず口に流しこむ。そして立ち上がり、軽トラックから少し離れると、草地へむかってボトルを力いっぱい投げ飛ばす。緑色のボトルは、張りつめた曲線を描きながら次第に小さくなり、やがて草地のなかに落下して見えなくなる。

彼女は雑誌を読みつづける。俺は彼女の横のステップに腰を下ろし、その肩に腕を回す。彼女は、肩に腕が回されていることに気づいてもいないように見える。俺は少しずつ力を加え、彼女の重い体を引き寄せようとする。

「こっちへ来いよ」、俺は言う。

「来いよ、グリンガ」、俺は言う。

「放してよ」、彼女が言う。

「放してったら」、彼女が言う。

「放さないつもりなの?」彼女が言う。

そう言いながらも、彼女はやがて体の力を抜き、俺の肩にもたれかかる。目の前には、沼につづく草地が広がっている。視界をさえぎるものは何もない。俺の腕は、彼女の肩から丸みを帯びた白い首筋へ滑っていく。彼女の開いた唇が、俺の硬い下あごに押しつけられる。下あごに押し当てられた柔らかな唇が湿り気を帯びているのが感じられる。消し去るのが難しいような湿り気だ。

「今夜は遅くまで起きていましょうよ」、彼女が消え入りそうな声でささやく。

「そうだな」、俺は答える。

ウールに包まれた彼女の柔らかな体が丸ごと俺の脇腹に押し当てられている。

「行きましょうよ」、彼女が言う。

「ああ」、俺は言う。

「いますぐ行きましょう」、彼女が言う。

「ああ」、俺は言う。

彼女は不意に体を引き離す。

「疲れたわ」、彼女が言う。

俺は立ち上がる。猟銃が地面に投げ出されている。俺はそれを拾い上げ、空の薬莢を取り出して弾薬帯に収め、新しい薬莢を詰める。そして空を見上げる。

「もうじき」、俺は言う。「日が暮れるな」

「いつ雨が降り出してもおかしくないわ」、彼女が言う。

「カモが沼に降り立つころだな」、俺は言う。「見に行ってみるか？」

俺は彼女にすばやく目配せする。彼女は俺の目を見ている。そして、娘のほうをちらっと見やる。

「じきに日が暮れるわね」、彼女は笑みを洩らしながら言う。

「よし、行ってみよう」、俺は言う。

彼女は、軽トラックの荷台によじ登って草地の彼方をじっと見つめている娘のほうへ向き直る。

「パパとママはちょっと沼まで行ってくるわね。すぐ戻るから」、彼女は言う。「ここでじっとしているのよ。わかった？」

「あたしも一緒に行く」、娘が言う。

「だめよ」、彼女が言う。「パパとママは大事な話があるの。車のなかで待ってるのよ。すぐに戻るから」

娘は雑誌を手にして運転席へよじ登る。

俺たちはふたたび沼地をめざして歩き出す。彼女が先を歩く。銃身のような色に染まっていく灰色の空を背景に、彼女の輪郭がくっきりと浮かび上がる。二メートル先を行く彼女の姿が鮮明に見える。それ以外には何もない。周囲に広がる草地、草地の向こうにあるはずの、まだ姿の見えない沼地、その少し上に浮かぶ、夕暮れの靄に早くもかすんでいる町、そんなものがあるばかりだ。俺は猟銃を左腕の下に挟むようにして抱え、先端を地面に向けている。ふたりの靴が草を踏みしだく音が聞こえる。俺は少しずつ銃身を持ち上げ、彼女の背中の真ん中に狙いを定める。その体は、灰色の黄昏を背に鮮やかに浮かび上がり、俺は目を背けないわけにはいかない。すると彼女は不意に立ち止まり、後ろを振り向く。

「すぐに暗くなっちゃうからあまり遠くへ行かないようにしましょうよ。あの子もひとりで待ってることだし」、彼女が言う。

彼女はちらっと猟銃に目をやる。俺はひざまずく。銃床を地面に突き立て、青みを帯びた鋼鉄製の銃身に頬を滑らせる。彼女は地べたに座りこみ、警戒するような目で周囲を見渡す。なにかしゃべっているようだが、何を言っているのかよくわからない。俺は地面の一点を見るともなく見ている。

「ここでいいわよ」、彼女が言う。

彼女はあおむけに横たわると、スカートを腰までたくしあげる。真っ白な太い足に青い静脈がうっすらと走っている。彼女はパンティーを脱ぎ、すぐ横の地べたに置く。半開きになった両足の合わせ目に陰部がのぞいている。

「ここでいいわ。来て」、彼女が言う。

俺は猟銃を手放し、彼女の上に覆いかぶさる。

「早く、そうよ、そう、いや」、彼女が口走る。

「もういいわ。いや。気をつけてよ」、彼女が言う。

「ゆっくり、早く、いや、いいわ」、彼女が言う。

俺は、彼女の頭の少し先にある草の茂みをじっと見つめる。この年最初に訪れた寒気に早くも黄ばんだ葉は、大気にさらされることの多い部分ほど大きく変色している。彼女のあえぎ声や息づかいが耳のすぐそばで聞こえる。しばらくすると俺は上体を起こす。彼女は脚を広げたまま横たわり、右手の甲で目を覆っている。俺は立ち上がり、ズボンのボタンをかけ、猟銃を拾い上げる。奥に沼地がある。その向こうに見える町から煙が二つ三つ立ち上り、次第に暗さを増してゆく空に溶けこんでいる。彼女は地べたに脱ぎ捨てた下着で体を拭い、そのまま身につける。そして服と髪の乱れを手早く直す。うつろな表情を浮かべたまま俺のほうを見ようともしない。

「グリンガ」、俺は言う。

「何よ?」彼女が訊ねる。

「何でもない」、俺は言う。

俺は回れ右をしてユーカリの山めざして歩き出す。彼女の足音が追ってくるのがわかる。きっと彼女は、暗い木立を背景にくっきりと浮かび上がる俺の後ろ姿を見ているのだろう。夕暮れの光に縁どられた俺の後ろ姿を見ているにちがいない。俺は最初に右足を、つぎに左足を動かし、さらに右、左、右と動かしながら歩いていく。そして急に立ち止まり、後ろを振り返る。彼女も足を止める。

「どうしたのよ?」彼女が言う。

「なんでもない」、俺は言う。

「なにかあるんでしょ」、彼女が言う。

「いや」、俺は言う。「羽ばたきが聞こえたような気がしたんだ。でもちがうみたいだな」

「カモの話はもういいわ」、彼女が言う。「さっさと帰りましょう。くたくたよ」

彼女は俺の横に並んでしばらく一緒に歩く。草地のなかを膝まで埋もれ、時には水たまりのなかを歩いていく。日はどんどん暮れてゆく。いまやほんの数メートル四方が見えるばかりだ。そのほかはみな青みを帯びた薄闇に包まれている。ユーカリの木立が黒い帯のように伸びている。軽トラックに戻ったときには完全な闇が支配している。娘が運転席のなかで待っている。

「荷物をまとめなくちゃね」、妻の声が言う。

「カモは捕れたの、パパ?」娘が訊ねる。

「いや、だめだった」、俺は言う。

妻がドアを開ける音がする。

「あたしの手さげ袋はどこ?」妻が訊ねる。

「ああ、ここにあったわ」、彼女が言う。

「いま懐中電灯をもっていくから待ってて」、彼女が言う。

「俺はここに立ってる。何もしていない」、俺は言う。

彼女がドアを閉める音がする。そして、彼女の足音が聞こえてきたかと思うと、懐中電灯の光がいきなり俺の顔を照らし出す。

「そこにいたの?」彼女が言う。

「あんた、ひどい顔よ。髭も生えてるし」、彼女が言う。

「いいから早くライトを消せよ」、俺は言う。

俺は頭を後ろへそらし、目を閉じて歯を食いしばっている。懐中電灯の光で地面に釘づけにされてしまったかのようだ。

「ライトを消せと言ってるだろ」、俺は言う。

「ライトを消すんだ、グリンガ。さもないと一発ぶっ放すぞ」、俺は言う。

彼女は笑う。引き金を引こうと撃鉄を起こすや――沈黙のなかに響き渡る彼女の笑い声に重なって金属音が鮮明に聞こえる――、ライトが消される。それでも笑い声はやまない。笑い声は咳に変わり、やがて闇に響く明瞭な声になる。

「ゴミを集めるのを手伝ってよ」、彼女が言う。

懐中電灯の光の輪が地面を照らし出す。ワインボトル、ねじれた布巾、雑誌などが、まばらな草地――伸びたり動いたりする影を光の輪の反対方向に投げ出しているまばらな草地――を背に照らし出される。光の輪は、軽トラックの泥よけにぶつかって壊れ、青地に浮かぶ白い文字が光の反射を浴びてきらきら輝いている標識の上をなぞる。彼女は上体を折り曲げて後片づけをはじめ、拾い集めたものを軽トラックの荷台に放りこむ。懐中電灯が放つ光の輪は、軽トラックの屋根をなめるように移動し、その後方にそびえるユーカリの葉むらを照らし出す。光線はユーカリの木立の前面を貫き、山の奥に差しこんで崩れる。不意に光が消され、軽トラックのドアをめざして暗闇のなかを手探りで進みはじめると、俺の顔にふたたび懐中電灯の光が当てられる。彼女はこれを望んでいるのだ。これを……。光が消えると、彼女の笑い声が暗闇から聞こえてくる。彼女は明らかにこれを望んでいるのだ。

手探りでドアに触れると、娘の声が聞こえてくる。

「首のところを手でつかんでぶら下げてきたら死んじゃったの」

俺は取っ手をつかんでドアを開け、軽トラックに乗りこむ。娘は運転席に座っている。

「どいてくれ」、娘を押しのけながら俺は言う。

「それはいったい何なんだ?」俺は訊ねる。

「カモよ」、娘が答える。

「そんなものを持ち歩くつもりか?」俺は言う。

俺はダッシュボードの明かりをつけてエンジンをふかす。

「ちょっと、置いていかないでよ」、軽トラックの後方から妻の声が聞こえてくる。

エンジンを温めようと、ギアチェンジせずにアクセルを踏みこむ。俺は歯を食いしばっている。エンジンがうなりを上げる。アクセルが床に触れる。俺はしばらくそうやって歯を食いしばり、目を閉じている。そして、少しずつエンジンの回転数を下げていく。俺はギアを入れて車を発進させ、ぐるぐる回りはじめる。

「危ないわよ。あたしがここにいるのが見えないの?」暗闇のなかから彼女の声が聞こえてくる。

「お前がそこにいるのはわかっている」

俺は車を一周させる。そして、懐中電灯の光を地面に向けて立っている彼女のほうへのろのろと近づいていく。光の輪が、泥だらけの靴をはいた彼女の揃えた両足を照らしている。俺がブレーキを踏むと思いこんだ彼女は、車に乗りこもうと体を動かす。

「どこへ行くつもりなのよ?」彼女が言う。

俺は彼女の横を通り過ぎる。ヘッドライトの光が砂を敷きつめた小道を照らし出す。二筋の轍のあいだにまばらな草が生えている。小道は曲がりくねりながら野原の奥に消えている。

「どこへ行くのよ?」彼女は繰り返す。

俺は三十メートルほど進んでから車を止める。彼女の足音が近づくと、ふたたび車を走らせる。三十メートルほど進んで停車する。娘は笑っている。足音が聞こえると、また車を走らせるが、今度は十メートルも行かないうちにブレーキを踏む。彼女は息を切らしながら追いかけてくる。

「覚えてなさいよ」

彼女は窓越しにげんこつを繰り出し、それが俺の肩に当たる。

「早く乗らないと置いてくぞ」、俺は言う。

彼女はもう一度、開いた窓の向こうからげんこつを繰り出す。俺はギアをニュートラルに入れたままアクセルを踏みこむ。彼女はよろめきながら、ヘッドライトの前をすばやく横切ると、暗闇のなかに消える。そして反対側のドアを開け、車に乗りこむ。彼女が腰を下ろすのと同時に俺は車を走らせる。軽トラックは、草地を出ていく曲がりくねった砂の小道を走りながら、大きくバウンドする。

「覚えてなさいよ」、彼女が言う。

「いずれ思い知らせてやるから」、彼女が言う。

「あたしがどんな人間かわからせてやるわ」、彼女が言う。

「神様の前で報いを受ければいいんだわ」、彼女が言う。

「今日のことだけじゃなくて、いままでの分もみんな仕返ししてやる」、彼女は言う。

砂の小道を照らすヘッドライトの前に不意に柵が現れる。急ブレーキを踏むと俺たちの体は前へ投げ出され、激しく揺れながらぶつかり合う。

俺は車を下りる。柵の扉は内側に開くようになっている。このままでは軽トラックの先端にぶつかってしまう。俺は運転席に戻って車をバックさせ、急停止する。ふたたび車を下りて柵の扉をいっぱいに開く。運転席に戻って柵を通り抜け、そのまま走りつづける。

「柵を閉めなくていいの？」彼女が訊ねる。

「あんた酔ってるのね」、彼女が言う。

「この殿方は世界でいちばん偉い人間のつもりらしいけど、しょせん組合の盗っ人にすぎないんだわ」、彼女が言う。

「落ちつくんだ、グリンガ」、俺は言う。

彼女はきっと望んでいるにちがいない、俺が彼女に……。小道の両側に数えるばかりの家が点々と立っている。やがて真っ暗な空を背景に、モーテルのネオンが放つ緑と赤の輝きが見えてくる。軽トラックは車道に入り、町をめざして走り出す。検問所を通り過ぎて直進する。道路を縦に分断する白い線が、あるときは左を、あるときは右を、あるときは車輪の下を走る。

「スピードを落としなさいよ」、彼女が言う。

「スピードを落としなさいってば」、彼女が言う。「娘もいるのよ」

「この子がいるのが目に入らないの?」彼女が言う。

「このかわいそうな子を思いやることすらできないの?」彼女が言う。

「このかわいそうな子を……?」彼女は言う。

やがて彼女は黙りこむ。軽トラックは吊り橋に差しかかる。吊り橋を出たところで海岸通りから一台の車が飛び出してくる。俺は衝突を避けるために急ブレーキをかける。大通りに沿ってまっすぐ西通りまで進み、ハンドルを切って西通りと交差する道へ入り、廃材を敷き詰めた通りを走って急ブレーキをかける。家が暗闇に沈んでいる。

「トラックを返しに行くから、お前たち先に下りてくれ」、俺は言う。

「嘘でしょ。どこへ行くつもり?」彼女が訊ねる。

「下りろと言ってるんだ」、俺は繰り返す。

「いやよ」、彼女が言う。

「あたし下りる」、娘が言う。

「黙りなさい」、妻が言う。

「おしっこしたい」、娘が言う。

「この子を下ろして家のなかへ連れていくんだ」、俺は言う。

「あたしは下りないわよ」、彼女が言う。

「おもらししちゃうよ、ママ」、娘が言う。

俺はズボンのポケットから家の鍵を取り出し、娘に渡す。

「ほら」、俺は言う。「おしっこをすませたら寝るんだよ」

娘が車を下りる。

「お前も下りろよ」、俺は言う。

「絶対に下りないわ」、彼女が言う。

俺はアクセルを踏みこみ、猛スピードで車を走らせる。最初の角を曲がって、廃材を埋めこんだ道路を三ブロック進む。そのとき、ホサミの店の扉から光が漏れているのが目に入る。俺はスピードを落として小橋を渡り、中庭をふさぐように軽トラックを止める。手探りで猟銃と座席の上に置かれたカモに触れる。俺は、カモと猟銃――銃身がひんやりと冷たい――を手に取り、車を下りる。彼女もそれにつづく。

「お酒を飲みたいなら、面倒なことは抜きにして最初からそう言えばいいのに」、彼女が言う。

半開きの扉から漏れる光は弱々しい。俺は泥に足を滑らせ、店の入口に通じる煉瓦の小道を足先で探り当てる。彼女が先に立って歩く。俺たちは店に入る。

店のなかにはアラブ人のホサミとドン・ゴロシートのほかに、ふたりの女がいる。俺はグリンガの腕に触れながら、ささやくように言う。

「おとなしくして言葉には気をつけるんだ」

「いまに思い知らせてやるから」、彼女が言う。

俺たちは大きな声で挨拶する。俺はビールを二杯注文する。そして猟銃とカモをカウンターの端に置き、その前に立つ。店内がはっきりと見渡せる。

「狩りに出かけたのかい?」ホサミが訊ねる。

「いまの時期はカモがたくさん出るからね」、ドン・ゴロシートが言う。「昔はよく子どもらと一緒にカモを捕りに行って、袋を獲物で一杯にして帰ってきたもんさ。いやというほどカモを食って、それでも近所におすそ分けするくらい余ったもんだ」

「今日の収穫はね」、彼女が話しはじめる。「自分たちの食べる分にもならないくらいよ。ここ最近は亭主の腕が鈍っちゃってね」

「どこまで行ってきたんだい?」ホサミが訊ねる。

「コラスティネのほうよ」、彼女が答える。

ホサミはビールを二杯差し出す。そして、俺の分をカモと銃床のそばに置いていく。

「カモのオーブン焼きはじつにうまいね」、ドン・ゴロシートが言う。

「ドン・ゴロシート、あなたに言わせると、この世の中でおいしいものはどんどん少なくなっていくんでしょうね」、女の客が口を開く。

妻は俺に背を向けている。三人の客は、そのむこうで半円を描くようにこちらを見ながら立っている。ホサミは両手をカウンターの上に載せている。

「でも、若いころのドン・ゴロシートがどんなふうだったか、わかりっこないわね」、もうひとりの女が言う。

「誰かに訊いてごらんなさい。ペドロ・ゴロシートがどんな男だったかきっと教えてくれるから」、ドン・ゴロシートが言う。

「いまの男っていうのは」、妻が言う。「まったくろくでもないわね」

「そのとおり」、最初に口を開いた女が言う。

「あたしがいつも言ってることよ」、カウンターに近いほうのもうひとりの女が、ドン・ゴロシートと肩を触れ合わせるようにしながら言う。

「こっちへ来なさいよ、フィオーレさん」、ドン・ゴロシートが言う。「なごやかな歓談の輪にあなたも加わったらどうです」

「この人はいまご機嫌斜めのようですからどうぞお気をつけて」、妻が言う。

「いつもあたしは言ってるんですよ」、ゴロシートのそばに立っている女が繰り返す。「最近の男たちときたら、何の役にも立たないって」

「ゲス女の尻を追いかけることしかできないんだわ」、妻が言う。「あたしの後ろに立ってるこの人みたいにね。朝から晩まで女の尻ばっか追いかけて」

「誰かに訊いてごらんなさい、ペドロ・ゴロシートがどんな男だったか」、ドン・ゴロシートが言う。「自慢するわけじゃないが、昔はしゃれ者で、それになんといっても四〇年代はプログレソの名選手として鳴らしたんだからね」

「朝から晩までゲス女の尻ばかり追いかけて、まるでこのあたしがほかの女ほどいかす女じゃないみたいに」、彼女は言う。「ほかの女よりもいかす女じゃないみたいにね」

俺はビールを一口飲むと、グラスをカウンターに置く。缶詰の山のそばにいるもうひとりの女が俺のほうを見ている。妻はひっきりなしにまくしたてている。彼女はこれを望んでいたのだ。こっちに背を向けていても声の調子でそれとわかる。こっちに背を向けて、カウンターの横に立っている。缶詰のほうを見て片目をつぶると、彼女の姿が視界から消える。彼女の姿を消し去ったいま、その声が聞こえるばかりだ。片目を開けると、彼女の姿がふたたび現れる。缶詰のほうに心もち顔を向け、もう一度片目を閉じると、彼女の姿がまたもや消え去る。これを望んでいる彼女は、いままさに機会をうかがっているのだ。俺には彼女の口にしていることが理解できない。俺のことを話しているのはわかる。俺に聞こえるようにしゃべっている。

「いまはとにかく男を心底疑ってかからなくちゃだめよ」、ゴロシートのそばに立っている女が言う。「計算高くて、嘘をつくことしか考えていないんだから」

「あたしの後ろに立ってるこの人はね」、妻が言う。「女を見るとすぐのぼせ上がるのよ。前後の見境がなくなるのね。どんなに汚らしいゲス女でも、この人ったら我を忘れるのよ。盗みでも何でもやりかねない。まるでこのあたしがほかの女ほど、ほかの女よりも、女っぽい女じゃないみたいにね」

俺はふたたび頭を缶詰のほうに向けるようにして右目をつむり、彼女の姿を視界から消し去る。右目を少しずつ開いていくと、ぼやけていた像が次第に鮮明になり、肩を動かしながら身ぶりをまじえて話しこんでいる彼女の姿が現れる。

「あのころは町のど真ん中にアパートがあってね。いまの役場があるあたりだ。あのへんに行ってペドロ・ゴロシートがどんな男か訊いてみるといい」、ドン・ゴロシートが言う。

しゃべりつづける妻の頭が動いているのが見える。うなじと背中もそれに合わせて動いている。腕を振り上げたかと思うと、だらんと下ろす。

「ひとりの女じゃ満足できないのよね」、ゴロシートのそばに立っている女が言う。

「まともな男もなかにはいるけどね」、もうひとりの女が俺を見ながら言う。

「おい、ホサミ、ジンをもう一杯くれ」、ドン・ゴロシートが言う。

「まともな男もいるって?」、妻が言う。「男なんてみんなクソよ」

「いいかげんに黙ったらどうなんだ、グリンガ」、俺は言う。

「酒を飲むか女のことしか考えていないんだから」、彼女が言う。「なかでもこの男は最低よ」

「黙るんだ、グリンガ」、俺は言う。

「恥をさらされたくないもんだから、女を無理やり黙らせようとするのよね」、彼女が言う。

「グリンガ」、俺は言う。

「落ちつくんだ」、俺は言う。

彼女は笑みを浮かべながら振り向き、俺を見る。俺も笑みを浮かべる。

「わかったわ、あなた」、彼女が言う。

彼女は手さげ袋のなかから懐中電灯を取り出す。俺の目が突然光を浴びる。俺は目を閉じてのけぞる。彼女は懐中電灯をつけたり消したりしている。彼女は明らかにこれを望んでいるのだ。そうやってこの俺を痛い目にあわせようとしているのだ。

「ライトを消すんだ、グリンガ。さもないとどんなことになるかわかっているだろう」、俺は言う。

彼女は懐中電灯を消す。あたりの光景が赤い染みや光の断片に覆われてふたたび眼前に現れ、すべてが元通りの鮮明な姿を取り戻していく。

「このとおり」、彼女は言う。「この男はあたしの意のままよ。この男のせいであたしは不幸なのよ」

「どんなことになるかわかってるだろうな」、俺は言う。

「この男のせいであたしは本当に不幸なのよ」、彼女は言う。

「もう行こう」、俺は言う。

「いまの若い連中は覚えてないだろうが、昔はペドロ・ゴロシートといえば世間に名が知れていたんだ」、ドン・ゴロシートが言う。

俺はビールの残りを一気に飲み干し、五十ペソ紙幣をカウンターの上に置く。

「それを飲んだら帰ろう」、俺は言う。

「帰らなくたっていいでしょ、あたしの勝手なんだから」、彼女は言う。

「だめだ、帰るんだ」、俺は言う。

彼女は俺を怒らせるためにわざとビールをゆっくり飲む。その手には懐中電灯が握られている。そしてカウンターの上の手さげ袋を手に取ると、店を出ようとする。俺は猟銃とカモを取り上げる。

「それではみなさん、おやすみなさい」、彼女が言う。

俺も別れの挨拶を口にして彼女と一緒に店を出る。霧雨が降っている。

「雨が降るってあたし言わなかったかしら？」彼女が言う。

「ああ。そうだな」、俺は言う。

「あたしが何か言うときは、ちゃんとした理由があって言うのよ」、彼女が言う。

俺は、軽トラックに向かう俺をさえぎるように立ち止まる彼女の気配を暗闇のなかで感じる。

「さっさと行けよ」、俺は言う。

「雨が降るってあたし、何度もしつこく言わなかった？」彼女が言う。

「そうだな」、俺は言う。「さっさと行くんだ」

「何かが起こるとあたしが言うときは、本当に何かが起こるのよ」、彼女は言う。

俺は猟銃を右腕の下に挟みこみ、左手にカモをぶら下げている。

「歩くもんか」、彼女が言う。

彼女は俺と軽トラックのあいだに立ちはだかったまま動かない。彼女の息づかいや、手さげ袋と懐中電灯の触れ合う音が暗闇から聞こえてくる。俺は何もせずに突っ立っている。そして彼女のほうに歩み寄り、その体に触れて押しやると、後ろによろめくのがわかる。彼女はアッと叫び声をあげ、懐中電灯をつける。光の輪が突然きらめき、こちらに向けられたかと思うと、手や胸、首の上を滑って俺の顔を真正面からとらえる。そのまぶしい輝きは、白い光線から放射される無数のきらめきをちりばめている。俺は暗闇のなかで宙に釘づけにされたようになる。

「雨が降るってあたし、言わなかったかしら？」彼女の声が聞こえる。「言わなかったかしら？　あたしの言ったこと、ちゃんと聞いてなかったの？」

俺は銃身を持ち上げ、先端を斜め上に向けて狙いを定める。あとは一発、二発と引き金を引くだけでいい。一発目と二発目の間隔があまりにも短かったせいで、二発目の銃声はまるで一発目の銃声の残響、遅れてやってきたこだまのように響き、雨の舞う大気を、火薬の匂いの浸みこんだ反響で満たす。引き金を引く瞬間、左手が緩んでカモが落ちる。それと同時に懐中電灯も落下し、光の輪がでたらめな方向に動いたかと思うと、やがて静止する。光線が何かにぶつかってさえぎられ、いびつな形のまま暗い通りにむかって伸びている。俺は懐中電灯をよけて軽トラックに乗りこむ。

車を急発進させ、小橋を渡り、角を曲がる。エンジンがうなりを上げる。大通りへ出て、ドアが開けっぱなしになっていることに気づく。ドアは狂ったように金属製のフレームにぶつかっている。大通りで一軒のバルを見つけ、車を止める。俺は車を下りて店に入り、カウンターに立ったままジンを二杯たてつづけにあおる。そして店を出て家に向かう。暗闇のなかに軽トラックを止め、猟銃を抱えたまま家に入る。娘の寝室の明かりをつける。娘はぐっすり眠っている。彼女のベッドに近づき、猟銃を持ち上げ、その頭にまっすぐ狙いを定める。引き金を引く。しかし、乾いた金属音が聞こえるばかりだ。俺は寝室へ行く。楕円形の鏡のついた洋服だんすがあり、その前を通り過ぎる俺の姿が鏡に映し出される。ベッドの上に猟銃を置くと、弾薬帯を腰からはずし、猟銃の横に投げ出す。中庭へ出て、朝出かけるときに置きっぱなしにしておいた冷えたマテ茶の容器と湯沸かしを片づけ、台所へ行く。容器の茶葉を捨てて新しい葉を入れ、湯沸かしが金切り声を上げると、マテ茶の容器やボンビージャと一緒に回廊へ運んでいく。そして背の低い椅子に腰かける。

平らな中庭に置かれている黒い根株の上に霧雨が降り注ぐ。中庭の明かりが根株を弱々しく照らし出す。とはいえ、それらはまばゆい光を放っている。亀裂が走った樹皮は雨に濡れ、平坦な中庭のあちこちからも不意にきらめきが放たれる。まばゆい光だ。俺はしばらくのあいだ堅く目を閉じる。目を開けると、雨に濡れた根株と平らな中庭がまだそこにある。

そのとき俺は理解する。自分はほんの一部を消し去っただけであり、すべてを消し去ったわけではないことを。

そして、すべてが消え去ってなくなるまで、これからも何かを消さなければならないことを。

分派ガ起コルノモヤムヲ得ナイカラデス〔新約聖書「コリント人への第一の手紙」より〕

訳者あとがき

フアン・ホセ・サエールといえば、水声社の〈フィクションのエル・ドラード〉シリーズのなかの一冊『孤児』（一九八三）の作者として、すでにその名を記憶しておられる方もいらっしゃるだろう。本書『傷痕』（一九六九）は、それに次いで邦訳刊行されるサエールの長編小説である。本書を手に取った読者のなかには、『孤児』とは打って変わった作風に少なからず驚かれた方も多いのではなかろうか。これはとりもなおさず、サエールの作家としての幅の広さや懐の深さを示す作風の違いといえるが、本書はとりわけ初期サエールを代表する重要な作品として現在にいたるまで高く評価されている。

フアン・ホセ・サエールは一九三七年、アルゼンチンのサンタフェ州セロディーノに生まれた。両親はともにシリア系移民である。少年時代に州都サンタフェに移り住んだサエールは、やがて法律と哲学の勉強をはじめるものの、十九歳のときに地元の『エル・リトラル』紙で記者として働きはじめた。文芸欄の編集を任された彼は、気象欄の執筆も担当した。屋上に設置された観測装置をろくに確かめもせず来る日も来る日も過去のデータを使い回すシーンが本書に描かれているが、これは当時のサエールの実体験にもとづくものである。文芸欄には若きサエールの短編小説もいくつか掲載された。ところが、ふたりの娼婦の同性愛的な関係を軸に物語が展開する「ふたりきり」という作品が物議を醸し、そのために新聞社を去ることを余儀なくされる。カトリックの価値観が根強く残る保守的な土地柄にあって、教会の非難と圧力にさらされた末の決断だった。

サエールはその後、問題の作品を含む短編集『その地にて』（一九六〇）を発表、これが実質的な作家生活のスタートとなった。サンタフェという実在の都市を下敷きにした文学空間のなかで物語が展開するというスタイルは、本作『傷痕』を含め、のちの作品にも引き継がれている。サンタフェ時代の交友関係を彩るさまざまな人物が文学的脚色を施されて作品のなかに登場するというのも、多くの作品に共通するものだ。

一九六二年、サエールは国立リトラル大学映画研究所の講師に着任する。映画に関する彼の造詣の深さはつとに有名だが、実際にいくつかの作品の脚本を手がけていることも見逃せない。同じころ、彼はサンタフェ郊外のパラナ川に面した北コラスティネという町に移り住んでいる。ここもまたサエールの作品ではおなじみの場所だ。一九六八年にはフランス政府の奨学金を得て渡仏、それ以降フランスに居を定め、レンヌ大学で文学の講義を担当する傍ら、二〇〇五年に肺がんで没するまで旺盛な執筆活動を展開した。

アルゼンチンを出国するまでのサエールは、短編小説と長編小説を交互に書き進めながら作家としてのキャリアを着々と積み上げていった。『傷痕』は、そんな彼の小説作法がひとつの完成をみた記念碑的な作品として知られている。発表は一九六九年となっているが、実際に書きはじめられたのは渡仏を控えたアルゼンチン時代であり、文字どおり創作活動の初期を締めくくる作品である。

フランスへ移住してからも、それまでと同じように精力的に創作活動に打ち込み、ときにはヌーヴォー・ロマンや推理小説の手法なども取り入れながら、円熟味を増した作品を発表していった。本人も述懐しているように、異国の地に暮らしながら祖国アルゼンチンの思い出を客観的に見つめなおす機会に恵まれたことは、作家としての成長を促す重要な契機となるものだった。とはいえ、一般読者の注目を集めるにはいたらず、一部の読者や批評家にもてはやされるだけの〈マージナル作家〉の位置にとどまりつづけた。筆一本の生活など望むべくもなく、収入のほとんどは大学教員の仕事から得ていたという。文学作品の商業的な売り込みにも興味を示さず、有名な文学賞とも縁のなかった彼は、ラテンアメリカ文学の〈ブーム〉に合流することもなかった。

ラテンアメリカ文学の〈ブーム〉といえば、それまで脚光を浴びることの少なかった有能な作家たちを次々と世界文学の表舞台に送り出した功績によって知られる。しかし、その一方で、とくに欧米の読者が抱くラテンアメリカ文学のイメージを狭く限定してしまうことにもなった。アメリカ大陸の歴史を背景に据えた壮大な歴史小説にしろ、摩訶不思議な出来事が次々と出来する魔術的リアリズムの作品にしろ、あるいは、ボルヘスやコルタサル、アドルフォ・ビオイ゠カサーレスを中心とするラプラタ幻想文学の作品にしろ、読者の目を引きつける派手なストーリー展開や巧妙な文学的仕掛け、斬新な手法的実験がとりわけ注目を浴びた〈ブーム〉を尻目に、サエールは地道な創作活動を通じて独自の路線を歩みつづけた作家である。それが結果としてラテンアメリカ文学の主流から彼を遠ざけることにもなった。

それでも一九八三年に刊行された『孤児』は、一般読者からも好評を博し、現在にいたるまでもっとも多く読まれているサエール作品のひとつになっている。一九八五年に発表された長編小説『グロサ』は、サエール文学のひとつの到達点を示すものとして非常に高く評価されている。作者自身この作品には深い愛着を抱いていたようで、自分が本当にやりたかったことを満足のいくまで実践することができたと回想している。

一九八七年、それまで主だった文学賞と縁のなかったサエールは、長編小説『好機』でナダル賞を獲得、メジャー作家の仲間入りを果たした。その後も、『捜査』（一九九四）、『雲』（一九九七）をはじめ数々の長編小説を発表している。サエールの文業は、短編や長編のみならず詩や評論にもおよび、さまざまな角度から文学の可能性を汲みつくそうとした貪欲な創作姿勢の一端がうかがえる。ここ数年は四巻本の未発表草稿集の刊行によってセイス・バラル社のサエール・コレクションが完結するなど、大物作家としての評価もいよいよ定まりつつあるようだ。本格的な研究もいくつか発表されており、いまだ古びないサエール文学の新しさが見直されている。

アルゼンチンを代表する文芸批評家のベアトリス・サルロは、サエールの作品を初めて手に取る読者はぜひ『傷痕』を選ぶべきだと主張している。初期サエールを代表するこの小説には、のちに開花することになるサエール文学の特質がほぼ完全なかたちで出そろっているというのがその理由である。『傷痕』を読んでまず目を引かれるのは、いずれの登場人物もどこかしら〝変〟だということだ。彼らはみな常識的な規範から少しずつ（あるいはかなり）ズレている。このズレは、なんの変哲もない日常的な光景を〈異化〉することによって、読者の脳裏に忘れがたい印象を残すことになる。この奇妙な吸引力に引き寄せられて、私たちは物語の展開から目が離せなくなる。

物語の随所に挟み込まれる微細な情景描写も、この作品の大きな特徴のひとつといえるだろう。読者は、執拗に繰り返される細密描写を追っていくうちに、どことなく現実離れした光景が浮かび上がってくることに気づかされる。現実世界を丁寧になぞればなぞるほど、それと相反するように、リアルさを欠いた見慣れない情景が立ち現れてくる。登場人物の内面の動きも、客観的な情景描写を通じて示されることが多い。安易な心理描写を排するサエールの手法については、ロブ＝グリエをはじめとするヌーヴォー・ロマンやフォークナーの作品の影響を指摘する研究者も少なくない。サエール自身、あるインタビューのなかで、素朴な心理描写に頼らない現代的な語りを追求することの必要性を唱えている。ひとつの事件を複数の視点から語っていく手法も、ディテールの積み重ねを通して現実を多角的に浮かび上がらせようとしている点で、客観主義のひとつの表れとみなすことができるだろう。

さらに、この作品を手に取る読者は、登場人物たちの多くが過去に経験した挫折の暗い影を引きずっていることに気づかされるはずだ。それはけっして、はっきりとしたかたちで示されることはなく、物語の背後に見え隠れするひとつの謎としてほのめかされるにすぎない。しかし、物語の細部を丹念に拾っていくと、彼らの挫折がどうやらペロンを追放した軍事クーデター、あるいはそれに伴うペロニズムの凋落に関係するものらしいということがみえてくる。たとえば、登場人物のひとりであるセルヒオ・エスカランテは、かつてペロン派の弁護士として労働者の弁護に携わっていたが、ペロンが追放された五五年以降は廃業同然となり、いまはもっぱらバカラ賭博に入れあげている。ルイス・フィオーレも、ペロン体制を支えた労働組合員としての過去をもつ人物で、いまは組合からも足を洗い、製粉所の労働者としてさえない毎日を送っている。フィオーレにつきまとう暗い影は、やがて妻殺しという衝撃的な結末を招くことになる。

大統領として絶大な人気を誇ったフアン・ドミンゴ・ペロンについてはすでに多くのことが語られている。合法的な選挙を経て大統領に選出されたペロンは、労働組合とペロン党の組織化を通じて権力の基盤を固め、一九四六年から五五年にかけてアルゼンチン政界のトップに君臨した。かねてファシズムに共鳴していたペロンは、一党独裁に近い全体主義的な支配体制を確立し、労働者階級の保護を中心とするポピュリズム的な政策を推し進めた。妻としてペロンを支えたエビータことマリア・エバ・ドゥアルテ・デ・ペロンをめぐる数々の逸話は、映画やミュージカルを通して日本でもよく知られている。権力の絶頂を極めたペロンであったが、専横な政治手法が仇となって軍部の反感を招くようになり、ついにクーデターで政権の座を追われると国外亡命を余儀なくされた。

ペロンの追放と同時に、かつてペロン政権を支えていた政治家や労働組合関係者に対する弾圧がはじまった。政党活動の制限や被選挙権の剝奪のみならず、『傷痕』に登場するセルヒオ・エスカランテのように、投獄の憂き目にあう者も少なくなかった。ペロニズムの亡霊はその後も長くアルゼンチン政治の行方を左右することになり、軍政と民政がめまぐるしく交替する不安定な政治情勢の遠因ともなった。

本書の登場人物たちが抱えている〈傷〉は、こうしたいきさつに起因するものである。ペロンに託していたバラ色の未来の夢はもろくも崩れ去り、いまや社会の日陰者の境遇をかこつしかない彼らは、やり場のない不満を募らせながら、自暴自棄な行動にみずからを追い込んでゆく。それはまた、クーデター後のアルゼンチン社会を分断する深い溝を象徴するものでもある。セルヒオ・エスカランテを虜にするバカラ賭博が、単なるゲームの域を越えて、絶望感に苛まれた人間心理の闇を映し出すシンボリックな道具立てとして機能していることは明らかだろう。いつまでも降りやまない霧雨や、延々と繰り返される車窓からの眺め、ひとつの事件を複数の視点から語り直していく〈繰り返し〉の手法も、出口なしの堂々めぐりを強いられている彼らの境遇を暗示する文学的仕掛けにほかならない。

こうした〈ほのめかし〉の手法は、政治的なテーマをどのように作品世界のなかに取り込むかという文学上の問題にかかわっている。サエールの姿勢は、あくまでも間接的なやり方でそのようなテーマにアプローチするというものだった。つまり、問題の核心に直接言及するのではなく、それが引き起こしたさまざまな影響や結果に焦点をあてるという手法である。これは、たとえばコロンビアの作家、ガルシア・マルケスの作品にもみられるものだ。自由党と保守党の対立に端を発するコロンビアの内戦は、多くのコロンビア人作家たちに創作のための格好の題材を提供した。ところが、血なまぐさい凄惨な場面をルポルタージュふうに羅列しただけの、およそ文学的価値とは無縁の作品が量産されることになった。そうした〈暴力小説〉の氾濫を前にガルシア・マルケスが選び取った手法が、暴力そのものを描くのではなく、それが同時代あるいはのちの時代におよぼした影響を浮かび上がらせるというものだった。『大佐に手紙は来ない』（一九五七）や『悪い時』（一九六二）などの作品はそのようにして書かれたものである。

サエールの場合、以上のような〈ほのめかし〉の手法は、あたかも推理小説を読み解くような面白さを味わわせてくれる。読者は、作品の随所にちりばめられた断片的なヒントを手がかりに、ルイス・フィオーレの妻殺しの真相やセルヒオ・エスカランテの破滅的な人生の背景など、空白として残された〈謎〉を想像力によって埋めていくことを迫られる。

ところでサエールの『傷痕』には、インスピレーションの源となった作品が存在する。ヴァルター・ベンヤミンの「ボードレールのいくつかのモティーフについて」(一九四〇)と題された論考がそれである。サエールによると、「小説を構造化するための隠れたテーマ」をここから汲み取ったということである。

ベンヤミンの論考は、十九世紀の近代資本主義社会における群衆あるいは大衆の出現と、それが文学におよぼした影響について論じたものだ。たとえばベンヤミンは、ロンドンの群衆を活写した若きエンゲルスの文章を引用している。二百五十万人もの人間が群がる巨大都市ロンドンの住民は、「かれらの人間性の最良の部分を犠牲にしなければならなかった。(……)かれらは、たがいのあいだになにひとつ共通するものをもたず、どのような関係もないかのように、押し合いながら足早に通り過ぎていく。かれらのあいだにある唯一の合意は、擦れ違ってゆく群衆の流れが渋滞することのないように、各人が歩道の右側を歩くという暗黙の合意である。しかし誰一人として他の人々が一瞥に値するなどとは思ってもみないのだ。残酷な無関心、各人それぞれの私的関心への非情な孤立は、かれらが狭い空間に凝縮されているだけに、いっそう厭わしく侮辱的に眼に映る」(川村二郎、野村修訳、以下の引用についても同じ)。

エンゲルスによる描写は、本書に繰り返し描かれる市街地の情景、とりわけ「ゴリラ」たちに表象される匿名の群衆の生態にも通じるものだろう。ベンヤミンはさらに、ボードレールを引き合いに出しながら、群衆という現象が文学におよぼした影響について論じている。たとえば、群衆のなかを無言で通り過ぎていく神秘的な女性をうたったボードレールのソネットをとりあげ、そのような詩句は大都市でしか生まれえないものであり、「大都市の生活が愛につける傷痕をしめしている」(傍点引用者)と意味深長なことを述べている。

つづけてベンヤミンは、群衆をモチーフにした古典的な作品の例として、ポーの短編「群衆の人」を俎上に載せる。ある秋の日、ひとりの男がロンドンの酒場に座っている。男の目は、窓の外を通り過ぎてゆく群衆に向けられている。ベンヤミンが引いているつぎの一節は、本書のなかの群衆の描写を思い起こさせるものだろう。「その通りは市中のもっとも繁華な通りのひとつで、一日中人間でいっぱいなのであった。それがいま闇の訪れとともに群衆は続々とその数を増して、ガス燈に火が灯るころには、二筋の群れうごめく巨大な歩行者の流れがカフェの前をざわめき過ぎてゆくのであった。私はかつてこの夕暮と同じ気分になったことはなかった。無数の顔が波立ち騒ぐこの大洋を見たときに私を襲った新奇な興奮を私は心ゆくまで味わっていた」。

サエールの作品に描かれているのは、あくまでもアルゼンチンの地方都市に生きる群衆であり、巨大都市ロンドンの群衆とは比較にならないが、匿名の人間が蝟集する没個性的な都市空間に向けられた作者のまなざしには、やはり共通するものがあるといえそうだ。ベンヤミンによると、ポーの作品が示唆するのは、「群衆がしめす劇のなかにある威嚇的なもの」、要するに「群衆の非人間的性質」にほかならない。

ところで、ベンヤミンの論考が私たちにとってとりわけ興味深いのは、賭博をめぐる考察がそこに含まれているからである。『傷痕』に登場するセルヒオ・エスカランテがバカラ賭博に身をやつす場面は、この小説の大きな読みどころのひとつとなっているが、ベンヤミンの考察を参照することによって、セルヒオを魅了してやまないギャンブルの本質が新たな光のもとに浮かび上がってくる。ベンヤミンは、ボードレールをも虜にした賭博（ちなみにサエールにもギャンブル熱にとりつかれた時期があったことが知られている）について論じながら、フランスの哲学者アランのつぎの言葉を引用する。「賭博の概念は、どの勝負もそれに先行する勝負と無関係であるところに成立する。賭博はすべての安定したシチュエーションを否定する。それは前に獲得された勝利を考慮にいれない。賭博が労働と区別されるのはこの点においてである。賭博は労働が依拠する重々しい過去をあっさりと放棄する」。

ダイスにしろルーレットにしろバカラにしろ、偶然性が支配するゲームでは、一回一回の勝負はそれ自体のうちに完結する〈現在〉であり、前後のつながりのないところに成立する文字どおりの〈出たとこ勝負〉である。

作品のなかでセルヒオ・エスカランテが開陳するギャンブル哲学のなかにも、たとえば「一回一回の勝負は現在である」、「バカラにおいて反復は不可能ということになる」、「現在は、その一つひとつがただ一回きりのものである。いかなる現在も繰り返されることはない」、「ゲームのなかでは、利用可能なものとして経験が蓄積されることがない」といった言葉がちりばめられている。

ベンヤミンはさらに、賭博者の示す身振りのなかに、機械の前で反復的な動作を繰り返す工場労働者のそれと同質のものを見出している。その部分を引用してみよう。「自動的な作業過程から生まれる賃金労働者の身振りは、賭金を置いたりカードを取り上げたりする、手のすばやい動きをまじえて成立する賭博のなかにもあらわれる。(……)機械をまえにした労働者の手の動きは、それが精確な繰り返しであるというまさにその事実によって、それに先行する動きとは無関係である」。興味深いことに、ベンヤミンは別の箇所で、反復的な動きを繰り返す賭博者の動作と、ポーの作品に登場する群衆の身振りを比較し、両者にみられる共通性に言及している。つまり、「自動機械としての生」を生きている点で、両者はぴったり重なり合うというのだ。こうして、『傷痕』に登場する群衆と賭博のモチーフは、近代資本主義社会がはらむ非人間性という大きな括りのなかで結びつくことになる。

サエールも認めるように、『傷痕』を構想するうえでベンヤミンの論考がある種のヒントになったことはまちがいないだろう。ただ、そうした観点からのみ作品を眺めても、『傷痕』に秘められた不思議な魅力を汲みつくすことはできない。サエールはなにも現代文明論を展開するためにわざわざこの小説を書いたわけではないだろうし、結果的にそうした要素が認められるにしても、それはこの作品が示唆するさまざまな〈読み〉の可能性のひとつにすぎない。作品の本質を矮小化することなく、その魅力を十分に引きだすための創造的な読みが求められていることを忘れてはならない。

この小説の魅力のひとつは、なんといっても個性的な登場人物たちの描写にある。先にも述べたように、彼らはいずれも常識的な規範を逸脱した〈変わり者〉である。人を食ったところのあるカルロス・トマティスは、冗談とも本気ともつかない突飛な話を繰り出しては周囲を煙に巻き、女友だちはもちろん、新聞社の後輩であるアンヘルの母親にまで手を出すという困った男である。病的なまでの執着心を母親に寄せるアンヘルは、街で偶然見かけた娘につきまとい、フィリップ・マーロウなる架空の叔父の話をでっち上げては彼女に近づこうとする。ギャンブルに熱をあげるセルヒオは、珍奇なタイトルのエッセーを書き上げるのに夢中になるかと思うと、バカラの大勝負に打って出るために女中の貯金にまで手をつけ、最後は彼女と一夜を共にし、夜を徹して「ベッドの上を転げ」まわる。常識人の仮面をかぶっているエルネスト・ロペス・ガライにしても、判事として人を裁く立場にありながら、牢獄の中にいようが外にいようが結局は同じようなものだなどとうそぶき、仕事を適当に切り上げては出版のあてのない『ドリアン・グレイの肖像』の翻訳に没頭する。

彼らはいずれも、いわゆる社会的な上昇志向とは無縁のところに生きる〈はみ出し者〉である。その自堕落で自暴自棄なふるまいは、過去の挫折に起因するもの悲しさと同時に、どことなくユーモラスな味わいを秘めている。読みながら思わず笑いがこみ上げてくる場面も少なくない。悲劇と喜劇の絶妙な絡み合いのなかで、彼らはよりいっそう親しみを感じさせる存在として迫ってくる。

生前のサエールと親交があったロベルト・マウレル（『グロサ』に登場するアンヘル・レトのモデルとされる人物）の証言によると、アルゼンチン時代のサエールは、本作に登場するセルヒオ・エスカランテと同じように、バカラ賭博の常連だったという。警察の御用となったセルヒオが留置場に入れられる場面も、ほかならぬサエールの実体験を踏まえたものらしい。ロベルト・マウレルは獄中のサエールにドストエフスキーの『賭博者』を差し入れたということだが、このエピソードも『傷痕』のなかにそのまま活かされている。わずかな賭金をつぎこんでは次々と負けを繰り返していたサエールは、パリ行きを目前に控えていたある日、サンタフェのバルに顔を出して友人たちに別れを告げた。そして何を思ったのか、そのまま賭博場へ走り、パリ行きの旅費を投じてゲームに熱中したという。一時は手持ちの軍資金をすべて失うほど追いつめられた彼は、なんとか損失分を取り戻すことに成功すると、見知らぬ人たちが集まるパーティーに顔を出してにぎやかな時を過ごし、ようやくブエノスアイレス行きのバスに乗り込んだという。

『傷痕』は、そんな人間味あふれる作者が生み出した、人間味あふれる登場人物たちの物語である。まずはそれを虚心に楽しんでいただければ、訳者としてこれに勝る喜びはない。

訳業を進めるにあたってはさまざまな方のお世話になった。今回も貴重な翻訳の機会を与えてくださったフェリス女学院大学の寺尾隆吉氏、煩瑣な原稿チェックを引き受けてくださった水声社の井戸亮氏をはじめ、ご支援、ご協力を賜ったすべての方々に感謝の意を表したい。また、サエールの作品に驚くほど精通している浜田和範氏には、本作はもちろん、サエール文学全般に関するご教示を賜った。この場を借りて厚くお礼を申し上げたい。なお、オスカー・ワイルド、W・B・イェイツ、トーマス・マン、新約聖書からの引用については、それぞれ先行訳を参照のうえ、文脈にあわせて表現を一部あらためたことをお断りしておく。

二〇一七年一月
大西 亮

著者／訳者について

ファン・ホセ・サエール
Juan José Saer

一九三七年、アルゼンチンのサンタフェ州セロディーノにシリア系移民の息子として生まれる。

一九五九年、ロサリオ大学で哲学を専攻するものの中退、以後雑誌などの仕事をこなしながら創作に従事する。

一九六八年、「ヌーヴォー・ロマン」研究の名目で奨学金を得てパリへ渡り、以後フランスに定住。

創作活動の傍ら、一九七一年からはレンヌ大学で文学を講義した。

二〇〇五年、パリに没する。

代表作に、『傷痕』（一九六九年）、『グロサ』（一九八五年）、『孤児』（一九八三年、邦訳、水声社）、『好機』（一九八七年）、『捜索』（一九九四年）、『雲』（一九九七年）といった長編小説のほか、
評論集『フィクションの概念』（一九九七年）や、詩集『語りの技法』（一九七七年）などがある。

大西亮
おおにし・まこと

一九六九年、神奈川県生まれ。
神戸市外国語大学大学院博士課程修了（文学博士）。
現在、法政大学国際文化学部教授。専攻、ラテンアメリカ文学。主な著書に、
『抵抗と亡命のスペイン語作家たち』（共著、洛北出版、二〇一三年）、主な訳書には、
J・J・アルマス・マルセロ『連邦区マドリード』（二〇一四年、水声社）
リカルド・ピグリア『人工呼吸』（二〇一五年、水声社）、などがある。

Juan José SAER, Cicatrices, 1969.
Este libro se publica en el marco de la "Colección Eldorado", coordinada por Ryukichi Terao.

フィクションのエル・ドラード

傷痕

二〇一七年二月一〇日　第一版第一刷印刷
二〇一七年二月二〇日　第一版第一刷発行

著者　フアン・ホセ・サエール
訳者　大西亮
発行者　鈴木宏
発行所　株式会社　水声社
東京都文京区小石川二―一〇―一　郵便番号一一二―〇〇〇二
電話〇三―三八一八―六〇四〇　ファックス〇三―三八一八―二四三七
郵便振替〇〇一八〇―四―六五四一〇〇
http://www.suiseisha.net
印刷・製本　モリモト印刷
装幀　宗利淳一デザイン

ISBN978-4-89176-962-8

フィクションのエル・ドラード

ガラスの国境　カルロス・フエンテス　寺尾隆吉訳　三〇〇〇円
案内係　フェリスベルト・エルナンデス　浜田和範訳　（近刊）
場所　マリオ・レブレーロ　寺尾隆吉訳　（近刊）
別れ　フアン・カルロス・オネッティ　寺尾隆吉訳　二〇〇〇円
帝国の動向　フェルナンド・デル・パソ　寺尾隆吉訳　（近刊）
人工呼吸　リカルド・ピグリア　大西亮訳　二八〇〇円
圧力とダイヤモンド　ビルヒリオ・ピニェーラ　山辺弦訳　（近刊）
ただ影だけ　セルヒオ・ラミレス　寺尾隆吉訳　二八〇〇円
孤児　フアン・ホセ・サエール　寺尾隆吉訳　二二〇〇円
傷痕　フアン・ホセ・サエール　大西亮訳　二八〇〇円
マイタの物語　マリオ・バルガス・ジョサ　寺尾隆吉訳　（近刊）
コスタグアナ秘史　フアン・ガブリエル・バスケス　久野量一訳　二八〇〇円
証人　フアン・ビジョーロ　山辺弦訳　（近刊）